James Patterson
und
David Ellis

UNERBITTLICH

Thriller

Aus dem Amerikanischen
von Helmut Splinter

GOLDMANN

Die amerikanische Originalausgabe erschien 2013
unter dem Titel »Mistress« bei Little, Brown and Company,
Hachette Book Group, New York, NY.

1. Auflage
Deutsche Erstveröffentlichung März 2016

Umschlaggestaltung: UNO Werbeagentur, München
Umschlagmotiv: © Jacinta Bernard / Arcangel Images
Redaktion: Viola Eigenberz
AG · Herstellung: Str.
Satz: Buch-Werkstatt GmbH, Bad Aibling
Druck und Bindung: GGP Media GmbH, Pößneck
Printed in Germany
ISBN 978-3-442-48345-7
www.goldmann-verlag.de

Für die überaus talentierte Sally McDaniel-Smith
– für deine Hilfe bei diesem Buch
und dafür, dass du in den vergangenen sechs Jahren
meinen Verstand gerettet hast.

D. E.

1

Schauen wir mal, was sich in ihrem Medizinschrank verbirgt. Ich meine, wenn ich schon mal hier bin.

Aber Vorsicht. Vor dem Lichteinschalten erst mal die Badezimmertür schließen. Der Rest ihrer Wohnung liegt im Dunkeln. So soll es auch bleiben.

Was haben wir hier ... Lotionen, Gesichtscremes, Feuchtigkeitscremes, Lippenbalsam, Schmerzmittel. Was ist mit den Medikamenten? Was gegen Nebenhöhlenentzündungen ... und gegen Angstzustände ...

Diana leidet unter Angstzuständen? Wovor, zum Teufel, kann sie schon Angst haben? Sie ist die abgeklärteste Frau, die ich kenne.

Und was ist das? Tabletten gegen ... um nicht schwanger zu werden? Diana nimmt die Pille? Das hat sie mir nie gesagt. Sie schläft nicht mit mir. Noch nicht, jedenfalls. Aber mit wem schläft sie dann?

Diana, jedes Mal, wenn ich denke, ich habe dich durchschaut, erinnerst du mich daran, dass du ein Geheimnis bist. »Scheiße, Mann, das ist ein Geheimnis, versteckt in einem Rätsel, das in einem Geheimnis steckt.« – Joe Pescis Worte in dem Film *JFK – Tatort Dallas,* die von Winston Churchill so ähnlich bereits 1939 in einer Radioansprache verwendet wurden, um Russland zu beschreiben. Präsident Roosevelt, der während des Kriegs eine enge Freundschaft mit Churchill gepflegt hatte, hatte ihm einmal geschrieben: »Es ist schön, in demselben Jahrzehnt zu leben wie Sie.«

Diana, es ist schön, in demselben Jahrzehnt zu leben wie du. Jetzt entschuldige mich, ich durchsuche nämlich gerade deinen Schlafzimmerschrank.

Gleicher Ablauf: reingehen, Tür schließen, Licht einschalten. Damit kein Licht in den Rest der Wohnung dringt.

Wow. Mindestens einhundert Paar Schuhe, pingelig genau aufgereiht. Stuart-Weitzman-Stilettos. Schwarze kniehohe Manolo-Blahnik-Stiefel aus Krokodilleder. Roger Vivier mit rosa satinüberzogenen Absätzen. Pinkfarbene Escada-Abendsandalen. Schwarze Chanel-Pumps, passend für den Sitzungssaal oder ein Fünf-Sterne-Restaurant.

Woodrow Wilson trug gerne weiße Schuhe zu seinen Leinenanzügen. Lincoln hatte den größten Präsidentenschuh, Größe 48½ , während Rutherford B. Hayes mit Größe 39 den kleinsten hatte.

Ich muss mich entschuldigen. Manchmal schweife ich ab. So in der Art wie Moses in der Wüste. Wobei er eine bessere Entschuldigung hatte. Und einen Sprachfehler – anders als ich, weil ich eher einen Gehfehler habe und oft ins Fettnäpfchen trete.

Das ist allerdings eine lange Geschichte, deswegen zurück zu unserem planmäßigen Programm: Lady Dianas Schrank. Was haben wir denn hier, versteckt vor den neugierigen, aber nicht den neugierigsten Blicken hinter einer Reihe Kleider? Hmm …

Leder-Corsagen und Kopfgeschirr. Ketten und Peitschen. Vibratoren in verschiedenen Farben und Formen. Einer ist lila und am Ende gebogen, bin mir aber nicht sicher, warum. Die meisten sind wie das männliche Glied geformt, doch einige verfügen aus welchem Grund auch immer über irgendwelche Anhängsel. Ich finde eine Kette mit schwarzen Perlen … wozu die wohl dient? Brustwarzenringe – die habe ich vermutlich richtig erkannt. Cremes und Lotionen. Eine lange gelbe Feder.

Dann höre, sehe und spüre ich es gleichzeitig – eine Bewegung auf dem Teppich, etwas streift an meinem Bein, geht um mich herum …

»Hey, Zimttiger«, sage ich, nachdem mein Schrecken abgeebbt ist und der Schauder meine Nackenhaare wieder verlassen hat. Dianas Abessinierkatze, drei Jahre alt. Das Wort Abessinier ist äthiopisch, doch die Ursprünge dieser Rasse reichen, wie man glaubt, bis ins alte Ägypten zurück. Ist das nicht komisch? Abessinierkatzen haben größere Ohren und längere Schwänze als die meisten Katzen. Ihr Fell ist am Ansatz heller als an der Spitze, eine Eigenschaft, über die nur eine Handvoll anderer Katzen verfügt. Ich habe Diana gesagt, sie soll ihre Katze Karamell nennen, weil der Name besser zu ihrem Fell passt. Außerdem mag ich Karamell lieber als Zimt, besonders in Form von Karamellbonbons.

Okay, Zeit für die Arbeit. Ich schalte das Licht im Schrank aus, bevor ich die Tür öffne – es ist immer noch dunkel draußen. Ich komme mir vor wie Paul Newman in *Der Einzelgänger.*

Nun zum Schlafzimmer. Auf einer Seite, neben der Balkontür, steht ein Schreibtisch. Daneben befinden sich zwei Steckdosen. Ich stecke den Stecker in die untere und ziehe das Kabel hinter dem Vorhang hindurch bis zum Schreibtisch. Es sieht aus wie das Kabel für einen Rechner oder ein anderes Gerät. Doch es handelt sich um einen hochauflösenden Videorekorder mit Bewegungssensor und einem zweiunddreißigstündigen Speicher, der das gesamte Zimmer in Farbe aufnimmt. Bei Bedarf lässt er sich auf Dauerbetrieb stellen, doch hier bin ich mit dem Bewegungssensor besser bedient. Ich mag dieses Gerät, weil es den Strom aus der Steckdose zieht und damit keine Batterie benötigt. Und es überträgt keine Signale, sondern zeichnet sie nur auf einer SD-Karte auf, die sich auf einem Rechner abspielen lässt. Daher fällt das Gerät nicht auf, wenn man nach Wanzen sucht.

Geduckt husche ich vom Schlafzimmer in Dianas Wohnbereich, zu dem eine offene Küche und eine Essecke gehören. Ihre Wohnung liegt im obersten Stock eines Wohnhauses in Georgetown, was heißt, sie bezahlt wegen der Lage einen höheren Quadratmeterpreis.

Ich möchte keinen weiteren Stecker verwenden. Wenn der eine entdeckt wird, findet man auch den anderen. Risikoverteilung, sage ich mir. Aber die nächste Sache wird komplizierter, als nur etwas mit einer Steckdose zu verbinden, daher brauche ich mein Nachtsichtgerät – wie der Serienmörder in *Das Schweigen der Lämmer,* wobei ich nie einen Menschen getötet, geschweige denn gehäutet habe.

Ein Mord kann als Selbstmord und ein Selbstmord als Mord getarnt werden.

Haben Sie auch genug von Hausbränden und Eindringlingen? Möchten Sie Ihre Partygäste beobachten, sie aber gleichzeitig vor einer Rauchvergiftung schützen? Hier ist unser praktischer Kompaktrauchmelder mit versteckter Farbkamera. Dieses einfach zu bedienende Deckengerät ist in drei Farben lieferbar und passt sich daher jeder Einrichtung an. Und das Beste: Dank der 3,6-mm-Lochkamera mit Mikrofon bekommen Sie alles mit, was in diesem Raum passiert. Aber damit nicht genug: Wenn Sie gleich zuschlagen, legen wir ohne Aufpreis einen 12-Volt-Adapter dazu!

Ich bin ganz und gar nicht so normal, wie es den Anschein hat. Okay, alles erledigt. Die Küche sieht genauso aus wie vorher. Ich lege Dianas alten Rauchmelder und mein Nachtsichtgerät in meine Sporttasche und bleibe eine Minute stehen, um zu überlegen, ob ich auch nichts vergessen habe.

Ich sehe auf meine Uhr – 21:57 Uhr. Meine Anweisung lautete, um zehn Uhr fertig zu sein. Also bleiben mir noch drei Minuten.

Als ich zum Türknauf greife, trifft es mich wie der Schlag – mir ist ein schrecklicher Fehler unterlaufen.

Nicht Paul Newman hat in *Der Einzelgänger* mitgespielt, sondern James Caan.

Wie konnte ich nur Paul Newman mit James Caan verwechseln? Muss an den Nerven liegen.

Ich schließe ab und husche den Flur entlang zum Notausgang, der sich mit einem Schlüssel öffnen lässt. Ich drücke die Tür auf und verschwinde in dem Moment in die dunkle Nacht hinaus, in dem am anderen Ende des Flurs mit einem *Ding* der Fahrstuhl angekündigt wird.

2

Ich gehe, das Geländer der Feuertreppe fest im Griff, alle sechs Stockwerke langsam nach unten. Ich habe Höhenangst. Die Präsidenten Washington und Jefferson wollten die Bauten der Stadt Washington D.C. niedrig halten. Ich stehe voll hinter diesem Konzept.

Das Cairo Hotel an der Q Street, erbaut in den 1890er-Jahren, ist fünfzig Meter hoch und überragt die Nachbarhäuser. Als Reaktion auf den Aufschrei, der dem Bau folgte, verabschiedete der Kongress ein paar Jahre später ein Gesetz, das die Höhe der Gebäude beschränkt. Doch bereits 1910 wurden weitere Änderungen verabschiedet und die Auflagen noch strenger. Jetzt darf die Höhe eines Gebäudes in der Hauptstadt die Breite der Straße plus sieben Meter nicht überschreiten. Die meisten Straßen in Washington sind höchstens vierunddreißig Meter breit und die meisten Gebäude deswegen nicht höher als vierzig Meter, was heißt, sie haben selten mehr als dreizehn Stockwerke.

Trotzdem noch zu hoch für mich. Ich kann nicht nahe an einer Kante stehen, allerdings nicht aus Angst davor, mein Gleichgewicht zu verlieren oder auszurutschen. Ich habe Angst, dass ich springe.

Unten angekommen, gehe ich über den Parkplatz und von dort die Stufen hinauf zum Ziegelpflasterweg, der entlang des C&O Canal verläuft. Diana wohnt in einem winzigen, sich über zwei Blocks erstreckenden Abschnitt der 33rd Street zwischen dem Potomac River im Süden und dem Chesapeake and Ohio Canal im Norden. Sie wohnt im letzten Gebäude der Sackgasse zum Kanal, daher kann ich ungestört zur Vorderseite des Gebäudes zurückmarschieren.

Hier draußen ist es im August stickig heiß. Die Hauptstadt wurde auf Sumpfland gebaut, was die Feuchtigkeit zu dieser Jahreszeit unerträglich macht. Man kann dem Kongress die eingelegte Sommerpause kaum übel nehmen.

Zwei jüngere Typen stehen vor dem Loftgebäude auf der anderen Straßenseite. Sie rauchen und begutachten mein Motorrad.

»Geile Maschine«, sagt einer von ihnen, ein kleiner, heruntergekommener Typ wie Joaquin Phoenix in *To Die For* – meiner Meinung nach der Film, in dem Nicole Kidman zum ersten Mal Kinoreife bewies.

»Gefällt sie euch?«, frage ich. Mir gefällt sie auch. Eine 2009er Triumph America. Zwei obenliegende Nockenwellen, 865 ccm, Zweizylinder-Viertaktmotor, Zwei-in-eins-Auspuffanlage, Phantomschwarz mit Chromverzierungen. Ja, wie das Motorrad, das Colin Farrell in *Daredevil* fuhr. Ich sage nicht, dass ich es mir aus diesem Grund gekauft habe. Behaupte aber auch nicht das Gegenteil. Die Maschine ist einfach nur geil.

»Fährst du damit viel durch die Gegend?«, fragt der Typ weiter.

Colin Farrell war wahnsinnig gut in *Nicht auflegen!* Mir gefiel dieser Polizeifilm, den er mit Edward Norton gedreht hatte, und dieser futuristische Film, in dem er mit Tom Cruise spielte, *Minority Report.* Als Schauspieler wird er unterbewertet. Er sollte einen Film mit Nicole Kidman drehen.

»Ja, ich führe sie aus, sooft ich kann«, antworte ich.

Eigentlich sollte ich mich hier nicht zur Schau stellen, trotzdem schwatze ich mit zwei Typen über mein Motorrad.

Ich blicke in der Dunkelheit hinauf zu Dianas Wohnung mit dem dreieckigen Balkon, der über die 33rd Street hinausragt. Der Balkon dient mehr als Garten. Die Simse an den Seiten quellen über mit Topfpflanzen, auf dem Boden stehen ein paar kleine Bäume, die Diana liebevoll versorgt.

In der Küche wird Licht eingeschaltet.

»Was hast du hier vorne drauf?«, fragt der Typ und tritt gegen meinen Vorderreifen.

»Einen A 110/90 ME880«, antworte ich. »Ich fahre gerne vorne und hinten mit 880ern.«

Diana ist schon zu Hause? Das ist … interessant.

»Super«, sagt der Typ. »Mein Reifenhändler verkauft keine Metzeler. Ich bin die ganzen Jahre über Avons gefahren.«

Ich drehe mich wieder zu dem Typen. »Die laufen aber auch ganz gut.«

Er fragt mich nach dem Namen des Reifenhändlers, notiert ihn sich auf einem Fetzen Papier. Dann springe ich auf mein Motorrad und blicke ein letztes Mal zu Dianas Balkon hinauf. Gute Nacht, Lady Di …

… was …

»Nein!«, schreie ich.

Ein Mensch stürzt kopfüber von Dianas Balkon sechs Stockwerke tief auf den Boden. Ich schließe meine Augen und wende mich ab, doch ich kann mir nicht die Ohren zuhalten, um die widerlichen Geräusche auszuschalten, wenn ein Mensch auf den Boden knallt und Knochen brechen und knirschen.

3

Ich springe vom Motorrad und renne zu ihr. Nein, das kann nicht sein! Es kann nicht Diana sein …

»Hast du das gesehen?«

»Was ist passiert?« Zwei Frauen sind vor mir da. Sie sind aus einem Wagen in der geschwungenen Einfahrt ausgestiegen und knien neben ihr.

Oh Diana. Sie liegt knapp neben der Straße, die Gliedmaßen ausgestreckt und mit dem Gesicht nach unten. Ihr glänzendes Haar ergießt sich über ihr zertrümmertes Gesicht und über den Bordstein. Blut läuft auf die Straße. Ich stehe neben den beiden Frauen, blicke über sie hinweg auf die einzige Frau, die ich je …

Warum, Diana? Warum solltest du dir so was antun?

»Hat jemand gesehen, was passiert ist?«, ruft jemand. »Das war Dianas Balkon!«, ruft ein anderer, der auf das Gebäude zurennt.

Rasch hat sich eine kleine Menschentraube gebildet, doch alle starren Diana nur an wie ein Ausstellungsstück in einem Museum. Sie ist … ich bringe dieses Wort nicht über die Lippen, aber sie atmet nicht, ihr Körper ist zertrümmert, sie … lebt nicht mehr.

Lasst sie in Ruhe, sage ich zu mir selbst, vielleicht auch laut. *Gebt ihr etwas Raum. Lasst ihr ihre Würde.*

Zumindest ist es dunkel, was ihr dankbarerweise etwas Privatsphäre verleiht. Man kann ihr zerstörtes Gesicht, den Schmerz nicht sehen. Das entspricht in seltsamer Weise ihrem Stolz und ihrer Entschlossenheit, mit dem sie selbst im Tod ihr zertrümmertes Gesicht verbirgt.

Jemand fragt nach einem Krankenwagen. Dann halten plötzlich zehn Leute gleichzeitig ihr Telefon in der Hand. Ich bin hilflos in die Hocke gegangen, kann nichts für sie tun. Dann sehe ich, rechts von mir zwischen den Füßen einiger Schaulustiger, Teile eines zerbrochenen Blumentopfs und Erde, bemerke sogar einen Hauch von Zimt. Ich sehe wieder hinauf zum Balkon, ohne aus diesem Blickwinkel in der Dunkelheit etwas erkennen zu können. Müssen ihre Apfelduft-Pelargonien sein, die sie im Sommer vorne an die Spitze ihres dreikantigen Balkons stellt.

Ich ziehe mich zurück auf die 33rd Street, verlasse die Ansammlung von Menschen, weil ich ihre morbide Neugier plötzlich nicht mehr ertrage.

Ich drehe mich um und übergebe mich auf der Straße, sinke, ohne mir dessen bewusst zu sein, auf alle viere.

Dianas Hand auf meiner Wange. Diana, die kichert, als sie sich in dem neuen Café auf der M Street mit Milch bekleckert. Diana, die mir vor einem Monat ihr braun gefärbtes Haar zeigt und wissen will, wie ich es finde. Dieser Blick, wenn ihr etwas durch den Kopf ging, das sie aber nicht sagen wollte. Wenn sie sich umdrehte, mich ansah, bemerkte, dass ich es war, und lächelte. Dieses sorgenfreie Lächeln, das doch nicht so sorgenfrei war. *Sie hat was gegen Angstzustände genommen, du Idiot. Wie konnte dir das entgehen? Wie konntest du die Zeichen übersehen?*

Sie brauchte meine Hilfe, doch ich bin nicht für sie da gewesen. Ich habe es nicht vorausgesehen. Mir war nie in den Sinn gekommen, dass Selbstmord für sie eine Option sein könnte.

Ein Mord kann als Selbstmord und ein Selbstmord als Mord getarnt werden.

»Hey, Kump…«

Die Apfelduft-Pelargonie.

»… hier dreht einer durch!«

Lauf, Benjamin, lauf.

Sirenen ertönen, blitzende Lichter durchschneiden die Dunkelheit, nehmen mir die Luft zum Atmen …

»Bleib ruhig«, ermahne ich mich. »Bleib ruhig, Benjamin.« Ich nehme einen tiefen Atemzug und rappele mich hoch.

»Okay.« Ich springe auf mein Motorrad und rase davon.

4

Ich meide den Highway und nehme lieber die Independence nach Hause, passe mich dem gleichmäßigen Tempo des Verkehrs an, weil ich mir im Moment nicht zutraue, mit hoher Geschwindigkeit zu fahren oder andere Fahrzeuge zu überholen. Tränen trüben meinen Blick, meine Hände zittern so heftig, dass ich kaum den Lenker halten kann.

Die Independence führt auf direkterem Weg nach Hause – 7,15 Kilometer von Tür zu Tür, um genau zu sein, im Vergleich zu den 7,72 Kilometern über den Highway. Doch die kürzere Strecke dauert etwas länger, 15,8 Minuten gegenüber 13,2. Zu dieser Zeit am Abend, wenn kaum Verkehr herrscht, unterscheiden sich die beiden Fahrzeiten eher unwesentlich. In den vergangenen neun Monaten schwankte die Zeit zwischen zweiundzwanzig Minuten, achtzehn Sekunden und elf Minuten, fünf Sekunden, doch tagsüber konnte ich die Strecken nie vergleichen, weil man zu dieser Zeit auf der Constitution und Independence nicht abbiegen darf. Dann muss ich die Route leicht verändern, was jeden Vergleich zunichtemacht. Wie Birnen mit Äpfeln. Äpfel mit Birnen.

Apfelduft-Pelargonien.

Fiona Apple sollte berühmter sein. Sie sollte genauso berühmt sein, wie es Amy Winehouse war. Ihnen gemeinsam ist die kehlige Soulstimme, doch trotz »Criminal« blieb Fiona der Durchbruch versagt. Nicht dass Amy in letzter Zeit besser abgeschnitten hätte.

Tja, meine abschweifenden Gedanken … Wird schlimmer, wenn ich unter Stress stehe. Dr. Vance hatte eine schicke Bezeichnung dafür: adrenalinbedingter emotionaler Rückzug. Ich dachte immer, er versuchte nur, das viele Geld zu rechtfertigen, das mein Vater ihm bezahlt hat, um mich wieder »hinzukriegen«. Es dauerte eine Weile, bis ich herausfand, dass ich unter einer »Pater Crudelis«-Störung leide.

Ich fahre die Pennsylvania entlang, einen Straßenblock vom Weißen Haus entfernt, das mich wie alles, wie ein Lied oder ein Baum oder der Sauerstoff, an Diana erinnert. *Er ist so talentiert,* sagte sie über den Präsidenten. *Er versteht wie kein anderer zuvor, was wir zu tun versuchen.*

Oh Diana. Intelligente, besorgte, idealistische Diana. Hast du dir das selbst angetan? Oder hat dich jemand getötet? Keine der beiden Möglichkeiten ergibt einen Sinn.

Aber ich werde es herausfinden. Mit so etwas verdiene ich schließlich meinen Lebensunterhalt.

Ein mir auf der Constitution Avenue entgegenkommender Geländewagen hupt. Nur zwei Präsidenten haben die amerikanische Verfassung unterzeichnet, Washington und Madison. Madison war auch der Präsident mit der kürzesten Amtszeit. Und der erste, der zuvor Mitglied des Kong…

Ich reiße den Lenker herum und umklammere die Bremse mit aller Kraft, die ich aufbringen kann, um dem Mazda RX-7 vor mir auszuweichen, bleibe quer auf der Straße stehen. Rote Ampel bedeutet halten, Ben. Konzentrier dich! Du schaffst das.

Benjamin, je eher du deine Grenzen erkennst, desto besser.

Du bist nicht wie die anderen, Benjamin. Das warst du nie. Selbst vor … nun, selbst vor der Zeit, als das mit deiner Mutter passierte.

Du wirst alle Zeit der Welt haben, um Freunde zu finden, wenn du erwachsen bist.

Diana war meine Freundin. Und hätte weit mehr sein können. Wäre es auf jeden Fall geworden.

Ich kann das schaffen. Ich muss nur meine Medikamente nehmen, muss nur nach Hause fahren.

Die Ampel schaltet auf Grün. Ich lenke mein Motorrad in Fahrtrichtung und fahre weiter.

Diana Marie Hotchkiss. Marie war der Name ihrer Tante, Diana der ihrer Großmutter. Geboren am 11. Januar 1978 in Madison in Wisconsin, spielte Volleyball und Softball, schnitt an der Edgewood High School of the Sacred Heart, wo sie 1995 ihren Abschluss machte, als beste Spanischstudentin ab …

Hupen. Jemand hupt wegen etwas, das ich getan habe. Was habe ich denn getan?

»Halt's Maul und lass mich in Ruhe!«, rufe ich, ohne natürlich vom Wagen hinter mir eine Antwort zu erwarten – geschweige denn, dass mich dort jemand hört.

»Fahren Sie mit Ihrem Motorrad an den Straßenrand und schalten Sie den Motor aus!«, dröhnt eine Stimme durch einen Lautsprecher.

Ich blicke in den Rückspiegel und bemerke erst jetzt die blitzenden Lichter. Es ist kein wütender Autofahrer.

Es ist ein Polizist.

Das könnte interessant werden.

5

Ich halte am Fahrbahnrand der Constitution Avenue an und schalte den Motor aus.

Der erste bekannte Mord an einem Polizisten ereignete sich 1792 in einem Teil von New York, wo heute die South Bronx liegt. Der Täter, Ryer, entstammte einer bekannten Bauernfamilie und war an einer Schlägerei unter Betrunkenen beteiligt gewesen. Möchtet Ihr den lustigen Teil der Geschichte hören?

»Einen schönen guten Abend«, grüßt der Polizist, während er auf mich zukommt. Ich werde vom Suchscheinwerfer seines Wagens beleuchtet, den er auf mich gerichtet hat.

Der lustige Teil ist, dass eines der Polizeireviere in der Bronx an der Ryer Avenue liegt, die nach dieser Familie benannt wurde.

Ich reiche ihm meinen Führerschein und meinen Fahrzeugschein. Wahrscheinlich hat er mein Nummernschild schon überprüft. Er weiß bereits, wer ich bin.

»Möchten Sie nicht Ihren Helm abnehmen, Sir?«

Eigentlich nicht, nein. Aber ich tue es trotzdem. Er blickt mir lange in die Augen. Der Anblick kann nicht schön sein.

»Wissen Sie, warum ich Sie angehalten habe, Mr Casper?«

Weil du das darfst? Weil du die Macht hast, so ziemlich jeden, sobald dir der Sinn danach steht, anzuhalten, zu filzen, zu verhaften und einzusperren? Weil du ein unter Verstopfung und Impotenz leidender, größenwahnsinniger Transvestit bist?

»Ich habe da hinten leicht die Kontrolle verloren«, räume ich ein.

»Sie haben beinahe einen Unfall verursacht«, erwidert er. Der Kerl hat einen Schnauzer. Hat sich die Polizei diesen Typen von den Village People ausgeliehen?

Ich mag keine Bärte, und selbst wenn, würde ich mir keinen Schnauzer stehen lassen. Wahrscheinlich würde ich mich für einen Zwei-Tage-Bart entscheiden, wie Don Johnson in *Miami Vice* ihn trug. Das wäre echt lässig.

»Innerhalb eines Straßenblocks haben Sie die Mittellinie dreimal überfahren«, klärt er mich auf.

Ich beschließe, mein Zeugnisverweigerungsrecht wahrzunehmen. Und bete, dass er mich nicht fragt, was sich in meiner Tasche befindet – zum Beispiel das Nachtsichtgerät oder ein benutzter Rauchmelder oder ein paar elementare Werkzeuge. Oder die Körperlotion, die ich aus Dianas Schrank mitgenommen habe.

Ich muss nach Hause. Ich brauche Zeit, um nachzudenken, um mir einen Reim auf alles zu machen.

»Haben Sie etwas getrunken, Sir?«

Er steht dicht neben mir. Eines der Risiken, einen Motorradfahrer anzuhalten. Ich könnte mir zum Spaß seinen Schlagstock oder seine Handschellen schnappen, vielleicht auch seine Waffe aus dem Holster, noch bevor er »Doughnut« sagen kann. Wahrscheinlich würde er das nicht lustig finden.

Aber wenn er zu aufdringlich wird, mach ich das vielleicht wirklich. Habe ich schon erwähnt, dass ich mir manchmal selbst nicht traue?

»Nüchtern wie ein Priester«, antworte ich. Wobei der Priester, der mich während meiner Jugend begleitete, Vater Calvin, dem Alkohol völlig verfallen war.

»Hat Sie heute Abend etwas aus der Fassung gebracht?«, fragt er weiter.

Hm, der Abend begann ganz gut, als ich erfolgreich die Überwachungsgeräte in der Wohnung der Frau anbrachte, die ich liebe. Der Abend wandte sich zum Schlechteren, als sie sich kurz darauf in den Tod stürzte. *Und wonach hört sich das an, Herr Polizist?*

»Hab mit meiner Freundin gestritten«, erkläre ich. »Mein Fahrstil tut mir leid. Ich habe mich ein bisschen geärgert. Ich bin völlig nüchtern und werde vorsichtig nach Hause fahren. Ich wohne auf dem Hill, nur fünf Minuten von hier entfernt.«

Ich kann mich ganz normal geben, wenn ich muss. Er sieht mich eine Weile an, blickt mir in die Augen und sagt, ich solle sitzen bleiben. Mit meinem Führerschein und meinem Fahrzeugschein geht er zu seinem Wagen zurück. Er wird nichts Interessantes finden. Mein Vorstrafenregister ist leer – jedenfalls dasjenige, das er finden wird.

Ulysses S. Grant wurde einmal angehalten, weil er zu schnell geritten war. Die Strafe betrug zwanzig Dollar, und er bestand darauf, sie zu bezahlen. Franklin Pierce wurde verhaftet, weil er eine alte Dame mit seinem Pferd niedergetrampelt hatte, doch die Anklage wurde fallen gelassen.

»Sie sind Reporter«, informiert mich der Polizist, als er zurückkehrt. »Beim *Capital Beat.* Ich hab schon was von Ihnen gelesen. Dachte mir doch, dass ich Ihren Namen kenne.«

Ich bin sogar Korrespondent fürs Weiße Haus und Inhaber des Verlags. Einer der Vorteile, einen reichen Großvater zu haben. Heißt das, dass er mir keinen Strafzettel verpasst?

Nein. Er wirft mir eine rücksichtslose Fahrweise und das Überfahren der Mittellinie vor. Das scheint mir doppelt gemoppelt zu sein, doch jetzt ist nicht der richtige Zeitpunkt, um mich über Logik zu streiten. Ich will nur, dass er mich nach Hause fahren lässt, was er in jedem Fall tun wird, auch wenn er mir einen Strafzettel verpasst. Das ist gut. Aber gut ist auch: Dieser Polizist hat mich seltsamerweise beruhigt, er hat mich gezwungen, irgendwie wieder normal zu werden.

Schlecht ist: Ich wurde innerhalb einer Stunde nach Dianas Tod in der Nähe ihrer Wohnung registriert.

6

Ich schlafe nicht, trotzdem träume ich: von einer Waffe auf einem Badezimmerboden; von einer auf einem Bürgersteig liegenden Frau; von Blutspritzern auf einem Duschvorhang; von leeren, leblosen Augen; von einem Schrei, den niemand hören kann; von einem Blutstropfen in freiem Fall, der die Form einer Kugel annimmt, bevor er geräuschlos auf einer Oberfläche auftrifft.

»Diana«, sage ich laut. Mein Kopf schnellt nach oben. Ich stehe vom Treppenabsatz im ersten Stock auf und eile nach unten. Habe ich ihre Stimme gehört?

»Diana?«

Ich sehe in der Küche nach, im Wohnzimmer, im Bad.

Draußen löst sich die Dunkelheit langsam auf. Morgengrauen. Sieben Stunden sind vergangen, die sich wie sieben qualvolle Jahrzehnte anfühlen. Ich bin in Schweiß gebadet, langsam beruhigt sich mein Puls. Meine Gliedmaßen schmerzen, und ich schnappe nach Luft, als stünde jemand auf meinem Brustkorb.

Ich renne zur Eingangstür und spähe durch den Spion: Ein weißer Lieferwagen steht direkt vor meinem Haus. Zufall? Zwei Jogger rennen auf der anderen Straßenseite durch den Garfield Park. Oscar, der Riesenschnauzer meines Nachbarn, pinkelt an meine Mauer am Bürgersteig. Riesenschnauzer jagen mir eine Höllenangst ein. Man sollte nur kleine Rassen zulassen. Welchen Sinn hat es, dass Hunde so groß werden? Irgendwie erinnern sie mich an den Schauspieler Wilford Brimley. Der Kerl ist schon mein ganzes Leben hindurch sechzig Jahre alt.

Präsident Johnson hatte mindestens drei Hunde, meistens Beagles. Zwei nannte er Er und Sie. George Washington hielt

Hetzhunde, doch er mochte alle Rassen. Während der Schlacht von Germantown begegnete ihnen ein Terrier, der dem britischen General Howe gehörte, seinem Erzfeind. Seine Truppe wollte ihn als Trophäe behalten, doch Washington badete ihn, gab ihm etwas zu fressen und rief einen Waffenstillstand aus, damit seine Männer, eine weiße Flagge schwenkend, den Köter über die feindliche Linie hinweg dem Eigentümer zurückgeben konnten. Frankie D. Roosevelt nahm seinen Hund immer ...

Plötzlich taucht ein Kind wie aus dem Nichts auf und schleudert eine Zeitung in Richtung meiner Tür.

Ich ducke mich, was keinen Sinn ergibt, und verfluche schweigend den Zeitungsjungen – irgendwann wird er sein Fett abkriegen. Schließlich komme ich auf die Idee, dass ich gestern Abend meine Medikamente hätte nehmen sollen. Aber dafür habe ich jetzt keine Zeit. Ich muss unbedingt hier raus.

Zuerst muss ich duschen, weil ich nach Schweiß und dieser Vanille-Lotion aus Dianas Schrank stinke. Ich glaube, es sollte noch eine weitere Person anwesend sein, wenn man sie verwendet. Calvin Coolidge mochte immer, dass man ihm Vaseline auf den Kopf schmierte, wenn er im Bett frühstückte. »Vasoline« ist nach »Interstate Love Song« das zweitbeste Lied der Stone Temple Pilots.

Wahrscheinlich hätte ich gestern Abend besser eine Tablette genommen, aber ich mag die Nebenwirkungen nicht, zu denen unter anderem Übelkeit, Klingeln in den Ohren und, oh ja, Impotenz gehören. *Bewahrt Sie davor, sich runterziehen zu lassen, und bewahrt Sie davor, einen hochzukriegen.*

Nicht dass Impotenz im Moment mein größtes Problem wäre. Auch für diese Herausforderung muss noch jemand anderes im Zimmer sein, wie ich neulich herausfand. Ich hatte mit acht Frauen insgesamt neunundneunzig Mal Sex. Die kürzeste Begegnung vom Vorspiel bis zum Höhepunkt betrug drei Minuten und mehr oder weniger vierzehn Sekunden. Ich sage

»mehr oder weniger«, weil es ein bisschen komisch ist, gleich danach zur Stoppuhr zu greifen, also schätzte man die Zeit ab: fünf Sekunden, um ihn herauszuziehen, und zwischen fünf und zehn Sekunden für ein Kompliment, bevor man verstohlen auf seine Armbanduhr blickt.

Um eure Neugier zu befriedigen: Die längste Begegnung betrug siebenundvierzig Minuten und mehr oder weniger dreißig Sekunden. Alle meine Begegnungen zusammengenommen, einschließlich Auf- und Abrundungen, beträgt die durchschnittliche Dauer einundzwanzig Minuten, der Medianwert achtzehn Minuten und der häufigste Wert siebzehn. Meine Mathelehrerin, Ms Greenlee, wäre stolz. Weil ich mit ihr immer länger als dreißig Minuten zusammen war.

Ich hatte allerdings nie eine Langzeitbeziehung. Aus irgendwelchen Gründen dachten die meisten Mädchen, ich wäre nicht romantisch.

Bis auf Diana. Wir hatten eine Verbindung. Wir alle sind Puzzleteile auf einem großen Brett, und sie und ich, nun ja, unsere gezackten Kanten passten einfach gut zusammen. Auch wenn sie es noch nicht gemerkt hatte.

Ich drehe das Wasser in der Dusche auf, aber reiße den Kopf wieder nach hinten. Was war das?

Ich wickle mir ein Handtuch um die Hüfte und renne ins Schlafzimmer, das zur F Street hinausgeht. Der weiße Lieferwagen steht noch immer auf der anderen Straßenseite direkt vor meinem Haus. Meine kleine, idyllische, mit Bäumen gesäumte Straße erblüht, die Stadt erwacht zum Leben. Noch mehr Hunde rennen im Garfield Park umher, der Riesenschnauzer ist aber nicht mehr dabei.

Ich gehe zur Treppe und bleibe stehen, lausche, ob ich von den beiden Stockwerken unter mir etwas höre.

Nichts.

Zufrieden kehre ich ins Schlafzimmer zurück. Laute Musik

plärrt los, zerrende Gitarren und ein dröhnender Bass werfen mich beinahe zu Boden. »Fine Again« von Seether. Ich brauche einen Moment, um mich von dem zu erholen, was ein Herzinfarkt hätte werden können. Es muss halb sieben sein. Mein Radiowecker ist auf DC101 eingestellt.

Ich drehe die Dusche heißer als heiß und malträtiere meinen Nacken mit dem Wasser. Meine Augenlider sind schwer, meine Beine wie Gummi. Dass ich die ganze Nacht aufgeblieben bin, erweist sich jetzt als großer Nachteil, weil ich mich mehr konzentrieren muss als je zuvor.

Ich werde nämlich in Dianas Wohnung zurückkehren.

7

Ich fahre mit meinem Motorrad denselben Weg zurück, den ich gestern Abend gekommen bin. Die Straßen sind relativ ruhig, da es noch keine sieben Uhr ist, außerdem hat der Kongress Sitzungspause, was heißt, seine Anhängsel – Mitarbeiter, Interessengruppen, Lobbyisten und auch Reporter – sind nur noch minimal vertreten. Wir sind in der Stadt immer noch wie die Ölsardinen zusammengepfercht, aber alles ist relativ. Ich spüre, wie die Temperatur steigt, während ich die Constitution Avenue entlangfahre. Es wird heißer werden als gestern.

Es gibt noch so viel, was ich nicht weiß. Ich weiß nicht, was Diana gestern getan hat, weder tagsüber noch am Abend. Ich weiß nur, dass mein Auftrag lautete, um zehn Uhr wieder aus ihrer Wohnung verschwunden zu sein.

Um zehn Uhr ging Calvin Coolidge gewöhnlich zu Bett und stand zwischen sieben und neun Uhr am nächsten Morgen wieder auf, außerdem machte er nachmittags ein Nickerchen. *Wenn ich schlafe, kann ich keine falschen Entscheidungen treffen,* beliebte er zu scherzen. Arthur ging selten vor zwei Uhr nachts ins Bett. Präsident Polk arbeitete regelmäßig bis spät in die Nacht und stand früh wieder auf, doch dann starb er drei Monate nach Ende seiner Amtsperiode an Erschöpfung. Allerdings kaufte er Kalifornien, was manch einer als Pluspunkt bewertet.

Was war passiert, nachdem ich ein paar Minuten vor zehn aus der Wohnung geschlichen war? Die Fahrstuhltür öffnete sich – kam Diana nach Hause? War sie allein? Und warum war es so wichtig, dass ich um zehn Uhr wieder verschwunden sein sollte?

Mein Puls rast, als ich die K Street und den Georgetown Waterfront Park entlang auf die 33rd Street zufahre. Kajakfahrer tummeln sich auf dem Potomac. Truman war unser dreiunddreißigster Präsident, aber der zweiunddreißigste im Amt, da Grover Cleveland in zwei nicht aufeinander folgenden Perioden gewählt wurde, nachdem er 1888 zwar seine Wiederwahl gegen Benjamin Harrison verlor, aber an Popularität gewann. Dann durchkreuzte er Harrisons Versuch zur Wiederwahl und gewann die zweite Amtszeit vier Jahre nach seiner ersten, nachdem sich Harrison wegen seiner kranken Frau nicht dem Wahlkampf stellen konnte.

Vielleicht hätte ich meine Medikamente nehmen sollen.

Ich biege nach rechts auf die 33rd und fahre nach Norden auf den Kanal und Dianas Wohnhaus zu. Knapp einen Straßenblock entfernt stelle ich mein Motorrad ab und gehe, schwitzend wegen der bereits hohen Luftfeuchtigkeit und wahrscheinlich auch wegen meiner Nervosität, die Straße entlang.

Ich fühle mich wie Bruce Willis in *Pulp Fiction,* als er in seine Wohnung zurückkehrt, nachdem er seinen Gegner im Boxring getötet und einen Gangster verraten hat. Würde John Travolta drinnen auf mich warten, würde ich ihn fragen, warum er in *Battlefield Earth – Kampf um die Erde* mitgespielt hat. Würde ich ein Bruce-Willis-Filmfestival veranstalten, würde ich mir *The Sixth Sense, Stirb langsam, Unbreakable – Unzerbrechlich* und *Pulp* ansehen. Und vielleicht *Ocean's 12,* auch wenn er sich nur selbst gespielt hat. Hey, das ist mein Filmfestival mit meinen Regeln.

Es könnte riskant werden. Ich muss aufpassen, darf mich nicht sehen lassen. Ich habe einen Schlüssel zu ihrer Wohnung, aber einige Leute könnten mich erkennen. Hätte ich doch nur eine von diesen realistischen Masken, die die Schauspieler in *Mission Impossible* trugen und sich in dramatischer Manier vom Kopf rissen, um ihre wahre Identität preiszugeben. Aber hier ist nur der einsame alte Benjamin. Ich falle nicht besonders auf. Ich kann perfekt in der Menge untertauchen. Früher hieß es immer, ich sähe wie mein Vater aus, was als Kompliment gedacht war, auch wenn es mich eher an eine Tetanusspritze erinnerte. Diana sagte, ich ähnele Johnny Depp. Vielleicht sollte ich mich als Pirat verkleiden. Oder als John Dillinger. Oder Willy Wonka.

Je näher ich komme, desto mehr schnürt sich mir der Brustkorb zusammen und desto trockener wird meine Kehle. Meine Beine werden wie Gummi. Hier endete gestern Abend Dianas Leben. Diese Tatsache ist bei mir noch nicht ganz angekommen. Mir wurde ein Fausthieb verpasst, aber ein blauer Fleck ist noch nicht zu sehen. Mein Hirn weiß es, mein Körper reagiert, doch irgendwie scheint die Sache noch nicht real zu sein.

Doch das passiert jetzt ganz plötzlich. Es wird konkret. Das Bild von Diana, die vom Balkon herabstürzt, taucht vor mir auf. Ich möchte die Zeit zurückdrehen, wie Superman es tat, um Lois Lane zu retten, und herausfinden, was mit Diana passiert ist, was jemanden veranlasst hat, sie zu töten, oder sie veranlasst hat, sich das Leben zu nehmen. *Sprich mit mir, Diana, gib mir einen Hinweis, sag mir, wie ich herausfinden kann ...*

Ein Mann in Zivil steht nahe der Stelle, an der Diana aufschlug, und blickt zum Balkon hinauf. Sofern er kein Architekt oder Immobilienmakler oder ein großer Fan von Balkonen ist, gehört er wahrscheinlich zur Washingtoner Polizei. Als er sich in meine Richtung wendet, sehe ich seinen Schnurrbart, was meine Vermutung bestätigt: Er ist Polizist und untersucht Dianas Tod.

In Gedanken versunken, ist mir ein schrecklicher Fehler unterlaufen. Wie erstarrt stehe ich nur drei Meter von ihm entfernt, was mich natürlich zu einer auffälligen Erscheinung macht. Er dreht sich um und sieht mich an. Ich blicke zurück. Keiner von uns sagt ein Wort. Die Sache wird mit jeder Sekunde schlimmer. Die Situation entspricht dem, was Uma Thurman in *Pulp Fiction* unbehagliches Schweigen nennt. Ob er wohl meinen pochenden Puls hört?

Es ist viel zu spät, um einfach an ihm vorbeizugehen. Hals über Kopf davonzurennen ist eine Möglichkeit. Wahrscheinlich wäre ich schneller als er, überlege ich, als ich ihn von oben bis unten betrachte, doch alles in allem erscheint mir eine Flucht der letzte Ausweg zu sein. Vielleicht hat er beobachtet, wie ich mein Motorrad abgestellt habe, sodass er, selbst wenn mir die Flucht gelingen sollte, nur einmal anrufen muss, um alles über mich herauszufinden – einschließlich der Tatsache, dass ich gestern Abend hier in der Gegend mit dem Motorrad umherirrte und mich völlig danebenbenahm.

Oh, das läuft echt gut, Ben. Tolle Idee, einfach hierherzukommen.

Er tritt einen Schritt auf mich zu, steckt sich einen Streifen Kaugummi in den Mund und nickt mir zu.

»Morgen«, grüßt er mich mit geübter Ruhe. Aber mir ist klar: Er sieht es in meinen Augen. Er ist besser als der Straßenpolizist mit dem Schnauzer gestern Abend. Seine Antennen sind ausgefahren. Er weiß es. *Er weiß es.*

Und jetzt, Schlaumeier?

»Wohnen Sie hier in der Gegend?«, fragt er mit unaufdringlicher Neugier, als wolle er sich nur nach dem Weg zum Washington Monument erkundigen.

Ich antworte nicht. Stattdessen greife ich mit der linken Hand hinter meinen Rücken. Dies tue ich beiläufig, lächelnd, um sein Misstrauen nicht weiter zu wecken.

In einer gekonnt fließenden Bewegung öffnet er den Verschluss seines Holsters und schiebt seine Hand über den Revolver.

8

Er ist Linkshänder. Ich hätte mir denken können, dass das Holster an seiner linken Hüfte hängt. Präsident Garfield war Linkshänder. Ebenso wie Truman. In modernen Zeiten … Ich zeige ihm meinen Presseausweis, der hinten in meiner Hosentasche steckte. »*Capital Beat.*«

Der Polizist holt tief Luft, drosselt sein Tempo und lässt den Griff seiner Waffe los. »Jesus«, sagt er.

»Nein. Nur Reporter.«

Eigentlich war Garfield beidhändig veranlagt. Er konnte mit einer Hand in altgriechischer und mit der anderen in lateinischer Schrift schreiben. Al Pacino in *Donnie Basco* war Linkshänder. Meiner Meinung nach zeigte er dort als zurückhaltender, verzweifelter Benjamin »Lefty« Ruggiero seine beste schauspielerische Leistung.

Der Polizist überprüft kurz die Angaben. Die Ausweise werden jährlich vom Metropolitan Police Department ausgestellt. »Benjamin Casper«, liest er vor. »Oh Mann, Sie haben mir aber kurz einen tierischen Schrecken eingejagt, Benjamin Casper.«

Prima. Er hat meinen Namen zweimal genannt und damit die Wahrscheinlichkeit, sich an ihn zu erinnern, vervierfacht.

Präsident Buchanan neigte den Kopf oft nach links, weil er auf einem Auge kurz-, auf dem anderen weitsichtig war.

»Sie sollten den Ausweis aber gut sichtbar tragen, junger Mann.«

»Ich bekenne mich schuldig.« Ich nicke in Richtung von Dianas Wohnhaus. »Jemand ist gestern Abend runtergesprungen?«

Er sieht mich wieder an. »Die Presseabteilung wird später eine Erklärung herausgeben. Wir arbeiten noch an der Identifizierung.«

Das ist eindeutig ein Trick, wie ihn die Korrespondenten des Weißen Hauses täglich hören. Die meisten Detectives oder Uniformierten liefern einem die Basisinformationen, noch bevor das Pressebüro eine Erklärung herausgibt, besonders wenn man verspricht, ihren Namen im Artikel richtig zu schreiben. Für mich ist seine Antwort ein Hinweis darauf, dass der Fall anders eingestuft wird.

Der Bereich, in dem Diana auftraf, ist mit gelbem Band abgesperrt. Teile des Blumentopfs und etwas Erde von der Apfelduft-Pelargonie liegen noch dort. Das Blut ist vor allem auf dem Bürgersteig zu sehen, zieht sich aber bis über den Bordstein.

Sobald das Blut einen Körper verlässt, verhält es sich wie eine Flüssigkeit, und es kommen alle physikalischen Kräfte zur Wirkung, einschließlich der Erdanziehungskraft.

»Geben Sie mir doch einen Tipp, Detective«, bitte ich ihn. »Gibt es überhaupt keine Spur?«

Er hatte mich bereits ausgeblendet. Nachdem er mich als Reporter erkannt hat, bin ich ihm ungefähr so willkommen wie eine Kakerlake mit Blähungen. Doch meine Frage hat seine Aufmerksamkeit wieder geweckt. Er dreht sich zu mir um. »Spuren zu was? Zu einer Frau, die von ihrem Balkon gesprungen ist?«

»Was immer Sie mir darüber sagen können«, antworte ich wie ein Reporter, der abgewimmelt wird.

»Tut mir leid, Benjamin Casper. Wir tappen noch im Dunkeln.«

Was soll das mit der Wiederholung meines Namens?

Ich beschließe, den Schaden zu begrenzen und als Nettoverlust zu verbuchen. Ich habe keinen Zugang zu Dianas Wohnung, und einer der ermittelnden Detectives nannte meinen Namen drei Mal, womit praktisch garantiert ist, dass er in seinem Gedächtnis eingebrannt ist. Aber zumindest habe ich mich als Reporter ausgegeben und einen katastrophalen Fehltritt vermieden.

Und die Fahrt war nicht völlig umsonst. Ich habe drei Dinge erfahren, die ich vorher nicht wusste. Erstens, das Metropolitan Police Department behandelt Dianas Tod als Mord. Zweitens, sie tun so, als täten sie genau das nicht.

Und drittens, ein Stück die Straße hinunter sitzen zwei Typen mit Sonnenbrillen in einem Lexus und scheinen sich tierisch für mich und den Polizisten zu interessieren.

9

Ich starte meine Triumph, klappe das Visier nach unten und drehe mich in die Richtung des Lexus mit den beiden Typen, um einen kurzen Blick zu erhaschen. Sie sind weiß und muskulös, haben kantige Kiefer und Verstopfung. Gut, das mit der Verstopfung ist nur eine Vermutung. Ich weiß nicht, was sie vorhaben, aber es ist nicht der richtige Zeitpunkt, um das herauszufinden – nicht, solange ich den Überraschungsmoment nicht nutzen kann. Schließlich sind sie zu zweit und ich bin alleine, sie sitzen in einem Auto, ich sitze auf einem Motorrad. Abgesehen davon habe ich an diesem Vormittag schon genügend Aufmerksamkeit erregt.

Langsam fahre ich nach Hause zurück, um ihnen die Chance zu geben, mir zu folgen. Das tun sie nicht. Dann haben sie vielleicht kein Interesse an Diana. Vielleicht wollten sie von ihrem Aussichtspunkt aus nur den Potomac betrachten. Vielleicht wollten sie nur Vögel beobachten.

Manchmal fuhr Diana mit mir auf meiner Triumph. Es waren die besten Momente, die mir jemals auf einem Motorrad vergönnt waren, während Diana ihre Arme um meinen Oberkörper geschlungen und ihr Kinn auf meine Schulter gelegt hatte. Fühlte sich an wie ein echtes Abenteuer. Leider habe ich noch nicht kapiert, dass sie nie wieder mit mir Motorrad fahren würde.

Wir wären ein Paar geworden. Das weiß ich. Die besten Paare sind diejenigen, die vorher Freunde waren, wie Billy Crystal und Meg Ryan in *Harry und Sally.* Allerdings – das muss man schon sagen – war sie viel zu schön für ihn. Jedenfalls finden die meisten Menschen aufgrund der sexuellen Anziehung zueinander und versuchen anschließend herauszufinden, ob sie zusammenpassen. Der Sex lenkt sie ab, und sie merken zu spät, dass sich ihre Teile nicht ineinanderfügen. Diana und ich waren anders. Wir waren Kumpel. Freunde. Klar, ich wollte mehr, doch ihr Widerstand zwang uns, eine andere Art der Beziehung zu entwickeln. Sobald wir zum romantischen Teil gekommen wären, wäre die Checkliste bereits abgearbeitet gewesen.

Oder vielleicht habe ich nur geträumt. Das werde ich nie mit Sicherheit herausfinden.

Weil jemand sie getötet hat. Dessen jedenfalls bin ich mir sicher. Sie liebte diese Apfelduft-Pelargonien. Selbst wenn sie hätte sterben wollen, hätte sie darauf geachtet, sie bei ihrem Sprung nicht mit nach unten zu reißen. Sie hätte sich nicht einfach kopfüber hinuntergestürzt.

Ich kann mir vorstellen, wie ein Polizist über meine Analyse lacht. Der Fall der gefallenen Pelargonie. *Jemand in diesem Zimmer ist Florist!*

Man muss Diana kennen, wie ich sie gekannt habe.

Die Überwachungskameras in ihrer Wohnung jedenfalls werden die Wahrheit erzählen. Ich muss nur warten, bis sich die Polizei zurückgezogen hat …

Moment mal! Kannte Diana jemanden, der sie töten wollte?

Hat sie mich deswegen gebeten, die Überwachungskameras in ihrer Wohnung zu installieren? Sie hat mir von sich aus nicht verraten, warum ich dies tun sollte, daher habe ich nicht gefragt. Doch jetzt ergibt alles einen Sinn.

Warum sollte sich Diana die Mühe machen, mich Abhörgeräte in ihrer Wohnung installieren zu lassen, wenn sie vorhatte, sich am selben Abend umzubringen?

Das würde sie nicht tun. Und es ist gleichzeitig die Bestätigung dafür, dass Diana Marie Hotchkiss umgebracht wurde.

Oh Diana. Hattest du Angst um dein Leben? Warum? Was hast du getan? In was bist du reingeraten? Wusstest du etwas, das du nicht wissen solltest? Hast du etwas getan, was du nicht hättest tun sollen?

Und warum hast du mir so wenig vertraut und mir nichts davon erzählt?

Ich sollte mit dieser wichtigen Information zur Polizei gehen. Sie muss wissen, dass Diana vor etwas Angst hatte und dass die Überwachungskameras das Verbrechen aufklären könnten.

Aber damit bleibt mir das gleiche Problem wie am Abend zuvor, als ich sie tot auf dem Bürgersteig liegen ließ. Ich hielt mich nur wenige Minuten vor ihrem Sturz in den Tod in ihrer Wohnung auf. Und ich floh vom Tatort.

In dem Moment, in dem ich zur Polizei gehe, werde ich zum Hauptverdächtigen.

10

Sie überfallen mich ganz plötzlich, sie sind gesichtslos, aber groß und stark, umklammern mit raschen Griffen meine Handgelenke und meinen Hals, drücken mich nach unten, während ich den Halt auf dem nassen Badezimmerboden verliere. Sie legen mir die Waffe in meine Hand, die sie fest hineindrücken und mit aller Kraft gegen meine Schläfe halten. Ich leiste Widerstand, schiebe meine Hand zur Seite, neige den Kopf weg vom Lauf, doch sie zerren mich am Haar wieder nach vorne, drücken den Lauf gegen meine Schläfe und meinen Finger gegen den Abzug. Ich strecke meine Finger, weg vom Abzug, doch sie sind zu stark. Sie sind zu stark, und ich bin zu schwach. Dann sehe ich, wie das Blut gegen den Duschvorhang spritzt, noch bevor ich den Schuss höre, bevor ich spüre, wie die Kugel mein Hirn durchdringt, bevor ich weiß, dass ich tot bin.

Ich kippe nach vorne, zertrümmere dabei beinahe meinen Rechner und stöhne laut auf. Ich brauche einen Moment, um mich zu orientieren. Ich sitze in meinem Schlafzimmer, habe im Internet für einen Artikel recherchiert und bin vermutlich eingenickt. Das ist mir seit Dianas Tod oft passiert – dass ich nicht normal schlafe, sondern wegnicke, bis ich von meinen Träumen aufgeschreckt werde. Die Stunden, die ich in den vergangenen zwei Tagen geschlafen habe, kann ich an einer Hand abzählen.

Ich stelle den Rechner, der auf meinem schwitzenden Schoß heiß geworden ist, auf den Teppich und gehe neben dem Bett in die Hocke, schleiche in dieser Position zum Fenster.

Dort hebe ich den Kopf gerade so weit, dass ich auf die Straße blicken kann. Die soeben aufgegangene Sonne ergießt sich in Streifen auf den Park und über die F Street vor meinem Haus.

Der weiße Lieferwagen steht immer noch gegenüber, mittlerweile seit zwei Tagen. Ich bin seit Dianas Tod mehrmals daran vorbeigegangen. Habe nie jemanden darin gesehen. Allerdings kann ich nur ins Führerhaus blicken. Was hinten passiert, davon habe ich keine Ahnung.

Eine meiner Nachbarinnen, eine Studentin namens Alicia, die bei jeder Gelegenheit zum Besten gibt, dass sie klassische Literatur in Radcliffe studiert hat, führt ihren Dobermann auf dem gepflasterten Bürgersteig auf der anderen Straßenseite spazieren. Eine Frisbeescheibe landet vor ihren Füßen, besorgt bleibt sie stehen, als ein anderer Hund, ein heller Labrador, auf sie zurennt, um die Scheibe zu holen. Sie zerrt ihren Dobermann fort, um einem Kampf aus dem Weg zu gehen. Der Labrador schnappt sich das Frisbee mit der Schnauze und galoppiert zurück zu seinem Herrchen, der in der Mitte des Garfield Park steht.

Von Oscar, dem Riesenschnauzer, keine Spur.

Jemand spielt zu dieser Tageszeit Frisbee mit seinem Hund? Der Typ ist groß und von athletischer Statur – ist er einer der beiden Typen aus dem Lexus, die mich und den Polizisten vor zwei Tagen beobachtet haben? Könnte sein. Ich weiß es nicht.

Ich wende mich vom Fenster ab und erhasche eine Duftwolke von mir selbst. Ich habe seit gestern nicht geduscht. Ich erinnere mich kaum noch, was ich gestern getan habe, was nicht heißt, dass ich unter Amnesie leide, sondern eher, dass alles hinter einer Wolke verborgen ist. Irgendwo dahinter, während ich mich in meiner Wohnung verkrochen habe – das sind die Vorteile des Herausgebers einer Onlinezeitung –, hämmerte ich einen Artikel über einen Machtkampf zwischen dem Stabschef des Weißen Hauses und dem Minister für Innere Sicherheit in den Rechner, eine Geschichte, von der ich von einer Quelle innerhalb dieses Ministeriums erfahren hatte, einer Sekretärin des stellvertretenden Ministers, eine der wenigen Frauen, mit der ich was hatte und die mich, nachdem wir Schluss gemacht haben, immer noch mag.

Musik ertönt über der Stimme eines Sprechers – mein Radiowecker. Halb sieben Uhr morgens in der Hauptstadt, und es wird ein toller Tag werden, erzählt er mir.

Nein. Heute wird ein schlechter Tag.

Langsam, verbittert und verwundet schleiche ich durch meine Wohnung. Während der letzten zwei Tage habe ich ständig zwischen Depression, Verbitterung und Angst gewechselt, je nachdem, was mir gerade durch den Kopf gegangen war: a) Diana ist mir auf immer und ewig genommen worden; b) jemand hat sie mit Gewalt aus dieser Welt befördert; c) jemand könnte das Gleiche mit mir vorhaben; oder d) jemand will mir wie auch immer den Mord an Diana in die Schuhe schieben.

Mein natürlicher Instinkt, seit meiner Kindheit in mir eingebrannt, schickt mich in die innere Verbannung, verlangt von mir, mich zu verstecken und alles von mir fernzuhalten.

Benjamin, je eher du deine Grenzen kennenlernst, desto besser. Du hast noch eine Menge Zeit, Freunde zu finden, wenn du erwachsen bist.

Diana war meine Freundin. Und deswegen kann ich heute nicht zu Hause bleiben.

Heute ist Dianas Trauerfeier in ihrer Heimatstadt Madison in Wisconsin. Ich bin es ihr schuldig, daran teilzunehmen.

Selbst wenn es mir den Hals bricht.

11

Ich dusche, ziehe mir einen Anzug an und fahre mit meiner Triumph zum Flugplatz. Die frische Luft tut mir gut, zieht mich für den Moment aus meinen Sumpf. Ich brauche jetzt einen klaren Kopf.

Ich stelle mein Motorrad ab und marschiere durch die Eingangshalle direkt zum Flugfeld. Das Potomac Airfield liegt nur ein paar Minuten vom Zentrum Washingtons entfernt, dennoch wird es nicht durch Zäune, Kameras oder Sicherheitskontrollen geschützt. Das muss man sich mal vorstellen! Der Typ, der den Flugplatz betreibt, hat echt Mut. Aber wenn er einen freien Platz hat, darf ich mein Flugzeug hier praktisch umsonst festzurren oder in den Hangar stellen, solange ich bei den anderen Korrespondenten für ihn Werbung mache. Politik ist in Washington nicht nur auf gewählte Beamte beschränkt.

Ich gehe zu meiner 1979er Cessna 172N Skyhawk. Um sie vor zwei Jahren zu kaufen, musste ich den Vermögensfonds anzapfen, den mir mein Großvater hinterließ. Ich habe ihn nicht kennengelernt, aber er verdiente im Tagungsgeschäft und noch besser auf dem Aktienmarkt, und jetzt besitze ich ein Flugzeug, eine Onlinezeitung und einen vollen Topf mit in ansehnlichen Pfandbriefen investiertem Geld.

Die Cessna ist eine Schönheit. Vier Sitze mit ausreichend Ladefläche. Blaue Streifen in der Farbe eines friedlichen Himmels. Die Farbe von Dianas Augen.

Heute werde ich mich von dir verabschieden, Diana.

Präsident Kennedy hat als Erster das Flugzeug benutzt, das unter dem Namen Air Force One bekannt wurde, eine abgewandelte Boeing 707. Er wollte sie nicht übermäßig militärisch aussehen lassen, daher ließ er sogar die Wörter »Air Force« vom Treibstofftank entfernen. Kennedy flog zum ersten Mal mit ihr, um an Eleanor Roosevelts Beerdigung im Hyde Park in New York teilzunehmen. Sein letzter Flug war der nach Dallas im November 1963. Präsident Johnson leistete seinen Amtseid an Bord dieses Flugzeugs.

Ich entferne die dreieckigen Bremsklötze hinter den Reifen, gehe um das Flugzeug herum, um die Verankerungsseile an den Flügeln und am Heck zu lösen. Ein Pilot, der sein Flugzeug neben meinem anseilt, wirft mir einen komischen Blick zu. Die meisten Piloten verwenden für kurze Aufenthalte von etwa einer Stunde lediglich die Bremsklötze und zurren es nur fest, wenn ihr Flugzeug über Nacht oder länger draußen bleibt. Ich verwende beides. Gehe lieber auf Nummer sicher.

Präsident Kennedy fantasierte über seinen eigenen Tod. Er sprach oft über Attentate und drehte angeblich sogar ein neckisches Privatvideo darüber.

Die gewohnte Überprüfung des Flugzeugs vor dem Einsatz beruhigt mich, befreit meine Gedanken von schwereren Themen. Kein Eis auf den Tragflächen – was in dieser drückenden Augusthitze kein Wunder ist. Genügend Öl; Außenlicht eingeschaltet. Den Flugplan habe ich bereits abgerufen, damit ich nicht unerwartet von der Luftwaffe eskortiert werde.

Der Sonderflugbereich rund um Washington ist eigentlich keine große Sache, solange kein idiotischer Pilot vergisst, Bescheid zu geben, dass er hindurchfliegt. Sonst dient er den Schützen der Luftwaffe als Zielscheibe für ihre Schießübungen.

Ladetür gesichert. Seitensteuerungs- und Höhenruderkabel okay. VOR-Antennen in gutem Zustand. Die VOR-Antennen, Drehfunkfeuer, die für eine freie Bahn am Himmel sorgen, sind wichtig für den Instrumentenflug. Mit zwei oder mehr Peilungen zu oder von einer Station kann ich meine Position auf einer Karte triangulieren – aber nur, wenn meine Antennen korrekt funktionieren.

Ein Lieblingsgedicht Kennedys war »I Have a Rendezvous with Death«. Oft ließ er es sich von seiner Frau aufsagen.

Ich steige ins Cockpit und beginne mit der nächsten Checkliste. Sitzgurte: angelegt. Bremsen: gesetzt. Gemischhebel: vollreich. Vergaservorwärmung: kalt. Kraftstoffpumpe: ein. Schubhebel: ein Achtel Zoll gedrückt. Hauptwarnlampe und Funkfeuer: ein. Fenster öffnen und »Alles klar!« hinausrufen. Drosselklappe: leicht öffnen, Starter drücken. Das Flugzeug rollt vorwärts.

Ich habe ein Rendezvous mit dem Tod,
an einer umkämpften Barrikade,
wenn der Frühling mit raschelndem Schatten zurückkehrt
und Apfelblüten die Luft erfüllen …

Oder Apfelduft-Pelargonien, die sechs Stockwerke tief auf den Bürgersteig knallen.

Ein Blutstropfen in freiem Fall nimmt die Form einer Kugel an.

Gedämpftes Rauschen und hektischer Protest aus dem Funkgerät. Rechts von mir schreit der Pilot, der mich komisch angesehen hat, laut auf und streckt den Arm aus. Ich höre ein seltsames, lautes Dröhnen, als donnere die Metro am Eastern Market vorbei, während ich mit dir, Diana, im Frühling, von Kirschblütenduft umgeben, spazieren gehe …

Nein! Ich haue die Bremse rein. Der Propeller vorne an meiner Skyhawk berührt beinahe die Flügelspitze einer Piper Mirage, die an mir vorbeirollt. Meine Güte, Ben, wach auf!

Welches sind die drei wichtigsten Dinge, an die man sich im Cockpit erinnern muss, Benjamin? Konzentriere dich auf das Flugzeug. Konzentriere dich auf das Flugzeug. Konzentriere dich auf das Flugzeug.

Atme, Ben.

Mein Herz verlässt die Hose und rutscht wieder nach oben an den vorgesehenen Platz in meinen Brustkorb, und mit zitternden Händen rolle ich nach draußen zum Start.

Ich habe ein Rendezvous mit dem Tod.

12

Vom Dane County Regional Airport aus fahre ich mit einem Leihwagen zu dem angegebenen Ort, dem Beerdigungsinstitut Partridge, das im Norden vom Friedhof und im Süden von Wohngebäuden begrenzt wird. Auf der anderen Straßenseite befindet sich so etwas wie ein Reservat oder ein Park. Das einstöckige Gebäude aus verwaschenem Backstein, davor einfaches Gebüsch und eine kleine, in der sengenden Sommerhitze verdorrte Wiese, sieht aus wie eine Grundschule.

Je näher ich dem Eingang komme, desto langsamer werde ich. Durch die Glastür hindurch sehe ich ein vergrößertes Foto von Diana auf einer Staffelei, eine alte Aufnahme von einem jährlichen Highschooltreffen, auf dem sie ein purpurrotes Kleid mit weißer Corsage trägt. Ihr Haar ist auftoupiert, doch wie immer zeigt sie ihr verschmitztes, sorgenfreies Lächeln.

Ich erzittere am ganzen Körper, unterdrücke den Drang, mich umzudrehen und wegzurennen, zurückzukehren in die Hauptstadt. Das hier muss ich hinter mich bringen.

Es gibt einige Dinge im Leben, die muss man einfach tun. Das sagte mir mein Vater, als er mir die Krawatte für die Beerdigung meiner Mutter band. Diesen Satz hielt ich immer für dumm, doch ich glaube, jetzt verstehe ich, was er meinte.

Ich betrete das Gebäude, blicke noch einmal auf das Foto mit der lächelnden Diana und folge der Wegbeschreibung. Aus einem Raum am Ende des Flurs höre ich das leise Flüstern der Anwesenden, die der Toten mit ihren respektvollen Gebeten die letzte Ehre erweisen. Alles ist mit Blumen geschmückt, weitere Fotos sind im Raum verteilt: Diana als Neugeborene; als Kleinkind an Halloween in einem Prinzessinnenkostüm; als Jugendliche beim Volleyballspiel; als Abschlussschülerin in einem Jahrbuch mit hoffnungsvoll in die Ferne gerichtetem Blick. In der Mitte des Raums haben sich mehrere Frauen, die in Dianas Alter zu sein scheinen, um einen Laptop versammelt, auf dem Bilder gezeigt werden.

Wo ist der Sarg? Mit meiner Frage stellt sich auch die Erleichterung ein. Ich bin mir nicht sicher, ob ich bereit wäre, sie leblos zu sehen. Sie mit dem Gesicht nach unten im Dunkeln zu sehen ist etwas anderes als hier mit zertrümmertem Gesicht, zur Schau gestellt in grausam künstlichem Licht.

Dann wird mir alles klar. Dianas Leiche ist nicht in Madison, sondern in Washington, in Gewahrsam des Metropolitan Police Department. Die Leiche wurde noch nicht freigegeben. Hier wird nur eine Trauerfeier abgehalten, die Beerdigung findet irgendwann später statt, wenn die Todesursache ermittelt wurde.

Genau so, wie es bei Mutter war.

Rechts stehen ein älteres Ehepaar und ein Typ Mitte dreißig und reichen den Besuchern die Hand. Ihre Eltern und ihr Bruder, die den Empfang übernehmen.

Ich lasse meinen Blick durch den Raum gleiten. Etwa dreißig Personen sind hier, von denen ich keine einzige kenne. Wahrscheinlich ist es zu viel verlangt, dass die Leute aus Washington hierher nach Wisconsin pilgern. Die meisten Menschen verfügen nicht über ein Treuhandvermögen wie ich.

Eine Frau in steifem schwarzem Kleid irgendwas um die vierzig steht in einer Ecke und betrachtet ein Collegefoto von Diana. Allerdings sieht sie nicht wirklich hin. Ihr Blick wandert ziellos durch den Raum, ist vor allem auf den Eingang gerichtet. Sie hat diese Ecke gewählt, weil sie den Raum von hier aus am besten überblicken kann. Sie meidet den Blickkontakt mit mir, als ich sie gezielt ansehe. Sie ist hübsch und unscheinbar, was schlau ist – eine gute Wahl für jemanden, der nicht auffallen soll. Wer auch immer sie hergeschickt hat, ist nicht dumm.

Ich meine, in *Die Firma* war einer der Handlanger, der Gary Busey und die Anwälte auf den Cayman-Inseln umgebracht und versucht hat, Tom Cruise zu erledigen, ein Albino. Wenn man jemanden auswählt, der anonym irgendwelche Drecksarbeiten ausführen soll, würde man dann einen Albino wählen? Jeder, wirklich jeder könnte ihn identifizieren. *Also, schauen wir mal … ich erinnere mich nicht an viel, außer, ach ja, er hatte weißes Haar und rote Augen und war total blass.*

Diese Frau hier – dunkelblond, normales Aussehen, mittlere Größe, einfache schwarze Kleidung usw. – könnte weiß Gott wer sein.

Ich hole tief Luft. Okay, ich kann es schaffen.

Ich stelle mich in die kurze Schlange, um Dianas Familie mein Beileid auszusprechen. Mein Herz rast immer schneller. Warum wird ein Albino für eine solche Aufgabe genommen? Gibt es viele Rollen da draußen für Menschen, denen Pigmente fehlen? Vielleicht hofft man, eine Nische gefunden zu haben, und man begnügt sich mit kleineren Rollen, nur um den Fuß in der Tür zu haben, und wartet auf die eine Rolle, auf den einen Film, der die Karriere begründet. *Die Farbe des Nichts,* die Geschichte eines Albinokindes aus Detroit, das es, wie geunkt wurde, zu nichts bringen würde, aber aus eigener Kraft Karriere machte und auf Volksfesten und in Bräunungsstudios arbeitete, bis er als Alfie der Clown zu Berühmtheit gelangte, der Star eines privaten Kindersenders …

»Hallo.«

Ich drehe mich um. Hinter mir steht eine Frau, alleine, in locker sitzender Bluse und Jeans, salopper gekleidet, als ich für eine Trauerfeier erwartet hätte. Sie scheint in Dianas Alter zu sein, daher stammt sie wahrscheinlich von hier, eine Klassenkameradin von der Highschool oder eine Nachbarin.

»Hi«, bringe ich heraus. Schwach, mit zugeschnürter Kehle. »Ich bin Emma.«

»Ben.«

»Sind Sie aus Washington?«, fragt Emma. Sie ist leicht übergewichtig, hat einen Bauch, vielleicht schwanger, aber ich wage nicht zu fragen. So dumm bin ich nun auch wieder nicht.

Ich nicke. »Und Sie?«

»Highschool«, antwortet Emma. »Ich wohne noch hier. Mein Mann ist Mathematikprofessor an der Uni. Arbeiten Sie in derselben PR-Agentur wie Diana?«

PR-Agentur? Diana hat nicht in einer PR-Agentur gearbeitet.

»Ja, genau«, antworte ich.

Sie schüttelt den Kopf – Verwirrung, nicht Bewunderung. »Das muss schon was sein, das Leben da draußen. Die Kämpfe und der Wirbel und die TV-Sprecher.«

»Ach … Diana hat viel darüber geredet?«

»Ach, ›viel‹ wäre zu viel gesagt. Wir haben den Kontakt verloren. Ich habe sie nur gesehen, wenn sie herkam, vielleicht einmal im Jahr in den Ferien, so was in der Art.« Sie lächelt abwesend, scheint sich an etwas zu erinnern. »Ich erinnere mich, als sie ihren Abschluss an der University of Virginia gemacht …«

Sie hat an der UVA keinen Abschluss gemacht, hat nicht einmal dort studiert.

»… und dann diese Stelle auf dem ›Hügel‹ angenommen hat.«

Sie hatte nach dem College keine Stelle beim Kongress.

Es war so: Diana hatte zwei Jahre in Wake Forest Politikwissenschaft studiert, als sie schwanger wurde. Ihr Geschichtsprofessor, der ihr das Kind untergejubelt hatte, überredete sie zur Abtreibung. Sie ließ es zu, quälte sich anschließend mit der Entscheidung, verließ die Uni und zog nach Washington. Dort war sie Haushälterin beim damaligen Kongressabgeordneten Craig Carney. Die Geschichte wiederholte sich, weil sie eine Affäre mit ihm begann. Er erkannte, dass sie nicht nur schön, sondern auch schlau war, und als er stellvertretender Direktor der CIA wurde, setzte er sie in ihre aktuelle Position als Verbindungsfrau zum Weißen Haus ein. Er bezahlte ihr auch eine hübsche Wohnung in Georgetown. Als die Affäre zu Ende war, übernahm Diana die Miete selbst, behielt aber ihre Stelle bei der CIA.

»So hat sie dazu gesagt: der Hügel. Sie war so aufgeregt. Sie sagte, eines Tages könnte sie sich als Abgeordnete bewerben.« Emma schüttelt den Kopf, zuckt frustriert mit den Schultern. »Was ... ich meine, weiß irgendjemand, warum sie sich das Leben genommen hat?«

Ich blicke zur Decke hinauf. Das ist eine interessante Entwicklung.

»Manchmal bleibt einem ein Mensch einfach fremd«, erwidere ich.

13

George Hotchkiss, ein ehemaliger Mitarbeiter im mittleren Management bei Madison Gas and Electric, ist in Rente. Er wurde im Vorkriegslondon geboren und kam 1950 nach Amerika, um Ingenieurswissenschaft an der Purdue University zu studieren. Dort lernte er Bonnie Sturgis kennen, die er am 23. November 1963 heiratete, am Tag des Attentats auf JFK.

Laut Diana ist er ein tyrannisches, gewalttätiges Arschloch.

»George Hotchkiss«, stellt er sich mit strenger Miene vor und reicht mir langsam die Hand. Er sieht aus, als wäre er früher oben herum kräftig gebaut gewesen, wahrscheinlich vom Gewichtheben, aber jetzt liegt eine etwa zehn Kilo schwere Fettschicht über den schwabbelig gewordenen Muskeln.

»Ben Casper, Mr Hotchkiss. Ich bin sehr …«

»Wie war der Name?«

Das unterbricht meinen Redefluss. »Benjamin … Casper.«

Das löst bei ihm nichts aus. »Woher kannten Sie Di?«

Nachdem ich Emma gerade erzählt habe, ich hätte mit Diana zusammengearbeitet, halte ich mich bedeckt. »Ich war mit ihr in Washington befreundet«, antworte ich, wechsle aber gleich das Thema: »Sie war ein wunderbarer Mensch. Der beste, den ich kenne.«

Er schätzt mich ab. Ich habe nicht das Gefühl, dass er mich in einem positiven Licht sieht. Sein Eindruck über meine Haltung ihm gegenüber läuft aufs Gleiche hinaus.

»Sie hat nie von Ihnen geredet«, informiert er mich, was nett von ihm ist.

»Nun, sie hat Sie sehr geliebt, Sir.« Das ist gelogen. Diana konnte es nicht erwarten, von Madison wegzukommen.

Das hatte nichts mit der Stadt zu tun, sondern nur mit ihren Eltern.

Die Reihe nach rechts weiter. Dianas Mutter, Bonnie, ist auch kein Vergnügen. Sie scheint ein paar Wodka-Martinis über die Kreuzung von nüchtern und schicklich hinausgeschossen zu sein. Ihre Augen sind blutunterlaufen, ihre Worte leicht genuschelt. Ich bin in Dianas Namen beleidigt. Eine Mutter sollte in einem Moment wie diesem stark für ihre Tochter sein.

Wir müssen heute stark sein, Ben. Das hätte Mutter so gewollt.

Hm, vielleicht urteile ich zu schnell. Jeder trauert auf seine Weise.

»Ich erinnere mich nicht, Ihren Namen schon mal gehört zu haben«, erklärt Bonnie.

»Stimmt, das hat Ihr Mann auch gesagt.«

Noch eins weiter: Bruder Randy. Diana hatte eine Schwäche für diesen Jungen. Mit Anfang zwanzig durchlebte er eine üble Phase. Angeblich ist er jetzt bei einem TV-Nachrichtensender im Sportressort untergekommen, obwohl, wenn ich ihn mir so anschaue – kurz geraten, grobes Äußeres, kleine, feuchte Augen, Haare in alle Richtungen –, hat er eher ein Gesicht fürs Radio.

»Sie hat ständig von Ihnen gesprochen«, sage ich, was übertrieben ist. »Nur Gutes.«

»Das bezweifle ich.«

Ich muss beinahe lachen. »Das ist eine nette Trauerfeier.«

»Totenwache«, sagt er.

»Bitte?«

»Es ist eine Totenwache. Wir sind katholisch. Wir nennen es eine Totenwache.«

Na gut. »Mein herzliches Beileid.«

Er runzelt die Stirn. »Sie kannten sie wie?«

»Wir waren Freunde.«

»Gute Freunde?«

Mir fallen viele Möglichkeiten einer Antwort ein, doch ich sage nur: »Ja.«

»Hm.« Er nickt langsam. »Wenn Sie mit ihr gut befreundet waren, Mike ...«

Ben. Ich heiße Ben.

»... dann können Sie mir vielleicht sagen, warum sie sich umgebracht hat.«

Noch eine Frage, die sich auf vielerlei Arten beantworten lässt. Welche Antwort erwartet er von mir? Wie wärs mit: Einen Mord kann man wie Selbstmord aussehen lassen, und Selbstmord kann wie Mord aussehen. Ich entscheide mich stattdessen für respektvolles Schweigen.

»Dann waren Sie vielleicht doch nicht so gute Freunde.« Er tätschelt meinen Arm, als er mich entlässt. »Danke, dass Sie gekommen sind, Mike.«

Ich erwidere nichts, obwohl ich es gerne täte. Dieser Kerl hat gerade seine Schwester verloren, deswegen will ich mal nicht so streng sein.

So! Das war die Familie. Ich kann mir gar nicht vorstellen, warum Diana nicht gerne nach Hause fuhr.

Die Frau um die vierzig in ihrem schicken schwarzen Kostüm hängt noch immer am anderen Ende des Raums herum. Jedes Mal, wenn jemand Neues den Raum betritt, hebt sie den Kopf und betrachtet ihn oder sie. Schließlich bemerkt sie, dass ich sie beobachte, meidet aber immer noch den Blickkontakt mit mir.

Detective LaTaglia tat bei Mutters Beerdigung dasselbe. Außer dass sie nicht die anderen Menschen beobachtete, die das Beerdigungsinstitut in Rockville in Maryland betraten oder verließen. Sie beobachtete nicht einmal meinen Vater.

Sie beobachtete nur mich.

Du bist ein starker kleiner Junge, Benjamin. Acht Jahre alt und schon erwachsen! Deine Mutter wäre stolz. Sie hat dich sehr geliebt, ehrlich. Du hast sie doch auch geliebt, oder?

»Sie trauern alle.«

Ich wirble herum. Es ist wieder Emma, die möglicherweise schwangere Highschoolfreundin. Sie schleicht mir gerne hinterher.

»Die Familie«, erklärt sie. »Besonders Randy. Er kann nett sein, ob Sie's glauben oder nicht. Das muss eine schwere Zeit für ihn sein.«

Es muss schwer sein, Ben. Deine Mutter nicht im eigentlichen christlichen Sinne beerdigen zu können. Man sagt, die Seele geht erst in den Himmel, wenn der Tote beerdigt ist.

»Ja«, sage ich zu Emma. »Es muss schwer sein.«

Aber die Sache ist so, Ben: Wir können deine Mutter erst beerdigen lassen, wenn wir herausgefunden haben, was mit ihr passiert ist.

Weißt du, was mit ihr passiert ist, Ben? Irgendwie glaube ich, du weißt es.

Emma lächelt mich an. Dezent, was der Situation angemessenen ist. »Später treffen wir uns mit ein paar Leuten«, sagt sie. »Jemand hat einen Raum im Jack's gemietet. Möchten Sie vielleicht mitkommen?«

Ich blicke zur schwarz gekleideten Frau. Im Moment zumindest ist sie fort.

»Könnte ich machen, ja«, antworte ich Emma.

14

Jack's Pub befindet sich außerhalb des Campus und wird von Erwachsenen, aber auch von Studenten besucht, die sich für zu reif halten, um noch in Kneipen auf dem Campus herumzuhängen. Das sind die Ausgestoßenen, die Rebellen, diejenigen, die nicht in den Griechischunterricht gehen, die keinen Sport treiben, die nicht Mitglieder der studentischen Fachschaft oder einer der Vereine sind, die nicht auf dem Campus wohnen und beschlossen haben zu rebellieren, noch bevor sie wissen, wogegen.

So einer wäre ich.

Jemand hat das Hinterzimmer gemietet, um uns die Gelegenheit zu geben, Dianas Leben in angemessener Weise zu feiern, das heißt, mit Alkohol. Meiner Erfahrung nach – als Erwachsener – freuen sich die Trauergäste auf Totenwachen und Beerdigungen trotz des deprimierenden Anlasses im Allgemeinen darüber, alte Freunde zu treffen.

Im Hinterzimmer sind wir von Backsteinmauern umgeben, in den Ecken hängen Fernseher, die Beleuchtung ist gut, und etwa fünfzig oder sechzig Personen haben sich hier versammelt. Im Hintergrund spielt Musik aus den 90ern, einen Rap, dann was zum Tanzen. Fast alle hier sind gleich alt. Vermutlich sind sie Mitglieder des 95er-Abschlussjahrgangs der Edgewood High School of the Sacred Heart oder die dazugehörigen Lebenspartner.

Mir gefällt der Ausdruck »Lebenspartner«. Er bedeutet, dass man in seinem Leben einen Partner hat, auch wenn man nicht verheiratet ist – entweder man darf als Schwuler oder Lesbe in manchen Gegenden nicht heiraten, oder man lehnt aus bestimmten Gründen die Bezeichnungen »Freund« oder »Freundin« ab.

Ich schiebe mich zwischen den Gästen hindurch zur Bar, als hinter mir jemand sagt: »Das ist der Typ, der mit Diana in der PR-Agentur zusammengearbeitet hat.« Ich drehe mich zu einer Gruppe von Leuten um, die in meine Richtung blicken, einschließlich Emma und Randy, der in der Mitte der Gruppe auf einem Barhocker sitzt.

»Stimmt das?«, fragt Randy viel zu laut. Er hat bereits mehr intus, als nötig wäre. »Hey, Mike …«

Ben. Ich heiße Ben.

»… wie heißt diese PR-Agentur noch mal?«

In *Spy Game – Der finale Countdown* brachte Robert Redford Brad Pitt die fünf wichtigsten Punkte der Spionage bei, unter anderem wie man Ausländer als Spione für die Vereinigten Staaten rekrutiert. Lüge sie nicht an, riet er Brad, weil die Lüge ab diesem Moment Wahrheit bleiben muss.

Ich winke ab. »Ich will hier nicht über die Arbeit reden.«

»Ich auch nicht, Mike. Ich will nur wissen, wie die PR-Agentur heißt, bei der Sie mit meiner Schwester gearbeitet haben.«

Mir gefallen die früheren Rollen von Brad Pitt besser – der Schurke in *Thelma und Louise* und der Kiffer in *True Romance.* Auch in *Sieben* war er toll.

Ich gehe weiter zur Bar. »Hey, Mike«, ruft mir Randy hinterher. Emma sagt: »Ich dachte, er heißt Ben.« Was Randy veranlasst, »Hey, Ben!« zu rufen.

Ich bestelle einen Wodka, für den ich zu viel bezahle. Auf dem Weg zurück überlege ich, ob ich mit Randy reden soll oder nicht. Eigentlich ist er der Hauptgrund, warum ich noch in Madison bin. Schließlich bin ich Reporter, und wenn ich mich über jemanden erkundigen will, ist die Gelegenheit, mit dem Bruder dieses Jemand zu sprechen, unwiderstehlich.

»Da ist er ja – Mike-oder-Ben«, begrüßt mich Randy mit erhobenem Glas. Er stichelt, aber ich bin nicht in Stimmung.

»Ich ziehe Ben-oder-Mike vor«, erwidere ich. Zwei der Damen aus der Gruppe gefällt mein Spruch. Randy gefällt er nicht, aber das ist sein Problem. Es ist mein Abschiedsgetränk, also verabschiede ich mich.

Die Dame in Schwarz hält an einem Tisch in der Ecke ein alkoholfreies Bier in der Hand und wehrt zwei Säufer ab, die sie für eine tolle Mieze halten.

Ich bleibe wie erstarrt stehen. Zimttiger. Wer wird sich um Dianas Katze kümmern?

Die Dame in Schwarz spürt den Ruck in meinem Gang. Sie weiß nicht, warum ich zögere, aber es interessiert sie. Sie ist ziemlich gut, aber nicht so gut wie Detective LaTaglia vor dreißig Jahren.

Erzähl mir, was passiert ist, Ben, dann kann die Seele deiner Mutter in den Himmel gehen.

Von Robert Redford war ich in *Der Clou* und *Zwei Banditen* und *Der Unbeugsame* wirklich begeistert – *The Natural* hielt ich eigentlich für langweilig, aber alle anderen drehten wegen des Films fast durch, also habe ich mich anstecken lassen –, doch meinem Dafürhalten nach lieferte er seine beste Arbeit hinter der Kamera in *Quiz Show* und besonders in *Eine ganz normale Familie* ab.

Ich suche mir einen Tisch nicht weit von der Dame in Schwarz entfernt und beobachte sie und alle anderen über eine Stunde lang. Zum Glück ist die Musik ganz anständig, und, was noch wichtiger ist, eine Kellnerin spielt die Rolle meiner »Lebenspartnerin«. Nachdem ich vier Getränke intus habe, löst sich Dianas Bruder aus der Gruppe und setzt sich zu mir.

»Nehmen Sie doch Platz«, sage ich, nachdem er das bereits getan hat.

Er klatscht mir mit der Rückseite seiner Hand auf den Arm. »Hey, Mann, ich wollte Sie nicht beleidigen. Ich wollte nur … Diana hat nicht viel darüber erzählt, was sie gemacht hat, wissen Sie? Deswegen dachte ich, dass ich wenigstens den Namen der PR-Agentur rauskriegen könnte, bei der sie gearbeitet hat.«

Im Hintergrund wechselt die Musik von »Groove Is in the Heart« to »Smells Like Teen Spirit«. Jemand hat das Licht gedimmt, ohne dass ich es bemerkt habe.

Schon an einem seiner besseren Tage ist Randy wahrscheinlich kein Ass bei so einem Taschenspielertrick, aber nach einem halben Eimer Schnaps, wenn er kaum seine Gesichtszüge beherrschen kann …

Ich beuge mich zu ihm und spreche direkt in sein Ohr. »Ich habe keine Lust, mich einem Test zu unterziehen, Randy. Ich weiß nicht, für wen oder was Sie mich halten, aber ich bin ehrlich und wahrhaftig ein Freund von Diana. Wir wissen beide, dass sie nie in einer PR-Agentur gearbeitet hat, und sie hatte auch keinen Uniabschluss. Aber da sie das jedem hier erzählt hat, werde ich ihr nicht widersprechen.«

Randy, den Blick geradeaus gerichtet, während ich in sein Ohr spreche, bleibt regungslos.

»Sie hat Sie über alles geliebt«, fahre ich fort. »Ich weiß nicht, warum, aber das hat sie. Ich vermute, sie wäre unglücklich, wenn sie sehen könnte, wie Sie sich heute Abend die Birne vollknallen, besonders nachdem sie das viele Geld ausgegeben hat, um Sie auf Entzug zu schicken, während Ihre Eltern dachten, Sie wären den Sommer über bei ihr und würden ein Praktikum im Kongress absolvieren.«

Bei diesen Worten verzerrt sich Randys Miene. Er stöhnt leise auf, legt eine Hand über sein Gesicht und beginnt heftig zu weinen. Ich klopfe ein paarmal auf seinen Rücken, überlasse ihn aber ansonsten sich selbst. Schließlich kenne ich den Kerl kaum, und auf Umarmungen stehe ich nicht so.

Nach etwa zehn Minuten holt Randy ein paarmal tief Luft und richtet sich auf. »Ich war mir Ihretwegen nicht ganz sicher.«

Mir stellen sich die Nackenhaare auf.

»Was ist los?«, frage ich.

»Hey, fragen Sie nicht mich. Dem Kifferbruder erzählt doch niemand was.« Er spuckt die Worte aus wie eine bittere Pille, drückt sich vom Tisch nach oben und will gehen.

»Wen sollte ich denn sonst fragen?«, hake ich nach.

Randy dreht sich um, sieht mich an. »Fragen Sie den Typen, mit dem sie gevögelt hat«, antwortet er. »Fragen Sie Jonathan Liu.«

15

Mit einem tierischen Kater wache ich in einem zweitklassigen Hotelzimmer auf. Ich habe längst nicht ausgeschlafen, doch das lässt der Gong in meinem Kopf nicht zu. Ich muss ohnehin nach Washington zurück. Ich muss mehr über Jonathan Liu herausfinden.

Die beiden Angestellten am Schalter der Wisconsin Aviation blicken mich freundlich an und winken mich zum Rollfeld durch. Sie fragen nach keinem Ausweis, obwohl ich bisher noch nie von hier geflogen bin. Die Regeln für den allgemeinen Flugverkehr sind anders als die für den Linienflug. Hier gibt es keine Metalldetektoren. Solange ich wie ein Pilot aussehe, stellt niemand Fragen. Dabei habe ich nicht einmal meine Pilotenbrille auf.

Ich weiß, welcher Film in eurem Kopfkino abläuft – einer mit Leonardo DiCaprio. Stimmt's? Tut mir leid, bin zu müde.

Ich arbeite die Checkliste im Eiltempo durch, um so schnell wie möglich Madison, Dianas Familie, die Dame in Schwarz und Dianas mickrigen, versoffenen Bruder mit seinem verstohlenen Hinweis auf den mächtigsten chinesischen Lobbyisten im Kongress hinter mir zu lassen.

Bremsklötze entfernt, Checkliste vollständig, Freigabe vom Tower für den Start. Ich peile nie die großen Flughäfen an. Fast alle Flughäfen sind öffentlich, und sie können sich nicht weigern, ein kleines Flugzeug starten oder landen zu lassen, doch sie können so ein winziges Ding wie meins auf dem Rollfeld warten lassen, bis ich gegrillt bin oder das Flugzeug durchgerostet ist. Dane County Regional schafft es, mich innerhalb von einer Stunde abheben zu lassen.

Klappen oben und Trimmruder für Start eingestellt. Ich löse

die Bremsen und gebe Gas. Etwa fünfhundert Meter weiter habe ich hundertzehn Stundenkilometer erreicht, die Reifen schlagen noch einmal auf, bevor wir mit aller Kraft nach oben steigen.

Der Boden sackt unter mir ab. Komisch, welche Angst mir die Feuerleiter an Dianas Haus einjagt, doch mit achtzig Knoten durch die Luft zu fliegen, gestützt von dem Glauben an die unsichtbare Kraft des Auftriebs, ist für mich kein Problem.

Als ich die Flughöhe erreiche, prüfe ich das GPS, gehe gemäß Flugplan in eine Linkskurve, die mich nach Mansfield in Ohio bringt, wo ich rasch auftanken will, bevor es weiter nach Hause geht.

Plötzlich holt mich der Motor zurück in die Gegenwart. Er stottert. Hustet. Ich füge der Mischung aus Benzin und Luft mehr Benzin hinzu und erhöhe die Vergasertemperatur. Die Temperatur am Flughafen betrug, als ich startete, zweiunddreißig Grad. Es kann sich also kein Eis im Vergaser befinden. Oder doch?

Der Motor dröhnt einen Moment lang, bis ich ein furchtbares Scheppern höre wie damals, Diana, als wir beide in einem Café auf der G Street saßen und ein Bus, der nach rechts abbog, die Seitenspiegel zweier geparkter Autos abriss und du über die sich versammelnde Menschenmenge lachtest.

Und nach dem Lärm folgt, was viel grausamer ist, Stille. Ich höre, wie der Wind an mir vorbeisaust, sonst nichts.

The Sound of Silence ist ein nettes Lied und ein netter Gedanke in Momenten der Versunkenheit und Klarheit. Aber wenn man dreitausend Meter über dem Boden in einer einmotorigen Cessna sitzt, ist das alles andere als ein nettes Geräusch.

Immer mit der Ruhe, Ben. Du weißt, was zu tun ist.

Fluggeschwindigkeit hundertvierzig Stundenkilometer. Auf anderen Benzintank umschalten. Vollreiches Gemisch. Vergaservorwärmung ein – prüfen. Anlasseinspritzpumpe eingeschaltet und verriegelt. Zündschalter nach links, dann nach rechts, und schließlich ... Start.

Ich habe »Start« gesagt!

Nichts. Nicht mal ein Klicken.

Dieser Motor will einfach nicht starten.

Ich versuche es noch einmal, nur um sicherzugehen.

Mein Herz pocht bis in die Kehle hinauf. Es gibt keine Atheisten in Skyhawks, denen es an Motorkraft fehlt. Meine Maschine ist robust, aber kein Gleitflugzeug. Ohne Motor schaffe ich es nicht bis Watertown.

Dieses Flugzeug wird abstürzen.

16

Atme ein, Ben. Flieg.

Sieh dich um.

Wind aus Norden. Ich brauche ein freies Feld. Dieses Flugzeug braucht kein Rollfeld, das weißt du doch. Dieser wahnsinnige Kerl aus der Flugschule ist mit seinem auf einem Golfplatz gelandet. Oh, wie gerne würde ich genau jetzt Golf spielen.

Ich habe ein Rendezvous mit dem Tod,
am zerfurchten Hang eines narbigen Hügels,
wenn der Frühling in diesem Jahr naht
und die ersten Wiesenblumen blüh'n.

Such dir einfach eine flache Stelle aus, Ben.

Ich kippe nach links in den Wind hinein. Zumindest funktionieren die Instrumente noch. Noch.

Die Sicherheitsgurte sitzen fest. Ich schaffe es. Ist nichts anderes als die Landungen bei abgeschaltetem Motor während der Ausbildung. Nur die verdammte Rollbahn fehlt.

Ich erblicke einen langen Abschnitt eines zweispurigen Highways, der mich arg in Versuchung führt. Nein, Ben. Überlandleitungen. Du wirst eingewickelt werden wie eine Fliege in ein Spinnennetz.

Doch dann eine ebene Weide direkt vor mir – so etwas Schönes habe ich noch nie gesehen. Noch nie war ich so glücklich, eine Herde Kühe zu sehen.

Ich kann es schaffen. Ich bereite mich auf die Landung vor. Fluggeschwindigkeit auf fünfundsechzig Knoten reduziert. Treibstoffabstellventil ein.

Als spiele das eine Rolle. Aber ein Motorbrand während

der Landung würde die Sache nur noch komplizierter machen.

Konzentrier dich, Ben. Die Sache kann immer noch ein glückliches Ende nehmen.

Flieg einfach. Klappen nach unten. Fluggeschwindigkeit auf sechzig Knoten.

Ich schalte das Funkgerät auf 121,5 MHz, eine Frequenz, von der ich dachte, dass ich sie auf der Skala nie zu Gesicht bekommen würde – die internationale Flugnotruffrequenz.

Ich öffne die Frequenz und sage mit einer Stimme, die so ruhig klingt, als wäre sie nicht meine eigene, die Worte, die jeden Piloten im Traum quälen:

»Mayday, Mayday, Mayday. Watertown Tower, hier ist Skyhawk drei-eins-sechs-null Foxtrott. Ich wiederhole: Skyhawk drei-eins-sechs-null Foxtrott mit totalem Motorausfall. Ich versuche eine Notlandung auf einer Weide. Letzte bekannte Position 43° 6' 46" Nord, 88° 42' 13" West, Höhe fünfhundert Meter, Steuerkurs von zwanzig Grad. Eine Person an Bord. Ich brauche umgehend Hilfe.«

Die Funkstille ergänzt die Stille des Motors, während die Sekunden vorwärtsticken. Keine Panik, Ben. Flieg einfach.

Das Funkgerät erwacht zum Leben. »Cessna, drei-eins-sechs-null Foxtrott, hier ist Watertown Tower. Ich verstehe Sie laut und deutlich. Hilfe ist unterwegs.«

Gut, prima. Könntest du jetzt bitte in den nächsten fünf Sekunden hier sein und mir einen Fallschirm geben?

Der Boden rast auf mich zu – oje, viel zu schnell. Klappen voll nach unten. Nase nach oben, Heck runter. Die Flügel protestieren mit einem lauten Stöhnen. Das ist seltsam – dieses Geräusch war nicht zu hören, solange der Motor noch lief. Tempo drosseln. Gleiten, Ben. Nicht rasen. Schön langsam … aber nicht zu langsam, sonst fällst du einfach vom Himmel, und dann ist der Ofen ganz aus.

Jetzt kommt's, jetzt kommt's, jetzt kommt's …

Ich entriegle die Tür und öffne sie, damit ich noch immer aussteigen kann, auch wenn sich der Rahmen in sich verdreht hat. Die Tür knallt mit ohrenbetäubendem Lärm gegen den Rahmen, schwingt im Strom des Windes auf und zu. Der Lärm ist nach der Stille eine Erleichterung. Nach der Stille des Motors, die wie die Stille des Todes klingt, während der Wind vorbeipfeift.

Hast du den Wind gehört, als du vom Balkon geflogen bist, Diana?

Verdammt, Ben. Konzentriere dich aufs Fliegen!

Ich warte bis zum letzten Moment und ziehe kräftig nach oben, kurz bevor die Reifen die weiche Erde berühren. Die hinteren Reifen setzen auf, dann die vorderen.

Perfekt. Schon auf einer Rollbahn wäre die Landung ziemlich wackelig gewesen, trotzdem erfasst mich ein voreiliger Anfall von Stolz.

Mein Stolz wandelt sich in der gleichen Sekunde in Panik. Das Flugzeug ist viel zu schnell, um auf dem Boden zu bleiben, und hüpft wieder nach oben. Flugzeug gerade halten, Ben. Wieder knallt es auf dem Boden auf, während die hier wohnenden schwarz-weiß gefleckten Kühe vor meiner schrecklich lärmenden, über ihre Weide gleitenden Skyhawk fliehen. Mit aller Kraft, die mir geblieben ist, drücke ich auf die Bremse. Höhenruder ganz nach oben.

Oh Gott, bitte bleib stehen, bleib stehen, bleib stehen. Der Lärm ist unerträglich. Das Flugzeug zittert und bebt so heftig, dass Lärm, Sicht, Geruch, Geschmack und Berührung miteinander verschmelzen. Die Bremse voll durchgedrückt, wird mein Bruskorb vom Sicherheitsgurt eingeschnürt.

Das Metall verdreht sich mit schrecklichem Quietschen, ich werde nach vorne geschleudert, knalle mit dem Kopf gegen die Instrumententafel. Das Flugzeug kippt nach rechts, plötzlich ist der Boden erschreckend nahe neben meinem Fenster. Wie in Zeitlupe durchfurcht die Flügelspitze die Erde und zerbricht. Ich muss eins der hinteren Räder verloren haben. Ich rutsche und rutsche, meine Augen sind voller Blut, dann wird alles schwarz.

Kann sein, er ergreift meine Hand
und führt mich in sein dunkles Land.
Ich schließe die Augen und halte den Atem an …
Vielleicht gehe ich noch an ihm vorbei.

»Hallo, Pilot, alles in Ordnung da drin?«

Ich öffne die Augen, blinzle das Blut fort, trete gegen die Tür und krabble nach draußen. Mein Kopf pocht im Rhythmus meines Herzens.

Ich spüre ein Stechen in der Nase. Und rieche … Kerosin. Wieso das?

Kerosin?

Treibstoff tropft vom zerborstenen Flügel.

Ich strecke die Hand aus und fange ein paar Tropfen ab. Tropfen wie Blut, die sich im freien Fall zu einer perfekten Kugel formen.

Einen Mord kann man wie Selbstmord aussehen lassen, und Selbstmord kann wie Mord aussehen.

Flugbenzin sollte fast sofort verdampfen. Und 100LL, die Art von Treibstoff, die ich für mein Flugzeug verwende, ist blau gefärbt. Doch die Tropfen hier aus dem Flügel haben eine andere Farbe. Und sie hinterlassen eine ölige Schicht auf meiner Hand.

Das ist kein Flugbenzin. Das ist Kerosin, Düsentreibstoff.

Einer der Typen, der mir zu Hilfe eilt, sagt hilfsbereit: »Jemand muss Düsentreibstoff in Ihren Tank gefüllt haben. Wer tut denn so was Dämliches?«

Ich sehe ihn an und zucke mit den Schultern.

Das ist die richtige Frage. Und diese Frage werde ich Jonathan Liu stellen.

17

Ich fühle mich wie im Traum, als schwebte ich. Nach ein paar Minuten auf den Beinen wackeln meine Knie, Flecken tauchen vor meinen Augen auf und verschwinden wieder, und ich sinke zu Boden. Die Ersten, die am Unfallort sind, fragen, ob es mir gut geht, und ich denke – ich weiß nicht, ob ich es laut sage –, wenn ich einen Sturz aus dreitausend Meter überlebt habe, kann ich auch einen Sturz aus ein Meter zweiundachtzig überleben. Ein paar Minuten später fährt ein Krankenwagen vor, und ich werde weggebracht, bevor die Medien eintreffen. Man bringt mich ins Watertown Regional Medical Center, oder zumindest ist es das, was man mir sagt. Immer wieder werde ich ohnmächtig, schnappe ein paar Wörter auf, *Blutmenge* und *Salzlösung* und *Zyanose.* Eine hübsche Sanitäterin, die aussieht wie Demi Moore in Blond und mit anderer Augenfarbe … ja gut, vielleicht sieht sie doch nicht wie Demi Moore aus …

»Gott muss heute bei Ihnen gewesen sein, Benjamin«, sagt sie.

»War er derjenige … der Düsentreibstoff in … mein Flugzeug getankt hat?«

I'm leaving on a jet plane. Don't know when I'll be back again. Aber ich bin noch da. *I'm still standing, yeah, yeah, yeah.* Ich hasse dieses Lied. *She loves you, yeah, yeah, yeah.* Ein bisschen besser. Aber sie liebte mich nicht. Eines Tages hätte sie es getan. Diana hätte …

»Meine … Mutter hat mich geliebt«, sage ich.

»Ihre Mutter liebt sie?« Scheinbar versucht sie, mich am Reden zu halten. Irgendwie sieht sie schon aus wie Demi Moore.

»Sie … ist gestorben.«

»Oh, das tut mir leid. Erst vor Kurzem?«

»Flugzeugabsturz«, sage ich. Was hat das alles für einen Sinn, wenn man nicht ein bisschen Spaß dabei hat? Oscar Wilde sagte angeblich auf seinem Totenbett: *Meine Tapete und ich kämpfen ein Duell auf Leben und Tod. Entweder sie muss gehen oder ich.* Ich weiß nicht, ob das stimmt, aber es gefällt mir.

»Oh, das ist ein guter Witz«, sagt die Frau, die nicht ganz wie Demi Moore aussieht, aber so in etwa. »Bleiben Sie liegen, Benjamin. Ganz flach.«

»Mir geht's … gut.«

»Ihnen geht es nicht gut. Sie haben eine Gehirnerschütterung und sind hyperirgendwas bla, bla, bla.«

Und dann wird eine Lampe vor mein Gesicht gehalten, ich liege in einem Bett, jemand stupst und stößt mich und … und …

»… Schmerzmedikamente, Mr Casper.«

»… gibt es jemanden, den wir für Sie anrufen sollen, Mr Casper?«

»… Reporter möchten mit Ihnen sprechen, Mr Casper.«

»… mit der US-Flugsicherheitsbehörde, Mr Casper.«

»… Ihnen ein paar Fragen stellen, Mr Casper?«

»Casper, der freundliche Geist, Mr Casper.«

»Der freundlichste Geist, den man kennt, Mr Casper.«

Nach Demi Moore in *Ghost – Nachricht von Sam* wollte jeder Mann mit nur einem Tropfen Blut in den Adern Töpfer werden. Nein, Herr Ermittler von der Flugsicherheit, ich habe keine Ahnung, wie Düsentreibstoff in meinen Tank gelangte, und ja, derzeit ist es echt hart für mich, aber nein, ich bin nicht selbstmordgefährdet. Wenn dem so wäre, hätte ich nicht versucht, mit meinem Flugzeug zu landen, und mir ist es egal, was die Leute sagen, ich würde Demi Moore auch an ihrem schlimmsten Tag nehmen, sogar in *Die Akte Jane.*

»Morgen, Benjamin.« Die autoritäre Stimme einer Frau.

Langsam öffne ich die Augen wie ein Garagentor. »Wie spät ist es?«

»Fünf Uhr«, antwortet sie. Eine Krankenschwester, kräftig gebaut, mit freundlichem Blick.

Fünf Uhr morgens? Ich habe fast achtzehn Stunden geschlafen. Ich berühre mein Gesicht. An meiner Stirn befindet sich ein dicker Verband.

»Was ist passiert?«, frage ich.

»Sie erinnern sich nicht, was passiert ist?«

»Ich meine, ob ich verletzt bin.«

»Sie haben eine Gehirnerschütterung und sind in einen Schockzustand gefallen. Aber wie durch ein Wunder keine gebrochenen Knochen. Wie geht es Ihnen?«

Ich schüttele mich, bis ich vollständig wach bin, und lasse mich von der Realität begrüßen. Aber die Realität reicht mir nicht die Hand, sondern geht mir gleich an die Eier.

Jemand hat Diana getötet und dann dasselbe bei mir versucht.

»Ich muss weg hier«, sage ich.

»Hm, Sie könnten schon entlassen werden. Aber ich weiß, dass die Typen von der Flugsicherheit noch mal mit Ihnen sprechen möchten. Gestern Abend waren Sie nicht in der Lage, Fragen zu beantworten.«

Nicht? Ich dachte, ich hätte ihnen alles erzählt, was sie über Demi Moores Filmkarriere wissen müssen. Wollen sie sich noch über ihre Zeit während der Dreharbeiten zu *General Hospital* unterhalten?

Ich schüttle den Kopf. Ich kann nicht hierbleiben. Falls jemand nach mir sucht, wäre ich hier eine leichte Beute. Und nachdem ich einen freien Fall aus dreitausend Meter Höhe überlebt habe, wäre es eine himmelschreiende Schande, wenn einfach jemand hereinspazierte, um mich zu erschießen.

»Ich muss los«, sage ich.

18

Ich fahre mit dem Taxi zum Flughafen von Watertown und lasse mich mit einer Privatmaschine zurück nach Potomac bringen. Ich weiß, ich weiß, aber ich denke mir, dass die Wahrscheinlichkeit, zweimal innerhalb von achtundvierzig Stunden abzustürzen, ziemlich gering ist, und ich bin viel zu eigensinnig, um mich von meiner Angst unterkriegen zu lassen. Der Pilot, ein junger Asiate, fragt immer wieder, wie es ist, notlanden zu müssen, bis ich ihm anbiete, es ihm zu zeigen. Die ganze Zeit über hoffe ich, dass mich der Kerl, wenn wir irgendwo in den Bergen abstürzen und, wie in *Alive,* dem Hungertod nahe sind, nicht verspeist.

Als wir in Potomac landen, bekomme ich wieder Angst. Ich kann nicht nach Hause. In einer spontanen Entscheidung fahre ich mit meiner Triumph hundertfünfzig Kilometer nach Süden in mein Häuschen am See in Virginia. Jemand, der mir etwas Böses will, wird diesen Schachzug nicht vermuten. Das einzige Problem ist: Auch ich hatte das nicht vermutet, daher habe ich keinen Schlüssel dabei. Ich muss in mein Eigentum einbrechen.

Das Blockhaus mit gemauertem Kamin steht auf einem eineinhalb Hektar großen Grundstück direkt am Lake Anna. Das Land befindet sich bereits seit drei Generationen im Besitz der Familie meines Vaters, doch der See in seiner gegenwärtigen Form wurde erst Anfang der Siebzigerjahre als Kühlvorrichtung für die Kernreaktoren der Virginia Electric and Power angelegt. Mein Großvater errichtete die ursprüngliche Blockhütte, doch bereits einen Monat nach seinem Tod 1983 riss Vater sie ab und baute ein zweistöckiges Haus mit vier Schlafzimmern und zwei Badezimmern. Vater war eher nicht der sentimentale Typ. Er besaß kein einziges Bild aus seiner Kindheit und sprach nie über seine Eltern. Mein Großvater hatte beruflich mit Fachmessen zu tun. Ich glaube, das hieß, er vermittelte Ausstellungen und kassierte vom Veranstalter eine Provision oder so was in der Art. Er verdiente Millionen und investierte sie außerordentlich gut. Daher mein Treuhandvermögen. Mehr weiß ich über meinen Opa nicht. Habe den Kerl nicht kennengelernt und keine vertraulichen Dinge über ihn erfahren außer von Tante Grace bei Vaters Beerdigung. Sie sagte, Vater habe seinen Dad gehasst. Das Generationenthema ist bei den Caspers also durchgehend sehr präsent.

Ich bleibe stehen und blicke einen Moment über den friedlichen See, atme die saubere Luft ein. An der langen, L-förmigen Anlegestelle steht ein Bootshaus. Allerdings ohne Boot. Es liegt in der Stadt, und diesen Sommer bin ich bisher zu beschäftigt gewesen, um es hierherzuholen. Egal. Einfach nur hier zu sein vermittelt mir ein Gefühl der Ruhe. Dieser Ort tut meiner Seele gut.

Vater war ein heimlicher Trinker, was an sich eine sehr schwierige Angelegenheit ist, weil so jemand sich anstrengt, niemanden zu ärgern und seine Worte nicht zu nuscheln oder umherzustolpern wie ein Kleinkind, das gerade laufen lernt. Zudem begrenzte er seine Sauferei auf den Abend, sodass nur Mutter und ich in der ersten Reihe saßen, um die Marty-Casper-Schau anzusehen. In den vierunddreißig Jahren, in denen er in der historischen Fakultät der American University arbeitete, gab es mit Sicherheit keinen Einzigen, der auch nur ahnte, dass Professor Casper jeden Abend eine Flasche Scotch kippte.

Ich gehe um das Häuschen herum und suche nach einer geeigneten Stelle für meinen Einbruch. Ich setze mich auf der Rundumterrasse an die Seite, die zum See zeigt und fast vollständig aus Glas besteht. Die Nachbarn, die hier in der sogenannten Mitte des Sees wohnen und auf dem See auf und ab schippern, um die Hütten der anderen auszuspionieren, nennen unsere Hütte das Glashaus.

Ich entscheide mich für das Küchenfenster, weil es als Standardmodell leicht zu ersetzen ist. Ich greife zu einem Stein, der mir aber wieder aus der Hand rutscht, und hebe die Hand – sie zittert. Und erst jetzt bemerke ich, dass auch der ganze Rest meines Körpers zittert. Wieder beginnen meine Beine zu wackeln, und mir wird bewusst, dass ich die Auswirkungen dessen, was mir passiert ist, unterschätzt habe. Ich bin überrascht, dass ich es auf meiner Triumph bis hierher geschafft habe, ohne mich umzubringen. Mutter hätte gesagt: *Du hattest dein Hirn ausgeschaltet.*

Auch Mutter gehörte nicht gerade zu den warmherzigen Menschen. Sie schluckte eine Menge Tabletten und dachte, ich würde es nicht merken. Manchmal setzte sie mich vor den Fernseher und schloss sich stundenlang im Badezimmer ein. Einmal trat ich an die Tür und fragte, was los sei, weil ich sie schluchzen und heulen hörte. Diesen Fehler beging ich nie wieder. Ich blieb einfach vor dem Fernseher sitzen und drehte bei Bedarf die Lautstärke auf, um ihr Weinen oder ihr Singen zu übertönen. Schließlich kam sie wieder heraus, wenn sie den Mut aufbrachte, sich der Welt zu stellen, legte ihre Arme um mich und summte leise, während ich mir im Fernseher irgendwas ansah.

Vielleicht war sie nicht das Abbild einer idealen Mama, aber trotzdem war sie meine. Und sie verdiente nicht, was mit ihr passierte.

Statt mit dem Stein schlage ich das Küchenfenster mit meinem Ellbogen ein. Ich passe nicht gut durch, doch ich zwänge mich mit dem Gesicht voran hinein und lande in der Spüle, einem dieser altmodischen Bauernhausmodelle aus Edelstahl.

Schließlich lande ich auf dem Boden, ohne mir allzu großen Schaden zuzufügen. Als Geräteturner würde ich bei den Olympischen Spielen keine Medaille gewinnen, aber ich habe mir wenigstens keine Knochen gebrochen. Vielleicht bin ich wie Bruce Willis in *Unzerbrechlich*. Nichts kann mich aufhalten – kein Flugzeugabsturz, kein Einbruch in meine eigene Hütte, nicht einmal ein Riesenschnauzer.

Ich stoße einen Achtundvierzig-Stunden-Seufzer aus. Nach all dem, was mir passiert ist, bin ich zu Hause und in gewissem Sinn in Sicherheit. Aber wie lange wird diese Sicherheit währen?

19

Die Nacht bricht herein, und wie auf Kommando, als würde Edgar Allan Poe das Wetter steuern, legt der Wind zu, und es gießt in Strömen. Die Fenster klappern, und die Hütte stöhnt. Draußen ist das Nichts, die absolute Schwärze, unterbrochen nur von dramatischen Blitzen.

Dunkle Gedanken durchdringen mein Hirn, als ich mich in der oberen Etage mit meinem Laptop und einer Flasche Wodka ins Bett setze. Auch hier ist es dunkel, nur der Bildschirm leuchtet. Jemand hat versucht, mich umzubringen, wollte es aber wie einen Unfall aussehen lassen. Und man folgte mir bis Wisconsin, ohne sich dessen sicher sein zu können, dass ich dorthin reisen würde – meine Teilnahme an Dianas Totenwache war nicht von vornherein geplant gewesen. Dies bedeutet, dass ich beobachtet wurde und meine Gegner in der Lage sind, schnell zu reagieren. Was heißt, meine Gegner sind schlau und mir, was Ressourcen und Anzahl betrifft, weit überlegen.

Was gleichbedeutend mit Geld ist. Und Jonathan Liu hat seine Finger in einer ganzen Menge davon. Ein Reporter in Washington weiß, wie er Zugang zur Lobbyisten-Datenbank erhält, und diese hat mir einen Teil der Geschichte erzählt – über die Menge an Geld, die Jonathan Liu verteilt, entweder über seine eigene Firma, die Liu Strategies Group, oder über seine Kunden. Jonathan Liu vertritt die BGP, Inc., ein chinesisches Mineralölunternehmen, die Tongxin, Inc., einen internationalen Telekommunikationsriesen, Huò wù Global, eine chinesische Reederei, und Jinshu Enterprises, einen der weltgrößten Stahlproduzenten. Der Jahresgewinn dieser vier Unternehmen allein ist größer als das Bruttosozialprodukt der meisten zivilisierten Länder.

Spricht man über den chinesischen Einfluss in Washington, spricht man über Jonathan Liu. Alle Firmen, die Jonathan Liu vertritt, plus Jonathan Lius Lobbyunternehmen und schließlich Jonathan Liu selbst schöpfen ihre Spendenmöglichkeiten an die politischen Aktionskomitees der wichtigsten Mitspieler im Kongress aus, dann verdreifachen sie die Summe und lassen sie als indirekte Zuwendungen den nicht im Kongress vertretenen Aktionskomitees zukommen. Die Geschenke sind darin noch nicht inbegriffen …

Was war das?

Ich schnelle nach vorne und halte den Atem an. Zu dieser Nachtzeit ist auf dem Lake Anna nicht viel los, zumindest nicht in der abgelegenen Gegend, in der meine Hütte steht. An einem gewöhnlichen Abend hört man auf hundert Meter Entfernung, wenn sich ein Auto nähert. Doch der Wind und der peitschende Regen würden dieses Geräusch heute Nacht übertönen.

Es klang wie … ein Kratzen. Metall auf Holz. Als hätte jemand einen Stuhl ein Stück über den hölzernen Terrassenboden geschoben.

Regen und Wind können einen Stuhl bewegen.

Aber auch ein Mensch, der aus Versehen dagegenstößt.

Mein nackter Fuß landet auf dem Teppich. Auf Zehenspitzen schleiche ich zur Tür und spähe auf den Flur hinaus. Mein Zimmer befindet sich am Ende des Flurs, zwischen mir und der Treppe liegen links zwei weitere Zimmer und eins der Bäder, rechts wird der Flur von einer gemauerten Brüstung begrenzt, die etwa drei Meter vor der Treppe endet. Ab dort sehe ich nur noch das Geländer und einen Teil des Erdgeschosses. Vater nannte es Halbloft.

Vorsichtig schleiche ich weiter, bleibe stehen und spitze die Ohren. Sturm und Regen peitschen mit einer solchen Wucht gegen die Hütte, dass ich kaum etwas anderes hören kann. Doch gewöhnlich sind diese Geräusche gedämpft, was jetzt allerdings nicht so ist. Der Lärm scheint … mehr aus der Nähe zu kommen. Er wirkt ungedämpft.

Dann fällt mir das Küchenfenster ein. Ich bin erleichtert. Nachdem ich in die Hütte eingebrochen war, habe ich das Fenster provisorisch mit Pappe verschlossen, und das war's wahrscheinlich – die Pappe ist im Sturm fortgeflogen, sodass jetzt die Außengeräusche in der Hütte gut zu hören sind. Ja, das muss es sein.

Trotzdem schiebe ich mich Zentimeter um Zentimeter weiter, bis die Wand endet. Jetzt habe ich nur noch das Geländer vor mir, das gute Dienste leistet, wenn man nicht hinunterfallen will, doch es macht mich nicht unsichtbar.

Ich lausche. Nichts als der Sturm, ein lauter Donnerschlag, der wehmütig heulende Wind und das drängende Trommeln der Regentropfen über mir.

Mein Herz pocht bis zu meiner Kehle hinauf, während ich rasch den Kopf nach vorne schiebe und wieder zurückziehe. Nicht lange genug, damit mich irgendjemand dort unten hätte sehen können.

Aber lange genug für mich, um sehr deutlich zu erkennen, dass die Glasschiebetür zur Terrasse sperrangelweit offen steht.

20

Mein Herz pocht so heftig, dass ich kaum noch Luft bekomme. Jemand ist in der Hütte.

Er ist unten, sieht wahrscheinlich im kleinen Schlafzimmer und im Bad nach. Doch er wird keine Minute brauchen, um zu merken, dass dort niemand ist. Und außer dem Wohnzimmer und der Küche gibt es unten nichts mehr.

Denk nach. *Denk nach, denk nach, denk nach.* Was weiß er? Er weiß, dass ich mich im Haus aufhalte. Aber er weiß nicht, wo. Alle Lichter im Haus sind ausgeschaltet. Ich könnte überall sein.

Auf Zehenspitzen schleiche ich ins Badezimmer neben meinem Schlafzimmer. Dort schalte ich das Licht ein und drehe die Dusche auf. Jetzt, da er mich sicher gehört hat, gehe ich wieder hinaus. Bestimmt wartet er bereits darauf, dass ich im Flur in seine Kugel renne. Doch mir bleibt nichts anderes übrig, als hinaus und gleich ins nächste Zimmer zu huschen in der Hoffnung, dass er mich nicht gesehen hat. Dort drücke ich mich neben der Tür flach gegen die Wand und zähle schweigend die Namen der Präsidenten in der entsprechenden Reihenfolge auf, um meinen Atem unter Kontrolle zu bringen.

Als ich zu Van Buren komme, höre ich die Treppe ächzen, die dritte Stufe, die ich schon immer reparieren wollte.

Doch ich höre dieses Ächzen ein zweites Mal.

Zwei Personen.

Jetzt sind sie oben im Flur, haben sicher bereits das Licht im Badezimmer bemerkt und das leise, unaufhörliche Plätschern in der Dusche. Ihre Schritte lassen vermuten, dass sie nicht mehr ganz so vorsichtig sind, dass sie sich entschlossener fortbewegen. Sie kommen in meine Richtung, was heißt, sie bleiben nicht am ersten Zimmer stehen.

Ich bin im zweiten.

Ich spüre die Wärme ihrer Körper und bete, dass sie meine nicht bemerken. Ich bräuchte mich nur nach rechts zu drehen und die Hand auszustrecken, um sie zu berühren. Schweiß läuft mir in die Augen. Ich drücke sie zusammen und halte den Atem an.

Sie gehen an mir vorbei.

Gehen bis zur nächsten Tür, die ins Badezimmer führt. Sie sind sich sicher, dass ich dusche.

Plötzlich durchschneidet eine Salve rasch hintereinander abgegebener Schüsse die Stille. Eine Automatikwaffe.

In dem Moment hechte ich aus dem Schlafzimmer zur Treppe.

Das *Rattatata* bietet mir akustische Deckung. Ich rase bereits die Treppe hinunter, als ich die beiden das erste Mal sprechen höre.

»Scheiße!«

»Treppe!«

Ich nehme zwei Stufen auf einmal, kann aber, weil ich mein ganzes Gewicht zum Einsatz bringe, kaum das Gleichgewicht halten. In der Dunkelheit spüre ich die Kugeln an mir vorbeisausen, höre, wie sie im Stakkato Holz zersplittern oder Stoff zerfetzen. Die Fensterfront fällt in heftigem Crescendo in sich zusammen, lässt umherfliegende Glassplitter auf mich regnen, als ich mit gesenktem Kopf durch die offene Schiebetür auf die Terrasse renne. Die Zeit ist mir nicht wohlgesonnen, daher nehme ich sie mir nicht, um die Treppe rechts oder links hinunterzurennen, sondern springe auf die Brüstung und lasse mich fünf Meter tief ins Gras fallen.

21

Nach meiner Bruchlandung bin ich mir sicher, dass ich mich mehrfach verletzt habe, aber für eine Bestandsaufnahme ist keine Zeit, weil ich gleich weiter zum Bootshaus und zur Anlegestelle renne. Die Männer hinter mir rufen etwas, doch das Rauschen in meinen Ohren macht ihre Worte unverständlich.

Sie können mich nicht sehen.

Aber mit Sicherheit wissen sie, in welche Richtung ich fliehe. Die Kugeln, die in die Buchen und Tannen um mich herum einschlagen, bestätigen es. Ich habe keine Wahl. Ich weiß nicht, womit ich es an Land zu tun habe, aber der See macht uns wenigstens zu gleichberechtigten Partnern in diesem Spiel. Allerdings ist er immer noch ein halbes Fußballfeld entfernt.

Meine Beine brennen. Der Untergrund zerrt an meinen Fesseln und Waden, meine nackten Füße fühlen sich an, als würde mir jemand eine Bastonade verpassen. Und ich mache zu viel Lärm. Ich habe immer Lärm gemacht beim Laufen. Wenn ich während der Highschool nach einem Zwanzig-Kilometer-Lauf nach Hause kam, sagte Dominga, unsere Haushälterin, immer: *Gütiger Herr im Himmel, Mr Ben, Sie keuchen wie eine Kuh.*

Vor mir, am Wasser, zerscheppert Glas. Die Fenster vom Bootshaus. Die Typen scheinen gleichzeitig zu rennen und zu schießen.

Ha! Jetzt solltest du mich hören, Dominga. Ich schnappe nach Luft, fülle damit meine Lunge bis ganz nach unten und stoße sie kräftig keuchend wieder aus, bevor ich erneut einatme. Ich hyperventiliere mit Absicht, um den Sauerstoffspiegel in meinem Blut zu erhöhen. Das habe ich während des Rennens nie versucht, doch für das, was ich vorhabe, brauche ich so viel Sauerstoff wie möglich.

Ich reiße mir das T-Shirt vom Leib, bevor ich die letzten eins, zwei, drei, vier, fünf Schritte über den Steg poltere, wie ich es als Kind getan habe – fünf Schritte zählen und springen, zunächst nach oben gereckt, um die Lichter von Anna Cabana auf der anderen Seeseite zu sehen, und dann hinunter, den Kopf stromlinienförmig zwischen die Arme gesteckt, um den Schwung zu nutzen, der mich so weit wie möglich von der Anlegestelle fortträgt.

Ich durchschneide die Wasseroberfläche, tauche weit nach unten, während ich wie ein Wahnsinniger flossenartig mit den Füßen schlage. Ich muss es bis zur nächsten Anlegestelle schaffen, ohne Luft zu holen.

Erst als ich langsamer werde, bewege ich auch die Arme, genauso wie Matt Damon am Ende von *Das Bourne Ultimatum,* als es so aussah, als wäre er während seines Sprungs vom Gebäude von einer Kugel getroffen worden und läge jetzt tot im Wasser. Plötzlich jedoch fing er an zu schwimmen, und die Musik setzte ein, und wir waren alle froh, dass er überlebt hatte.

Als Nicholas Cage in *Im Körper des Feindes* auf seiner Flucht aus dem Gefängnis von einem Gebäude ins Meer sprang, nahmen seine Verfolger an, dass er tot war, und suchten nicht nach ihm. Das kam mir zwar etwas unwahrscheinlich vor, aber wenn in einem Film jemandem über Nacht das Gesicht eines anderen aufgepflanzt wird, ohne dass er sich von der OP erholen muss, und schon am nächsten Tag keine Narben zu sehen sind, läuft man bereits auf der »Aussetzung der Ungläubigkeit«-Schiene mit.

Armzug. Beinschlag. Gleiten. Ich brauche Sauerstoff. Johnnie Shaw vom Tri Trainings Club hat fünfzig Meter geschafft. Das ist echt der Wahnsinn. Gott sei Dank ist die Anlegestelle nicht so weit entfernt. Hoffe ich.

Meine Lunge bettelt bereits um Luft. Ich lasse mit jedem Zug etwas Luft durch die Nase entweichen, um die panischen Krämpfe in der Lunge zu vermeiden.

Hat deine Mutter noch geatmet, als du sie gefunden hast, Ben?

Mein Sohn wird keine Fragen beantworten, Detective.

Mein Sohn wird keine Fragen beantworten.

Ich öffne die Augen unter Wasser, was aber keinen Unterschied macht. Ich kann nichts sehen. Alles schwarz. Kein Horizont gibt mir einen Anhaltspunkt, ich weiß nicht, ob ich geradeaus schwimme. Ich weiß nur, dass ich Richtung Anlegestelle gesprungen bin. Jeder Muskel in meinem Körper brennt. Meine Beine, meine Arme, mein Rücken – alles schreit nach Luft. Bei all dem Zeittraining, das ich fürs Triathlon gemacht habe, das Training, um von meinem Vater fortzukommen, bin ich nie gesprintet und anschließend geschwommen. Hunderte und Aberhunderte von Koppeltrainings – nach einer rasanten Fahrt vom Rad springen und dann losrennen, um sich an den Übergang zu gewöhnen. Aber wozu hätte ich den Übergang vom Rennen zum Schwimmen gebraucht? Also habe ich das nie getan. Bis jetzt.

Armzug. Beinschlag. Gleiten.

Armzug. Beinschlag. Gleiten. Ich glaube nicht, dass ich es noch weiter schaffe. Meine Finger und Zehen kribbeln, und mein Brustkorb pocht und will einfach nur einen ganz tiefen Atemzug nehmen. Ob ich mich der Anlegestelle nähere? Das zumindest hoffe ich.

Die Polizei versucht, dir die Schuld zu geben, Ben. Sprich nicht mit ihnen, mein Sohn. Sie können dir nichts anhängen.

Armzug. Beinschlag. Gleiten. Ich spüre, wie meine Füße sich der Wasseroberfläche nähern. Nichts in meinem Leben habe ich bisher so sehr ersehnt wie diese herrliche Nachtluft wenige Zentimeter über mir. Doch Kugeln gleiten bemerkenswert gut durchs Wasser, egal, was im Film behauptet wird.

Ich bekämpfe den Drang, den Kopf über die Wasseroberfläche zu strecken, ziehe wieder nach unten, fort vom wertvollen Sauerstoff. Ich will nur noch sterben.

Hat deine Mutter jemals gesagt, dass sie sterben möchte, Ben?

Mein Sohn wird keine Fragen beantworten.

Armzug. Beinschlag. Gleiten.

Meine Arme streifen etwas Festes. Ich strecke die Hände danach aus. Nie haben die Meerjungfrauen ein Lied gesungen, das so schön ist wie das, welches mein Herz für den Holzpfeiler der Anlegestelle anstimmt. Ich ziehe mich an dem Pfeiler nach oben, bis ich dankbar und röchelnd nach Luft schnappe, aber aufpasse, dass nicht allzu viel Regen in meinem Mund landet. Ich lebe. Ich lebe immer noch.

Aber wer auch immer mich jagt, kann nicht weit hinter mir sein.

22

Nachdem ich etwa ein oder zwei Minuten wie ein Tier gejapst habe, um wieder zu vollem Bewusstsein zu gelangen, ziehe ich mich auf die Anlegestelle hinauf und bleibe flach liegen. Der Regen hat etwas nachgelassen. Ich lausche, höre aber nichts. Wahrscheinlich übertönt der Regen wieder alle anderen Geräusche.

Ich rutsche über das Holz aufs Bootshaus zu und danke im Stillen Steve, dass er das Licht nicht eingeschaltet hat. Oder ist er gar nicht zu Hause?

Steve Sykes gewährte mir Zuflucht in seinem Haus, wann immer ich mich davonschleichen konnte. Vater erzählte ich, ich würde trainieren, eine ewig lange Radtour machen – hundertfünfzig Kilometer können ganz schön lange dauern. Stattdessen schaute ich mir bei Steve einen Nachmittag lang alte Filme an. Immer ließ er den Seiteneingang für mich offen. Doch das ist Jahre her. Mit etwas Glück hält er noch heute an dieser Gewohnheit fest.

Ich drehe am Knauf. Verschlossen. Die Glastür ist mit Sprossen versehen. Daher greife ich zu dem Kanuruder über der Tür und breche die Scheibe direkt über dem Türknauf ein.

Tut mir leid, Steve. Das mache ich wieder gut.

Vorsichtig greife ich durch die zerbrochene Scheibe, entriegle die Tür und schleiche mich hinein. Die Seitentür führt in die Waschküche. Rasch wühle ich in dem Korb neben dem Trockner nach trockener Kleidung und schlüpfe in die Flipflops, die an der Tür stehen.

Ich sehe mich in der Küche um. Der Kühlschrank steht noch neben der Tür, und auch der Schlüssel zu dem alten Jeep hängt an derselben Stelle. Zumindest an diese Gewohnheit hat er sich gehalten. Ich schnappe mir den Schlüssel und husche wieder zur Seitentür hinaus.

Von draußen höre ich nur den Wind und den Regen, sodass ich schnell zu dem alten Jeep renne, einen 1986er CJ-7 mit DIESE SEITE NACH OBEN in großer, gelber Blockschrift am oberen Rand der Windschutzscheibe. Steve mochte schon Extremsportarten, noch bevor sie so genannt wurden.

Es ist lange her, seit ich einen Wagen mit Schaltgetriebe gefahren habe, doch der Motor erwacht zum Leben gemeinsam mit Brian Johnson von AC/DC, der »Back in Black« singt. Ohne Probleme erinnere ich mich, wie man den Gang einlegt. Kies spritzt hinter mir auf, als ich die Einfahrt entlangfahre. Ich danke Gott, dass ich bei diesem Regen nicht mit einem Kabrio fahren muss.

Was denken sich diese beiden Kerle mit ihren Automatikwaffen im Moment? Sie wissen es nicht, das denken sie. Vielleicht, dass ich getroffen wurde und tot im Wasser treibe. Vielleicht, dass ich irgendwohin schwimme, sonst wo sein könnte. Sie haben keine Ahnung. Lake Anna ist ein riesiger See. Wahrscheinlich haben sie die Verfolgung bereits aufgegeben.

Ich fahre den Halls Drive entlang bis zu einer Gabelung. Die sanfte Abzweigung nach links führt Richtung Westen. Ich drossle nur leicht das Tempo und biege in dem Moment ab, als ich rechts von mir, aus Osten, Scheinwerfer bemerke – aus der Richtung meiner Hütte.

Meine Verfolger.

Dies ist der Moment, in dem Mel Gibson in irgendeinem Film sagen würde: *Wir haben Gesellschaft.* So was Abgebrühtes wollte ich schon immer mal sagen.

Ich drücke das Gaspedal durch und treibe den alten Jeep so schnell die Straße entlang, wie er kann, doch die Scheinwerfer haben bereits die Gabelung erreicht und verfolgen mich. Die Lichter strahlen weit nach oben. Wahrscheinlich ein Geländewagen, dem ich nicht entkommen kann. Hinter mir peitschen Schüsse im Stakkato, im Rückspiegel erkenne ich das Mündungsfeuer der Automatikwaffe, doch die ersten Kugeln verfehlen mich. Ich fahre im Zickzack, um ein möglichst unsicheres Ziel abzugeben, ohne das Tempo zu verlangsamen.

Der Geländewagen holt auf. Plötzlich zerspringt die Heckscheibe, Kugeln zerfetzen den Beifahrersitz, *peng, peng, peng,* und das Radio verstummt, als Angus Young gerade mit seinem Gitarrensolo beginnt, auch die Windschutzscheibe bekommt zwei oder drei Treffer ab. Ich ducke mich so tief ich kann, während der Wind durch die Löcher in der Windschutzscheibe pfeift. Eine weitere abgehackte Salve – *rattatata* – lädiert den Jeep, der Geländewagen wird gleich so nah sein, dass er mich rammen und von der Straße drängen kann, und ich lenke nach links, ganz nach links, während sich meine Verfolger hinter mir rechts halten, wahrscheinlich weil der Fahrer den Wagen ruhig halten muss, damit sein Kollege gut zielen kann, und wahrscheinlich passt es ihnen sogar noch ganz gut, dass ich links und sie rechts fahren, weil ich damit ein leichteres Ziel abgebe, aber wisst ihr was? Es geht darum, dass ich ihnen ein ernsthaftes Problem bereiten werde, weil …

… weil die Straße gleich scharf nach rechts abbiegen wird.

Kugeln bahnen sich ihren Weg durch meine Windschutzscheibe und zerfetzen das Armaturenbrett. Ich reiße das Lenkrad scharf nach rechts und bete, dass mein Jeep nicht umkippt, vor allem nicht auf dieser glitschigen Straße. Ich bete, dass der Winkel, mit dem ich die Kurve nehme, die Zentrifugalkraft ausgleicht und der Geländewagen hinter mir die Kurve nicht oder zumindest ein kleines bisschen zu spät bemerkt und auf die Bremse treten muss, und schließlich blicke ich in meinen Rückspiegel, doch ich habe keinen mehr, sodass ich den Kopf nach hinten drehe, während ich vorwärtsfahre, und der Geländewagen …

Ja! Er ist von der Straße abgekommen, weil er die Kurve verpasst hat, ist im Unterholz gelandet und, sofern es Gerechtigkeit gibt, gegen einen unversöhnlichen Baum geknallt.

Ich stoße den Atem aus. Denen bist du aber nur knapp entwischt, Benjamin.

Doch die Stunde schlägt für dich.

23

Ich kehre über einen anderen Weg zu meiner Hütte zurück, um den bösen Jungs nicht mehr zu begegnen. Nur ungern gebe ich zu, dass ich hoffe, sie mögen gegen einen Baum gefahren und tot sein. Schließlich wünsche ich niemandem den Tod, aber sagen wir mal so: Dies würde mir nicht den Tag verderben.

Ich bleibe insgesamt zwei Minuten. Die reichen, um eine Tasche mit meinen Sachen zu packen. Ich versuche, nicht allzu lange über die Hunderte von Einschusslöchern in Wänden, Möbeln und Boden oder über die Tatsache nachzudenken, dass der größte Teil der zur Seeseite gehenden Fensterscheiben nur noch als winzige Scherben auf dem Boden verstreut liegen. Ich werde mich an diesem Ort nie wieder sicher fühlen. Und ich schulde Steve Sykes einen neuen Jeep – oder zumindest einen alten.

Ich beschließe, für die Nacht oder was von ihr noch übrig ist ein Hotel in der Nähe zu suchen. Es gibt keinen echten Grund, warum diese Typen, die auf mich geschossen haben, sich noch weiterhin am Lake Anna aufhalten sollten, selbst wenn sie noch heil sind. Und wenn sie mir immer noch hinterherjagen, werden sie höchstwahrscheinlich die Highways im Auge behalten. Außerdem traue ich mir nicht mehr zu, noch lange Strecken im Dunkeln auf meiner Triumph zu fahren.

Ich nehme ein Einzelzimmer mit breitem Bett und winzigem Badezimmer in einem Kettenhotel. Ein richtiges Sofa gibt es nicht, nur eins von diesen billigen kleinen Zweisitzern. Dieses schiebe ich gegen die Tür und lege mein Schlüsselbund auf den Türgriff, damit es, sollte jemand die Tür öffnen wollen, auf einen strategisch günstig positionierten Handspiegel fällt, den ich in Steves Jeep gefunden habe. Das Scheppern der auf Glas fallenden Schlüssel wird mich, so hoffe ich, vor unerwünschtem Besuch warnen. Ganz schön schlau, was? Das habe ich in *Fletchers Visionen* gesehen. Mel Gibson, Julia Roberts. Kann sein, dass ich der Einzige bin, der sich diesen Trick gemerkt hat.

Wahrscheinlich ist diese Vorsichtsmaßnahme unnötig, weil ich wohl kaum schlafen werde, auch wenn ich den Schlaf dringend brauche. Ich habe noch immer einen Kater von dieser Sache mit meinem Flugzeug, das vom Himmel gefallen ist, und der heutige Abend war auch eher kein Vergnügen. Trotz allem, was mich wach hält – mein rasendes Herz, mein dröhnender Kopf, die kneifenden Arme und Beine –, weiß ich, dass ich dringend Ruhe benötige.

Ich gehe auf dem billigen Teppich auf und ab, während meine Gedanken in zwanzig verschiedene Richtungen wuseln wie Kakerlaken, die vor dem Licht fliehen. War Präsident James Buchanan schwul? Hatte die Verlobte von John Wilkes Booth eine Affäre mit Präsident Lincolns Sohn Robert? Ist es nicht seltsam, dass Robert Todd Lincoln bei den Attentaten auf zwei Präsidenten anwesend war, aber nicht bei dem auf seinen eigenen Vater? Ich meine, wie groß ist denn die Wahrscheinlichkeit …

Stopp! Konzentriere dich, Ben. Konzentriere dich auf eine andere Wahrscheinlichkeit – die deines Überlebens. Wer auch immer versucht, mich zu töten, muss schließlich nur ein Mal Erfolg haben. Mir dagegen muss es jedes Mal gelingen, einem Anschlag zu entgehen.

Ich drehe die Dusche so heiß auf wie möglich und lasse mich vom Wasser bestrafen, stütze mich mit der Stirn an der Wand ab und versuche, über Jonathan Liu, diesen Lobbyisten, und darüber nachzudenken, was Diana gewusst haben könnte, das ihr den Tod beschert hat und mir noch bescheren könnte, und dann denke ich über Janet Leigh in der Dusche in *Psycho* und an die Neuverfilmung mit Vince Vaughn nach, die wahrscheinlich nicht der beste Schritt in seiner Laufbahn war, aber er hatte immerhin Sex mit Anne Heche – halt, das war nicht in *Psycho,* sondern in *Für das Leben eines Freundes.* Egal. Ich bin verletzlich, denn wie gut kann man sich verteidigen, wenn man nass und nackt in der Dusche steht?

Nicht sehr gut. Ich meine, ich bin schon kaum eine Bedrohung, wenn ich angezogen bin. Als Nackter kann ich jemandem höchstens ein paar Sekunden lang Angst einjagen.

Ich trockne mich ab und ziehe mir ein paar von den Sachen an, die ich aus der Hütte mitgenommen habe, Sachen, die ich seit zehn Jahren nicht anhatte, und versuche mich zu entspannen, an etwas zu denken, das mir keine Panik einjagt. Mir eine Pause und etwas Ruhe zu gönnen.

Um zwei Uhr nachts bin ich überzeugt, dass Buchanan schwul war.

Um drei Uhr ist klar, dass sich Julia Roberts zwar in einer führenden Rolle behaupten kann, ich sie aber lieber in Ensemblefilmen wie *Mona Lisas Lächeln, Pizza Pizza – Ein Stück vom Himmel* oder *Magnolien aus Stahl* sehe, was mir kurz zu bedenken gibt, ob ich nicht auch schwul bin.

Um vier Uhr habe ich die Präsidenten in alphabetischer Reihenfolge geordnet.

Und dann frage ich mich wieder, wie meine Chancen stehen zu überleben, was mit mir passiert, bis buchstäblich eine Gleichung auf der Tafel erscheint, und dann stellt Matt Damon, der Hausmeister, seinen Mopp zur Seite, greift zu einem Stück Kreide und navigiert mit sicheren Zügen durch seinen komplizierten Algorithmus, und dann erscheint Ben Affleck, zunächst, um sich wegen *Liebe mit Risiko – Gigli* zu entschuldigen, und dann, um Damon zu sagen, dass er mehr in seinem Leben tun sollte, als Böden zu schrubben, und dann tritt Robin Williams ein und sagt mir, ich solle den Tag nutzen, und ich versuche, ihm zu sagen, dass er im falschen Film ist, aber dann hat Damon die fast einen halben Meter lange Gleichung auf der Tafel vervollständigt, und gerade als er sich zu mir umdreht, höre ich ein lautes, metallenes Geräusch, das uns alle aufschrecken lässt, und Damon sagt zu mir: *Ich sag's nur ungern, aber du bist erledigt …*

Meine Augen springen auf, ich schnelle nach oben, krabble auf dem Bett ein Stück nach vorne, um zur Tür sehen zu können.

Die Schlüssel liegen nicht mehr auf dem Türgriff.

Sie sind auf den Spiegel auf dem Boden gefallen.

Jemand hat gerade versucht, meine Tür zu öffnen.

24

Leise gleite ich vom Bett und rutsche über den Teppich. Ich kann nicht unter der Tür hindurchsehen, habe keine Ahnung, ob jemand davorsteht.

Aber die Schlüssel sind nicht von alleine hinuntergefallen. Jemand muss versucht haben, die Tür zu öffnen.

Ich halte den Atem an, zähle die ersten zwanzig Präsidenten auf und warte, ob sich noch etwas bewegt. Ich starre auf die Tür, bis meine Augen ihre Tricks mit mir abziehen, bis die Tür ein- und ausatmet, sich ausdehnt und zusammenzieht.

Mindestens zehn Minuten lang bleibe ich reglos liegen, das Gesicht auf den billigen, zweifelhaft gereinigten Teppich gedrückt. Vielleicht hatte der Schlüssel, der klimpernd auf dem Spiegel gelandet ist, mich nicht nur gewarnt, sondern die Eindringlinge auch abgeschreckt. Aber es ist eher unwahrscheinlich, dass sich Männer mit Automatikwaffen von einem Schlüssel und einem Handspiegel in die Flucht schlagen lassen.

Ich drücke mich nach oben, richte mich auf und schleiche von der Seite auf Zehenspitzen auf die Tür zu. Sollten diese Typen anfangen, durch die Tür zu schießen, muss ich ja nicht unbedingt in der Schusslinie stehen.

Ich halte den Atem an und lausche. Nur das leise Summen der billigen Klimaanlage in meinem Zimmer ist zu hören.

Gut, es könnte die Schwerkraft gewesen sein, kein Eindringling. Aber ich muss auf Nummer sicher gehen.

Von meiner Position seitlich der Tür springe ich sozusagen in die Schusslinie, um durch den Spion zu spähen. Nichts. Niemand draußen.

Gut, vielleicht war es doch nur die Schwerkraft. Vielleicht muss ich mich nur am Riemen reißen.

»Bringen wir die Sache endlich zu Ende«, sage ich zu niemand anderem als mir selbst. Ich bin mir nicht einmal sicher, was das bedeutet, weil ich die Ereignisse eher nicht unter Kontrolle habe, aber es klingt abgebrüht, und im Moment greife ich gerne nach jedem Strohhalm. Es klingt wie etwas, das Clint Eastwood oder Silvester Stallone sagen würden, bevor sie sich in einer sich zuspitzenden Szene dem Bösewicht widmen.

»Die Sache ist zu Ende«, sage ich zum Spiegel.

Eine Karte habe ich noch, die ich ausspielen kann. Ich werde in Dianas Wohnung gehen und mir die Überwachungsaufnahmen holen. Diese werden mir verraten, wer sie vom Balkon gestoßen hat.

Ich zucke zusammen, als ich plötzlich ein kurzes, lautes Summen höre, das unmittelbar darauf ein zweites Mal ertönt. Der Schrecken legt sich erst wieder, nachdem mein Hirn erkannt hat, dass sich mein Telefon auf dem Nachttisch gemeldet hat. Ich habe eine Nachricht erhalten.

Ich greife nach dem Telefon wie nach einem heißen Topf auf dem Herd. Der Absender gibt seine Rufnummer nicht zu erkennen, die Nachricht beinhaltet ein Foto. Es dauert einen Moment, bis es vollständig geladen ist.

»Oh nein«, murmle ich.

Es ist ein Foto von Dianas Bruder, Randy Hotchkiss, der mit dem Gesicht nach unten in einer Blutlache liegt.

Darunter stehen die Worte:

Randy konnte nicht aufhören, Fragen zu stellen.
Kannst du das?

25

An diesem vernebelten Morgen fahre ich eine andere Strecke zu Dianas Wohnung. Ich werde nicht auf die 33rd Street einbiegen und einem Polizisten in die Arme rennen – geschweige denn die Aufmerksamkeit irgendwelcher geheimnisvoller Typen in einem Lexus wecken. Nein, diesmal werde ich Dianas Wohnung von hinten betreten, über die Feuerleiter.

Passenderweise wird die Titelmusik von *Mission: Impossible* in meinem Kopf abgespielt.

Ich stelle die Triumph zwei Blocks entfernt ab und gehe am C&O Canal entlang, begleitet von Joggern, die sich hier vor Arbeitsbeginn körperlich ertüchtigen. Schließlich gehe ich um das Gebäude herum und steige die wackeligen Stufen der Feuerleiter bis zu Dianas Stockwerk hinauf.

Wäre es nicht geil, wenn man immer die entsprechende Musik hören könnte, während man durch die Gegend läuft und Dinge erledigt? Besonders in dramatischen Momenten. Ich glaube, das wäre inspirierend.

Ich bin noch immer im Besitz der Schlüssel, mit denen sich der Notausgang und Dianas Wohnungstür öffnen lassen. Was ich nicht habe, ist eine Ahnung, wer im Moment das Gebäude beobachtet oder ob ich mit meinem Tun ein Verbrechen begehe. Aber ich habe keine andere Wahl.

Mir wird leicht übel, während ich die wackligen Stufen hinaufgehe, aber verglichen mit den anderen Herausforderungen während der letzten beiden Tage ist das hier ein Kinderspiel. Oben angekommen betrete ich mit pochendem Herzen das Gebäude.

Ihre Wohnung liegt am Ende des Flurs. Quer über der Tür

hängt ein gelbes Absperrband, das die Frage, ob ich hineingehen darf oder nicht, eindeutig beantwortet.

Aber ich tue es trotzdem. Mit dem ersten Schritt hinein stockt mir der Atem, und Erinnerungen durchströmen mich wellenförmig. Diana. Was hast du getan, Diana, dass so etwas passieren konnte?

Konzentrier dich, Ben. Es wird keine zwei Minuten dauern, dir die Aufzeichnungen zu schnappen und wieder zu verschwinden.

Ich blicke zum Rauchmelder in ihrer Küche hinauf, in dem sich die Lochkamera befindet. Ich greife zur Trittleiter neben dem Kühlschrank, hole aus der Vorratskammer einen Schraubenzieher und mache mich an die Arbeit. Bei der zweiten Schraube höre ich vom anderen Ende der Wohnung ein Geräusch – eine Flasche fällt um und rollt über Glas.

Panik macht sich in mir breit. Ich steige die Leiter wieder hinunter, als Zimttiger, Dianas Abessinierkatze, auf mich zurennt.

»Hallo, Mädchen!«, rufe ich, überrascht, wie glücklich ich bin, die Katze zu sehen. Vielleicht weil ich glücklich bin, ein Wesen zu sehen, das nicht mit einer Waffe auf mich zielt. Oder vielleicht weil Zimttiger jetzt das Letzte ist, was von Diana geblieben ist.

Das arme Ding ist ein nervöses Wrack. Hat ihr irgendjemand was zu fressen gegeben? Ich weiß es nicht. Also suche ich in der Vorratskammer nach Katzenfutter und gebe ihr etwas in ihre Schüssel. Im gleichen Moment lässt sie mich links liegen und macht sich über das Futter her.

Ich ziehe die letzte Schraube aus dem Rauchmelder und lasse den Deckel aufspringen, um … festzustellen, dass sich dort weder eine Kamera noch ein Mikrofon befindet. Die Überwachungsvorrichtung wurde entfernt.

Ich springe von der Leiter und renne in Dianas Schlafzimmer. Auch der Videorekorder mit Bewegungssensor, der als Stecker getarnt ist, fehlt. Ich sehe hinter Dianas Schreibtisch nach und überprüfe alle Steckdosen, aber das Ding ist weg.

Beide Überwachungsgeräte, die ich installiert habe, sind verschwunden.

Und mit ihnen die Identität von Dianas Mörder.

Ich habe keine Spur und weiß nicht, wohin ich gehen soll.

26

Ich stelle meine Triumph ab und marschiere durch die Straßen der Hauptstadt, bleibe oft stehen, um nachzusehen, ob mich jemand verfolgt. In einem Café in Georgetown setze ich mich mit dem Rücken zur Wand, beobachte alle, die hereinkommen. Ein muskulöser Asiate. Zwei hübsche Collegemädels. Eine ältere Frau mit zwei Enkeln. Ein schicker Anzugtyp, der in sein kabelloses Mikrofon spricht.

Ich weiß nicht, wen ich verdächtigen soll. Jeder könnte mich beobachten. Überall.

Um zehn Uhr vormittags erhalte ich eine SMS aus dem Weißen Haus. Der Präsident ist von seinem einwöchigen Aufenthalt auf Marthas Vineyard zurück und wird um halb drei eine Pressekonferenz abhalten. In dieser Woche bin ich an der Reihe mit der Vor-Ort-Berichterstattung. Ich habe überlegt, meine Partnerin, Kendra Tierney, zu bitten, diese Woche den Dienst für mich zu übernehmen, doch heute bietet mir die Arbeit eine willkommene Ablenkung.

Im Brady Room stehen die Reporter der großen Sender geschminkt und toupiert und in frisch gebügelten Kleidern bereit und sagen dem Publikum zu Hause voraus, dass der Präsident einen Kommentar über den nächsten Landwirtschaftsminister, die Unruhen in Libyen und die wiederaufgenommenen Kämpfe in Tschetschenien abgeben wird. Ich als Eigentümer einer Onlinezeitung brauche mich nicht um mein Auftreten zu kümmern – doch selbst für meine Verhältnisse sehe ich heute ziemlich übel aus. Von den letzten achtundvierzig Stunden habe ich nur eine Handvoll geschlafen, und da ich nicht nach Hause gehen konnte, musste ich mir neue Sachen kaufen. Mein Hemd hat noch Falten von der Verpackung, und das Sakko ist mir an den Schultern zu groß. Ich sehe schlampig aus.

Der Pressesprecher, Rob Courtney, versorgt uns mit Einzelheiten über den Terminplan des Präsidenten in der kommenden Woche und mit Hintergründen zur Ernennung, die er heute ankündigt. Das brauche ich nicht. Ich weiß bereits seit zwei Wochen, wer neuer Landwirtschaftsminister wird. Es macht sich bezahlt, Leute aus dem inneren Kreis zu kennen. Wenn ich sage, es macht sich bezahlt, so meine ich das wörtlich. Gewöhnlich sind es Tickets für Footballspiele. Vor einigen Jahren flog ich eine Quelle aus dem Innenministerium und seine Freundin für einen Abend in meiner Cessna nach Manhattan und zurück. Sie hatten ein wundervolles Geburtstagsessen im Moomba, und ich hatte eine hübsche Titelgeschichte darüber, dass unser Botschafter in Australien seinen Rücktritt plante, weil er sich um den Gouverneursposten von Ohio bewerben wollte.

»Blaues Hemd, rote Krawatte«, sagt Wilma Grace, die Reporterin rechts von mir, voraus. Ein Dauerwitz zwischen uns, eine Dauerwette. Als Gentleman lasse ich sie natürlich immer zuerst raten.

»Weißes Hemd, blaue Krawatte«, halte ich dagegen.

Ich sehe mich im Presseraum um und entspanne mich langsam. Wo, wenn nicht hier, innerhalb der Mauern des Westflügels, bin ich sicher, und vertraute Gesichter zu sehen ist beruhigend.

»Der Präsident der Vereinigten Staaten«, kündigt Rob Courtney an.

Präsident Blake Francis betritt den Saal mit geschmeidiger Eleganz, die für ihn ein Symbol der Macht ist. Sein Gesicht ist vom Urlaub hübsch gebräunt, und er trägt ein blaues Hemd und eine rote Krawatte.

»Du hast ihn heute schon gesehen«, flüstere ich Wilma zu.

»Ich habe nie das Gegenteil behauptet.«

»Das ist Betrug, Gracie. Echter Betrug.«

»Vielleicht machst du lieber das Preisschild von deiner Jacke ab«, schlägt Wilma vor. Ja, mir geht es besser. Ich bin froh, hergekommen zu sein.

»Guten Tag zusammen«, grüßt der Präsident. »Es ist schön, wieder hier zu sein. Ich kann Ihnen gar nicht sagen, wie sehr ich Sie vermisst habe.«

Höfliches Lachen von uns auf den billigen Plätzen. Die Gehilfen, die ihn flankieren, lachen, als hätte er gerade den besten Witz von sich gegeben, den er je gemacht hat.

»Bevor ich die Ernennung verkünde, wegen der ich hier bin, möchte ich noch etwas anmerken. Viele von Ihnen waren so traurig wie ich, als sie vor Kurzem vom Tod von Diana Hotchkiss hörten, die mehrere Jahre für den Kongressabgeordneten Carney und dann als Verbindungsfrau zur CIA gearbeitet hat.«

Ich blinzle. Hat er … habe ich ihn gerade richtig verstanden?

»Und ich erfuhr, dass ihre Familie eben erst mit dem Tod ihres Bruders eine zweite Tragödie erleben musste«, fährt er fort. »Ich und meine Ehefrau Libby möchten der Familie Hotchkiss unsere aufrichtigste Anteilnahme aussprechen.« Vermutlich nickt Präsident Francis jetzt. »Okay. Wie Sie wissen, habe ich versprochen, vor der Ernennung des nächsten Landwirtschaftsministers …«

Ich sehe Wilma an, die meinen Blick erwidert, aber bei mir keine unangebrachte Überraschung festzustellen scheint. Sie zuckt mit den Schultern. »Ich vermute, irgendeine Mitarbeiterin auf dem Hügel«, flüstert sie.

Ich nicke zurück. Wilma kannte Diana offenbar nicht. Mir bedeutete sie viel, doch für die meisten Menschen war Diana eine von Tausenden gesichtslosen, ehrgeizigen Mitarbeitern, die sich hinter der Bühne der Macht tummeln.

Wie hat sie es also geschafft, in einer landesweit übertragenen Pressekonferenz vom Präsidenten der Vereinigten Staaten erwähnt zu werden?

27

Kaum ist die Pressekonferenz vorbei, kehren die Magenschmerzen zurück. Nach dem Asylaufenthalt im Weißen Haus bin ich für meine Verfolger wieder angreifbar. Ich bin verwirrt und verängstigt, und mir fehlen die Ideen.

Zumindest gute Ideen.

Das Gebäude auf der Connecticut Avenue – zehn Stockwerke hoch, grauer Backstein, grüne Markise vor dem Eingang – liegt fünf Minuten nördlich des Weißen Hauses. Ich stelle meine Triumph ab und gehe hinein. Der Wachmann in der Eingangshalle fragt mich, ob ich einen Termin habe. Ich sage ja, was gelogen ist. Ich schreibe meinen Namen in ein Empfangsbuch und gehe durch einen Metalldetektor. Im zehnten Stock verlasse ich den Fahrstuhl, gehe nach rechts und dort durch eine dicke Glastür. Der verzierte Empfangsbereich soll Eindruck schinden. Der Wartebereich für Besucher ist mit glänzenden schwarzen und purpurroten Möbeln ausgestattet, die raumhohen Fenster geben den Blick auf die Connecticut Avenue frei. Die Frau hinter der halbmondförmigen Rezeption könnte das Deckblatt einer Zeitschrift zieren. Der Name des Unternehmens steht in einer ausgefallenen Schrift – ich glaube, es ist dieselbe, die Porsche verwendet – auf der Wand hinter ihr.

»Kann ich Ihnen helfen, Sir?«, fragt sie. Sie trägt einen Kopfhörer mit einem Mikrofon, das sich zu ihren Lippen herumwindet.

»Ben Casper vom *Capital Beat.* Ich möchte zu Jonathan Liu.« Ich zeige ihr meinen Presseausweis.

Zugegeben, dies ist eine alles andere als subtile Taktik. Idealerweise hätte ich alles, was es über diesen Typen gibt, heimlich recherchiert und mich nur dann persönlich mit ihm auseinandergesetzt, wenn dies strategisch angeraten wäre. Aber mir fällt im Moment nichts anderes ein.

»Erwartet er Sie?«, fragt mich die Sexbombe.

»Das sollte er.« Dies kommt der Wahrheit sehr nah.

Sie hält einen Moment inne. »Darf ich ihm sagen, um was es geht?«

Hinter der Frau befindet sich eine Glaswand, durch die Tür daneben betritt ein ernster, gut gekleideter Mann den Eingangsbereich und geht auf seinem Weg in sein Büro an mir vorbei. Die Tür fällt hinter ihm ins Schloss.

»Ich schreibe einen Artikel über unterbezahlte Lobbyisten und darüber, warum wir mehr Geld für die Politik benötigen, nicht weniger«, antworte ich.

Die Empfangsdame denkt kurz darüber nach.

»Es geht in meinem Artikel darum, wie Lobbyisten den blutsaugenden Fortune-500-Unternehmen, die erst den kleinen Mann abzocken und denen dann von der Regierung aus der Patsche geholfen wird, den Rücken stärken. Es ist höchste Zeit, dem amerikanischen Unternehmertum eine Stimme in der Politik zu geben.«

Sie denkt immer noch nach.

»Das war ein Witz«, sage ich. »Ich veranstalte an diesem Wochenende einen Flohmarkt, um Geld für Mr Liu zu sammeln. Mit einer Million Dollar pro Monat kann man heutzutage kaum seinen Lebensunterhalt bestreiten. Ich mache mir Sorgen um ihn.«

Die Frau murmelt etwas in ihr Mikrofon.

»Okay, ich will ehrlich zu Ihnen sein.« Ich beuge mich vor, damit sie mich auf jeden Fall hören kann. »Der Artikel, den ich schreibe, handelt darüber, wie Jonathan Liu eine leitende Mitarbeiterin des Capitol Hill ermordet hat. Eine Mitarbeiterin, mit der er eine Affäre hatte. Der Artikel wird in einer Stunde an die Presse gehen. Vielleicht würde Mr Liu vorher gerne mit mir sprechen.«

Ich trete ans Fenster und warte. Es ist kurz vor Feierabend, und viele Mitarbeiter wuseln umher. Beim Verlassen ihres Arbeitsplatzes scheinen sich Mitarbeiter immer schneller zu bewegen als beim Eintreffen.

Nach ein paar Minuten öffnet ein gut gekleideter Mann die Glastür.

»Mr Casper?«, sagt er. »Bitte hier entlang, Sir.«

28

Ich werde von zwei ernstzunehmenden Chinesen begleitet, die jeweils in etwa so groß sind wie ein kleines Haus. Wir gehen einen breiten, indirekt beleuchteten, mit teurem purpurfarbenem Teppich ausgelegten Flur entlang, der überhäuft ist mit noch teureren Kunstwerken. Die Geschäfte der Liu-Gruppe laufen derzeit ganz gut, zumindest dem äußeren Anschein nach. Ich bin kein großer Fan von Purpur, aber ich muss zugeben, dass Prince' *Purple Rain* eins der besten Alben meiner Generation ist. Man könnte dagegenhalten, *1999* wäre besser, aber *Purple* ist emotionaler.

Diese beiden Typen hingegen sind das genaue Gegenteil. Wenn sie sich nicht bewegen würden, könnte man sie für Statuen halten. Sie führen mich an ein paar Büros vorbei, von dem eins größer und schicker eingerichtet ist als das andere. Wir biegen um eine Ecke, gehen noch ein Stück weiter und bleiben vor einem Fahrstuhl stehen.

»Wohin gehen wir?«, frage ich die beiden Taugenichtse. »Ich bin mit Jonathan Liu verabredet.«

»Da täuschen Sie sich«, erwidert der größere der beiden.

Als der Fahrstuhl sich öffnet, schieben sie mich hinein.

»Ich sollte euch warnen«, sage ich. »Ich kenne Karate, Jiujitsu und eine Menge anderer asiatischer Wörter.«

Nichts. Nicht einmal ein Lächeln. Die Fahrstuhltüren öffnen sich wieder, allerdings in einer Tiefgarage. Ein schwarzer Pkw fährt vor, die Seitentür wird geöffnet.

»Einsteigen«, weist mich einer der beiden Männer an.

Nun, genauso habe ich es doch gewollt. Dies könnte der größte Fehler meines Lebens sein.

Ich steige ein, die Tür wird hinter mir geschlossen und automatisch verriegelt. Ich sitze allein im Fond und blicke auf die schwarze Scheibe, die den Fahrer unsichtbar macht.

Wir fahren auf die Connecticut Avenue, von dort über den Dupont Circle auf die Massachusetts Avenue. Bringen sie mich vielleicht in eine verlassene Gegend, wo sie mich von meinen Qualen erlösen?

Doch nach einem weiteren Kreisverkehr biegen wir nach rechts auf die Q Street. Jetzt ist mir klar, wohin wir fahren. Man bringt mich nicht an einen geheim gehaltenen Ort.

Man bringt mich in die chinesische Botschaft.

29

Vor zwei Jahren nahm ich an einer Feier in der Großen Halle der chinesischen Botschaft teil, einem makellosen Kalksteingebäude in der nordwestlichen Gegend von Washington. Der Raum, in den ich jetzt geführt werde, ist alles andere als groß. Er ist vollgestopft, schwach beleuchtet und kalt, die Wände sind grau und rot gestrichen. Die beiden Männer, die mich in der Tiefgarage in Empfang genommen haben, sind mehr oder weniger genauso groß wie die Taugenichtse, aber weit weniger zum Plaudern aufgelegt. Erst jetzt, hier drinnen, fassen sie mich an und drücken mich an den Schultern nach unten auf einen einzelnen Stuhl, der in der Mitte des Raumes steht.

Eine Tür, die ich als solche nicht erkannt habe, wird geöffnet, und zwei Chinesen in Anzug und Krawatte treten ein. Einer mit kurz geschorenem Haar, der andere mit Glatze. Glatzkopf sieht aus, als hätte er einige Zeit im Sportstudio zugebracht, der mit dem kurzen Haar wirkt weicher, wie ein Diplomat.

»Mr Casper«, beginnt Glatzkopf.

»Das bin ich.«

»Was soll Ihr Gerede über Jonathan Liu? Sie haben der Empfangsdame gesagt, er wäre verantwortlich für den Tod einer Regierungsmitarbeiterin?«

Ich blicke von einem zum anderen. »Dieses Gespräch wollte ich mit Jonathan Liu führen.«

»Mr Liu ist nicht hier.« Der Mann spricht perfekt Englisch, wenn auch mit ganz leichtem Akzent.

»Und Sie sind …?«, frage ich.

»Ich bin … derjenige, der hier die Fragen stellt.«

»Ich meinte, wie heißen Sie?«

»Ich weiß, was Sie meinten. Erzählen Sie mir von Ihren Anschuldigungen gegen Jonathan Liu.«

Ich weiß nicht, ob dieser Kerl für oder gegen mich ist. Ich könnte wild drauflosraten. »Ich habe einen Artikel geschrieben, in dem ich aufdecke, wie Jonathan Liu die Verbindungsfrau des Weißen Hauses zum stellvertretenden CIA-Direktor Craig Carney ermordet hat.«

Glatzkopf bleibt undurchdringlich. »Und welchen Beweis haben Sie?«

»Lesen Sie den Artikel.« Es gibt keinen Artikel. Noch nicht. Ich bin noch weit davon entfernt, beweisen zu können, was ich glaube. Die Wahrheit ist: Ich fische im Trüben.

»Es gibt keinen Artikel«, sagt Glatzkopf.

Was ist dieser Typ? Gedankenleser? »Das können Sie sehen, wie Sie wollen«, erwidere ich. Was mich an die Burger-King-Werbung aus den 70ern erinnert. Prima, jetzt geistert mir dieses dämliche Lied mit den Essiggurken und dem Salat durch den Kopf. Aber es übertönt auch die späteren Werbesongs, diejenigen mit dem durchgeknallten König. Von dem Typen konnte man Albträume bekommen.

»Die Beziehungen zwischen unserem Land und den Vereinigten Staaten sind ziemlich ... dürftig. Würden Sie dem nicht auch zustimmen, Mr Casper?«

»Wenn Sie ein Freund von Menschenrechten sind, dann meine ich das auch.«

»Menschenrechte.« Er gestattet sich ein leises Kichern. »Mr Liu vertritt nicht die Volksrepublik. Dennoch ist uns bewusst, dass er beträchtlichen Einfluss hat. Wer Mr Liu beschuldigt, beschuldigt auch die Volksrepublik. Aufgeblasene, lächerliche Anschuldigungen genügen nicht.«

Als ich mich vorbeuge, packt mich einer der Schläger hinter mir an den Schultern. »Ich bin amerikanischer Journalist in den Vereinigten Staaten. Ich werde veröffentlichen, was ich will. In Amerika gibt es so was wie Pressefreiheit. Das sollten Sie mal nachlesen.«

Essiggurken und Salat, Pressefreiheit ist nichts für unseren Staat …

Glatzkopf kommt mir etwas näher. »Mag sein, dass Sie amerikanischer Journalist sind, aber im Moment sind Sie nicht in Amerika.«

»Weil Sie mich entführt haben.«

»So etwas haben wir nicht getan. Sie haben sich am Eingang angemeldet. Sie baten um ein Gespräch mit mir, das ich Ihnen gewährt habe.«

Ich seufze nervös, versuche, gleichgültig zu wirken, aber ich bin das genaue Gegenteil. »Hören Sie, Reverend Moon …«

»Ach, immer diese Verunglimpfungen. Das war von einem Amerikaner nicht anders zu erwarten. Wir schlitzäugigen Asiaten sind alle gleich, oder? Ist schon in Ordnung, Mr Casper. Halten Sie sich ruhig weiterhin für ein moralisch überlegenes Wesen, während unser Land das Ihrige wirtschaftlich überholt. Die Volksrepublik blüht auf, während die Vereinigten Staaten von Amerika immer tiefer in einem Loch versinken.«

Glatzkopf kommt bis auf dreißig Zentimeter zu mir heran, beugt sich vor und starrt mir in die Augen. »Also, Sir, bevor ich die Geduld verliere: Erzählen Sie mir, was Sie über Jonathan Liu wissen.«

»Diana Hotchkiss«, sage ich.

Er nickt langsam. »Eine Tragödie.«

»Er hat sie töten lassen.«

»Und warum?«

»Lesen Sie den Artikel.«

Er verzieht sein Gesicht zu einem Lächeln. »Es gibt keinen Artikel. Was wird er enthalten? Dass Sie, Mr Casper, eine Beziehung mit Ms Hotchkiss hatten? Dass Sie, Benjamin Casper, am Abend ihres Todes bei ihrem Haus waren?«

Ich koche innerlich.

»Eine Person, die am Tod von Ms Hotchkiss interessiert ist – ein verschmähter Liebhaber, der, wie Ihr Amerikaner sagt, ein Motiv und die Gelegenheit dazu hatte –, schreibt einen Artikel über ihren Tod? Wäre das nicht so etwas wie ein Interessenskonflikt?«

Diese Typen sind voll in diesem Thema drin. Welchen Stein habe ich umgedreht?

Glatzkopf rückt mit seiner Nase bis auf Haaresbreite an meine heran. »Es gibt keinen Artikel«, wiederholt er.

Er richtet sich wieder auf und geht auf und ab. »Und wenn es einen gibt, wird er, sagen wir, für Sie eine hässliche Angelegenheit. Vielleicht wird die interessante Vergangenheit Ihres eigenen Lebens an die Öffentlichkeit gelangen. Einschließlich der Hintergründe Ihrer Kindheit.«

Ben, erinnerst du dich noch an mich? Detective Amy LaTaglia.

Mein Papa sagt, ich soll nicht mit Ihnen reden.

Ich weiß, Ben. Also lass es. Ich rede mit dir. Ich wollte dir nur sagen, dass wir das Ergebnis zu den Fingerabdrücken haben. Wusstest du, dass wir Fingerabdrücke auf der Waffe gefunden haben, die deine Mutter in der Hand hielt?

»Diese Unterlagen sind versiegelt«, zische ich.

Glatzkopf winkt ab. »Dann gibt Ihnen das hier einen kleinen Einblick in die uns zur Verfügung stehenden Ressourcen – wir waren in der Lage, an diese versiegelten Informationen zu gelangen.«

Rate doch mal, wessen Fingerabdrücke das sind, die wir auf der Waffe gefunden haben, Ben.

Mein Papa sagt, ich soll nicht …

Sie stammen von dir, Ben. Deine Fingerabdrücke sind auf dieser Waffe.

»Andererseits könnten wir diese Informationen vergessen,

Benjamin, wenn Sie von Ihren wilden und unbestätigten Anschuldigungen gegen Mr Liu Abstand nehmen.«

Ich senke den Kopf und versuche, meine Gefühle im Zaum zu halten, während Erinnerungen auf mich einstürzen.

Du steckst in großen Schwierigkeiten, Ben.

Du musst uns erzählen, was mit deiner Mutter in diesem Badezimmer passiert ist.

»Wenn meine Anschuldigungen so unbegründet sind«, beginne ich langsam, »warum bin ich dann hier?«

Glatzkopf stößt ein hässliches Lachen aus. »Oh, Benjamin, Sie waren nie hier. Und Sie sollten hoffen, es nie wieder zu sein.«

30

Sie laden mich wieder auf der Connecticut Avenue in der Nähe des Gebäudes ab, in dem Jonathan Lius Unternehmen untergebracht ist. Ich genieße die schwere Luft und die Freiheit nach meinem ungeplanten Besuch in der chinesischen Botschaft. Jetzt weiß ich also, dass die Chinesen – und wahrscheinlich insbesondere Jonathan Liu – irgendwie in die Sache verwickelt sind. Aber wie? Wie konnte meine Diana die Aufmerksamkeit der chinesischen Regierung und des Präsidenten der Vereinigten Staaten auf sich ziehen?

Ich fahre zum Polizeirevier auf der Idaho Avenue und frage dort nach Ellis Burk, einem Detective, über den ich vor ein paar Jahren ein Porträt geschrieben habe, nachdem er den Mord an der Tochter eines Kongressabgeordneten aufgeklärt hat. Seitdem stehen wir in Kontakt, weil er ein ziemlich guter Kerl ist und ich die Aufgabe habe, ein Netz von Freunden zu unterhalten.

Darin bin ich gut – Freunde zu haben, im oberflächlichen Geplänkel beim Essen oder in der Kneipe, in Witzeleien, in falschen Schmeicheleien, damit sie sich öffnen. Aber immer hinterlasse ich einen angenehmen Eindruck, damit sie mir beim nächsten Mal, wenn ich sie brauche, entgegenkommen. Ich füttere sogar eine Datenbank mit meinen Bekannten, in der steht, wie ich sie kennengelernt habe, welche Ereignisse uns verbinden (in Ellis' Fall war es der Mord an Dana Manchester), welche Lockmittel ich verwenden kann, wenn mir jemand einen Gefallen tun soll (bei Ellis sind es kubanische Zigarren), und welchen Gefallen ich ihnen in Erinnerung bringen kann, wenn ich einen Gegengefallen von ihnen benötige (ein schmeichelndes Porträt des Detectives, der den Manchester-Mord aufgeklärt hat).

Flüchtige Freunde sind meine Spezialität. Ich rücke ihnen nicht zu sehr auf die Pelle und lasse sie auch nicht zu nah an mich ran. Wenn man die Finger nicht in den Käfig steckt, ist alles in Ordnung.

Bei meinem Eintreffen sagt man mir, Detective Burk werde in ein paar Minuten da sein, dann setzen sie mich in ein Zimmer ohne Fenster, mit grauen Wänden und einem Spiegel, der quer über eine Wand läuft. In der Mitte steht ein Tisch mit vier Stühlen. Ich vermute, dies ist eins der »Verhörzimmer«, in dem man während der Vernehmung von der anderen Seite des Spiegels aus beobachtet wird.

Essiggurken und Salat, Meinungsfreiheit ist nichts für unseren Staat; das Einzige, wonach sie gieren: Sie wollen unsere Wörter zensieren.

Logisch, jetzt, wenn ich darüber nachdenke.

»Benjamin Casper«, singt Ellis, als er durch die Tür tritt. »Der Mann, der einen Flugzeugabsturz überlebt hat.«

Stimmt. Die Presseagentur muss die Geschichte verbreitet haben. »Hey, Ellis.«

Er schüttelt meine Hand. Sein Gesichtsausdruck ändert sich, als er mich von oben bis unten begutachtet. »Du hast ordentlich was abgekriegt, wie's aussieht. Aber die meisten Menschen überleben keinen Flugzeugabsturz, deswegen musst du alles, was ab jetzt passiert, als Bonus sehen.«

Eigentlich habe ich seitdem nichts anderes getan.

»Und ansonsten ist alles in Ordnung?«, fragt Ellis. »Du wirkst ein bisschen … gestresst.«

Ich versuche zu lächeln, schaffe es aber nicht. Ich brauche nichts zu beschönigen.

»Ich habe eine harte Woche hinter mir«, erkläre ich. »Eine Freundin von mir ist gestorben. Ich glaube, sie wurde umgebracht. Und seitdem versucht jemand, mich ebenfalls zu töten, angefangen mit …«

Ellis hebt eine Hand, um mich zu beruhigen. Er ist groß und breit, ein Afroamerikaner, der in Boston aufwuchs, als es für einen Schwarzen noch nicht ganz so einfach war, Polizist zu werden. Er sieht dünner aus als das letzte Mal, als ich ihn vor mehr als einem Jahr persönlich sah. Vielleicht eine Diät, vielleicht eine Krankheit.

»Immer schön der Reihe nach«, bremst er mich aus. »Fang ganz von vorne an. Erzähl mir von deiner Freundin.«

Ich seufze laut. »Okay. Meine Freundin arbeitet also für die CIA. Sie wohnt in Georgetown, und jemand hat sie, glaube ich, von ihrem Balkon gestoßen …«

Ellis neigt den Kopf zur Seite. Ich sehe ihm an, dass er sich erinnert.

»… und ich war da, in ihrer Wohnung, kurz be…«

»Stopp.« Ellis schiebt rasant seinen Stuhl nach hinten. »Du redest über Hotchchild, oder Hotch-irgendwas …«

»Hotchkiss. Diana Hotchkiss.«

Er nickt. »Diana Hotchkiss.«

»Du scheinst den Fall zu kennen.«

Er betrachtet mich einen Moment lang. »Das ist kein Fall, mit dem man was zu tun haben will. Du könntest ganz schön in Schwierigkeiten stecken, Ben.«

Was du nicht sagst.

»Arbeitest du an dem Fall?«, erkundige ich mich.

Er steht auf und geht hin und her. »Ich habe den Fall nicht geleitet, aber wir hatten ihn hier auf dem Zweiten Revier.«

Ich bemerke die Verwendung der Vergangenheitsform. »Und jetzt nicht mehr?«

Er lacht humorlos. »Vor zwei Tagen kam die CIA hier reinspaziert und verkündete, der Fall Diana Hotchkiss sei eine Frage der nationalen Sicherheit und sie würden den Fall übernehmen. Sie haben alle unsere Unterlagen verlangt, sofort. Das heißt, sie haben im wahrsten Sinne des Wortes alles weggekarrt. Ich bin schon zwanzig Jahre hier, aber so was habe ich noch nicht erlebt.«

Das wird ja immer seltsamer. Die CIA hat sich den Fall unter den Nagel gerissen. Der Präsident der Vereinigten Staaten erwähnt Diana in seiner wöchentlichen Pressekonferenz. Die Chinesen zerren mich zu einem freundlichen inoffiziellen Verhör.

Was, zum Teufel, geht hier vor?

»Wenn ich du wäre, würde ich mir etwas von dem Geld nehmen, das du geerbt hast, und für einen oder zwei Monate auf eine einsame Insel fliegen«, rät Ellis mir.

Wahrscheinlich ist das ein guter Rat. »Ich werde nirgendwo hinfliegen, Ellis. Ich brauche irgendeine Spur. Irgendetwas. Egal, was. Die CIA hat euch alles weggenommen?«

Ellis blickt mich lange und ausdruckslos an.

»Vielleicht nicht wirklich alles«, sagt er.

31

Ellis kehrt mit einer dünnen Akte mit glänzenden Fotos ins Verhörzimmer zurück. »Aufnahmen vom Tatort«, sagt er. »Und ein paar Zeugenaussagen. Hab wohl vergessen, den CIA-Jungs alles zu geben.«

Ich zucke zurück, als er die Akte auf den Tisch fallen lässt und ein paar Fotos herausrutschen. Ich bin eher nicht in der Stimmung, mir die Fotos von Dianas zertrümmertem Gesicht und Körper anzusehen. »Haben die Zeugenaussagen was ergeben?«

»Nicht viel.« Ellis schüttelt den Kopf. »Außer, dass die ersten Leute, die beim Opfer waren, auch die ersten waren, die wieder verschwunden sind.«

Ich denke an die Szene, bis mir klar wird, dass er auch von mir spricht.

»Zwei Frauen waren als Erste bei ihr«, erinnert sich Ellis. »Sie standen mit ihrem blauen Kleinwagen neben dem Gebäude. Offenbar gingen sie zu ihr und prüften ihre Lebenszeichen oder so, kehrten aber gleich wieder zu ihrem Auto zurück und fuhren davon, bevor der Krankenwagen eintraf.«

An den ersten Teil erinnere ich mich – die beiden Frauen, die aus dem Auto ausstiegen. Was mit ihnen anschließend passierte, war mir nicht klar.

Ellis blickt mir direkt ins Gesicht. »Dann war da ein Mann, der hat mit ein paar Leuten auf der anderen Straßenseite über sein Motorrad geredet. Er war als Zweiter beim Opfer. Nach ein paar Minuten stolperte er auf die Straße und kotzte sich die Seele aus dem Leib. Anschließend sprang er auf sein Motorrad und verschwand, bevor die Polizei eintraf.« Ellis zuckt mit den Schultern. »Hast du eine Ahnung, wer eine 2009er Triumph

America mit … schauen wir mal …« Er blickt zu den Aufzeichnungen hinab, dann wieder zu mir. »Metzeler ME80er-Reifen fährt?«

»Nein, 880er«, korrigiere ich ihn.

»Stimmt. ME880.« Er grinst mich an.

»Offenbar kannten sich diese Zeugen mit Motorrädern aus«, sage ich.

»Genauso wie der Typ, dem dieses Motorrad gehört. Sie haben gesagt, er sei echt nett gewesen. Richtig freundlich.«

»Und gut aussehend«, füge ich hinzu.

»Ja, sie haben gesagt, er hätte wie … Skeet … Ulrich ausgesehen, wer auch immer das ist.«

Ich lasse die Worte auf mich wirken. Das ist, gelinde gesagt, eine unerwünschte Entwicklung. Skeet Ulrich? Diana sagte, ich sähe aus wie Johnny Depp. Ich fand Skeet im originalen *Scream – Schreie!* richtig toll und war der Meinung, man hätte ihn in den neuen *Law & Order*-Folgen einsetzen sollen, aber Johnny Depp hat den irren Donnie Brasco gespielt. Innerhalb von einer Woche verwandle ich mich von Johnny Depp zu Skeet Ulrich? Wer kommt als Nächstes – Ralph Macchio?

»Ich habe nichts mit ihrem Tod zu tun«, sage ich. »Aber ich war da. Das habe ich dir bereits erzählt, bevor du mir die Zeugenaussage gezeigt hast.«

»Das hast du, ja. Das stimmt.« Ellis zuckt mit den Schultern. »Hm, hätte die CIA mich und meine Kollegen nicht von dem Fall abgezogen, könnte ich dich zum Verhör hierbehalten. Aber wenn ich mir ansehe, wie mir der Fall weggenommen wurde und so …«

Ellis ist ein toller Kerl. Wie eine Motte vom Licht werden meine Augen von den Fotos mit Dianas entstellter Leiche angezogen. Ich kann nicht hinsehen. Ich kann nicht *nicht* hinsehen. Ein Foto von oben; ihr kastanienbraunes Haar, das sie sich erst einen Monat zuvor gefärbt hatte, verdeckt ihr Gesicht. Ihr linkes Bein liegt schief, der schicke Wildlederschuh sitzt noch perfekt an ihrem Fuß, was irgendwie ironisch wirkt, obwohl ich mir vorstellen kann, dass sie froh wäre zu wissen, dass sie in einem anständigen Paar Schuhe …

Mit plötzlich vom Adrenalin aufgepeitschten Puls trete ich vom Tisch zurück.

»Ich weiß, es ist hart«, tröstet mich Ellis. »Sie muss dir was bedeutet haben.«

Ich schaffe es zu nicken und murmle etwas Unsinniges zum Abschied, bevor ich hinaus auf den Parkplatz taumle. Ja, Diana hat mir was bedeutet.

Oder vielleicht sollte ich nicht die Vergangenheitsform verwenden, sondern lieber die Gegenwartsform.

Weil sich auf Dianas linkem Fußgelenk die Tätowierung eines Schmetterlings befindet, aber nicht auf dem der toten Frau auf dem Foto.

32

Ich verlasse das Polizeirevier, während die Fakten sich auf dem Schreibtisch in meinem Hirn immer weiter ausbreiten, doch leider in keiner erkennbaren Logik. Denk nach, Ben. Schließlich sind das alles Glieder einer Kette. Ich muss sie nur zusammenfügen.

Ich springe auf meine Triumph und bemerke einen Wagen auf dem Parkplatz auf der anderen Straßenseite. Zwei Typen sitzen in einem dunklen Chevy und beobachten mich. Kann zwar nicht sagen, ob sie Chinesen sind oder nicht, aber vermutlich sind auch Chinesen in der Lage, Weiße zu beschäftigen. Ich meine, warum sollte ich davon ausgehen, dass Chinesen nur Chinesen anheuern? Vielleicht haben sie diesen Albino aus *Die Firma* engagiert …

Sie starten ihren Motor in dem Moment, in dem ich den Kickstarter meiner Triumph nach unten trete. Zufall? Ich glaube nicht an Zufälle.

Ist das nur Zufall, Ben? Sind deine Fingerabdrücke einfach auf die Waffe gesprungen?

Ich sollte Vater anrufen.

Wir werden deinen Vater anrufen, Ben. Vorerst kommst du mit uns mit. Wir nehmen dich in Gewahrsam. Du bekommst einen Anwalt und einen Prozessvertreter, und wahrscheinlich wirst du sehr lange Zeit nicht bei deinem Vater leben können. Es sei denn, du möchtest mir erklären, was passiert ist, Ben.

Der Chevy fährt rückwärts aus der Parklücke, knallt aber gegen einen kleinen Toyota, während ich losfahre, ohne mein Ziel zu kennen …

Der kleine Pkw. Die beiden Frauen in dem blauen Pkw, die noch vor mir zu Diana gingen – oder vielmehr zu derjenigen

Frau, die von ihrem Balkon gestürzt war. Sie verschwanden, noch bevor die Polizei und der Krankenwagen eintrafen, sagte Ellis.

Und plötzlich weiß ich, welches Ziel ich ansteuere.

Ich biege auf die Wisconsin Avenue ab, komme an einer Bar vorbei, der ehemaligen Alliance Tavern, wo Ellis und ich uns einmal mit billigem Whiskey betrunken haben. Ich sehe keinen Chevy mehr hinter mir, was aber nicht heißt, dass er mir nicht folgt. Es herrscht ziemlich dichter Verkehr. Ich biege rasch nach rechts auf die M Street, dann auf die Route 29 nach Süden und nach Virginia hinein. Die an mir vorbeibrausende Luft ist das Beste an diesem Motorrad und verschafft mir zwar Erleichterung, doch ich zittere am ganzen Leib. Das einzige Gegenmittel, das mir dazu einfällt, ist Tempo, Tempo, Tempo, aber auf den Hauptstraßen werde ich ausgebremst, bis ich den Jefferson Davis Highway erreiche und das Gas voll aufdrehe, schneller als hundertfünfzig Sachen fahre, und dann denke ich an Jefferson Starship und all die anderen Namen, die sie verwendet haben, *We built this city on rock and roll,* und mir kommt es beinahe hoch …

Eine halbe Stunde später stehe ich auf dem Reagan Airport am Ticketschalter von Delta Airlines. Ich bezahle mit meiner Firmenkreditkarte, nicht mit einer privaten, und buche nur einen einfachen Flug, keinen Rückflug, weiß zwar, dass ich bei einem einfachen Last-Minute-Flug den strengsten Sicherheitsüberprüfungen unterzogen werde, aber das ist mir mittlerweile egal. Vielleicht ist das mein Problem – ich habe zu viel Angst. Zu viel Angst vor dem Tod. Wäre ich vielleicht unbekümmerter, furchtloser, wie James Bond oder so, mit einem durchtriebenen Lächeln im Angesicht des Todes, ginge es mir gut. Dieser neue James-Bond-Typ ist echt klasse. Ich versuche es mit einem durchtriebenen Lächeln, aber es funktioniert nicht.

Den letzten Flug an diesem Abend habe ich leider verpasst. Also werde ich heute Nacht am Flughafen schlafen.

Und morgen früh sitze ich in der ersten Maschine nach Madison in Wisconsin.

33

Die Familie Hotchkiss ist morgens um kurz nach zehn zu Hause. Zu Hause und unter Drogen, zumindest die Missis. Aber das kann ich ihnen auf keinen Fall vorwerfen. Schließlich gehen sie davon aus, dass sie innerhalb einer Woche ihre beiden Kinder verloren haben.

Bevor ich an die Tür klopfe, lese ich auf meinem Telefon immer wieder alles durch, was die Medien über den Tod von Dianas Bruder, Randy, gesammelt haben. Der Inhalt ist bekannt: Randy Hotchkiss, verzweifelt wegen des Todes seiner Schwester, beging Selbstmord, indem er sich vom Dach der Van Hise Hall auf dem Gelände der University of Wisconsin stürzte. Keine Anzeichen äußerer Einflüsse. Keine polizeilichen Ermittlungen. Fall abgeschlossen. Ja, genau.

Die Eltern erinnern sich von Dianas Trauerfeier eher nicht an mich und sind auch nicht begeistert, dass ich Reporter bin, doch ich versichere ihnen, dass dies hier nur ein inoffizieller Besuch ist. Sie bitten mich zwar herein, doch vermutlich tun sie dies aus Erschöpfung heraus, nicht weil sie bereit wären, mit mir zu sprechen.

Sie wohnen in einem alten viktorianischen Haus mit einem in die Jahre gekommenen Wohnzimmer, das voll steht mit Fotos ihrer Kinder und Schwarz-Weiß-Aufnahmen ihrer Vorfahren. Über dem leicht modrigen Geruch liegt der nach verbranntem Kaffee – wobei ich nicht davon ausgehe, dass einer der beiden an diesem Vormittag schon welchen getrunken hat.

Bonnies blutunterlaufene Augen, vernebelt von Alkohol und Trauer, blicken ziellos umher. George ist wachsamer, doch er leidet eindeutig genauso heftig wie seine Frau. Beide allerdings werden hellwach, als ich ihnen eine Geschichte erzähle, nach der sich alle Eltern sehnen, die ein Kind verloren haben: Irgendwie und auf wunderbare Weise ist ihr Kind eigentlich gar nicht gestorben.

»Ist das … so eine Art von makabrem Witz?«, fragt George.

»Ich bin nicht den weiten Weg hergekommen, um Witze zu machen, Mr Hotchkiss. Ich habe die Fotos gesehen. Diana hatte eine Tätowierung an ihrem Fußgelenk.«

»Warum ist dann die Polizei nicht da und erkundigt sich bei uns danach? Sind Sie der Einzige, der die fehlende Tätowierung bemerkt hat?«

»Ich glaube nicht, dass die Polizei von Washington die Zeit hatte, dergleichen zu bemerken«, antworte ich. »Die CIA ist in null Komma nichts aufgetaucht und hat die Ermittlungen an sich gerissen, noch bevor die örtliche Polizei irgendwas unternehmen konnte.«

Bonnie schüttelt den Kopf. »Was hat das alles zu bedeuten?«

Ich öffne die Hände in einer hilflosen Geste. »Ich … ich bin mir nicht ganz sicher. Diana war in irgendwas verwickelt. In was, weiß ich nicht. War sie an etwas beteiligt, oder hat sie was entdeckt? Ich weiß es nicht. Ich weiß nur, dass die Person, die vom Balkon stürzte, nicht Diana war.«

George dreht sich langsam zu Bonnie um. Die beiden glauben mir nicht. Das kann ich verstehen – doch Hoffnung ist ein starker Antrieb für die Aussetzung der Ungläubigkeit.

»Und Sie sagen … die Leute, die sie fanden …«

»Die beiden Frauen in dem Kleinwagen, ja. Ich glaube, sie waren absichtlich dort. Sie sollten die Ersten am Tatort sein. Ich glaube, sie haben der Toten das Haar über das Gesicht gezogen. Also, man hätte ihr Gesicht sowieso nicht sehen können. Es war dunkel, die Gegend schwach beleuchtet, und sie lag mit dem Gesicht nach unten auf dem Asphalt, deswegen – verzeihen Sie mir, ich weiß, das ist platt, aber ich konnte sie jedenfalls nicht richtig identifizieren.«

»Dafür haben die beiden gesorgt«, pflichtet mir George bei.

»Dafür haben die beiden gesorgt. Ihr Haar lag über ihrem Gesicht, als ich zu ihr kam. Es waren Dianas Kleider, ihre Schuhe – die Frau sollte ohne Zweifel so aussehen wie sie. Aber wer auch immer dafür gesorgt hat, hat das mit der Tätowierung übersehen.«

Bonnie schüttelt den Kopf. In ihren Augen glänzen Tränen, die aber noch nicht fließen können. Die übermittelten guten Nachrichten sind schließlich noch nicht bestätigt, so umwerfend sie auch sein mögen.

»Wussten Sie, dass Diana einen Monat vor diesem Vorfall ihr Haar gefärbt hat?«

»Nein«, antwortet Bonnie.

Ich nicke. »Wenn ich jetzt darüber nachdenke, wette ich, dass sie ihr Haar gefärbt hat, damit es zu der Person passt, die vom Balkon gestürzt ist.«

»Wollen Sie damit sagen, Diana hat dabei geholfen, eine andere Frau umzubringen?«, fragt mich George. »Ist es das, was …«

»Nein, Sir. Ich bezweifle, dass sie darüber Bescheid wusste. Doch die Wahrheit ist, ich weiß es nicht. Hören Sie, Mr und Mrs Hotchkiss, ich weiß, das ist verrückt. Aber es gibt eine einfache Möglichkeit, um das herauszufinden.«

Sie sehen mich beide an. Die Schlussfolgerung ist ziemlich offensichtlich, doch ihre Gehirne funktionieren im Moment nicht richtig.

»Verlangen Sie von der Bundesregierung die Freigabe ihrer Leiche«, sage ich.

34

Zwei Stunden später bin ich wieder am Dane County Regional Airport, unsicher darüber, in welchem Zustand ich die Familie Hotchkiss zurückgelassen habe. Es gibt kein Handbuch darüber, wie man reagiert, wenn man erzählt bekommt: »Hey, wisst ihr was, kann sein, dass eure Tochter gar nicht tot ist.« Und wenn ich mich täusche, habe ich gerade das Grausamste getan, was man trauernden Eltern antun kann – ihnen falsche Hoffnung gegeben.

Ich habe noch eine Stunde Zeit bis zum Rückflug, daher schlendere ich die mit schwarzen und goldfarbenen Fliesen ausgelegten Flure entlang durch den Wisconsin Marketplace und überlege mir, einen Aaron-Rodgers-Pullover zu kaufen, weil … also kommt schon, der Typ ist doch geil, selbst mit seinem Schnauzer, aber dann gehe ich auf die Herrentoilette, die meinem Flugsteig am nächsten liegt.

Ein übergewichtiger Kerl kommt mir entgegen, und eine der Kabinen ist besetzt. Ich stelle mich vor ein Pissoir, und als ich mir die Hände wasche, begehe ich den Fehler, in den Spiegel zu blicken. Was mir entgegenstarrt, sind zwei dunkle, tiefliegende Augen und ein blasses, schauriges Gesicht. Das ist eindeutig nicht mein bester Tag. Vielleicht sehe ich tatsächlich aus wie Skeet Ulrich. Würde ich im Fernsehen eine Rolle als Polizist übernehmen, wäre ich einer dieser harten Typen, die immer einen witzigen Spruch auf Lager haben und sich über ihre Exfrauen auslassen und, wenn sie die Leiche gefunden haben, die Sache auf den Punkt bringen: *Sieht aus, als hätte er den Streit mit dem Klappmesser verloren. Hm, wahrscheinlich werde ich heute keine Spaghetti zu Abend essen.* Irgendwas in der Art …

Zwei Dinge passieren gleichzeitig: Die Tür der Kabine hinter mir springt in dem Moment auf, als jemand rechts von mir die Herrentoilette betritt. Zwei Männer, einer schwarz, der andere weiß, beide groß und finster, beide in dunklem Anzug und weißem Hemd, kommen gleichzeitig auf mich zu. Ich stoße mit dem Ellbogen nach hinten und treffe den Weißen im Gesicht. Fühlt sich nach Fleisch auf Knochen an, hat also wahrscheinlich wehgetan. Hätte ich wenigstens etwas Talent für solche Sachen, würde ich einen Tritt gegen den Schwarzen folgen lassen, der direkt auf mich zukommt.

Aber dieses Talent ist mir nicht vergönnt. Der Stoß mit dem Ellbogen bringt mich aus dem Gleichgewicht, und der Typ vor mir hält mich bereits mit beiden Händen an meiner Jacke fest, noch bevor ich *Hinterhalt* sagen kann. Er drückt mich gegen die Wand gleich rechts vom Händetrockner, während sich der andere Typ von meinem Ellbogen erholt.

»Immer mit der Ruhe, immer mit der Ruhe«, sage ich.

Er stößt sein Knie in meinen Schritt, sodass ich vornüberkippe. *Schmerz* ist ein Wort, das man im Lexikon nachschlagen kann, aber man weiß erst, was es bedeutet, wenn einem jemand in die Eier tritt. Und dieser Kerl wusste genau, wie er treten musste. Er hat das Frankfurter Würstchen *und* die Bohnen getroffen.

Frankfurter Würstchen mit Bohnen! Frankfurter Würstchen mit Bohnen!

Der Weiße packt mich am Haar und zieht mich hoch. Meine Hände sacken nach unten, ein primitiver Instinkt, um das zu schützen, was von den Familienjuwelen noch übrig ist, während ich eifrig nach Luft schnappe.

»Das ist deine letzte Warnung, Benjamin«, sagt der Schwarze, der seine Krawatte im Spiegel zurechtzupft. »Hör auf, Fragen über Diana Hotchkiss zu stellen.«

Die Erwähnung ihres Namens rüttelt mich wach, erinnert

mich daran, warum ich das hier tue. »Ich habe keine Angst vor Jonathan Liu«, bringe ich heraus.

»Jonathan Liu?« Der Schwarze kichert und sieht im Spiegel auf seinen Partner mit dem blutigen Gesicht. »Es gibt viel, was du über Jonathan Liu nicht weißt, Benjamin.«

Der Typ hinter mir, der Weiße, versetzt mir den nächsten Schlag, einen kräftigen Hieb in die Nieren, der mich zu Boden wirft. Dank der Schmerzen in meinem Schritt, dem Rücken und dem Kopf feuern die Synapsen in alle Richtungen. Flecken tanzen vor meinen Augen, und ich habe Mühe, bei Bewusstsein zu bleiben. Ich bin mir nicht sicher, ob ich jemals wieder pinkeln kann.

Der Schwarze geht neben mir in die Hocke. »Du wirst nach Washington zurückfliegen und die Hotchkisses anrufen. Du wirst ihnen sagen, du hättest einen großen Fehler gemacht und es tue dir leid, aber du seist dir sicher, dass Diana tot ist, und würdest sie nicht wieder belästigen.«

Diese Typen wissen alles, was wir gesprochen haben. Wer auch immer sie sind, sie verfügen über unbegrenzte Ressourcen.

»Und ... warum ... sollte ich das ... tun?«, bringe ich heraus.

»Wenn du es nicht tust, Benjamin, werden die beiden sterben.« Der Mann erhebt sich wieder, seine polierten Schuhe nur wenige Zentimeter von meiner Nase entfernt. »Erkennst du nicht das Muster, Ben? Jeder, mit dem du zu reden versuchst, stirbt. Es ist, als würdest du selbst den Abzug betätigen.«

Apropos Abzug betätigen: Sie haben mir in die Eier getreten und mir fast eine Niere demoliert. Aber verglichen mit den Dingen, die mir während der vergangenen Woche passiert sind, fühlt sich das an wie ein sanftes Tätscheln auf der Wange.

Die Sache ist die: Sie sind nicht hier, um mich zu töten. Es sind nicht die Typen mit den Automatikwaffen, die meine Hütte auseinandergenommen haben.

Wer sind sie dann?

Ich versuche, mich zu bewegen, doch der Schmerz ist unerträglich. Ich liege zusammengerollt auf dem versifften Boden einer Herrentoilette. Zumindest hat sich die Frage geklärt, ob ich jemals wieder pinkeln kann. Ein warmer Fleck hat sich vorne auf meiner Hose ausgebreitet.

»Ich werde nicht …«, beginne ich, habe aber sogar Probleme zu sprechen. Außerdem sind die beiden ohnehin verschwunden. Jetzt sind nur noch mein Es, mein Ich und mein Über-Ich hier auf der Toilette.

»Ich werde nicht … aufhören«, stammele ich.

35

»George, Sie werden mir einfach vertrauen müssen«, sage ich in mein Mobiltelefon, während ich durch den überdachten Parkbereich neben dem Reagan Airport gehe. »Ihnen vertrauen?«, schreit George Hotchkiss mir durchs Telefon entgegen. »Zuerst sagen Sie, meine Tochter lebt noch, und jetzt behaupten Sie, ich soll die ganze Sache vergessen?«

Genau das meine ich. Mehr oder weniger.

»Nur für den Moment, George. Lassen Sie mir ein bisschen Zeit, bis ich mir einen Reim auf alles gemacht habe.«

»Warum sollte ich das tun, verdammt? Warum sollte ich auch nur eine Sekunde lang warten?«

»Weil Ihre Frau bereits mindestens einen Sohn und vielleicht auch eine Tochter verloren hat. Machen Sie sie nicht auch noch zur Witwe.«

Das scheint ihn zu beruhigen. »Lassen Sie mir nur ein paar Tage Zeit, George. Versprechen Sie mir wenigstens das. Dann können Sie so viel Lärm schlagen, wie Sie wollen.«

Ich drücke die Austaste, nachdem mir Dianas Vater tatsächlich das Versprechen gegeben hat, achtundvierzig Stunden lang Ruhe zu bewahren. Ich weiß nicht, ob die Typen von der Herrentoilette Witze gemacht haben, aber jemand nimmt die Sache tierisch ernst, und ich will mein Gewissen nicht mit dem Tod von Dianas Eltern belasten, egal, welches Verhältnis sie zu ihnen gehabt haben mochte.

Ich ziehe den Schlüssel aus meiner Tasche und steige auf mein Motorrad, als eine schwarze Stretchlimousine mit quietschenden Reifen von der oberen Ebene des Parkhauses herunterrast und direkt vor mir stehen bleibt.

Ich gehe in Habachtstellung, sitze praktisch in der Falle, eingepfercht zwischen zwei parkenden Fahrzeugen und der Limousine vor mir, die meinen Fluchtweg versperrt.

Meine Möglichkeiten sind gleich null. Ich habe nicht einmal Zeit, Panik zu bekommen.

Das getönte Fenster im Fahrgastbereich wird heruntergelassen, und ein ansehnlicher, gut angezogener Asiate blickt mir entgegen.

»Sieh mal einer an«, sage ich.

»Sie haben nach mir gesucht?«, fragt Jonathan Liu.

36

Mir gegenüber im Fond der Limousine sitzen der berüchtigte Jonathan Liu und ein bulliger weißer Kerl mit einer Waffe im Schoß, der ziemlich eindrucksvoll aussieht. Nicht Kneipenschlägerei-eindrucksvoll, sondern Spezialeinsatzkräfte-eindrucksvoll.

Aus der Nähe betrachtet, ist Jonathan Liu genau so, wie man ihn sich vorstellen würde: ein schick gekleideter Lobbyist mit gelecktem Äußeren. Doch hinter der Fassade verbirgt sich mehr – zitternde Hände, umherzuckender Blick. Jonathan Liu hat Angst.

»Werden Sie mich töten?«, frage ich, was, wenn man sich das genauer überlegt, eine dumme Frage ist.

Liu sieht mich einen Moment an. »Wenn ich wollte, dass Sie sterben, wären Sie schon längst tot.«

Das ist eine ziemlich tolle Antwort. Eine, die man sonst nur im Film hört. Und sie klingt überzeugend. Aber wenn ich vorhabe, einen Menschen zu töten, und nicht will, dass er Widerstand leistet, während ich ihn an einen abgeschiedenen Ort fahre, wäre es genau das, was ich zu dieser Person sagen würde: *Wenn ich wollte, dass Sie sterben, wären Sie schon längst tot.* Dann würde diese Person sich entspannen, ich würde sie zu einer Müllkippe fahren und sagen: *Das war ein Witz!*, und ihr eine Ladung Blei in die Brust jagen. Also, ich meine, wenn ich zu dieser Sorte Mensch gehörte, die einen anderen erschießt.

»Wie wäre es dann, wenn Ihr Freund seine Waffe einsteckt?«, schlage ich vor.

Liu schüttelt den Kopf. »Damit will ich sicherstellen, dass Sie aussteigen, wenn das Gespräch beendet ist.«

»Auch wenn es Ihr Ego erschüttert, aber es ist nicht das erste Mal, dass mir eine Knarre vor die Nase gehalten wird.« Samuel L. Jackson in *Pulp Fiction.* Der Satz hat mir schon immer gefallen. Hätte nicht gedacht, dass ich ihn mal anbringen würde. Oder dass er mal wahr werden würde.

Jonathan Liu beobachtet mich eine Zeit lang. »Ich habe gehört, Sie können dickköpfig sein. Oder ›unnachgiebig‹ – das ist das Wort, das ich gehört habe.«

Ich lasse meinen Blick zwischen Brutus und Liu hin- und herwandern. »Das haben Sie von … Diana gehört?«

Er nickt, aber sagt nichts.

»Wie geht's ihr übrigens?«, frage ich, als würde ich mich nach seinen Eltern oder so erkundigen.

Meine Frage dringt nicht gleich zu ihm durch. »Was für einen Schwachsinn reden Sie da?«

»Kommen Sie schon, Jonathan. Ich kam zwar nachts auf die Welt, aber nicht letzte Nacht.«

»Ich verstehe … diesen Hinweis nicht.«

»Ach, jetzt tun Sie wie ein Ausländer, der nicht so gut Englisch spricht? Hören Sie doch auf, Jonathan. Sie sprechen besser Englisch als ich.«

Er beugt sich vor, die Ellbogen auf die Knie gestützt. »Sie wollen andeuten, dass Diana *lebt*?«

Dieser Typ ist von Beruf Lobbyist, deswegen lässt sich seine Stellenbeschreibung in einem Wort zusammenfassen: *Dummschwätzer.* Er sieht einem in die Augen und verspricht, dass eine Aufhebung der Kontrollen nicht zu einem Fehlverhalten der Unternehmen führt. Er behauptet, dass die Fortune-500-Unternehmen staatliche Unterstützung benötigen, damit sie weitere Mitarbeiter einstellen können, selbst wenn das Geld für goldene Fallschirme für ihre CEOs ausgegeben wird. Er wird einem ans Bein pinkeln und einem dann weismachen wollen, dass es regnet.

»Das wäre der US-Regierung aber neu«, fährt er fort. »Ich habe sogar gehört, der Präsident hat für sie eine zehn Sekunden dauernde Laudatio gehalten.«

»Aber warum?«, frage ich. »Ich war bei mehr als hundert Pressekonferenzen des Präsidenten dabei, und bisher habe ich nur erlebt, dass ein Präsident so etwas für andere Weltenlenker oder gewählte Volksvertreter tut. Für eine gewöhnliche Mitarbeiterin? Warum ist es für die Bundesregierung so wichtig, dass wir glauben, Diana wäre tot?«

Darauf hat er keine Antwort. Er verfolgt eine Tagesordnung, hat das gesamte Rendezvous geplant, was heißt, dass er mir offenbar was zu sagen hat. Dann kann ich mir genauso gut anhören, was das ist.

Die Limousine verlässt das Parkhaus durch die Schranke, fährt aber nicht Richtung Highway, sondern hält auf der anderen Straßenseite.

Jonathan Liu reibt die Hände aneinander und befeuchtet seine Lippen – Hinweise, verräterische Zeichen dafür, dass ihm etwas oder jemand eine Heidenangst eingejagt hat. Ein guter Reporter erkennt solche Zeichen.

»Sie stellen die falsche Frage«, sagt er.

»Und welche Frage sollte ich stellen, Jonathan? Mir fallen Hunderte ein.«

»Haben Sie jemals von der Operation Delano gehört?«

Habe ich nicht. Wahrscheinlich steht mir das auch ins Gesicht geschrieben.

»Dort sollten Sie mit Ihrer Schaufel graben, Mr Casper.«

»Helfen Sie mir«, fordere ich ihn auf. »Sagen Sie mir, wo ich graben soll.«

An einem normalen Tag würde ich sein Lächeln als gönnerhaft deuten. Doch der Schweiß auf seiner Stirn verrät mir, wie schwierig der Konflikt ist, in dem er steckt.

»Delano«, wiederhole ich. »Das D zwischen Franklin und

Roosevelt. Das heißt, der Präsident ist beteiligt? Ich sollte im Weißen Haus graben?«

Jonathan Liu sieht mir unumwunden in die Augen, ohne mir mit einem Nein zu widersprechen.

»Wir sind jetzt fertig«, sagt er schließlich.

»Nein.«

»Doch. Hören Sie mir gut zu, Mr Casper. Sie haben mir eine Menge Schwierigkeiten bereitet, indem Sie in mein Büro gekommen und mir alles Mögliche vorgeworfen haben. Kann sein, dass ich diese Sache nicht überlebe.«

»Moment mal, Jonathan. Ich muss schnell mein Taschentuch rausziehen. Auf mich wurde geschossen, ich musste mit meinem Flugzeug eine Bruchlandung hinlegen, Dianas Bruder wurde ermordet, und ich weiß bis zu diesem Zeitpunkt nicht, was mit Diana passiert ist. Und ich bin mir ziemlich sicher, dass Sie etwas mit dieser Sache zu tun haben …«

»Habe ich nicht. Ich wusste nicht einmal, dass Ihnen all das passiert ist. Ich wusste über Diana und ihren Bruder Bescheid. Nicht über Sie. Aber jetzt, da ich es weiß, Mr Casper, möchte ich umso dringender, dass Sie meinen Wagen verlassen.«

»Ja? Und wieso?«

Brutus, der Leibwächter, entsichert die Waffe in seinem Schoß. Er zielt zwar noch nicht auf mich, doch es wird nicht mehr lange dauern.

»Weil Sie offenbar näher am Ziel sind, als Ihnen bewusst ist«, antwortet Jonathan Liu.

37

Ich fahre mit meiner Triumph in die Hauptstadt zurück, nehme aber eine unübliche Strecke in Richtung der K Street, falls mich jemand verfolgt. In Washington herrscht eine drückende Hitze, und die Sonne blendet so stark, dass man die Augen zusammenkneifen muss. Dies macht es schwieriger, sich nach Leuten umzusehen, von denen man beobachtet, verfolgt, gejagt wird.

Mit einer gewissen Erleichterung schiebe ich mich durch die Drehtür des *Capital Beat,* wo ich vom Chaos und Lärm der Straße in die gedämpfte Dringlichkeit einer Redaktion eintauche. Der *Beat* ist klein, nimmt nur das Erdgeschoss des vierstöckigen Gebäudes ein, das ich geerbt habe, doch ich habe eine Menge Arbeitsplätze reingepackt, um mit ausreichend Mitarbeitern das Geschäft am Laufen zu halten.

An der Rezeption begrüßt mich ein nicht vertrautes Gesicht. Sie muss die Neue sein, der ich noch nicht begegnet bin. »Kann ich Ihnen helfen, Sir?«, fragt sie höflich.

Ein Kopf taucht aus dem Irrgarten auf – Shari, die Werbelayout-Koordinatorin, im Zeitungsgeschäft auch »Dummy« genannnt, grinst mich breit an.

»Hey!«, sagt sie lauter als nötig. »Schaut mal, wer sich gnädigst dazu herabgelassen hat, uns mit seinem Erscheinen zu beglücken!«

Im gleichen Moment schnellen fünf andere Köpfe aus unterschiedlichen Waben nach oben.

»Ihr seht aus wie Präriehunde«, erwidere ich.

»Das werden wir noch perfektionieren«, sagt Shari. »Wir hoffen, dass wir irgendwann so gut sind, dass wir uns auf der Wiese des Westflügels verstecken und mit der einheimischen

Fauna verschmelzen können.« Sie blickt sich verstohlen um, gibt ein paar Geräusche wie die eines Nagetiers von sich und verschwindet wieder in ihrer Wabe.

Ich seufze. Es tut gut, hier zu sein.

Wir machen keine Zeitung auf Papier, doch der Redaktionsraum riecht nach Druckerschwärze. Wir erhalten alle größeren Zeitungen, und irgendjemand liest sie jeden Tag gründlich durch. Der Geruch nach Druckerschwärze ist allerdings schwach im Vergleich zu dem der Rechner – die Mischung also ein Aroma aus heißem Plastik, Staub und feuchten Zeitungen. Für mich riecht das nach harter, ehrlicher Arbeit.

Im Büro herrscht ziemliche Ruhe. Die meisten Artikel werden heutzutage von unterwegs hochgeladen. Die wenigen Mitarbeiter, an denen ich auf dem Weg in mein Büro vorbeikomme, sehen mehr oder weniger so aus, wie man es von Washingtoner Journalisten erwartet: schlank und hungrig, unausgeschlafen und gestresst. Jeans, Mokassins, mangelndes Farbempfinden, null Modebewusstsein. Genau wie ich.

Die Redaktion ist in Abschnitte unterteilt. Die Redakteure der einzelnen Ressorts – Politik, Gerüchteküche, Meinungen und Feature, Foto – sitzen in großen Waben mit hohen Wänden. Um diese herum sind die kleinen Waben der Reporter angeordnet, die in ihren Ressorts die Meldungen schreiben. In einer solchen Arbeiterwabe kann man vom Schreibtisch aus mit ausgestreckten Armen rechts und links die Wände berühren. Die Reporter sind ohnehin kaum da. Hat also keinen Sinn, ihnen den Aufenthalt im Büro allzu angenehm zu gestalten.

Die Korrektoren sitzen hinten links in einer Reihe. Auf ihren riesigen Bildschirmen prangen die zu veröffentlichenden Artikel in großen Buchstaben. Die Verkaufsabteilung – die einzige Abteilung, die hier auch Besuch bekommt – ist die sichtbarste und bequemste. Rechts des Eingangs befindet sich der Empfangsbereich mit Blick auf die gut eingerichteten Arbeitsplätze mit großen Bildschirmen für die Onlinewerbung.

An der großen Wabe von Kendra Tierney, der Leiterin der Politikredaktion, die mit mir den Dienst im Weißen Haus teilt, schiebe ich den Kopf um die Ecke. Ich hatte vorher angerufen und ihr die große Frage gestellt.

Sie dreht sich auf ihrem Stuhl um und blickt zu mir auf. »Nie davon gehört«, sagt sie. »Operation Delano, hast du gesagt?«

»Genau.«

»Kenne ich nicht. Soll ich ein Netz auswerfen?«

»Da bin ich mir nicht sicher. Ich glaube, ich will dich in einem Stück behalten, Kendra.«

Sie rollt ein Stück zurück. »Ist die Sache so ernst?«

Ich klopfe auf die Trennwand ihrer Wabe. »Ich melde mich noch mal bei dir.«

Mein Büro liegt am Ende, das einzige mit echten Wänden, wenn auch aus Glas, sodass ich ebenfalls kaum Privatsphäre genieße. Auf der Tür steht BENJAMIN CASPER, REDAKTEUR. Ich brauche keinen Titel mit »Chef« oder »leitender …«. Ein »Redakteur« klingt, als würde er für seinen Lebensunterhalt arbeiten. Klar, seit Diana … einer der Vorteile, Inhaber eines Unternehmens zu sein, ist der, dass man auf jemanden wie Kendra vertrauen kann, die den Laden am Laufen hält, während man selbst nicht da ist. Diesen Vorteil nehme ich jetzt gerne in Anspruch.

Alle wollen mit mir wegen des Flugzeugabsturzes reden – mein Mobiltelefon droht angesichts der vielen E-Mails und Nachrichten zu explodieren, doch ich bin viel zu müde, um auch nur eine einzige zu beantworten. Zudem ist der Absturz nur ein Teil meiner Lebensgeschichte der letzten Woche.

Ich hatte angerufen und meine Sekretärin gebeten, mir Hemden, Hosen, Unterwäsche und Toilettenartikel zu kaufen – natürlich mit der Firmenkreditkarte, was heißt, auf meine Kosten –, damit ich mobil bleiben kann. Ich schnappe mir eine Garnitur und verschwinde ins Bad.

Als ich das Erdgeschoss in eine Redaktion umwandelte, ließ ich die Wände in beiden Toilettenräumen herausreißen und Duschen einbauen, die zum Lebensstil eines Mitarbeiters mit unregelmäßiger Arbeitszeit passen. Was jetzt auch gut für mich ist, weil ich eine heiße Dusche brauche. Ich werde mich putzen und umziehen und dann husch, husch aus meinem Büro verschwinden, bevor meine Verfolger mich hier finden und die Redaktion in Schutt und Asche legen. Ich bin jetzt radioaktiv.

Als ich fertig bin, fühle ich mich besser, erfrischt. Am liebsten hätte ich in meinem Büro die Füße auf den Tisch gelegt und eine Runde gepennt.

Der Summer meiner Gegensprechanlage ertönt. Es ist die neue Frau von vorne. Die letzte Mitarbeiterin am Empfang hätte sich nur umgedreht und durch das ganze Büro hindurch zu mir nach hinten gerufen.

Ich weiß schon fast nicht mehr, wie das Ding funktioniert, aber ich drücke eine Taste und melde mich mit »Ja?«.

»Mr Casper?«

Wer sonst sollte hier sein. »Ja?«

»Eine Frau namens Anne Brennan möchte Sie sprechen. Sie sagt, es sei dringend.«

Anne Brennan ist Dianas beste Freundin.

»Schicken Sie sie rein.«

38

Ich begrüße Anne Brennan an der Tür zu meinem Büro und biete ihr einen Platz an. Sie sieht aus, als könnte sie ihn gebrauchen – müde und völlig durch den Wind. Fix und alle, wie Diana immer sagte.

Ich kenne Anne nicht sehr gut. Wir sind uns ein paarmal begegnet, und neben Randy war sie der einzige Mensch, von dem Diana jemals in vertrauter Weise sprach. So habe ich also das Gefühl, sie eher über Diana zu kennen.

Anne ist hübsch, eine zierliche Frau mit lockig-braunem, bis an die Schultern reichendem Haar, attraktiv in einer angenehmen, ungefährlichen Weise. Mary Ann, die stereotype Unschuld vom Lande, während Diana den Part von Ginger Grant übernimmt, dem Hollywood-Sternchen mit den entsprechenden Allüren. Womit mir dann wohl die Rolle des ersten Maats auf Gilligans Insel zufällt.

»Ich weiß gar nicht, warum ich hier bin«, beginnt sie. »Ich weiß aber auch nicht, wohin ich sonst gehen soll. Diana hat dir sehr vertraut.«

»Schieß los«, fordere ich sie auf. Ich überlege, was ich ihr sagen könnte. Soll lieber sie anfangen.

»Na ja, zuerst stirbt Diana, und jetzt kommen die Leute zu mir und stellen mir wegen ihr eine Menge Fragen.«

»Was für Leute?«, frage ich.

»Die CIA«, antwortet sie. »Sie wollen wissen, was ich über Diana weiß. Warum sie sich umgebracht haben könnte. Ob sie eine Beziehung mit jemandem hatte. Solche Sachen.«

»Was hast du ihnen gesagt?«

Insgeheim hoffe ich ja, sie antwortet: *Mit dir, Ben. Sie hatte eine Beziehung mit dir.*

»Ich … nichts …« Sie steht auf und geht hin und her. Sie ist aufgeregt, weil sie von den Bundesbeamten in die Mangel genommen wurde. Das haben sie ja ganz gut drauf. »Ich wusste nicht, was ich sagen sollte. Ich wollte es ihnen nicht sagen, weißt du? Ich wollte ihr Privatleben nicht öffentlich machen. Aber es war, als wüssten sie, dass ich was zurückhalte. Und dann haben sie mir gedroht. Haben gesagt, sie hätten alle meine Steuererklärungen der letzten zehn Jahre rausgezogen und würden mit Sicherheit was finden, das nicht korrekt ist. ›Man findet immer was‹, haben sie gesagt. Ich könnte alles verlieren – mein Haus und meinen Cateringservice und …«

»Anne, Anne. Es ist okay. Es wird alles wieder gut. Das verspreche ich.«

Sie bedeckt ihr Gesicht mit den Händen und bricht in Tränen aus. Ich lege einen Arm um ihre Schultern, führe sie wieder zu ihrem Stuhl und hole ihr ein Mineralwasser aus dem winzigen Kühlschrank hinter meinem Schreibtisch.

Schließlich erlangt sie ihre Fassung zurück, nimmt ein paar Schlucke und atmet tief durch. »Das ist wirklich peinlich, so neben der Spur hier aufzukreuzen.«

»Das muss dir nicht peinlich sein. Die haben dich durcheinandergebracht. Das ist ihre Spezialität.« Ich gehe neben ihr in die Hocke. »Hör zu, Anne, sie werden dir nichts tun. Sie wollten nur sichergehen, dass du ihnen nichts vorenthältst. Hast du denn irgendwas zurückgehalten?«

Darauf antwortet sie nicht. Keine Antwort ist auch eine Antwort.

»Ich habe das … mit dem Freund vor ihnen verschwiegen.«

»Jonathan Liu«, sage ich.

Sie sieht mich an. »Über Jonathan Liu wussten sie Bescheid.«

Ich weiche zurück. »Es gab noch einen anderen Freund?«

Sie weicht meinem Blick aus, atmet langsam ein und aus.

»Der Russe«, erklärt sie. »Ich habe ihnen nichts von dem Russen erzählt.«

39

»Er heißt Alex«, fährt Anne fort. »Ich bin ihm nur ein Mal begegnet, als er mit Diana unterwegs war, und sie sahen … sehr vertraut aus. Aber ein paar Wochen später las ich einen Artikel über ihn in der *Post.* Ich habe ihn auf dem Foto wiedererkannt. Er heißt Alexander Kutuzow. Er besitzt eine Fußballmannschaft in England und eine Reihe Spezialbuchläden, die auf der ganzen Welt verteilt sind, unter anderem einen auf der Fifth Street. Ich war sogar schon drin. Er heißt AK Collectibles. Jedenfalls hat er in Russland Milliarden mit Öl verdient, und er fliegt durch die ganze Welt. Solche Sachen eben.«

Trotz der Bedeutung dessen, was sie mir erzählt, und zwar in mancherlei Hinsicht, spüre ich Eifersucht und Groll in mir aufsteigen. Diana hatte zwei Geliebte: Jonathan Liu und jetzt noch diesen Alexander Kutuzow. Und ich wusste nichts davon? Sie muss mich für ein Schoßhündchen gehalten haben, das ihr überallhin folgt und um jedes bisschen Aufmerksamkeit buhlt. Ich muss für sie ein Witz gewesen sein.

Die Realität tut ganz schön weh.

»Okay, Alex Kutuzow«, wiederhole ich. »Von dem hast du der Bundespolizei nichts erzählt.«

Anne schüttelt den Kopf. »Ich bin mir nicht sicher, warum, aber es lag an der Art, wie Diana reagiert hat, als ich das Thema angesprochen habe. Ich habe so was gesagt wie ›Hey, weißt du, ich habe diesen *Post*-Artikel gelesen. Was läuft denn da mit diesem berühmten Milliardär?‹ Aber Diana war verärgert und nahm mir das Versprechen ab, mit niemandem über ihn zu reden. Niemals. Deswegen habe ich mein Versprechen gehalten.« Sie berührt meine Hand. »Aber dir kann ich es doch erzählen?«

»Klar.«

»Diana sagte, sie könne dir vertrauen. Du seist der einzige Mann, dem sie vertrauen könne.«

Okay, ein vertrauenswürdiges Schoßhündchen. Aber immer noch ein Schoßhündchen.

»Ich weiß nicht, an wen ich mich sonst wenden soll, Ben. Ich weiß nicht, was ich tun soll.«

Genug ist genug. Ich weiß nicht mehr, was ich von Diana halten soll, doch ich treffe hier und jetzt die Entscheidung, nicht zuzulassen, dass Anne irgendwas passiert. Es gab schon genug unschuldige Opfer.

Ich lege meine Hand auf ihre. »Ich werde mich um die Sache kümmern«, beruhige ich sie. »Ich werde herausfinden, was hier vor sich geht. Und ich will dir auch sagen, wie.«

Meine Worte scheinen sie zu beruhigen. Ich wünschte, ich könnte dasselbe von mir behaupten.

Das werde ich heute Nacht herausfinden.

40

Mitternacht. Ein Mann ohne Zuhause, ein Mann, der nirgendwohin gehen kann, der sich in Cafés und Kaufhäusern versteckt, sich auf der Arbeit duscht, aus einer Tüte mit Kleidern lebt, Angst hat, sein Mobiltelefon oder seine Kreditkarten zu benutzen, ein halbes Fußballfeld entfernt von einem Haus im Tudorstil steht, in dem die Bewohner gewöhnlich keine Probleme haben, wie zum Beispiel Angst um ihr Leben.

Langsam, ganz vorsichtig nähere ich mich dem Haus von vorne, meine Hände in die Taschen gesteckt. Ich habe eigentlich keinen Grund, hier zu sein. Es ist nicht so, dass ein Typ wie ich irgendeinen Grund hat, durch die Straßen von Forest Hills zu schlendern, als würde er in einem verschlafenen Viertel nur die Zeit totschlagen.

Genau aus diesem Grund muss ich gehen wie jemand, der keine Angst hat, gesehen zu werden. Das ist nicht das erste Mal, dass ich so etwas tue. Ich habe mir den Weg in Gebäude und zu Cocktailpartys und an alle möglichen Orte erschlichen, weil ich nach Geschichten suchte oder hoffte, Menschen schwierige Fragen zu stellen, wenn nicht ihre hochdotierten Gehilfen dabei waren, um ihnen ihre Worte in den Mund zu legen.

Okay, in ein Haus bin ich bisher noch nicht eingebrochen. Das ist neu für mich. Aber verzweifelte Situationen erfordern verzeifelte Maßnahmen.

Desperate Measures startet von einem ziemlich abgedrehten Ausgangspunkt. Ein Polizist braucht einen Knochenmarkspender für seinen Sohn, doch der einzige dafür geeignete Mensch sitzt wegen mehrfachen Mordes im Gefängnis und nutzt die

Fahrt ins Krankenhaus zur Flucht. Der Polizist muss ihn fangen, braucht ihn aber lebend. Einen Film mit Andy Garcia und Michael Keaton muss man einfach mögen.

Stopp, Ben. Nicht die Nerven verlieren.

Mein Herz schlägt einen Takt schneller, als ich die Einfahrt betrete. Je näher ich dem Haus komme, desto schwieriger wird es umzukehren. Langsam gehe ich die Einfahrt weiter bis hinters Haus.

Mein Lieblingsfilm mit Garcia ist *Das Leben nach dem Tod in Denver.* Tolle Besetzung. Mir gefiel Keaton in *Batman,* ein kleiner Typ für diese Rolle, aber diese Augen! *Fremde Schatten* war ein ziemlich durchgeknallter Film, aber es gab eine Szene mit Wanzen. Ich hasse Wanzen.

Das Gelände hinterm Haus könnte man wohl als »Ländereien« bezeichnen. Ich habe mich vorher im Internet erkundigt, dort wird die »außergewöhnliche Außenanlage« erwähnt. Man weiß, dass man reich ist, wenn der Garten hinterm Haus mit »Außenanlage« bezeichnet wird. Und wenn man eine »Außenanlage« hat, hat man wahrscheinlich einen älteren Butler mit trockenem englischen Akzent, der auf den Namen Hughes oder Jeeves hört.

Eigentlich habe ich diesen Punkt überhaupt nicht berücksichtigt. Es könnten sich weitere Personen im Haus aufhalten, nicht nur eine.

Es ist dunkel hier, was ich nicht unbedingt erwartet hätte. Das bedeutet aber wahrscheinlich, dass es eine Alarmanlage gibt.

Eine Alarmanlage, vielleicht mehrere Personen im Haus. Was steht mir sonst noch bevor?

Ich sehe mich um. Zwei Stockwerke, schick eingefasste Terrasse. Die Beschreibung, die immer noch online ist, spricht von den verzierten Möbeln – kein Wunder.

Jonathan Liu bezahlte vor elf Monaten 4,9 Millionen Dollar

für dieses Haus. Er verdient mit der Vertretung chinesischer Firmen ein Vermögen, hat Karriere gemacht, weil er auf beiden Seiten spielt. Er hat ein gutes Leben.

Er wird aber keine gute Nacht haben. Diesmal stelle ich die Fragen.

41

Ich versuche, den Hintereingang zu öffnen. Er ist verschlossen.

Ich umwickle meine Faust mit meinem Hemdsärmel, haue ein Loch durch die Scheibe und weiche zurück. Schon zerbrechendes Glas könnte einen Alarm auslösen.

Nichts. Nichts außer dem Pochen meines Pulses.

Ich greife durch die zerbrochene Scheibe und entriegle die Tür. Spätestens jetzt würde bei den meisten Leuten ein Alarm ausgelöst werden.

Und es gibt so etwas wie einen Fernalarm, auch wenn ich nie den Sinn darin erkannt habe. Also ein kalkuliertes Risiko.

Ich halte den Atem an, als die Tür aufspringt. Aber ich höre nichts, keinen schrillen Ton, kein Megafon. Soweit ich sagen kann, hat Jonathan Liu seine Alarmanlage nicht eingeschaltet.

Das Innere ist riesig, genauso wie die Onlinebeschreibung des Hauses anpries. Auf Zehenspitzen schleiche ich in die umwerfende Küche, perfekt, um Gäste darin zu empfangen, mit Arbeitsplatten aus Speckstein und Designerschränken, vorbei an der entzückenden Gästetoilette mit ihrem importierten Sockelwaschbecken aus Marmor – alles hier ist importiert – ins Wohnzimmer mit den eingebauten Bücherregalen, Panoramafenstern, hoher Decke und einem Kamin mit einem Sims aus Marmor, der wahrscheinlich ebenfalls importiert war, auch wenn das in der Beschreibung nicht erwähnt wurde.

Dann erreiche ich die Treppe, gehe jede Stufe vorsichtig hinauf, verlagere vorsichtig mein Gewicht. Die zwei oder drei Minuten an Zeit kann ich noch aufbringen. Aber ich kann darauf verzichten, dass Jonathan Liu durch eine knarrende Treppe aus dem Schlaf gerissen wird und nach seiner Waffe auf dem Nachttisch greift …

Stopp, Ben!

Ich kann nicht glauben, dass ich das hier tue. Was tue ich? Was werde ich tun? Ihn in den Schwitzkasten nehmen?

Ich gehe einen Schritt weiter. Und noch einen. Ihn aus seiner Komfortzone holen, das tue ich. Ihn eiskalt erwischen und verhören. Genau. Das könnte funktionieren.

Oben angekommen könnte ich in beide Richtungen gehen, doch das Schlafzimmer scheint links zu liegen.

Dann rieche ich etwas. Ich kann den Geruch nicht zuordnen, doch er löst alte Erinnerungen aus.

Ich bin acht Jahre alt. Ich bin von der Schule zurück, aber ich mache mich nicht bemerkbar. Ich weiß nicht, warum, aber ich renne einfach in die Küche und von dort aus nach oben. Ich gehe ins Elternschlafzimmer, sehe von der Stelle aus, wo ich stehe, wie sich Mutters Haar über den Badezimmerboden ergießt.

Und dann sehe ich, wie Vater in einem weißen Unterhemd aus dem Bad tritt, in der Hand einen vollen Müllbeutel.

Benjamin, sagt er. Du bist … aber früh zu Hause.

Meine Füße tragen mich vorwärts, selbst als Vater versucht, mir den Blick ins Badezimmer zu versperren, und ich sehe, wie sie mit dem Gesicht nach unten auf dem Boden liegt. Um ihren Kopf hat sich eine Blutlache gebildet, einen halben, vielleicht einen Meter von ihr auf dem Fliesenboden entfernt liegt eine Waffe …

Nein! Nein! Nein!, sage ich so oft, dass ich nicht mehr weiß, wie oft. Und dann packt mich Vater an den Schultern und blickt mir in die Augen. Es gab einen schrecklichen Unfall, sagt er. Er hebt mich auf den Arm, trägt mich hinaus und schließt mich in meinem Zimmer ein. Ich schreie und flehe und haue mit den Fäusten gegen die Tür und bekomme keine Luft mehr.

Mein Schritt wird immer langsamer, je weiter ich mich Jonathan Lius Schlafzimmer nähere. Mein Herz pocht, klingt nur noch wie ein Gong zwischen meinen Ohren.

Die Tür wird wieder geöffnet. Vater lässt mich aus dem Zimmer und hält mich fest, geht mit mir zurück ins Elternschlafzimmer. Wie gesagt, es gab einen schrecklichen Unfall, Ben. Es tut mir leid, dass du das sehen musstest. Aber das musste wohl so sein.

Ohne mich loszulassen gestattet er mir einen weiteren Blick ins Badezimmer. Mutters Augen sind leblos, ihre Lippen zu einem weichen O geformt, ihr Körper liegt auf den Fliesen neben einer Blutlache. Es ist dasselbe Bild wie vorher, als ich das erste Mal eingetreten bin.

Diesmal allerdings hält Mutter die Waffe in der Hand.

In Jonathan Lius riesigem Schlafzimmer steht in einer Ecke ein hübscher Zweisitzer. Dort sitzt er, sein Kinn auf die Brust gelegt, die linke Seite seines Kopfs weggeblasen. In seiner schlaffen linken Hand hält er eine Waffe.

Einen Mord kann man wie Selbstmord aussehen lassen, und Selbstmord kann wie Mord aussehen.

Ohne Zweifel befindet sich irgendwo eine Nachricht, natürlich nicht in seiner Handschrift. Ich weiß nicht, welche Beweise zurückgelassen wurden. Ich weiß nicht, welche Informationen Jonathan Liu mir hätte geben können.

Ich weiß nur, dass ich so schnell wie möglich hier verschwinden muss.

Stattdessen betrete ich das Zimmer.

42

Langsam, mit bis zum Hals pochendem Herzen, mit durchs ganze Zimmer hallendem Puls und zitternden Knien gehe ich über den Holzboden von Jonathan Lius Schlafzimmer. Es ist aufgeräumt. Die orientalischen Möbel – die beiden Sessel neben dem Erkerfenster, die Schubladenkommode – scheinen noch an ihrem ursprünglichen Platz zu stehen. Der Teppich liegt perfekt ausgerichtet am Fußende des Betts. Das Bett selbst ist gemacht, die Decke umgeklappt, sodass das kastanienbraune Laken zu sehen ist. Nur das Pfefferminzbonbon auf dem Kissen fehlt.

Die United States Mint, die Bundesbehörde, die vor allem für die Prägung des Dollars zuständig ist, wurde durch das 1792 vom Kongress verabschiedete Münzgesetz gegründet und von Alexander Hamilton befürwortet. Das Münzgebäude war das erste Bundesgebäude, das unter der Verfassung gebaut wurde. Wusstet ihr, dass sie sogar ihre eigene Polizei …

Es reicht. Hol erst mal tief Luft, Ben.

Vorsichtig betrete ich das Badezimmer, ebenfalls ein Vorbild für Sauberkeit und Ordnung. Die weißen Handtücher hängen perfekt symmetrisch über der Stange, so wie sie der psychotische Ehemann in *Der Feind in meinem Bett* hätte aufhängen können. Auf dem Doppelwaschbecken stehen nur eine elektrische Zahnbürste und eine Flasche mit Vitaminpillen mit chinesischem Etikett.

Ich gehe zurück zu Jonathan Liu, konzentriere mich aber mehr auf die Umgebung als auf ihn selbst.

Die Waffe liegt auf seinem Schoß. Ich wage nicht, sie zu berühren.

Möchtest du einen Moment allein mit Mutter sein, Ben-

jamin? Bevor die Polizei und der Krankenwagen kommen? Wenn ja, dann geh jetzt zu ihr.

Kann ich … sie anfassen oder küssen oder …

Sie ist deine Mutter, Benjamin. Da kannst tun, was du willst. Wenn du sie ein letztes Mal umarmen und dich von ihr verabschieden und ihr sagen willst, wie sehr du sie liebst, dann nur zu.

Aber, mein Sohn, nimm ihr zuerst die Waffe aus der Hand. Leg sie einfach neben sie, und wenn du fertig bist, kannst du sie ihr wieder zurück in die Hand schieben.

Stopp, Ben. Das ist nicht … hilfreich. Vater ist nicht hier, und die Sache ist schon lange her.

Links von Jonathan Liu kleben Blut und Hirnmasse an der Wand, auf dem Boden darunter hat sich eine Blutlache gebildet. Die Kugel steckt in der Wand nur leicht unterhalb der Stelle, wo sich Jonathan Lius Kopf befunden haben müsste, solange er aufrecht saß.

Statistisch gesehen weisen weniger als zehn Prozent der Selbstmorde mit einer Eintrittswunde an der Schläfe einen nach unten gerichteten Kanal auf.

Ich sehe mir Jonathans Gesicht an. Sein verschleierter Blick geht ins Leere, sein Mund ist leicht geöffnet, seine Haut hat bereits eine leicht wächserne Farbe angenommen.

Als John Wilkes Booth Lincoln von hinten in den Kopf schoss, rief er: »*Sic semper tyrannis.*« Was hat man zu dir gesagt, Jonathan Liu, bevor man dir in die Schläfe schoss?

Komm schon, Ben. Operation Delano.

Ich sehe unters Bett. Ich betrete den begehbaren Schrank und öffne Schubladen, mein Hemd über die Finger gezogen. Ich sehe hinter seinen Kleidern, seinen Schuhen, den Pullovern im oberen Fach nach …

Nichts. Nichts im Schrank, nichts im …

Moment.

Auf einem kleinen Schreibtisch in der linken Ecke des Schlafzimmers steht ein Laptop mit laufendem Bildschirmschoner – ein Würfel, der schwerelos umhertanzt. Langsam gehe ich darauf zu. Das könnte es sein. Wenn Jonathan Liu irgendwelche Informationen über Operation Delano hat, könnten sie sich auf seinem Rechner befinden.

Ich tippe mit dem Mittelfinger auf die Maus, der Bildschirmschoner verschwindet, und es erscheint folgender Text:

Nach dem, was mit Diana passiert ist, kann ich nicht weiterleben. Sie hätte Besseres verdient, und dies ist meine gerechte Strafe.

Ich lese die Nachricht noch ein paarmal. Sie verrät ziemlich wenig, sagt weder, ob er Diana getötet noch, ob sie sich selbst umgebracht hat, aber dass er sich irgendwie verantwortlich dafür fühlt. Wer auch immer dies hier schrieb, wollte sich alle Optionen offenhalten.

Aber das hier kann Liu nicht selbst geschrieben haben. Wer auch immer die Nachricht verfasste, wollte Reue vermitteln. Jonathan Liu zeigte aber bei dem einen Mal, als ich mit ihm sprach, keine Reue. Er hatte einfach nur Angst.

Von draußen höre ich quietschende Reifen. Noch ziemlich weit weg, denke ich, aber ich will nicht warten, um das herauszufinden. Ich trete vom Schreibtisch zurück, lasse den Blick noch einmal durchs Zimmer schweifen. Keine Anzeichen eines Kampfs, kein Abschiedsbrief, soweit ich sehen kann – jedenfalls keiner mit Jonathan Lius Handschrift.

Jemand möchte, dass Jonathan Lius Tod nach Selbstmord aussieht.

Oder wie ein *inszenierter* Selbstmord.

Was erklärt, warum es für mich so einfach war, hier einzubrechen.

Und was heißt, dass ich in größeren Schwierigkeiten stecke, als mir vorher klar war.

Ich eile zur Tür, drehe mich aber noch einmal um und renne zum Schreibtisch, ziehe Netz- und Mauskabel aus Lius Rechner und nehme den Rechner mit.

43

Ich renne durch Gärten und über Bürgersteige, ohne mein Tempo zu drosseln und ohne mich zu fragen, ob mich jemand sieht oder mein Tun verdächtig wirkt. Ich renne einfach zu meiner Triumph zurück, Jonathan Lius Rechner unter meinen Arm geklemmt.

F.: Konnten Sie die Todesart bei Mrs Casper, der Verstorbenen, bestimmen?

A.: Nein. Die Verstorbene erhielt einen tödlichen Schuss in den Kopf. Die Beweise deuten sowohl auf Mord als auch auf Selbstmord hin, und damit ist keine der beiden Möglichkeiten ausgeschlossen.

F.: Aber konnten Sie den Tatort und die Leiche untersuchen und ermitteln, wie sie starb?

A.: Tatort-, Obduktions-, Toxikologie- und Ballistikbericht reichen in der Regel, um die Geschichte darüber zu erzählen, wie jemand starb. Aber manchmal kann die forensische Pathologie absichtlich in die falsche Richtung gelenkt werden. Beweise können manipuliert werden, um die Wahrheit zu verbergen.

F.: Einen Mord kann man wie Selbstmord aussehen lassen, und Selbstmord kann wie Mord aussehen.

A.: Ganz genau.

Ich erreiche mein Motorrad, das ein paar hundert Meter entfernt auf der Albemarle Street steht. Dort lasse ich den Rechner in die Tasche auf dem Rücksitz gleiten und starte den Motor. Meine Lunge brennt, Schweiß läuft mir in die Augen, doch zumindest habe ich jetzt einen fahrbaren Untersatz. Am Himmel braut sich was zusammen, doch das Letzte, was gerade auf der Wunschliste meines Lebens steht, ist Regen.

F.: Wer hat die Leiche entdeckt?
A.: Der Sohn, Benjamin. Zumindest laut seinem Vater, Professor Casper. Sein Vater hat einen Anwalt zu Rate gezogen und uns nicht gestattet, Benjamin zu verhören.
F.: Können Sie den Anblick beschreiben, der sich ihm bot?
A.: Ihre Leiche lag flach auf dem Boden, in der linken Hand hielt sie die Waffe. An den Wänden, dem Duschvorhang, dem Boden, also praktisch überall, befanden sich Blutspritzer. Das Badezimmer war ziemlich klein, und wie bereits gesagt, hielt er seine tote Mutter im Arm. Dadurch war die Leiche bewegt worden, und einige der Blutspritzer waren manipuliert.

Ich fahre auf meiner Triumph die Connecticut entlang, vorbei am Universitätsgelände, während ich in Gedanken das Szenario durchgehe und mich frage, wie ich das alles auf die Reihe bekommen soll. Komm schon, Ben, konzentriere dich – fahr langsam, halte dich an die Verkehrsregeln und finde heraus, was hier, zum Teufel noch mal, los ist …

Moment. Da steht ein Polizeiwagen an der Ampel auf der anderen Seite der Kreuzung. Fahr langsam, aber nicht zu langsam, schau nicht direkt hin, fahr einfach über die Kreuzung …

F.: Wies die Blutspurenanalyse darauf hin, wo die Verstorbene zum Zeitpunkt des Schusses gestanden hatte?
A.: Ja. Sehen Sie, ein Blutstropfen in freiem Fall nimmt die Form einer Kugel an. Wenn er auf eine Oberfläche auftrifft und ein gut geformter Fleck entsteht, lässt sich der Winkel, in dem der Tropfen auf die Oberfläche traf, ganz leicht be-

stimmen. Wenn ausreichend Blutspuren vorhanden sind, lassen sich die Stellung des Opfers und die entsprechende Position der Waffe bestimmen.

F.: Bei der Analyse stellten Sie fest, dass der Ausgangsbereich – in diesem Fall die Austrittswunde – fast fünfzehn Zentimeter tiefer lag, verglichen mit dem, was Sie in Anbetracht von Mrs Caspers Größe und der Stelle der Austrittswunde erwartet hätten. Ist das richtig so?

A.: Das ist richtig.

F.: Was Sie zu der Schlussfolgerung veranlasste, dass sich Mrs Casper in der Hocke befand, sich vornüberbeugte oder zurückzuckte ... irgendwas in der Art?

A.: Könnte so gewesen sein.

F.: Dies würde also einem Mordszenario entsprechen. Es würde damit übereinstimmen, dass der Jugendliche seine Mutter überwältigte, ihr eine Waffe an den Kopf drückte und den Abzug betätigte?

A.: Könnte so gewesen sein.

F.: Oder sich an sie heranschlich, während sie sich nach vorne beugte?

A.: Möglicherweise.

F.: Und die Tatsache, dass die Fingerabdrücke des Jugendlichen auf der Waffe gefunden wurden – wird die Möglichkeit damit nicht noch wahrscheinlicher?

A.: Ja.

Es beginnt zu regnen. Mist. Es ist schon schwierig genug, mit kribbelnden Beinen und in zwanzig Richtungen ausstrahlenden Gedanken auf meiner Triumph zu fahren. Ich muss aufpassen, dass ich nicht stürze, und mir schnellstens ein Hotel suchen.

Ich muss herausfinden, was sich auf Jonathan Lius Rechner befindet.

F.: Professor Casper, ich weiß, es ist schwierig, aber beschreiben Sie uns bitte die Situation, als Sie an den fraglichen Tatort kamen.

A.: Als ich nach oben kam, wusste ich sofort, dass etwas nicht stimmte. Ich sah meine Frau auf dem Badezimmerboden liegen. Ich … ich wusste … tut mir leid, es ist … es ist so schwer für mich.

F.: Ist schon in Ordnung, Professor Casper. Lassen Sie sich Zeit. Möchten Sie vielleicht ein Glas Wasser?

A.: Unser Sohn, Benjamin, kniete vornübergebeugt auf dem Boden und weinte. Seine Arme hatte er unter meine Frau geschoben, als wollte er sie umarmen. Er … verabschiedete sich von ihr, glaube ich.

F.: Und wo befand sich die Waffe?

A.: In der Hand meiner Frau. Ich bin mir sicher, dass Benjamin das nicht getan hat. Ich bin sicher, er hat sie nicht getötet. Sosehr ich meine Frau auch liebte, muss ich davon ausgehen, dass sie sich das selbst angetan hat. Bitte, Euer Ehren, nehmen Sie mir nicht auch meinen Sohn.

Stärker regnen als jetzt kann es schon nicht mehr. Und ich kann nicht klar denken. Ich muss runter von der Straße, kann es mir nicht leisten … Moment. Die Calvert Street, das Omni Hotel … habe ich noch Zeit zu wenden?

Zu spät biege ich nach rechts ab, meine Branchenführer unter den Reifen tun ihr Bestes …

Doch ich hab's einfach übertrieben. Mein Motorrad rutscht unter mir weg, schlittert über die glitschige Kreuzung und knallt gegen einen Laternenpfosten.

Mir selbst geht es nicht viel besser. Ich rutsche etwa drei Meter auf der rechten Seite. Mein Bein ist lädiert, doch ich breche mir keine Knochen. Wenigstens habe ich meinen Helm auf. Eine Lektion an all euch Kinder da draußen.

Die Kreuzung ist zu dieser nächtlichen Zeit leer. Gut für mich. Und was auch gut ist: Mein Motorrad ist heil geblieben, wie ich feststelle, als ich es aufrichte.

Und die schlechte Nachricht?

Der Bildschirm auf Jonathan Lius Rechner ist in tausend Stücke zersplittert.

44

Als Anne Brennan am nächsten Morgen ihr Wohnhaus verlässt, stehe ich auf der anderen Straßenseite. Sie zuckt zusammen und deutet fragend auf sich. Ich nicke.

»Ben«, sagt sie, als sie die Straße überquert. Ich kann mir nur zu gut vorstellen, wie ich auf sie wirke. Nach einer weiteren schlaflosen Nacht in wieder einem anderen Hotel, während ich vergeblich versuchte, Jonathan Lius Rechner zum Leben zu erwecken.

Sie reagiert heftig auf die Nachricht über das Schicksal, das dem chinesischen Lobbyisten widerfahren ist. Heftig im Sinne von ängstlich, was einer angemessenen Reaktion entspricht. Jeder, der mit Diana Hotchkiss zu tun hatte, scheint im Moment eine schwierige Zeit durchzumachen.

»Was, um alles in der Welt, geht hier vor?«, flüstert sie, ihre Augen mit der Hand abschirmend. Sie ist ein hübsches, süßes Mädchen aus dem Mittleren Westen, das den Spaß liebt – und für solche Sachen überhaupt nicht geschaffen ist.

»Ich weiß nicht, Anne. Das versuche ich gerade herauszufinden.«

Der belebte Bürgersteig des U Street Corridor ist nicht der ideale Ort für ein Gespräch, doch die ganze Angelegenheit ist so abstrus, dass dieses Treffen eigentlich gut ins Schema passt.

Ich umfasse ihre Schultern. »Hör mal, Anne. Ich dachte, ich würde Diana kennen. Aber dem war wohl nicht so. Ich wusste nichts von Jonathan Liu oder Alexander Kutuzow. Und ich wusste nicht, dass sie was gegen ihre Depressionen genommen hat.«

Ich sehe Anne an, dass sie von dem letzten Teil auch nichts wusste.

»Ich will damit sagen, ich hab keine Ahnung, was ich alles nicht weiß. Aber irgendwas ist mit Diana passiert. Und ob du mir absichtlich etwas verheimlichst oder du dir dessen nicht bewusst bist, ich glaube, du weißt etwas, das du mir noch nicht verraten hast.«

Sie weicht zurück, als hätte ich sie angeklagt, legt eine Hand an ihren Hals. »Ich verheimliche nichts. Das schwöre ich. Frag mich, egal was.«

Ich habe Mühe, eine Idee davon zu bekommen, was ich fragen könnte. Dann fällt mir das Gespräch mit Jonathan Liu ein. »Das Weiße Haus. Hatte Diana eine Verbindung zum Weißen Haus?«

»Komm schon, Ben. Sie war Craig Carneys Assistentin. Gehört er nicht zu Präsident Francis' besten Freunden?«

Ich seufze. Natürlich hat sie recht. Craig Carney ist stellvertretender Direktor der CIA und einer der engsten Verbündeten des Präsidenten. Wahrscheinlich ist das Weiße Haus sein zweites Zuhause. Ebenso wie es dies vielleicht für Diana gewesen war.

»Diana war ständig dort«, erklärt Anne. »Sie hat Libby mit dem Vornamen angesprochen.«

Sie meint die First Lady. Damals, als Blake Francis noch Kongressmitglied war, bevor er zum Gouverneur von New York gewählt wurde, heiratete er Libretta Rose, eine angesehene Persönlichkeit und Juwelenhändlererbin. Libby Rose Francis finanzierte seinen erfolgreichen Präsidentschaftswahlkampf, und acht Jahre später wurde er zum Präsidenten gewählt.

»Und du weißt, wie Diana über Präsident Francis sprach«, fuhr sie fort. »Sie hielt ihn für einen Heiligen.«

Daran erinnere ich mich. »Was ist mit Operation Delano? Klingelt's da bei dir?«

Annes umherschießender Blick erstarrt. Erinnerung. Ihre Lippen öffnen sich, sie sieht mich an, ändert aber ihre Absicht, zu antworten.

»Erzähl's mir«, flehe ich sie an.

»Ich kenne das Wort. Ich meine Delano. Nicht Operation Delano, aber … einmal habe ich gehört, wie Diana es am Telefon gesagt hat. Sie hat ihr Mobiltelefon benutzt. Ich weiß nicht, mit wem sie gesprochen hat, aber ich erinnere mich, weil man diesen Namen nicht so oft hört. War das nicht Roosevelts zweiter Vorname?«

»Genau.«

»Ich glaube, sie hat gesagt: ›Delano ist mir egal‹, oder so was in der Art. Sie war sauer, stritt mit jemandem. Anschließend fragte ich sie, ob sie ein Verhältnis mit Roosevelt hat. Du weißt schon, so als Witz.«

»Was hat sie darauf geantwortet?«

Der Wind bläst Anne den Pony aus dem Gesicht. Sie sieht jünger aus, als sie ist. Unter anderen Umständen könnte ich … nun ja, unter anderen Umständen. »Sie hat das Thema gewechselt. Was bedeutet das deiner Meinung nach, Ben? Was ist Operation Delano?«

»Ich weiß nicht«, antworte ich. Es hat keinen Sinn, sich in wüsten Spekulationen zu ergehen, besonders nicht in Annes Gegenwart. Anne ist wahrscheinlich völlig durch den Wind, deswegen sage ich ihr lieber nicht, was ich denke.

Ich sage ihr nicht, welcher Schluss sich mir nahelegt, wenn ich versuche, Dianas mysteriösen Tod, die Beteiligung der CIA, die chinesische Regierung und das, was eine heftige Vertuschungsaktion zu sein scheint, unter einen Hut zu bekommen.

Ich sage ihr nicht, dass ich glaube, Diana Hotchkiss könnte eine Spionin der US-Regierung gewesen sein.

45

Detective Ellis Burk trommelt mit seinen Fingern aufs Lenkrad. »Diese Geschichte wird immer seltsamer, je mehr du mir darüber erzählst.«

Und er kennt noch nicht einmal die Hälfte. Ich habe beschlossen, meinen Besuch bei Jonathan Liu letzte Nacht auszulassen. Die Polizei kann selbst herausfinden, dass er tot ist.

»Alexander Kutuzow.« Ellis nickt. »Ich glaube, von dem habe ich schon gehört.«

»Diana hat sich, was ihre Beziehung zu ihm anging, bedeckt gehalten. Das muss doch was heißen.«

»Laut deiner Freundin Anne Brennan.«

»Stimmt. Laut Anne.«

»Also liegt mir ein Bericht aus zweiter Hand von jemandem darüber vor, was jemand anderes über etwas denkt. Das ist nicht das, was man eine sichere Spur nennen würde.«

»Deswegen bist du Polizist, Ellis. Das letzte Mal, als ich das überprüft habe, hast du Spuren verfolgt. Klingt das irgendwie vertraut?«

»Für Fälle, an denen ich arbeite? Klar.« Er dreht sich zu mir um. »Aber das hier ist nicht mehr mein Fall, Partner. Du erinnerst dich, dass die CIA ihn uns, den Ortspolizisten, abgenommen hat. Klingt *das* irgendwie vertraut?«

Ellis ist ein toller Mensch. Er hätte mir sagen können, ich soll mich zum Teufel scheren, als ich ihn bat, mich heute zu begleiten. Er hätte allen Grund und jedes Recht dazu. Aber irgendwas hat seine Antenne ausfahren lassen, weil er zu den Polizisten gehört, die sich eher um richtig und falsch Sorgen machen als um technische Details wie rechtliche Grenzen.

Oder vielleicht sah er mich nur an und bekam Mitleid. Mit

Sicherheit sehe ich schrecklich aus. Der Blick in den Spiegel heute Morgen zeigte mir einen Typen wie in einem Tim-Burton-Film. Und ich kann nicht mehr klar denken. Ich sehe Schatten, wo keine sind, höre Schritte, die es nicht gibt. Ich brauche Hilfe.

»Ich bin dir was schuldig, Mann«, sage ich.

»Da hast du verdammt recht.« Als ich darauf nichts erwidere, schielt mich Ellis von der Seite her an. »Ich werde diesen Typen überprüfen, Ben. Keine Sorge.«

Wir fahren zur 5th Street in Dupont Circle, wo AK Collectibles liegt. Das Geschäft befindet sich genau dort, wo Anne Brennan gesagt hat, in der Mitte eines Straßenblocks. Im Innern sieht der Laden aus wie das Atelier eines reichen Menschen – weiches Licht, dunkle Eichenregale, schokobraune Sessel, jedes Buch durch eine Hülle geschützt. Im Hintergrund spielt klassische Musik, vom Tresen blickt uns ein Mann über seine Brille hinweg mürrisch an.

Ellis zeigt seine Dienstmarke und sagt, er wolle mit Alexander Kutuzow sprechen. So, wie der Verkäufer reagiert, würde man denken, Ellis hätte um ein Treffen mit dem Nikolaus oder dem Sandmännchen gebeten. Der Verkäufer greift zum Telefon und flüstert hinein.

Wir warten ein paar Minuten. Ich deute mit dem Kinn auf eine Glasvitrine mit einer dreibändigen Ausgabe von *Stolz und Vorurteil* von Jane Austen. Eine meiner Lehrerinnen, die auch Jane hieß, mochte die Autorin so sehr, dass sie zu Jane-Austen-Kongressen fuhr, wo die Teilnehmer so gekleidet waren wie in den Romanen. Könnte ich doch auch an etwas einen solchen Gefallen finden. Hätte ich mir doch mein Bein nicht aufgerissen, als ich gestern Abend mit meinem Motorrad ausgerutscht bin.

Würde man doch nicht versuchen, mich umzubringen.

Ich habe den Film nicht gesehen, aber Keira Knightley in

Domino, wo sie eine Kopfgeldjägerin spielte, gefiel mir richtig gut. Echt scharf.

»Wie viel Arbeit steckt darin?«, frage ich den Typen hinterm Tresen und deute auf die Glasvitrine mit den Jane-Austen-Büchern.

Wieder sieht er mich über seine Brille hinweg an. »Band zwei hat ein paar Risse im hinteren Deckblatt, und in Band drei haben wir ein paar Seiten restauriert.«

»Nein, ich meinte, wie lange müsste ich dafür arbeiten, um es mir zu kaufen?«

»Ach so. Es handelt sich um eine Erstausgabe aus dem Jahr 1813.«

Hör mal, wenn du es mir nicht verraten willst, sag's doch einfach.

»Sechzigtausend«, sagt ein Mann, der durch eine Tür hinter dem Tresen tritt. Sein Akzent geht stark ins Russische. Er ist mittleren Alters, hat eine Glatze und trägt einen schwarzen Anzug, ein schwarzes Hemd und eine schwarze Krawatte. Sein Hals hat den Durchmesser eines Baumstamms, und sein Gesicht sieht aus wie eine Felsformation.

»Sechzigtausend was?«, frage ich. »Rubel?«

Der Mann scheint sich über meine Naivität zu amüsieren. »Offenbar sind Sie kein Sammler.« Er sieht zu Ellis. »Also, Officer …«

»Detective.«

»Ja, Detective. Mr Kutuzow ist leider nicht hier. Ich glaube zwar, dass er sich im Moment in den Vereinigten Staaten aufhält, aber das kann ich nicht mit Sicherheit sagen.«

»Aber Sie wissen, wie Sie ihn erreichen«, erwidert Ellis und reicht seine Karte über den Tresen.

Knightley hat sich auch in einem dieser *Fluch der Karibik*-Filme und einem der *Star Wars*-Vorläufer ganz gut gemacht.

Der Mann nimmt Ellis' Karte und reicht ihm ebenfalls eine.

Ellis und ich lesen sie: Edgar Griffin, Anwalt von Griffin und Weaver.

»Das ist aber schade«, sagt Ellis. »Ich habe gehofft, mich kurz mit Mr Kutuzow unterhalten und wieder gehen zu können. Aber wenn Sie Anwälte einschalten, werde ich ihn vielleicht zum Verhör vorladen müssen. Das verleiht der Sache etwas Antagonistisches.«

»Etwas Antagonistisches.« Der Russe gestattet sich ein kurzes Lächeln. »Ich dachte, in Amerika wird man nicht bestraft, wenn man rechtlichen Beistand in Anspruch nimmt.«

»Für jemanden, der gebrauchte Bücher verkauft, um seinen Lebensunterhalt zu verdienen, wissen Sie eine Menge über unser System«, sage ich. Das ist nicht unbedingt der richtige Moment, mich zu Wort zu melden, aber der Typ weiß nicht, dass ich Reporter und kein Polizist bin. Vielleicht können Ellis und ich ein Team bilden, wie in *Castle,* außer dass ich kein Krimiautor und Ellis keine scharfe Brünette ist, soweit ich weiß.

»Sagen Sie Mr Kutuzow oder seinem Anwalt, dass ich wiederkomme, wenn ich nicht bald von ihm höre. Mein nächster Besuch wird aber weniger angenehm als der heutige.«

Der Mann funkelt Ellis an, beruhigt sich aber wieder. »Wie Sie wünschen. Ich werde Ihre Bitte weiterleiten.«

»Bitte tun Sie das.«

Eine Minute später sitzen wir wieder im Wagen. »Das hat aber nicht lange gedauert«, stellt Ellis fest. »Kaum sind wir drin, hat sich der Kerl schon hinter Anwälten verschanzt.« Er sieht zu mir herüber. »Es ist ein Anfang, Ben. Wir haben einen Baum geschüttelt. Warten wir mal ab, was herunterfällt.«

46

»Noch nichts über die Operation Delano?«, fragt Kendra Tierney, mit der ich telefoniere. »Ich habe alle Hebel in Bewegung gesetzt. Willst du immer noch, dass ich mich zurückhalte?«

»Könnte gefährlich werden«, antworte ich. Ich humple nach meinem Motorradunfall, und habe kaum geschlafen, doch es tut gut, mit einer Freundin und Kollegin zu sprechen. Mit Kendra arbeite ich seit Gründung des *Beat* vor fünf Jahren zusammen.

»Gefahr ist mein zweiter Vorname«, sagt sie. »Hey, Ben, sag mir wenigstens eins: Woher weißt du von Operation Delano?«

»Jonathan Liu hat sie vorgestern mir gegenüber erwähnt.«

»Der Lobbyist Jonathan Liu? Derjenige, der gerade erst tot in seinem Haus gefunden wurde?«

»Genau der, ja.« Seit gestern Abend berichten ein paar hundert Medien darüber. Schusswunde, offenbar selbst zugefügt, gemäß den Berichten, aber mehr hat die Polizei nicht verlauten lassen.

»Und ich habe eine Bestätigung von einer von Dianas besten Freundinnen, Anne Brennan. Sie hat gehört, wie Diana einmal darüber geredet hat. Über Delano, nicht Operation Delano.«

»Das ist Jacke wie Hose«, sagt Kendra.

Ich habe noch nie verstanden, was der Ausdruck *Jacke wie Hose* bedeutet. Ich meine, ich verstehe, was Kendra meint, was schließlich das Wichtigste in einer Kommunikation ist – einen Gedanken mitzuteilen –, aber *Jacke wie Hose* ergibt für mich keinen Sinn.

Egal. Zurück zu unserem eigentlichen Programm.

»Und was hat es mit diesem Russen auf sich?«, will Kendra

wissen. »Bei deinem letzten Anruf hast du gesagt, dass diese Delano-Geschichte was mit den Russen zu tun hat.«

Ich komme an einem Pärchen auf einer Parkbank vorbei und empfinde tiefe Eifersucht auf jeden, der (a) niemanden hat, der versucht, ihn umzubringen, und (b) jemanden hat, mit dem oder mit der er auf einer Parkbank rummachen kann.

»F. D. Roosevelt normalisierte die Beziehungen zu den Russen«, erkläre ich. »Er erkannte sie offiziell an und schob ihnen in Jalta eine ganze Menge zu, als er, Churchill und Stalin die Beute aus dem Zweiten Weltkrieg unter sich aufteilten. Man hat ihm dafür ganz schön eingeheizt. Das ist zumindest etwas.«

»Eher nicht, Chef. Das ist ziemlich dünn.«

»Ich bezahle dich fürstlich, damit du Informationen sammelst, Ms Tierney.«

»Du bezahlst mich fürstlich? Ich scheine meine Gehaltsabrechnung nicht richtig gelesen zu haben.«

In jedem steckt ein Clown.

»Also gut, ich kümmere mich um den Ansatz mit dem Russen«, kommt sie mir entgegen. »Hey, Chef? Lebst du immer noch aus einer Sporttasche? Jede Nacht ein anderes Hotel?«

»Immer noch besser, als tot zu sein. Übrigens, wenn jemand mit einem Maschinengewehr in der Redaktion auftaucht, ich bin in die Antarktis ausgewandert.«

»Wird gemacht. Ich sage ihnen, du erforschst das Paarungsverhalten von Pinguinen. Aber ehrlich, Ben, sei vorsichtig, versprochen?«

»Vorsicht ist mein zweiter Vorname.«

»Ich dachte, dein zweiter Vorname wäre Martin.«

Erinnere mich nicht daran. »Ich treffe mich jetzt noch einmal mit Ellis Burk. Wir haben einen Termin mit Alexander Kutuzows Anwalt.«

»Das könnte was bringen. Anwälte sind für gewöhnlich sehr zuvorkommend und hilfsbereit.«

»Ich weiß. Ich werde mein Latein etwas auffrischen.«

»Ja dann, *stare incolumen.«*

»Was heißt das?«

»Die Highschool ist schon eine Weile her«, sagt Kendra. »Aber ich glaube, das heißt ›bleibe am Leben‹.«

47

Zwei Stunden später fahren Ellis Burk und ich zur Anwaltskanzlei Griffin und Weaver, eine der Großkotz-Kanzleien mit allen Sorten von angegliederten Anwälten und ehemaligen Politikern, die vor Gericht und den Gesetzgebern die großen Mitspieler der Gesellschaft vertreten und dem Rest von uns tagaus, tagein die Hölle heißmachen. Aber nicht deswegen macht sich Ellis Sorgen, sondern weil er ebenso wie der Rest der Welt gestern Abend erfahren hat, dass Jonathan Liu nicht mehr atmet.

»Dich mitzunehmen geschieht wider mein besseres Wissen«, sagt er.

»Wir sind so was wie ein Team.« Ich erwähne *Castle,* doch er reagiert nicht. Die meisten Polizisten mögen keine Polizeifilme. Aber ob Team oder nicht, ich muss zugeben, dass ich mich in Begleitung eines Polizeidetectives sicher fühle. Wer wird mich schon erschießen, solange ich mit einem Bullen rumhänge?

Heute, an diesem späten Vormittag, herrscht nur wenig Verkehr. Der Himmel ist wolkenlos, und das Thermometer wird heute auf vierzig Grad steigen. Die Hundstage des Sommers. Da fällt mir der Riesenschnauzer ein, der vor meiner Stadtwohnung auf mich wartet und wahrscheinlich sein Bein auf meinem Bürgersteig hebt, während wir hier reden …

Der Laut, den ich höre, erinnert mich an Donner, was aber keinen Sinn ergibt, und bevor mein Hirn begreifen kann, ist das Glas der Heckscheibe bereits zerplatzt, Ellis schreit auf, Blut spritzt aus seiner Schulter, und er kippt nach vorne, knallt mit dem Kinn gegen das Lenkrad, und als ich nach ihm greife, fegt ein Kugelhagel über das Armaturenbrett, während Ellis im gleichen Moment das Gaspedal durchdrückt und wir vorwärts auf eine rote Ampel zujagen, wo andere Autos mit quietschenden Reifen halten und Ellis etwas schreit, wovon ich aber kein Wort verstehe. Er lenkt mit der linken Hand, beide halten wir uns geduckt, werden im Zickzackkurs des Wagens hin- und hergerissen, dann rutscht seine Waffe aufs Sitzpolster. »Nimm sie, nimm sie!«, schreit er. Also greife ich danach, habe aber keine Ahnung, wie man das Ding benutzt, dann setzen die Schüsse wieder ein, Glas zerspringt um uns herum, Schüsse landen – *wumm-wumm-wumm* – in der Beifahrerseite und …

»Bist du okay?«, rufe ich.

»Schieß!«, schreit Ellis zurück.

… und ich hebe meinen Kopf gerade so hoch, um aus dem Fenster sehen zu können, wo ein schwarzer Geländewagen, die Mündung eines Maschinengewehrs im Fenster, neben uns fährt, und richte meine Waffe dorthin, schieße einmal, zweimal, dreimal, zerschieße dabei das Beifahrerfenster, bis das gegnerische Feuer antwortet, die Geschosse über meinen Kopf hinwegfegen, bis etwas Warmes über meinen Hals und meine Hände spritzt und ich mich umdrehe und Ellis' Gesicht sehe, oder vielmehr das, was davon noch übrig ist …

… und plötzlich biegen wir scharf nach links ab, irgendetwas knallt gegen mein Gesicht, reißt meinen Kopf nach hinten, doch ich kann nur eins denken, bevor alles um mich herum dunkel wird: *Bitte nicht Ellis. Bitte nicht auch er.*

48

Die Rettungssanitäterin beendet ihre Untersuchung und kommt zu dem Schluss, dass mit mir alles in Ordnung ist, was auch immer das bedeutet. Ich sitze hinten in einem offenen Krankenwagen mitten auf der 12th Street, die nach der Schießerei vollständig abgesperrt wurde.

»Wahrscheinlich nur eine Gehirnerschütterung vom Aufprall, als sich der Airbag öffnete, Mr Casper. Sie haben Glück gehabt.«

Mehr Glück als mein Freund Ellis Burk.

»Vielleicht sollten Sie eine Nacht im Krankenhaus verbringen«, schlägt sie vor. »Ich weiß, die Polizei will dringend mit Ihnen sprechen, aber wir können Sie unter Beobachtung stellen, wenn Sie möchten ...«

»Ist schon in Ordnung«, unterbreche ich sie. »Natürlich müssen die mit mir sprechen.«

Sie sieht nach hinten. Etwa ein Dutzend Streifenwagen und ein paar weitere Zivilfahrzeuge stehen dort. »Ja, das ist übel, einen Kollegen zu verlieren. Das ist eine ziemlich große Sache.«

Das mit der großen Sache habe ich bereits selbst herausgefunden. Übertragungswagen der Fernsehsender säumen die Absperrung der Polizei, Hubschrauber fliegen über uns hinweg. Eine Schießerei auf einer vielbefahrenen Kreuzung mitten in der Hauptstadt der Vereinigten Staaten kommt nicht jeden Tag vor, zumindest nicht in diesem Teil der Stadt. Nicht jeden Tag wird ein Polizist ermordet.

Ich schließe die Augen und wünsche mir die ganze Sache weg. Ellis war mein Freund, jemand, der versuchte, mir über seine Zuständigkeiten hinweg zu helfen. Und was hat es ihm gebracht?

»Mr Casper, Detective Liz Larkin.«

Ich öffne die Augen. Detective Liz Larkin ist so groß wie ich, aber breiter, und wirkt an einem schlechten Tag bedrohlich. Von ihrem Gesichtsausdruck aus zu schließen, ist dies einer.

»Steigen Sie aus dem Krankenwagen, drehen Sie sich um und nehmen Sie Ihre Hände hinter den Rücken«, weist sie mich an.

Ich gehorche. »Sie … legen mir Handschellen an?«

»Sie haben hundert Punkte.« Sie legt mir die Handschellen so behutsam an, wie sie einem Rind ein Seil umlegen würde.

»Werde ich verhaftet?«

»Schon das zweite Mal gewonnen.«

»Wie lautet die Anklage?«

»Da werde ich mir was einfallen lassen«, antwortet sie, führt mich zu einem Wagen und schiebt mich, meinen Kopf nach unten gedrückt, auf den Rücksitz.

49

Liz Larkin ist nicht so herzlich und flauschig, wie sie im ersten Moment wirkte.

Ich sitze schon seit drei Stunden in einem winzigen Zimmer im Polizeibezirk I. Mein Kopf dröhnt, und ich habe es unglaublich satt, immer dieselben Fragen zu beantworten und immer dieselbe Geschichte zu wiederholen.

Ich möchte ihnen helfen. Ich möchte, dass sie herausfinden, wer das gemacht hat, weil Ellis es verdient hat. Doch Liz Larkin geht, wie ich die Sache sehe, von anderen Voraussetzungen aus. Wir befinden uns in unterschiedlichen Informationsveranstaltungen.

»Schauen wir mal, ob ich alles verstanden habe.« Larkin legt ihre Hände vor mir auf den Tisch und stützt sich ab. Sie ist nur einen halben Meter von mir entfernt, womit ich leben kann, aber mir wäre es lieber, sie würde ein Pfefferminz lutschen.

»Ihre Freundin Diana Hotchkiss fällt von einem Balkon. Es gibt Grund zur Annahme, dass sie gestoßen wurde. Ihnen kommt die Idee, es war vielleicht gar nicht Diana, sondern jemand anderes, eine Leichendoppelgängerin, weil auf ihrem Fußgelenk eine Tätowierung fehlt.« Stimmt. Aber ehrlich, ein Pfefferminz oder ein Kaugummi … egal, was.

»Dann manipuliert jemand nach diesem mysteriösen Tod Ihr schickes kleines Flugzeug, und Sie müssen eine Bruchlandung hinlegen – überleben aber auf wundersame Weise.«

Ich weiß nicht, ob ich dem Ausdruck »wundersam« zustimmen kann. Ich neige eher zu »gekonnt« …

»Dann zerschießt jemand Ihr Häuschen am Lake Anna mit so vielen Kugeln, dass es wie ein Schweizer Käse aussieht – und wieder überleben Sie auf wundersame Weise.«

Nur weil ich sie kommen sah. Das nennt man Überraschungsmoment …

»Dann werden Sie auf der Flughafentoilette überfallen, man bedroht Sie und befiehlt Ihnen, nicht mehr Ihre Nase in fremde Angelegenheiten zu stecken, aber Sie werden aus unerfindlichen Gründen nicht getötet – ein weiteres Beispiel Ihrer wundersamen Überlebensstrategie.«

Ja, dieses Beispiel ergibt für mich auch noch keinen Sinn. Die beiden Typen hätten mich töten können, aber sie wollten nicht …

»Und dann wird ein Freund von Diana Hotchkiss, dieser blasierte chinesische Lobbyist Jonathan Liu, tot in seiner Wohnung aufgefunden. Damit haben Sie ebenfalls nichts zu tun.« Sie beugt sich zu mir vor. »Habe ich das alles richtig auf die Reihe bekommen?«

Mehr oder weniger.

»Und das alles soll das Ergebnis einer großen Regierungsverschwörung sein, wie man sie in Historienfilmen sieht? Eine, die bis ins Weiße Haus reicht?«

Ziemlich nah dran.

»Wow.« Sie kratzt sich am Kopf. »Klingt, als wären Sie echt in eine große Sache reingestolpert.«

Ihr toter Blick und ihr sarkastischer Ton sagen mir, dass ich sie noch nicht auf meiner Seite habe. Das kann ich ihr eigentlich nicht übel nehmen. Schließlich glaube ich mir selbst kaum.

»Und wissen Sie was, Benjamin? Vor vier Stunden hätte ich auf Diana Hotchkiss oder Jonathan Liu geschissen, weil sie das Problem der Bundespolizei sind. Aber jetzt wurde wegen des Scheiß, in dem Sie stecken, einer unserer Detectives getötet. Jemand, den ich seit über fünfzehn Jahren kenne. Jemand mit zwei studierenden Töchtern. Und jetzt, Benjamin, scheiß ich auf Sie. Sie, Benjamin, sind mir so was von scheißegal.«

Sie nimmt ganz schön oft böse Worte in den Mund. Mein Vater sagte immer, böse Worte seien ein Zeichen von Faulheit. Wobei er selbst natürlich ein Scheiße fressendes, dämliches Arschloch war.

Holly Hunter hat in *Copykill* die Polizistin meiner Meinung nach ganz gut getroffen. Sie versuchte nicht, jemand zu sein, der sie nicht war. Sie war höflich und freundlich, aber hart, wenn es sein musste. Wer glaubt, Harry Connick Jr. in der Rolle des Mörders könnte nur singen, muss sich diesen Film ansehen.

»So, und da mir das jetzt alles am Arsch vorbeigeht, will ich die Nuss knacken. Wissen Sie, was wir Polizisten tun, Ben? Wenn wir versuchen, etwas herauszufinden?«

In eine Kristallkugel gucken? Münzen werfen?

»Wir fangen mit der einfachen Erklärung an«, beantwortet sie ihre eigene Frage. »In diesem Sinne möchte ich Ihnen ein paar Fragen stellen, die die Sache etwas einfacher machen könnten. Ist das für Sie in Ordnung, Ben? Ich meine, wo wir doch hier in derselben Mannschaft spielen und so.«

Angie Dickinson war ziemlich gut in dieser alten Serie *Make-up und Pistolen.* Noch besser war sie in der Rolle der sexuell ausgehungerten Ehefrau in dem Brian-De-Palma-Film *Dressed to Kill* und der Fernsehminiserie *Pearl.* Sexuell ausgehungerte Frauen verkörperte sie einfach gekonnt. Wäre sie mit mir verheiratet, wäre sie nicht sexuell ausgehungert.

Beruhige dich und konzentriere dich, du Idiot. Diese Polizistin versucht, dich in die Ecke zu drängen.

»Die erste Frage, Ben: Waren Sie um die Zeit herum, als Diana Hotchkiss ermordet wurde, in ihrer Wohnung?«

Damit hat sie mich gleich kalt erwischt. Ich entwickle ein plötzliches Interesse an meinen Fingernägeln.

»Oh, Sie haben sich die Zunge abgebissen. Gut, Ben, dann Frage Nummer zwei: Waren Sie in den letzten vierundzwanzig Stunden in Jonathan Lius Wohnung?«

Ich wende das Gesicht ab, spüre beinahe, wie die Wände um mich herum näher rücken.

»Schauen Sie, ich habe eine ganz andere Theorie, Benjamin Casper. Eine, die nichts mit Vertuschung, dunklen Gassen und Verschwörung zu tun hat. Möchten Sie meine Theorie hören, Ben?«

Ich brauche einen Anwalt. Dies hier ist genau das, wovor ich in dem Moment Angst hatte, als ich Jonathan Liu tot in seinem Schlafzimmer sah.

»Ich bin ganz Ohr«, sage ich.

50

Eine meiner Lieblingsverhörszenen ist die aus *L. A. Confidential,* in der der Detective zwei Verdächtige in unterschiedlichen Räumen verhört, den Ton aber immer im anderen Verhörzimmer eingeschaltet lässt, damit die beiden Verdächtigen die belastenden Aussagen des jeweils anderen mithören können. Die beste Szene stammt aus *Die üblichen Verdächtigen,* ein Film, der ein einziges riesiges Verhör ist. Beide gehören zu meinen Lieblingsfilmen mit Kevin Spacey, aber um seine Arbeit angemessen würdigen zu können, muss man auch *American Beauty* und *Sieben* gesehen haben.

»Sie wirken nervös, Ben«, stellt Larkin fest. »Als würden Ihnen einen Menge Gedanken durch den Kopf gehen.«

Du hast ja keine Ahnung.

»Ich mache Ihnen keinen Vorwurf daraus«, kommt sie mir entgegen. »Schließlich gibt's da Diana Hotchkiss, ein Todesfall, der wie ein Selbstmord aussieht. Dann Jonathan Liu, ein Todesfall, der wie ein Selbstmord aussieht. Und dann …«

Ich wende den Blick wieder ab, während sie zum Höhepunkt kommt.

»… dann haben wir Ihre eigene Mutter. Ein Todesfall, der wie ein Selbstmord aussieht. Diesen Trick haben Sie als junger Mensch gelernt. So etwas bezeichnen wir als *Modus Operandi,* Benjamin. Sie konnten als Junge die Anklage wegen Mordes abwenden und haben diesen kleinen Trick seitdem nicht vergessen. Sie haben ihn sich gemerkt, falls Sie ihn noch einmal anwenden müssen …«

»Sie wissen überhaupt nichts über mein Leben«, blaffe ich.

»Oh, ich weiß *alles* über Ihr Leben.« Sie greift zu einer Akte, die auf dem Tisch liegt. »Ihr Vater war ein angesehener Geschichtsprofessor an der American University of Washington, der sich auf amerikanische Präsidenten spezialisiert hat. Sie haben selbst eine Menge über Belanglosigkeiten in Zusammenhang mit Präsidenten gelernt, was, wie ich vermute, Ihre Art ist, eine … hm … Verbindung zu Ihrem Daddy aufzubauen?«

»Reden Sie nicht über meinen Vater.«

»Ihre Mutter wurde getötet, als Sie acht Jahre alt waren. Sie sind um die Anklage wegen Mordes herumgekommen, weil der Jugendrichter einen Selbstmord nicht ausschließen konnte. Aber Ihre Fingerabdrücke wurden auf der Waffe gefunden, die nach dem Mord praktischerweise Ihrer Mutter in die Hand geschoben wurde. Sie haben Ihre Mutter getötet und den Mord wie einen Selbstmord aussehen lassen, Ben.«

»Nein.«

»Dann haben Sie die nächsten zehn Jahre mehr oder weniger zu Hause verbracht. Sie bekamen teure Privatlehrer und eine Menge Therapien. Anschließend ließ Ihr Vater Sie kurz aus dem Haus, damit Sie an der American University of Washington, wo er Sie ebenfalls im Auge behalten konnte, Journalismus studierten. Und jetzt betreiben Sie, obwohl Sie genug Geld haben, um keinen einzigen Tag in Ihrem Leben arbeiten zu müssen, eine beschissene Internetzeitung, die niemand liest und die längst eingestellt wäre, würden Sie sie nicht mit Ihrem Privatvermögen unterstützen.«

»Wir werden zehntausend Mal am Tag angeklickt«, protestiere ich.

Der Tisch wackelt, als Larkin sich wieder aufstützt. »Hier gibt's keine Klicks, sondern zehntausendundeinen Klatsch, wenn Sie nicht aufhören, mich zu unterbrechen.« Sie blättert die Akte durch. »Mitarbeiter und Freunde beschreiben Sie als oberflächlich nett und freundlich, aber keiner kennt Sie wirklich. ›Verschlossen‹ ist das Wort, das immer wieder auftaucht. Sie leben in Ihrer eigenen Welt. Haben noch nie enge Freunde gehabt, nie eine Beziehung, die mehr als ein kurzes Techtelmechtel war. Sie sind am Arsch, Benjamin. Sie haben achtzehn Jahre Ihres Lebens damit verbracht, aus dem Fenster zu gucken, und jetzt, wo Sie draußen sind, haben Sie keine Ahnung, wie Sie sich verhalten sollen.«

»Nein.«

»Aber dann kommt Diana Hotchkiss des Weges. Sie verknallen sich. Bis über beide Ohren. Sie versteht Sie wie kein anderer zuvor, sie ist hübsch anzusehen, sie vögelt mit Ihnen, wie es keine Frau zuvor mit Ihnen getan hat – das volle Programm. Ihr Traum wurde wahr. Doch plötzlich wird Ihr Traum zerstört. Sie entdecken, dass es im Leben Ihrer Traumfrau einen anderen Typen gibt. Einen reichen Lobbyisten. Jonathan Liu. Deswegen lassen Sie Diana töten. Sie erledigen die Drecksarbeit nicht selbst. Sie sorgen sogar dafür, dass man Sie auf der Straße sieht, als Diana Hotchkiss vom Balkon stürzt. Ein gutes Alibi. Sie sind völlig irre, weil Sie noch dabei sein wollen, wie sie auf dem Bürgersteig aufknallt, aber Sie verschwinden, bevor die Polizei eintrifft. Sie fahren so schnell, dass Sie von einem Streifenpolizisten auf der Constitution Avenue einen Strafzettel bekommen.«

Ich wusste, dass mir dieser Strafzettel noch zum Verhängnis wird.

»Sie versuchen, eine Geschichte mit diesem Scheiß über Ihr sabotiertes Flugzeug zu erfinden, Sie zerlegen Ihr eigenes Häuschen am See … und dann, sobald diese Geschichte erledigt ist, töten Sie auch Jonathan Liu. Sie tun dasselbe wie mit Ihrer Mutter und tarnen den Mord als Selbstmord.«

»Nein.«

»Dann rennen Sie zu Ellis Burk und erzählen ihm Ihre weinerliche Geschichte, und um sie richtig gut aussehen zu lassen und Ihre Version zu erhärten, lassen Sie in Ellis' Gegenwart auf sich schießen. Was ich sagen will: Sie haben mehr Geld als Gott, Ben. Sie können wen auch immer für was auch immer engagieren.«

Sie kommt zu mir herüber. »Das Problem dabei ist, Sie haben Detective Burk töten lassen. Und damit lasse ich Sie nicht mehr aus dem Netz.«

»Ich habe niemanden umgebracht.«

»Natürlich haben Sie das. Sie haben auch Jonathan Liu umgebracht.«

»Nein.«

Sie sieht mich an, als wüsste sie etwas, das ich nicht weiß. Doch ich habe eine Ahnung davon.

»Warum haben wir einen Fingerabdruck von Ihnen auf der Computermaus in Jonathan Lius Schlafzimmer gefunden?«, fragt sie.

Ich lege meine Hände flach auf den Tisch, weil sich der Raum zu drehen beginnt. Das alles hätte ich voraussehen müssen.

Wir unterbrechen unser Programm mit einer wichtigen Meldung. Benjamin Casper wurde hinters Licht geführt.

Die Mörder wussten, dass ich bei Diana zu Hause war, als sie sie töteten. Sie wussten, ich würde nach Jonathan Liu suchen, daher sorgten sie dafür, dass ich ihn tot auffinden würde. Und sie töteten ihn auf die gleiche Weise, wie meine Mutter getötet wurde.

Und ich habe ihnen die Sache noch leicht gemacht. Ich habe mich vor Dianas Haus sehen lassen. Und ich habe in Jonathan Lius Schlafzimmer herumgewühlt und dann auch noch einen Fingerabdruck auf seiner Computermaus hinterlassen.

Ich habe ihnen die ganze Zeit die Bälle zugespielt. Und ich weiß überhaupt nicht, wer »sie« sind.

Liz Larkin rückt mir auf die Pelle, eine Jägerin, die sich an ihre verwundete Beute heranschleicht. »Es ist nur eine Frage der Zeit, bis ich das alles beweisen kann«, versichert sie mir. »Und dann werde ich Sie der Bundespolizei übergeben, die werden Sie auf Bundesebene wegen Mordes anklagen und Ihnen eine lähmende Spritze durch die Venen jagen. Ihre Tage sind gezählt, mein Freund.«

Ihre Worte hallen in dem Raum wider, der in derselben Sekunde schrumpft. Wer auch immer sie sind, sie haben ihr Bestes getan, um mich zu töten. Und jetzt, nachdem ich überlebt habe, wird das nur beweisen, dass ich schuldig bin.

Sie haben mich am Wickel, egal wie rum.

51

In der Bar ist es dunkel und diesig, genau so, wie ich es möchte. Genau so, wie ich es brauche. Ich habe mich an einen Platz in der Ecke einer piekfeinen Lounge gesetzt, doch ich sage lieber nicht, wie sie heißt. Oder wo sie ist. Soweit ich weiß, haben meine Verfolger nicht nur mein Mobiltelefon angezapft, sondern sie lesen auch meine Gedanken.

Ich meine, sie konnten meine Bewegungen vorhersagen, und sie konnten an mehreren Orten gleichzeitig sein. Ich glaube nämlich, es gibt »sie« mehr als einmal. Da sind »sie«, die bei drei Gelegenheiten ihre Sturmgewehre auf mich richteten und mein Flugzeug sabotierten. Und dann sind da noch »sie«, die mich in der Herrentoilette am Flughafen von Wisconsin bedrängten und mich, wie Liz Larkin so wortgewandt betonte, locker hätten töten können, statt mir nur in die Eier zu treten und mich mit einer ernsten Warnung liegen zu lassen.

Ich nehme einen Schluck von meinem Scotch, eine heiße, bittere Medizin, die meine Kehle wärmt. Mein Schlafentzug ist so hoch, dass ich nicht viel trinken kann, ohne ohnmächtig zu werden, doch meine Nerven liegen blank, und ich brauche eine kurze Verschnaufpause. Ich lasse meinen Blick über die anderen Gäste schweifen – vor allem Menschen meines Alters, modisch gekleidet, die sich im Moment nur um wenige Dinge auf der Welt Sorgen machen, außer dass sie einfach nur dem sanften Jazz lauschen und später jemandem an die Wäsche gehen wollen – und hebe ihn schließlich zum Bildschirm über der Theke.

Dort sind Präsident Blake Francis, die First Lady Libby Rose Francis und Bono, der Sänger von U2, zu sehen. Sie stehen irgendwo hinter einem Podium. Der Ton ist abgeschaltet, doch ich stelle mir vor, sie reden über die Weltschulden oder den Weltfrieden oder irgendeine globale Hilfsaktion. Präsident Francis war, was seine Philanthropie der Dritten Welt gegenüber betrifft, noch nie ein großzügiger Mensch, doch es macht sich optisch gut, eine Bühne mit Bono zu teilen, und dem Präsidenten ging es schon immer um die Optik.

Das Gleiche gilt für seine Frau, Libby Rose Francis, die das Rampenlicht etwas mehr zu genießen scheint als ihren Ehemann. Ich habe diese Ehe immer für eine Zweckehe gehalten; Libby wollte als reiche Erbin einen zukünftigen Präsidenten heiraten, und er als zukünftiger Präsident wollte sich von einer reichen Erbin finanzieren lassen. In der Öffentlichkeit gehen sie einigermaßen liebevoll miteinander um, aber jeder benimmt sich vor laufenden Kameras gekünstelt, und so wie ich die beiden sehe, haben sie sich nie wie Turteltauben verhalten. Ron und Nancy ebenso wenig.

Schneeflocke nennt sie der Geheimdienst. Ich weiß nicht, warum ihre Decknamen veröffentlicht wurden, aber sie haben es getan. Der Präsident heißt Spinne. Der Name passt irgendwie zu ihm. Aber Schneeflocke für eine First Lady? Hm, zumindest stimmt das mit der Temperatur. Eiszapfen träfe die Sache allerdings noch genauer.

Woodrow Wilsons Ehefrau trat als First Lady für verbesserte städtische Wohnverhältnisse auf. Rosalynn Carter erklärte der Stigmatisierung geistig Behinderter den Kampf. Nancy Reagan riet uns: »Sagt einfach nein.« Libby Rose Francis' Sache ist: »Geht zur Schule.« Dagegen lässt sich kaum was einwenden, aber wenn sich eine mit Edelsteinen behängte, elitäre Frau, die mit goldenem Löffel im Mund geboren wurde, gemeinsam mit all den innerstädtischen Schulabbrechern zeigt, ist das ungefähr so, als würde man Donald Trump beim Kühemelken zusehen.

Aber Bono ist echt gut drauf. Er hat sich schon zwanzig Mal

musikalisch neu erfunden, war Frontsänger wahrscheinlich einer der besten Rockbands meiner Generation, und jetzt versucht er, die Hungernden zu ernähren und die Kranken zu heilen. Hätte ich das leisten können, was er auf die Beine stellt? Wahrscheinlich. Ich bräuchte nur einen Sack voll musikalisches Talent, Ehrgeiz und Mumm. Und so eine gefärbte Brille.

Vielleicht im nächsten Leben. Wie schnell wird dieses über mich kommen? Den Quoten nach zu urteilen, geht meine Zeit in diesem Leben zur Neige.

Mein Mobiltelefon klingelt. Den Klingelton bin ich nicht gewohnt. Ich habe es erst heute in einem kleinen Laden gekauft. Hundert Minuten sind drauf.

»Tut mir leid, dass ich vorher deinen Anruf verpasst habe«, sagt Kendra Tierney. »Die Rufnummer wurde nicht angezeigt.«

»Ich verwende mein normales Mobiltelefon nicht mehr. Das Ding ist für mich jetzt tot.«

»Ich kann dich kaum verstehen. Dein Telefon ist tot?«

»Es wurde angezapft«, antworte ich etwas lauter, versuche aber, nicht die Aufmerksamkeit der anderen Gäste auf mich zu ziehen. »Ich kann es nicht mehr verwenden. Ich habe jetzt ein Prepaid-Handy.«

»Dein Telefon wurde angezapft? Bist du dir sicher?«

Eine Kellnerin geht an mir vorbei. Sie ist hübscher als alle Mädchen, mit denen ich bisher was hatte. Einen Moment lang werde ich von Sehnsucht gepackt, bevor ich wieder zur Sache komme.

»Ich bin mir mit gar nichts mehr sicher«, sage ich.

Im Fernsehen heben Bono und der Präsident triumphierend ihre ineinander verschränkten Fäuste in die Luft. Ich wäre gerne über etwas so glücklich, dass ich meine Fäuste triumphierend in die Höhe reißen könnte. Eigentlich, scheiß auf glücklich… im Moment würde ich mich schon mit leichter Zufriedenheit begnügen.

»Wie geht's dir denn?«, fragt sie.

»It's a Beautiful Day«, antworte ich.

»Ja? Wo steckst du? Klingt nach einer Bar. Ich höre Jazzmusik.«

»In einer Kneipe, die Vertigo heißt.«

»Kenne ich nicht. Wo ist die? Drüben auf der U Street?«

»Da, wo die Straßen keine Namen haben.«

»Wo zum … ja, gut, egal, du willst es mir nicht verraten. Wie kommst du mit deiner Suche nach der Operation Delano voran?«

»Ich habe immer noch nicht gefunden, wonach ich suche.«

Die Tür zum Lokal öffnet sich, und ein asiatisches Paar tritt ein, jung und hübsch, sie lassen ihren ausdruckslosen Blick schweifen. Sie könnten Mörder sein. Warum auch nicht? Ich rutsche auf meinem Platz tiefer nach unten.

»Ich glaube, du bist nervös«, sagt Kendra. »Du hast Angst.«

»Wieso sagst du so was?«

»Weil du U2-Songtitel zitierst, Ben. So was tust du immer, wenn du nervös bist. Als Nächstes wirst du mir wahrscheinlich erzählen, welche Präsidenten auf Jazz standen.«

»Clinton wohl am meisten«, erwidere ich. »Der Präsident der Tschechischen Republik schenkte ihm ein Tenorsaxophon. Andernfalls müsste ich sagen …«

Plötzlich fällt mir ein, was Detective Liz Larkin über meine auswendig gelernten Belanglosigkeiten zu Präsidenten behauptete – dass dies als Weg dient, eine Verbindung zu meinem Vater aufzubauen –, und halte den Mund. Schluss damit. Ich habe keine Verbindung zu Vater aufgebaut. Zu diesem Arsch…

Wieder wird die Tür geöffnet, zwei Männer treten ein, die wie Profibasketballspieler aussehen: groß, breit und bedrohlich. Mein Magen dreht sich, ein Anfall von »Wie konnten sie mich finden?« durchströmt meinen Kopf, und der ständig drohende Schweiß bricht auf meiner Stirn aus, noch bevor mir klar wird, dass die beiden tatsächlich Profibasketballspieler der Wizards sind.

Ich brauche einen Moment, bis mein Herzschlag auf eine menschliche Frequenz deeskaliert. Das halte ich nicht mehr aus. Ich erschrecke schon, wenn ich Schatten sehe.

»Erzähl mir was Gutes, Kendra«, bitte ich sie.

»Gerne«, sagt sie. »Der kaputte Rechner, den du für unsere Techniker hiergelassen hast – wahrscheinlich können die Daten gerettet werden. Es wird ein paar Tage dauern, aber die Techniker glauben, sie schaffen es.«

Sie hat recht. Das ist eine gute Nachricht, die erste seit Langem.

»Sag ihnen, sie sollen sich beeilen, weil mir die Tage ausgehen.«

52

Der Garfield Park ist an diesem Morgen gestopft voll mit ausgelassenen Kindern, die über die Spielgeräte herfallen, mit einem Fußball kicken oder einfach nur ziellos umherrennen. Ich mische mich unter die Mütter, die ihre Kinderwagen den Mittelweg entlangschieben, halte mich aber immer, wenn ich herkomme, um nach meiner Wohnung zu sehen, südlich davon. Bringe so viel Freeway wie möglich zwischen mich und das Haus. Wer mein Haus beobachten will und hofft, mir dort auflauern zu können, würde dies von der Nordseite des Parks aus tun, von der F Street aus.

Genau diesen Bereich strebe ich jetzt an. Vor ein paar Tagen setzte ich alles auf eine Karte, rannte zu meiner Wohnung und schnappte mir meine Post. Dieser sechzigsekündige Einsatz kostete mich eine ganze Menge, daher beschloss ich hinterher, mir meine Post in den Verlag nachsenden zu lassen.

Trotzdem habe ich das Bedürfnis, einmal nachzusehen. Das gibt mir das Gefühl, fast normal zu sein. Normale Menschen haben ein Zuhause. Normale Menschen verbringen dort eine Menge Zeit. Ich muss mir allerdings eingestehen, mit welcher Ironie Liz Larkin meine Kindheit auf den Punkt brachte, weil ich wirklich den größten Teil meiner Kindheit zu Hause verbrachte und nach draußen blickte. Jetzt bin ich gezwungen, draußen zu bleiben und hineinzusehen. Vielleicht hat das Leben die Möglichkeit, Dinge auszugleichen, wie in dieser *Seinfeld*-Episode *Das Gegenteil,* wo sich für Jerry auf wundersame Weise immer wieder alles ausgleicht.

Stopp! Da ist er, an der langen Leine, mit meiner Nachbarin Mrs Tooley, keine zehn Meter von mir entfernt. Oscar, der Riesenschnauzer, mit seinem langen grauen Bart und dem Stummelschwanz. Ich kann es nicht beweisen, aber meiner Theorie nach wird Satan, wenn er auf die Erde zurückkehrt, dies in Gestalt eines Riesenschnauzers tun. Vielleicht hat er es bereits getan.

Vielleicht hat Vater ihn geschickt. Vielleicht hat Vater bei seinem Pokerspiel mit Hitler, Stalin, Jeffrey Dahmer und dem Erfinder der Discomusik eine Pause eingelegt, um Luzifer zu zeigen, womit er mich am besten quälen kann.

Ich gehe Richtung Osten auf mein Haus zu, versuche aber, mich von Oscar fernzuhalten. Die beste Szene aus *Seinfeld* war für mich die mit dem Büchereibullen, Bookman, der auch als Nebendarsteller unter den vielen gut besetzten Nebenrollen herausragte. Ich würde ihn etwas besser als Jacopo Peterman bewerten, aber die beiden liegen knapp nebeneinander. Bin ich der Einzige, der denkt, der Suppen-Nazi war nicht so lustig wie die anderen Rollen? Ich meine, es gibt keine schlechte *Seinfeld*-Episode, aber …

Moment mal. Was ist das?

Als ich auf die F Street zugehe, versammeln sich ein paar Menschen im Park und sehen in die Richtung meiner Wohnung.

Dann sehe ich einen Streifenwagen der Polizei.

Dann wird die Tür zu meiner Wohnung geöffnet.

Und wer die Treppe vor meiner Haustür herunterkommt und aussieht wie die Katze, die den Kanarienvogel gefressen hat, ist keine Geringere als Detective Liz Larkin.

53

Ich husche hinter einen Baum, als hätte ich etwas zu verbergen. Als wäre es ein Verbrechen, von der anderen Straßenseite aus zu beobachten, wie die Polizei die eigene Wohnung durchsucht.

Ich klappe mein Mobiltelefon auf und wähle Kendra Tierneys Nummer.

»Nur schnell zwei Fragen«, sage ich, als sie sich meldet. »Welches ist deine Lieblingsepisode aus *Seinfeld,* und was bedeutet die Redewendung, jemand sieht aus wie die Katze, die den Kanarienvogel gefressen hat?«

»Ich habe auch eine Frage an dich«, erwidert sie.

»Meine zuerst.«

»Gut, also ... wenn man aussieht wie die Katze, die den Kanarienvogel gefressen hat, bedeutet das, man sieht aus, als hätte man ein schlechtes Gewissen.«

»Das heißt also, man ist ertappt worden?«

»Äh, ja, die Katze hätte den Vogel ja nicht fressen dürfen, daher fühlt sie sich schuldig.«

Auf dem Bürgersteig vor meinem Haus berät sich Detective Larkin mit zwei Männern in Sakkos und Jeans und zwei uniformierten Polizisten.

»Ich dachte, es heißt, man sieht blasiert aus«, überlege ich. »Selbstzufrieden. Die Katze ist glücklich, weil sie was Nettes zu fressen hatte. Endlich hat sie sich den Kanarienvogel geschnappt.«

»Hm. Also, okay, meine Lieblingsepisode aus *Seinfeld?* Es sind mehrere.«

»Man kann nicht mehrere Lieblingsepisoden haben.«

»Die habe ich aber. Finde dich damit ab. Die erste ist diejenige mit dem Wettstreit darüber, wer am längsten ohne Masturbieren auskommt; die zweite ist die, in der Elaine denkt, ihr Freund wäre ein Schwarzer, und er denkt, sie wäre eine Latina, aber beide Angst haben, darüber zu sprechen; und die dritte ist die übers Schwulsein, wo sie immer sagen: ›Nicht, dass daran was Schlimmes wäre‹.«

Einverstanden. Alle drei Episoden gehören zu meinen zehn besten. Sie hat nicht diejenige genannt, in der Kramer die Möbel aus der *The Merv Griffin Show* nimmt und anfängt, seine eigene Talkshow in seiner Wohnung zu machen. Oder diejenige übers »Schrumpfen«, als George auf die Pointe noch eins draufsetzt und ein drei Nummern zu kleines T-Shirt trägt.

Detective Larkin zieht ihr Telefon aus der Tasche und telefoniert. Die anderen vier Polizisten betreten meine Wohnung.

»Und was wolltest du mich fragen?«, will ich wissen.

»Wann hast du das letzte Mal geschlafen?«

»Vor einer Woche.«

»Du brauchst Schlaf, Ben. Du benimmst dich wie ein Trottel. Ich meine, hast du mich deswegen angerufen? Um mich was wegen *Seinfeld* und irgendwelcher dämlichen Redewendungen zu fragen?«

»Ist das eine Redewendung oder ein Ausdruck?«, frage ich zurück.

»Ist das ein Unterschied?«

»Warum beantwortest du eine Frage mit einer Gegenfrage?«

»Warum tust du das Gleiche?«

Einer der Uniformierten kommt mit meinem Rechner aus dem Haus, ein zweiter mit einem Karton, Inhalt unbekannt.

»Es gibt einen anderen Grund, warum ich anrufe«, gestehe ich ein. »Sims mir Fast Eddies Nummer.«

»Eddie Volker?«

»Genau der.«

»Warum willst du mit Fast Eddie sprechen?«

Einer der Detectives in Zivil schiebt seinen Kopf durch die Tür und ruft Larkin etwas zu. Sie beendet das Gespräch, rennt die Treppe hinauf und verschwindet im Haus.

Sieht aus, als hätten sie etwas Gutes gefunden. Etwas Gutes für sie, meine ich. Nicht für mich.

»Weil ich glaube, dass es Zeit wird, mir endlich einen Anwalt zu nehmen«, antworte ich.

54

Das Hart Senate Office Building ist das dritte Gebäude, das gebaut wurde, um den Senatsmitgliedern der Vereinigten Staaten Platz für ihre Büros zu bieten. Es liegt nordöstlich des Kapitols neben dem Dirksen Senate Office Building auf der Constitution Avenue mit Blick auf das Verfassungsgericht.

Der Empfangsbereich im zweiten Stock ist ganz in Erdtönen gehalten. Ich sitze in einem Sessel, dessen Farbe ich mit Sonnenaufgangsorange bezeichnen würde – das habe ich gerade erfunden, gefällt mir aber –, während eine Frau mittleren Alters eifrig telefoniert und mir währenddessen über ihre Gleitsichtbrille hinweg immer wieder Blicke zuwirft.

Ihre Sprechanlage summt, sie greift zu einem Hörer und fordert mich auf hineinzugehen.

Im Hauptbüro dominieren die patriotischen Farben. Selbst die Flagge von Iowa neben der von den Vereinigten Staaten passt ins Farbschema, obwohl die Flagge von Iowa, um ehrlich zu sein, eher der französischen ähnelt als der amerikanischen. Irgendwie ironisch, nachdem der damalige Kongressabgeordnete Craig Carney einer derjenigen Politiker war, die darauf drängten, die französischen Pommes, die *french fries,* in *freedom fries* umzubenennen, als die Franzosen alles andere als begeistert über unsere Invasion in den Irak waren.

Ich bin mir nicht sicher, warum ich mich mit dem zweitwichtigsten Mann der CIA in einem Senatorenbüro treffe. Carney war zwar Kongressabgeordneter von Iowa, und er steht dem Senator nahe, dem dieses Büro gehört, aber warum hat er mich nicht einfach in die CIA-Zentrale eingeladen?

Carney ist attraktiv – kantiger Unterkiefer, stahlblaue Augen und dichtes, dunkles Haar mit einem Hauch Grau. Einige dieser Politiker gehen, wenn man sie abseits der Kameras erwischt, aus sich heraus. Ich habe Craig Carney nie außer sich gesehen. Ich weiß nicht, ob er dazu überhaupt in der Lage wäre. Er sieht genauso gebügelt aus wie immer: strahlend weißes Hemd, dunkelblaue Krawatte mit winzigen roten Sternen und Manschettenknöpfe mit dem Sternenbanner.

Craig Carney hat ein großes Verdienst daran, dass Blake Francis bei der örtlichen Mitgliederversammlung der Partei in Iowa gewann, bei der nur informell über die Präsidentschaftskandidaten abgestimmt wird – was Blake Francis von der Mittelfeldmeute in die vorderen Reihen für die Republikanernominierung katapultierte. Carney stand sogar ganz oben auf der Kandidatenliste als Vizepräsident. Der Präsident und Carney stehen sich, gelinde gesagt, sehr nahe.

Der stellvertretende Direktor der CIA, Carney, dreht sich auf seinem Ledersessel und weist mich an, auf der anderen Seite des Walnussholzschreibtisches Platz zu nehmen. Der Stuhl dort sieht auch nicht annähernd so bequem aus wie sein eigener. Mit übertriebener Geste blickt er auf seine Uhr. »Ich habe heute einen vollen Terminplan«, informiert er mich.

Doch für mich hat er sich etwas Zeit freigeschaufelt, wie ich feststelle. Ich habe erst heute Morgen angerufen. Gewöhnlich dauert es Minimum eine Woche, um einen Termin wie diesen zu erhalten.

»Sie wollten also über Operation Sunshine sprechen«, beginnt er. Er meint die Operation, mit der die Vereinigten Staaten dem von einem verheerenden Erdbeben geschüttelten Bolivien humanitäre Hilfe zukommen lässt. Für mich war die Operation Sunshine der Vorwand für dieses Interview.

Er lächelt, ebenso wie ich es tue.

»Ich glaube, wir wissen beide, dass dies nicht der Grund ist, warum ich hier bin«, sage ich. Er hätte nicht alles stehen und liegen lassen und dieses Treffen außerhalb seines Büros geplant, wenn es um Operation Sunshine ginge.

Mehr als seine perlweißen Zähne gibt er nicht preis. »Weswegen sonst?«, fragt er.

»Diana Hotchkiss, Mr Carney.«

Carney nickt ernst, schaltet auf diesen mit gerunzelter Stirn besorgten Blick, den Politiker in der ersten Woche der Arbeitsplatzeinweisung lernen. »Man wird sie vermissen.«

Ich muss beinahe lachen. Dieser Witz war richtig gut.

»Haben Sie vor Kurzem mit ihr gesprochen?«, will ich wissen.

Eigentlich will ich nur wissen, wie er reagiert. Wenn Craig Carney in der Lage ist, ehrlich zu sein, muss er mir das erst noch beweisen. Ich kann mir diesen Kerl als Präsidenten vorstellen, was ich aber nicht als Kompliment meine.

Er lässt ein paar Mandeln von einem Teller gleiten und wiegt sie in seiner Hand, während er mich anblickt. Ob der Senator, dem dieses Büro gehört, weiß, dass Carney seine Mandeln isst?

»Sagen Sie mal, Ben. Sie heißen doch Ben, oder?«

Das ist genau das, was ich an dieser Stadt hasse – diese kleinen herabsetzenden Bemerkungen, höflich geäußert, aber dazu gedacht, das Gegenüber zu degradieren. Dieses Arschloch weiß sehr genau, wer ich bin. Wenn nicht, säße ich nicht hier zu einem kurzfristig anberaumten Termin.

»Ja, Ben«, bestätige ich.

»Ben, warum stellen Sie mir eine solche provokative Frage?«

»Um Sie zu provozieren.«

»Hm, na ja … vermutlich ist es das, was Reporter tun. Sie schütteln Bäume.«

Dieselbe Formulierung, die Ellis Burk benutzt hat.

»Jemand, der einen Baum schüttelt, muss auf das gefasst sein, was herunterfallen könnte, Ben.«

»Oh, ich bin darauf gefasst, Mr Carney. Hätten Sie eine solche Woche erlebt wie ich, wären Sie das auch.«

Carney lässt sich etwas Zeit mit den Mandeln in seiner Hand, lässt mich zusehen, wie er eine nach der anderen kaut.

»Nun«, sagt er schließlich zwischen zwei Bissen, »Sie scheinen Informationen zu haben, die ich nicht habe. Ich wünschte, ich könnte Ihnen helfen.«

Diese Politiker muss man einfach mögen. Wieder eine Sache, die sie zu lernen scheinen, wenn sie das Kapitol betreten: Wie sagt man alle möglichen Dinge, ohne die Frage zu beantworten? Bisher hat dieser Typ weder zugegeben noch geleugnet, dass Diana lebt.

»Ich glaube, Diana hat als Spionin für die US-Regierung gearbeitet«, erkläre ich. »Wahrscheinlich CIA. Und ich glaube, sie versuchte, irgendwo einzudringen, und wurde enttarnt, war gefährdet oder was auch immer. Also haben Sie ihren Tod vorgetäuscht, um die bösen Jungs von der Spur abzulenken. Vielleicht haben Sie sie beschützt. Vielleicht haben Sie Geheimnisse geschützt. Ich weiß es nicht. Eigentlich ist mir das auch egal, wenn Sie die Wahrheit wissen wollen. *Capital Beat* hat nie versucht, geheime Informationen preiszugeben. So etwas tun wir nicht.«

»Danke«, sagt er. Selbst wenn er *danke* sagt, klingt es wie *Arschloch.*

»Aber die Sache sieht so aus«, fahre ich fort. »Jemand muss glauben, dass ich weiß, was Diana wusste, weil man versucht, mich umzubringen. Und jemand versucht, mir Dianas Tod und den von Jonathan Liu, dem Lobbyisten, in die Schuhe zu schieben. Vielleicht wird mir sogar die Ermordung des Polizisten vorgestern auf der Twelfth Street angelastet – der übrigens ein guter Freund von mir war. Ich mache mir also wirklich Gedanken, Mr Carney. Und ich werde überall dort mit der Abrissbirne reinhauen, wo es nötig ist, um mein Leben zu retten und meinen Ruf wiederherzustellen.«

Carney lehnt sich in seinem Lederstuhl zurück und sieht

mich durch seine zusammengekniffenen Augen an. Ich habe ihm ganz schön viel vor den Latz geknallt. Aber er wirkt nicht überrascht.

»Das klingt alles sehr interessant«, sagt er. »Aber mir ist nicht klar, wie ich Ihnen möglicherweise helfen kann.«

»Oh, das können und werden Sie«, erwidere ich. »Und ich werde Ihnen sagen, warum.«

55

»Oh, bitte, Ben, ich bin ganz Ohr.« Carney scheint seinen Spaß zu haben. »Ich warte mit angehaltenem Atem darauf, warum und wie ich Ihnen helfen werde – dem Reporter eines virtuellen Käseblatts, das niemand liest, der eine Geschichte schreibt, die niemand glauben wird.«

Ich würde diesem blasierten Affen am liebsten eine reinhauen, muss mich aber damit begnügen, ihm Angst einzujagen.

»Mr Carney, erinnern Sie sich an Gary Condit?«

Typisch für ihn, dass er sich keinen Zentimeter bewegt, doch er verrät sich mit einem leichten Zwinkern seines Auges.

»Der Kongressabgeordnete Condit hat Chandra Levy nicht getötet«, fahre ich fort. »Sondern nur mit ihr geschlafen. Solche Affären passieren ständig, und sie versetzen einem eine politische Schlagseite, aber fast immer erholt man sich davon. Es folgt eine nette Pressekonferenz mit der stoischen Frau an der Seite, reumütig werden Schwächen mit vagen Aussagen eingestanden, wie ›Ich habe einen Fehler gemacht‹ oder ›Ich war nicht perfekt‹, tunlichst unter Bezugnahme auf Gott und, wenn nötig, auf eine Reha oder Therapie – *et voilà,* die Wiederwahl ist gewonnen.

Aber Gary Condit hatte das Pech, eine Affäre mit einer Frau zu haben, die plötzlich tot war. Auch wenn er also nichts mit ihrem Tod zu tun hatte, war er gezeichnet durch die Verbind…«

»Worauf wollen Sie hinaus, Mr Casper?«

Ach, jetzt sind wir wieder bei *Mr Casper.* »Hm, ich frage mich nur, wie es Ihre politische Karriere beeinflussen wird, wenn herauskommt, dass Sie eine Affäre mit einer Frau hatten, die sich selbst umgebracht hat.«

Carney befeuchtet seine Lippen, sein Gesicht läuft rot an,

doch er bemüht sich, so gut es geht, seine Schaufensterpuppenmaske nicht verrutschen zu lassen. Das fällt ihm nicht schwer. Er hat viel Übung darin.

»Eine Art Sackgasse, Mr Carney, finden Sie nicht auch? Wenn wir glauben sollen, dass sie tot ist, dann müssen Sie auch bei dieser Geschichte bleiben. Nun hatte also der ehemalige Kongressabgeordnete und jetzige stellvertretende CIA-Direktor Craig Carney eine Affäre mit einer Frau, die von ihrem Balkon sprang. Wie, meinen Sie, kommen Sie aus dieser Nummer wieder raus? Gut? Schlecht? Ganz schlecht?«

Hier würde jetzt ein Clint-Eastwood-Gedankenerguss passen. Aber im Moment bin ich ziemlich beschäftigt.

Carney spannt den Unterkiefer an. Ich weiß, was er sagen will: *Diese Affäre mit Diana war schon vor Jahren zu Ende.* Was, laut Diana, stimmt. Aber wir wissen beide, dass das reine Nebensache ist. Er muss die Affäre eingestehen, um auf diese Tatsache hinweisen zu können.

»Sie sehen aus wie die Katze, die den Kanarienvogel gefressen hat, Mr Carney.«

Er blinzelt heftig in dem Versuch, meine Bemerkung zu verdauen. Verdammt. Ich hatte gehofft, ich hätte mit meiner Erklärung vielleicht doch recht gehabt und Kendra läge falsch mit ihrer Version von »auf frischer Tat ertappt«. Hier also noch eine Lektion für euch: Der erste Gedanke ist nicht immer der richtige.

Nach einer langen Pause, die ich als die besten dreißig Sekunden meines Lebens bezeichnen muss, räuspert sich Carney und rutscht auf seinem Stuhl nach vorne.

»Junger Mann«, beginnt er mit monotoner Stimme, in der er ein leichtes Zittern nicht unterdrücken kann. »Haben Sie eine Ahnung, wie viele Schwierigkeiten Sie bekommen können, wenn Sie den stellvertretenden Direktor der CIA erpressen?«

Ich zucke mit den Schultern. »Ist das schlimmer, als eine

Spritze für einen Mord in den Arm zu bekommen? Sie dürfen nicht vergessen, Mr Carney: Sie haben gute Arbeit geleistet, um meine Welt zugrunde zu richten, sodass mir kaum eine andere Wahl bleibt.«

Ich erhebe mich und knöpfe mein Sakko zu, das ich im Rahmen meines Nomadenlebens erst gestern in einem Laden auf der M Street gekauft habe. Aus Jeansstoff, ziemlich lässig für Benjamin Casper, Reporter auf der Flucht.

»Ich habe einen Beweis für Ihre Affäre und werde ihn veröffentlichen.« Ich bilde mit meinen Händen einen Rahmen. »Konservativer Politiker, Vertreter von Recht und Ordnung und Familienwerten, heute zweiter Chef unseres zentralen Geheimdienstes, unterhielt heimliche Beziehung zu Spitzenagentin, die sich aus Verzweiflung in den Tod stürzte. Ach ja, und die Polizei untersucht auch die Möglichkeit, dass sie nicht gesprungen ist, sondern möglicherweise vom Balkon gestoßen wurde. Sie wurde ermordet. Oje, wer könnte im Verdacht stehen? Es könnte ungefähr, äh, zehn oder zwölf Sekunden dauern, bis jeder wichtige Nachrichtensender im Land die Geschichte bringt. Sind Sie bereit für diese Art von Reklame? Ist es Ihre Frau?«

Ich beuge mich über den Schreibtisch, sodass wir uns zum Abschied noch einmal tief in die Augen blicken können. »Die Worte *Operation Delano* könnten in dem Artikel ebenfalls erwähnt werden. Er wurde übrigens bereits geschrieben. Mich umzubringen würde die Veröffentlichung nicht verhindern.«

Ich richte mich wieder auf, nicke dem sichtbar erschütterten Craig Carney zu und gehe zu Tür.

»Sie haben vierundzwanzig Stunden Zeit, Mr Craig Carney, stellvertretender CIA-Direktor«, sage ich. »Geben Sie mir ein paar Antworten, oder Sie werden in Des Moines wieder Traktoren an Bauern verkaufen. Und der Präsident wird sich überlegen, jemand anderen zu seinem nächsten CIA-Direktor zu ernennen.«

56

Ich renne aus dem Hart Building und die 1st Street entlang zur U-Bahn-Station Capitol South. Immer wieder drehe ich mich um, sehe aber keine Männer in Schwarz oder Autos, die mir folgen. Meine Verabredung mit Craig Carney war riskant, ja, aber ich hoffe, meine Drohungen halten ihn zumindest ein paar Stunden in Schach, während er sich seine nächsten Schritte überlegt.

Eine Stunde lang wechsle ich die U-Bahn-Linien in der Hoffnung, mögliche Verfolger abzuhängen. Jeder ist verdächtig – die freundliche Großmutter, die gut gekleidete junge Frau, die aussieht, als würde sie zu einem Vorstellungsgespräch gehen, der Obdachlose mit Essensresten in seinem Bart. Traue niemandem.

Zwischen meinen U-Bahn-Wechseln ziehe ich fünfhundert Dollar aus einem Bankautomaten, dann springe ich in einen anderen Zug, bevor jemand die Transaktion nachvollziehen kann.

Den Abend verbringe ich in einem Feinkostladen auf der 14th Street und gehe die Notizen durch, die ich mir für den Artikel über Craig Carney und Diana Hotchkiss gemacht habe. Natürlich habe ich gelogen, als ich sagte, ich hätte den Artikel bereits geschrieben, doch jetzt muss ich ihn zu Ende bringen. Die Geschichte ist allerdings weitestgehend aus der Luft gegriffen. Auch meine Behauptung, ich hätte einen Beweis für Dianas Verhältnis mit Carney, war gelogen. Den habe ich nicht. Ich habe nur Dianas Worte. Als anständiger Journalist würde ich diesen Artikel ohne weitere Bestätigungen nie veröffentlichen. Doch im Moment mache ich mir keine Sorgen über meine journalistische Integrität. Ich habe zu viel damit zu tun, meinen Arsch zu retten.

Werde ich den Artikel veröffentlichen, wenn Craig Carney es darauf ankommen lässt? *Capital Beat* ist vielleicht die bekannteste Nachrichtenseite im Internet, aber wir hatten noch nie was mit Sensationsjournalismus am Hut. Wir haben nie unsere Werte verraten. Bin ich bereit, es jetzt zu tun?

Darüber brauchst du dir im Moment noch keine Sorgen zu machen, Ben. Schreib einfach.

Also sauge ich mir einen Entwurf aus den Fingern, schicke ihn per E-Mail an Carney und zur Sicherheit an mich und klappe meinen Rechner zu. Dann zwinge ich mich zu einem Roastbeef-Sandwich, weil Ben, wenn er unter Schlafentzug und Unterernährung leidet, zu einem leichten Ziel wird.

Es geht auf neun Uhr zu. Die Sonne ist untergegangen, doch innerlich bin ich, nachdem ich den Artikel fertiggeschrieben habe, in leichter Hochstimmung. Es ist nicht viel, aber immerhin.

Dann ziehe ich mein Telefon aus der Tasche – mein eigentliches, nicht das dämliche Prepaid-Ding, das ich mir gekauft habe. Aus der anderen Tasche nehme ich den Akku heraus. In einem Film habe ich gesehen, dass man ein Telefon aufspüren kann, solange die Batterie eingelegt ist. Deswegen will ich es nur kurz benutzen, um meine Nachrichten abzuhören, und dann so schnell wie möglich von hier in einen anderen Stadtteil von Washington verschwinden, bevor sich ein schwarzer Hubschrauber von oben auf mich herabsenkt.

Ich habe vier Nachrichten erhalten. Eine stammt von einem unbekannten Anrufer, zwei hat George Hotchkiss aus Wisconsin hinterlassen.

Aber vor einer Viertelstunde rief mich Anne Brennan an. Diese Nachricht lasse ich abspielen und halte das Telefon ans Ohr.

»Ben, hier ist Anne. Ich … man hat … du musst unbedingt herkommen, Ben. Dies… die haben gesagt, wenn ich … sie haben gesagt, das nächste Mal werden sie mich umbringen … bitte, ich weiß nicht, wen ich sonst anrufen soll …«

Ich springe auf, schnappe mir meine Tasche und eile zur Tür.

57

»Ich bin's, Ben«, melde ich mich an der Tür. »Mach auf.«

Als Anne die Tür schließlich öffnet, bin ich entsetzt. Ihre lange Bluse aus Jeansstoff ist am Hals zerfetzt, fast alle Knöpfe sind abgerissen. Ihre Augen sind blutunterlaufen, ihre Schminke ist verschmiert, ihre Lippen sind blutig. Das Wohnzimmer hinter ihr sieht aus, als habe hier ein Sturm gewütet.

Rasch schließt sie die Tür hinter mir und dreht den Schlüssel zweimal um.

»Setzen wir uns«, fordere ich sie so ruhig auf wie möglich, doch mein Herz und mein Blutdruck rasen auf Hochtouren.

»O…okay«, sagt sie, bricht aber zusammen, bevor wir das Sofa erreicht haben. Sie weint, ihr zierlicher Körper zittert unkontrolliert. Ich setze mich auf den Boden neben sie, nehme sie in die Arme und wiege sie wie in kleines Kind, das nicht schlafen kann. Es dauert lange, bis sie wieder sprechen kann, und ich dränge sie nicht.

»Es ist okay, ich bin ja da«, wiederhole ich immer wieder, als wäre das ein Trost.

»Sie … sie kamen zu zweit«, beginnt sie schließlich schluchzend. »Sie haben gesagt, sie wären … von der Regierung … und sie wollten … nur reden.«

»Haben sie sich ausgewiesen? Eine Dienstmarke vorgezeigt?«

Sie schüttelt den Kopf.

»Du hast Leute in deine Wohnung gelassen, ohne …« Ich schweige, weil ich sie nicht zurechtweisen will. So gut kenne ich sie auch nicht, aber aus dem zu schließen, was ich bisher von ihr mitbekommen habe, scheint sie tatsächlich so vertrauensselig zu sein, dass sie einfach Fremde in ihre Wohnung lässt. »Erzähl weiter.«

Immer wieder schluchzt sie und holt tief Luft, wirkt unkonzentriert, doch ich erfahre das Wesentliche: Die Männer drangen gewaltsam ein, drückten ihr ein Messer an die Kehle, zerrissen ihre Bluse und zogen ihr die Hose nach unten.

»Sie sagten, das nächste Mal … würden sie … würden sie mich vergewaltigen und mir die Kehle durchschneiden«, stammelt sie. »Sie sagten, wenn Benjamin Casper nicht aufhört, seine Nase in Sachen reinzustecken, die ihn nichts angehen, wäre ich diejenige, die … dafür bezahlt.«

Ich halte Anne lange in meinen Armen, während sich mein Kiefer verkrampft und ich am ganzen Körper vor Wut zittere.

»Möchtest du, dass ich bleibe?«, flüstere ich. »Ich kann auf dem Sofa schlafen …«

»Ich will, dass du aufhörst«, platzt es aus ihr heraus. »Ich will, dass das Ganze … aufhört!«

In der Wohnung über uns fällt eine Tür ins Schloss. Beide zucken wir zusammen. Die Schläger, die die Nachricht überbracht haben, werden heute Nacht wahrscheinlich nicht zurückkommen. Aber vielleicht wussten sie, dass ich hier auftauche.

Anne blickt zu mir auf. »Ich weiß, ich habe kein Recht, dich darum zu bitten. Ich weiß, Diana war für dich ein wichtiger Mensch. Das war sie für mich auch. Aber ist es das wert?«

Sie hat recht. Es ist eine Sache, mein eigenes Leben aufs Spiel zu setzen, und was das betrifft, habe ich offenbar keine Wahl. Aber ich gefährde Menschen, die mir wichtig sind. Zuerst Ellis Burk, jetzt Anne – unschuldige Opfer, die dafür bestraft werden, dass sie mir zuhören und versuchen, mir zu helfen.

»Ich werde mir was überlegen«, beruhige ich sie, ungefähr das leerste Versprechen, das ich ihr geben kann.

58

Ich verbringe die Nacht bei Anne zu Hause sitzend auf dem Sofa, nicke immer wieder ein, behalte aber vor allem die Wohnungstür im Auge, während ich versuche, einen Weg aus diesem Chaos zu finden.

Am Morgen kann ich kaum noch klar denken, meine Gliedmaßen zittern, und in meinem Magen hat sich ein dumpfer Schmerz festgesetzt. Mit meinem Prepaid-Telefon rufe ich George Hotchkiss zurück, der mich gestern zweimal auf meinem richtigen Handy angerufen, aber keine Nachricht hinterlassen hat.

»George, hier ist Ben Casper. Ich weiß, Sie möchten unbedingt mehr über Diana erfahren, aber ich brauche noch …«

»Lassen Sie erst mich etwas sagen«, unterbricht er mich. »Ich möchte Sie bitten, die Angelegenheit mit Diana fallen zu lassen. Ich möchte keinen Lärm um Diana machen. Ich möchte die Sache auf sich beruhen lassen.«

Er will, dass ich die Sache auf sich beruhen lasse? »George …«

»Sie ist tot, Ben. Und je eher meine Frau und ich das akzeptieren, desto schneller können wir unser Leben weiterführen. Wir haben zwei Kinder innerhalb einer Woche verloren.«

Ich seufze. Ich verstehe ihn, aber bestünde für mich die Chance, dass mein Kind noch lebt, würde ich mich an diese Hoffnung klammern, wie ich es noch nie in meinem Leben getan hätte. Warum tut George Hotchkiss das nicht auch?

Ach so. Natürlich.

»Wurden Sie etwa bedroht, George? Wurden Sie …«

»Niemand hat irgendwas gemacht.« Er wird laut, klingt panisch. »Niemand hat irgendwas gemacht, verstanden? Ich habe noch eine Frau, und die möchte ich nicht auch noch verlieren.

Daher werde ich die Polizei nicht bitten, mir Dianas Leiche zu überlassen oder einen DNS-Test durchzuführen oder egal was, und ich erlaube Ihnen auch nicht, irgendetwas in der Art zu tun. Ich verlange von Ihnen, dass Sie aufhören, der Sache weiter nachzugehen. Lassen Sie die Finger davon. Diana ist tot, verstanden? Sie ist *tot.*«

Mist. Diese Typen sind schlau. Sie üben überall Druck aus, wo sie nur können. Sie haben sich George gekrallt und ihn bedroht.

»Lassen Sie die Finger von der Sache«, fleht George. »Bitte, Mr Casper.«

59

»Das ist nicht gut, Ben.«

Das sagt Eddie Volker, noch bevor er mich begrüßt. Nach der umständlichsten Route, die ich nehmen konnte, sitze ich in seiner Anwaltskanzlei. »Das ist überhaupt nicht gut.«

Eddie ist der Anwalt des *Beat* und vertritt uns in den seltenen Fällen, in denen uns jemand wegen Verleumdung verklagen will oder sonst wegen irgendetwas sauer ist, das wir veröffentlicht haben. Aber sein Brot verdient er hauptsächlich als Strafverteidiger, weswegen ich ihn gebeten habe, mit Detective Liz Larkin Kontakt aufzunehmen und meinen Fall zu besprechen. Jetzt bin ich hier, um mir Bericht erstatten zu lassen, doch Eddies erste Worte entsprechen nicht dem, was ich hören wollte.

Sein Büro sieht aus wie das eines beschäftigten Anwalts: überall Papierstapel, schicke Urkunden an der Wand, Pappbecher mit dampfendem Kaffee auf seinem Schreibtisch. Er verliert sein Haar ebenso wie den Kampf gegen seinen Bauch, doch der Rest ist in hervorragendem Zustand. Ich empfinde zumindest etwas Trost, ihn auf meiner Seite zu wissen.

»Wie du weißt, wurde dein Haus durchsucht. Sie hatten einen Durchsuchungsbefehl, an dem es nichts zu mäkeln gibt. Jedenfalls ist das, was sie fanden, nicht gut für uns, Ben.«

Darauf erwidere ich nichts. Es gibt eine Menge Dinge in meiner Wohnung, die peinlich für mich sind, aber ich kann mir nicht vorstellen, welcher Fund beweisen könnte, dass ich Diana oder Jonathan Liu umgebracht haben könnte, besonders in Anbetracht dieser kleinen Tatsache, dass ich keinen von beiden getötet habe.

»Ich habe lautstark prostestiert von wegen Pressefreiheit und die Polizei könne sich nicht an den Aufzeichnungen eines Reporters und seiner journalistischen Arbeit vergreifen und dass ich gerichtlich eine Schutzverfügung erwirken werde. Aber ich habe niemanden gesehen, der gezittert hat. Hätte ich an ihrer Stelle auch nicht getan, Ben.«

»Warum nicht?«, frage ich.

Eddie ordnet ein paar Blätter auf seinem Schreibtisch. Vermeidungsstrategie, etwas, das man tut, wenn man eine schlechte Nachricht nicht überbringen möchte.

»Es wurden Teppichfasern aus Diana Hotchkiss' Wohnung an deinen Schuhen gefunden.«

»Ja und? Ich war oft in Dianas Wohnung.«

»An einem anderen Paar deiner Schuhe wurden Fasern vom Teppich im Erdgeschoss von Jonathan Lius Wohnung gefunden.«

»Das ist unmöglich.« Seit ich Jonathan Lius Wohnung verlassen habe, bin ich nicht mehr in meiner eigenen gewesen. Ich bin auf der Flucht.

Eddie nickt kurz. Es ist nicht das erste Mal in seiner Laufbahn, dass ihm jemand gegenübersitzt und leugnet, etwas getan zu haben. Wahrscheinlich ist es auch heute nicht das erste Mal. Die Worte *Das war ich nicht* hallen wahrscheinlich so oft von den Wänden dieses Büros wider, dass sie bereits im Gips eingebettet sind.

»Ben, sie behaupten, du hättest Jonathan Liu in derselben Weise getötet wie deine Mutter. Sie behaupten, du hättest dich entweder hinter ihm in die Wohnung geschlichen oder ihn überwältigt, ihm eine Waffe an die Schläfe gehalten und abgedrückt. Dann hast du den Mord wie Selbstmord aussehen lassen.«

Ich blicke zur Decke hinauf. »Dafür haben sie keinen Beweis. Sie können nicht einmal beweisen, dass ich zum Zeitpunkt des Mordes bei ihm zu Hause war. Eine Teppichfaser …«

»Und deinen Fingerabdruck auf Lius Computermaus …«

»Ja, gut, beides könnte beweisen, dass ich zu irgendeinem Zeitpunkt dort war, aber nicht, als er getötet wurde.«

Eddie sieht mich an, als hätte er noch mehr auf Lager. Als brächte der Eilbote noch weitere schlechte Nachrichten.

»Spuck's aus«, fordere ich ihn auf.

Er seufzt. »Ben, in deinem Schlafzimmer wurde Jonathan Lius Brieftasche gefunden.«

»Das ist Quatsch«, widerspreche ich. »Absoluter Quatsch.«

»Und er hat am Abend seines Mordes mit seiner Kreditkarte ein Flugticket für sich gekauft. Deswegen muss seine Kreditkarte anschließend geklaut worden sein. Im Wesentlichen heißt das, du warst ungefähr zum geschätzten Todeszeitpunkt in seiner Wohnung.«

Ich springe von meinem Stuhl auf. »Das ist doch unglaublich! Man hat mir Jonathan Lius Brieftasche und diese Teppichfasern untergejubelt. Man will mir den Mord in die Schuhe schieben, verdammt!«

»Ich glaube dir, und ich werde für dich kämpfen«, verspricht Eddie. »Aber die Sache sieht übel aus. Du sollst dich zu einem weiteren Verhör melden. Und wenn ich dich nicht bis zum Abend aufs Revier begleite, wird man einen Haftbefehl erlassen.«

Ich bedecke mein Gesicht mit den Händen und lehne den Kopf gegen die Wand. Jetzt haben sie mich doch in die Ecke gedrängt.

Eddie kommt zu mir und legt eine Hand auf meine Schulter. »Wir müssen den Schaden endlich begrenzen, Ben. Ich werde dich aufs Revier bringen. Dort wird man dich verhaften und deine Fingerabdrücke abnehmen, und ich werde sehen, ob wir eine Kaution aushandeln können.«

Ich kichere verbittert. »Kaution für einen zweifachen Mord? Besteht dafür überhaupt eine Chance?«

»Eigentlich nicht, nein.« Eddie war schon immer ehrlich

zu mir. »Du wirst lange Zeit bis zur Verhandlung eingesperrt bleiben. Aber wir werden alle Register ziehen …«

»Eine Gerichtsverhandlung wird es nicht geben. So weit werden sie es nicht kommen lassen. Wenn ich ins Gefängnis gehe, lassen sie mich nie wieder raus.«

Ich hole tief Luft und nicke Eddie zu.

»Ich melde mich bei dir«, sage ich.

»Sie werden einen Haftbefehl erlassen, Ben. Sie werden dich jagen. Das wird alles andere als schön.«

Bitte hör auf, verlangte Anne.

Hören Sie auf, flehte George Hotchkiss.

Ergib dich, hat Eddie mir gerade gesagt.

Ich ziehe meinen Arm aus Eddies Griff. »Lass mir ein paar Stunden Zeit, um darüber nachzudenken. Ich melde mich bei dir.«

60

»Craig Carney, bitte«, verlange ich an meinem neuen Prepaid-Telefon, das ich vor einer Stunde gekauft habe.

»Wen darf ich melden, bitte?«

»Seinen Lieblingsreporter«, antworte ich und hole tief Luft. *Du schaffst das, Ben. Gib dich selbstbewusst. Tu nicht so, als hättest du eine Heidenangst. Du hast die Situation im Griff.*

Einen Moment später: »Hier ist Craig Carney.«

»Hallo, Mr Carney. Vierundzwanzig Stunden sind vergangen. Sie erinnern sich an die Frist?«

»Daran erinnere ich mich, ja.«

»Haben Sie den Artikel gelesen, den ich Ihnen geschickt habe?«

»Ich habe ein Dokument gelesen, das auch nicht annähernd der Wahrheit entspricht, Mr Casper.«

»Egal, ich schnippe einmal mit den Fingern, und der Artikel ist online, auf allen Kanälen. Soll ich mit den Fingern schnippen, Mr Carney, oder haben Sie mir was zu sagen?«

»Ich habe Ihnen was zu sagen.«

»Wird es mir gefallen?«

»Das sollte es besser. Aber nicht am Telefon. Kommen Sie zu mir ins Büro.«

Sein Vorschlag kommt alles andere als überraschend.

»In Ihr Büro? Ich glaube nicht. Lassen Sie mich kurz nachdenken.« Ich nehme einen Schluck aus meiner Wasserflasche. Mein Mund ist trocken wie ein Sandkasten, mein Herz pocht so laut, dass ich kaum meine eigenen Worte verstehe.

Ich atme ein paarmal kurz ein und aus. Die Verzögerungstaktik funktioniert, weil er denkt, dass ich mir einen Treffpunkt ausdenke. Doch in Wahrheit habe ich ihn bereits.

»Das Washington Monument«, sage ich. »In einer Stunde. An der Ostseite mit Blick zum Kapitol. Und nur wir beide, Mr Carney.«

»Selbstverständlich.«

»Selbstverständlich«, wiederhole ich. »Wenn noch andere außer uns beiden dort sind, schnippe ich mit den Fingern. Sie wissen, was das bedeutet?«

Carney seufzt. »Es wird niemand außer uns dort sein, Mr Casper.«

»Okay. Wir sehen uns dort. Tragen Sie eine Kappe der Nationals.«

»Ich soll was tragen?«

»Eine Baseball-Kappe der Nationals. Damit ich weiß, dass Sie es sind.«

»Sie werden wissen, dass ich es bin.«

»Tragen Sie eine Kappe der Nationals und, wenn ich es mir recht überlege, halten Sie ein Fähnchen der Nationals in der Hand.«

»Warum soll ich das tun?«

»Weil ich erst auftauche, wenn ich Sie sehe. Aus der Entfernung werde ich Sie sonst nicht erkennen. Also tragen Sie eine Baseball-Kappe der Nationals und wedeln mit einem Fähnchen.«

»Ich habe keins von beidem.«

»Sie sind einer der mächtigsten Männer im Land, Mr Carney. Ich bin sicher, dass Sie sich die Sachen besorgen können. Tun Sie, was ich Ihnen sage, oder wir werden in einer Stunde den Artikel veröffentlichen. Ach, und ich habe auch eine neue E-Mail-Adresse eingerichtet, natürlich unter einem falschen Namen. Dort habe ich die Zeit so eingestellt, dass der Artikel in neunzig Minuten automatisch an die *Post,* die *Times* und etwa zehn andere Zeitungen geschickt wird. Sofern ich die Uhr nicht wieder abstelle.«

Er erwidert nichts. Gut. Er überlässt mir das Heft.

»Eine Stunde«, ermahne ich ihn. »Und geben Sie mir Ihre Mobilnummer.«

Das tut er. Dann drücke ich die Austaste, wische mir den Schweiß von der Stirn und kotze vornübergebeugt in einen Strauch.

61

Eine Stunde später wähle ich die Mobilnummer, die mir Craig Carney gegeben hat.

»Hallo, Mr Casper«, meldet er sich. »Ich stehe hier am Washington Monument, wie Sie sehen können. Wo sind Sie?«

Wo ich bin? Ich schlendere mit fünfhundert Menschen die Westseite der National Mall entlang und sehe mir die Denkmäler an. Aber das braucht er nicht zu wissen. Wie so ziemlich alle hier habe ich eine Kamera, nur dass ich keine Bilder mache. Ich verwende sie als Fernglas, um mir alles Notwendige genau betrachten zu können, ohne allzu auffällig zu wirken.

»Gehen Sie bitte zur anderen Seite des Washington Monument, Mr Carney. Kommen Sie zur Westseite mit Blick aufs Lincoln Memorial.«

»Okay. Ich gehe auf die andere Seite des Monuments.«

Ich habe das Gefühl, dass er das nicht meinetwegen sagt. Ich denke, er gibt jemandem ein Signal – FBI-Agenten, CIA, Polizisten aus dem Kapitol. Irgendjemandem. Er muss verdrahtet sein. Das ist ungefähr so überraschend wie ein heißer Tag im August.

»Sie wedeln nicht mit dem Fähnchen, Mr Carney. Ich habe Ihnen gesagt, Sie sollen damit wedeln.«

Okay, das war eigentlich nicht notwendig, aber man muss auch nachsichtig mit mir sein. Ich bin nervös. Ich versuche, mich davon zu überzeugen, dass ich die Oberhand habe. Das ist Pokern auf hohem Niveau, wobei ich in meinem Leben noch nie was anderes als Solitaire gespielt habe.

»Also gut, sind Sie jetzt glücklich?«

»Ich mache nur Witze. Ich weiß nicht, ob Sie mit dem Fähnchen wedeln oder nicht. Ich bin im Moment auf der National Mall. Tut mir leid. Der Plan hat sich geändert.«

Das sagt man oft in Filmen, wenn ein Lösegeld hinterlegt werden soll oder wenn man ein Treffen unter Kontrolle haben will. *Der Plan hat sich geändert,* allerdings wird das mit viel mehr Überzeugungskraft gesagt, als ich im Moment aufbringen kann, während ich versuche, meine Stimme nicht zittern zu lassen. Oh Mann, ich versuche, mir nicht in die Hose zu pinkeln.

»Gehen Sie zur U-Bahn-Station Foggy Bottom und nehmen Sie die Orange Line bis zur Haltestelle Landover.«

»Landover? Das ist lächerlich.«

»Tun Sie es, oder fallen Sie in nationale Ungnade. Die Uhr tickt.«

Ich drücke die Austaste und höre dem Fremdenführer zu, der mir und einem Dutzend anderen Menschen erzählt, was die einzelnen Säulen entlang des Denkmals zum Zweiten Weltkrieg bedeuten. Interessant.

Und was ist noch interessanter? Was als Nächstes passiert. Östlich von mir, am Washington Monument, spricht Craig Carney in seinen Kragen. Das bestätigt, dass er verdrahtet ist, und jetzt erzählt er seinen Leuten offenbar, dass er weitergeht.

Carney geht Richtung Nordwesten zur U-Bahn-Station Foggy Bottom. Mehrere als Touristen gekleidete Menschen verlieren plötzlich das Interesse an den Attraktionen, wegen der sie angeblich hier sind, und ändern gleichzeitig ihren Kurs. Ein Mann in dunkelblauem Anzug und mit Sonnenbrille neben dem Korean War Memorial schlägt einen Haken zum Washington Monument und folgt Carney in einigem Abstand. Ein Mann in grauem T-Shirt und Jeans am Lincoln Memorial rennt Richtung Norden, was heißt, er gehört zu Carneys Jungs oder er geht gerne in Jeans joggen. Zwei Frauen, eine in blauem Kostüm, eine weitere in einem braunen Sommerkleid, schlendern Richtung Osten entlang des Reflexionsbeckens, bleiben plötzlich stehen und drehen sich lässig in die entgegengesetzte Richtung. Ein Mann und eine Frau, beide leger gekleidet und am

World War II Memorial keine zwanzig Meter von mir entfernt, bleiben wie erstarrt stehen, fassen sich kurz ans Ohr und folgen Carney, der auf dem Weg zur U-Bahn an mir vorbeigeht. Eine Frau in der Nähe, die als Patricia Arquette in *Goodbye Lover* durchgehen könnte, beugt sich nach vorne und zieht den Riemen an ihrem Schuh fest. Ich glaube nicht, dass sie zu Carney gehört, aber Patricia Arquette war in diesem Film total scharf.

Wieder wähle ich Carneys Nummer. »Noch eine Sache, Mr Carney«, sage ich. »Ich werde Ihnen eine Frage stellen, und wenn Sie mir nicht ehrlich antworten, sind wir fertig miteinander. Der Artikel wird veröffentlicht. Sind Sie bereit für meine Frage?«

Er bleibt stehen und wartet einen Moment, bevor er antwortet. »Dann fragen Sie.«

»Sind Sie allein gekommen, so wie ich Sie gebeten habe?«

Er blickt sich um. Er weiß nicht, ob ich hier bin oder nicht. Ich habe ihm gesagt, ich sei nicht hier, aber dessen kann er sich nicht sicher sein.

»Nein, Ben. Ich bin der zweithöchste Beamte der CIA, der sich mit einem wegen zweifachen Mordes gesuchten Mann treffen wird, von dem er zudem noch erpresst wird. Es gibt keine Möglichkeit, mich zu treffen, ohne dass ich bewacht werde. Aber mehr passiert nicht, Ben. Niemand wird Sie verhaften oder versuchen, Ihnen was anzutun.«

Na gut. Er hat es zugegeben. Er hat die Wahrheit gesagt. Immerhin ein Anfang. Es gibt keine Sicherheiten im Leben.

»Drehen Sie sich um, Mr Carney. Sie sind gerade eben an mir vorbeigegangen.«

»Oh … Sie sind hier. Okay. Wo stecken Sie?«

»Am World War II Memorial. Die Touristengruppe am Atlantikbogen. Ich bin der Typ im Rollstuhl.«

62

Als ich von meinem gemieteten Rollstuhl aufstehe, saugen die anderen aus meiner Touristengruppe hörbar die Luft ein. »Ein Wunder ist geschehen!«, rufe ich. »Ich kann wieder gehen!«

Ich gehe zu Craig Carney, der in seinem eleganten dreiteiligen Anzug und der karminroten Jacke prächtig aussieht. Die Baseball-Kappe und das Fähnchen hat er weggeworfen. Wir vereinbaren, entlang des Reflexionsbeckens spazieren zu gehen. Er hat in der sengenden Hitze angefangen, leicht zu schwitzen, was mir einen kleinen Trost bedeutet, weil meine Kleider bereits völlig nass sind.

Ich versuche gleichmäßig zu atmen, aber es fällt mir schwer. Auf diesen Moment habe ich gewartet, aber das Gefühl macht sich in mir breit, dass ich nicht als glücklicher Mensch aus dieser Situation hervorgehen werde. Leider sehe ich kaum eine andere Möglichkeit für mich.

»Ich weiß alles über Sie, was es zu wissen gibt, Ben«, beginnt Carney. »Ich weiß über Ihre Kindheit Bescheid. Ich weiß von Ihren Eltern. Ich weiß, dass Sie Ihre Zeitung aus Liebe zur Arbeit betreiben, nicht weil Sie Ihre Rechnungen bezahlen müssen. Sie ist Ihr Baby. Und deswegen weiß ich, dass Sie nie einen Artikel veröffentlichen werden, der nicht der Wahrheit entspricht. Das würden Sie Ihrem Baby nicht antun.«

»Todesangst kann Wunder bewirken, wenn es um die Redlichkeit geht«, merke ich an.

»So weit muss es gar nicht kommen.« Das sagt er, als wäre ich übermäßig dramatisch. Ich hoffe, er hat recht damit. »Wissen Sie, Ben, als mein Vater im Senat war, sagte er immer: ›Stelle dich keinem Ball in den Weg, der einen Berg hinunterrollt.‹ Mit anderen Worten: Beschränke dich auf das Wesentliche. Wenn man etwas nicht aufhalten kann, verschwende deine Zeit nicht damit, es zu versuchen.«

»Dann war er wahrscheinlich kein großer Freund von, sagen wir, Martin Luther King oder Susan B. Anthony.«

Carney kichert. »Sie vergleichen sich mit einem Anführer der Bürgerrechtsbewegung?«

»Ich bin kein Held«, erkläre ich. »Davon bin ich weit entfernt. Aber eins haben wir gemeinsam: Wir kämpfen beide gegen unsere Regierung. Dass ich das tue, habe ich allerdings erst gemerkt, als die Menschen anfingen, auf mich zu schießen, und mir einen Mord anhängen wollten.«

Wir nähern uns dem Lincoln Memorial. Honest Abe muss man einfach mögen, aber ich bin kein großer Freund davon, dass dieses Denkmal einem griechischen Tempel nachempfunden wurde. Trotzdem ist es schwer, keine Ehrfurcht zu empfinden. Ich war schon fünfzig Mal hier, und immer, wenn ich zu ihm aufblicke, bekomme ich eine Gänsehaut.

»Die Regierung der Vereinigten Staaten tötet ihre Bürger nicht«, sagt Carney. »Wenn jemand versucht, Sie zu töten, dann nicht wir.«

In Anbetracht dessen, dass er verdrahtet ist – was sollte er sonst sagen?

»Ich hatte nie eine Affäre mit Diana Hotchkiss, Ben. Wenn sie Ihnen was anderes erzählt hat, ist das eine der Lügen, die sie Ihnen aufgetischt hat.«

Wir biegen um die Ecke des Reflexionsbeckens.

»Warum haben Sie das nicht gleich gesagt, Mr Carney? Diese ganze Angelegenheit war ein Missverständnis. Meine Schuld. Tut mir leid, dass ich Ihnen Probleme bereitet habe.«

Carney verzieht seine Lippen kein bisschen. Er ist nicht gerade das, was man einen lustigen Kerl nennen würde.

»Sie haben Angst und sind verwirrt. Das kann ich Ihnen

nicht verdenken. Ihnen werden schwere Verbrechen vorgeworfen. Ihr Leben könnte schon bald zu Ende sein. Aber wissen Sie was, Ben? Sie merken gar nicht, welches Glück Sie haben.«

»Glück, weil ich von Ihrer Affäre mit Diana Hotchkiss weiß?«

Er geht auf meine Bemerkung nicht ein. Wir haben die schmale Seite des Beckens hinter uns gebracht und biegen wieder um die Ecke.

»Wissen Sie über den Zweiten Weltkrieg Bescheid, Ben?«, fragt er.

»Genügend, würde ich sagen.« Ich habe *Der Soldat James Ryan* und diese Serie gesehen, die Tom Hanks gedreht hat. Zählt das?

»Kennen Sie die Geschichte, als die Nazis die Stadt Coventry in England bombardiert haben? Viele glauben, Churchill wusste von dem Angriff, weil der britische Geheimdienst angeblich die verschlüsselten Nachrichten der Nazis abgefangen und dechiffriert hatte. Wissen Sie darüber Bescheid, Ben?«

»Ich weiß, dass einige Leute denken, Churchill hätte von dem bevorstehenden Angriff gewusst, aber nichts gesagt, weil er Angst hatte, die Nazis würden herausfinden, dass die Briten ihren Code geknackt hatten. Daher beschloss Churchill, diese eine Stadt lieber dem Erdboden gleichmachen zu lassen und seinen Vorteil geheim zu halten. Er ließ Coventry wegen des höheren Ziels angreifen, den Krieg zu gewinnen.«

»Stimmt, Ben. Sie haben recht.«

»Und ich weiß, die meisten Leute halten die Geschichte für Quatsch.«

»Wer kennt schon die Wahrheit«, erwidert er. Erst jetzt wird mir klar, dass ich mit einem Obermacker der CIA spreche, deswegen wird er wohl wissen, ob die Geschichte wahr oder gelogen ist. »Aber mit Sicherheit erkennen Sie, worauf ich hinauswill, Ben. Manchmal gibt es ein größeres Ganzes. Ein höheres Ziel, wie Sie es ausgedrückt haben.«

»Okay, und was hat das mit Diana zu tun? Oder mit mir?«

Carney bleibt stehen und dreht sich zu mir um. »Das bedeutet, es gibt Dinge, die – wenn ich sie Ihnen erzählen könnte – Ihnen alles erklären würden. Aber aus Gründen der nationalen Sicherheit kann ich das nicht.«

»Dann verzeihen Sie mir, wenn ich Ihnen nicht folgen kann, Mr Carney. Welches Glück soll mir also beschert sein?«

Er nickt. »Dass ich die Sache beenden möchte«, antwortet er. »Daher werde ich Ihnen ein Angebot machen, das Sie nicht ablehnen können.«

63

»Sie entledigen sich all Ihrer kriminellen Probleme«, erklärt Carney. »Alle Ermittlungen werden fallen gelassen. Dianas Tod wird als Selbstmord eingestuft. Jonathan Lius Tod wird als Selbstmord eingestuft. Und die Verantwortung für diesen toten Detective? Vom Tisch gefegt. Dieser Versuch, mich zu erpressen? All das ist vergeben, Ben.« Er droht mir mit dem Finger. »Eine bessere Abmachung werden Sie nicht bekommen.«

Ich versuche, mein Pokergesicht beizubehalten, einen Hauch von Skepsis zu zeigen. Aber ich kann nicht leugnen, dass ich um etwas in dieser Art gebetet habe. Eine Möglichkeit, mein Leben zurückzubekommen. All das hinter mir zu lassen. Und dass Anne Brennan und Dianas Eltern dasselbe tun können. Ich kann nicht nur an mich denken.

»Und die Leute, die versucht haben, mich zu töten?«, frage ich. Er sieht mich lange an. Die Andeutung eines Lächelns auf seinem Gesicht ist vielleicht nur eine optische Täuschung. Wenn man lange genug auf eine Wand starrt, scheint sie sich zu bewegen.

»Wie gesagt, Ben, die US-Regierung hat damit nichts zu tun.«

»Selbstverständlich nicht.«

»Aber vielleicht wissen wir, wer es ist. Und vielleicht gelingt es uns, dass auch dieses Problem aus der Welt geschafft wird.«

Ich kann meine Gesichtsstarre nicht mehr halten. Ich bin darauf nicht geeicht wie Carney. Also gehe ich die Südseite des Reflexionsbeckens weiter Richtung Washington Monument. Schweiß läuft mir in die Augen und an den Wangen hinab. Carney weiß, dass ich mich auf ungewohntem Terrain bewege. Die Sache wächst mir haushoch über den Kopf.

»Und für all das – für das Versprechen, nicht mehr verfolgt und keinen Maschinengewehrsalven mehr ausgesetzt zu werden – muss ich was tun?«, will ich wissen.

»Nichts, Ben. Im wörtlichen Sinne nichts. Keine weiteren Fragen. Keine weiteren Nachforschungen. Lassen Sie die Sache einfach auf sich beruhen. Im Sinne der nationalen Sicherheit handeln Sie damit richtig, und Sie retten dabei noch Ihr Leben. Jeder gewinnt etwas.«

Im Moment komme ich mir aber gar nicht wie ein Gewinner vor. Ich bin mir unsicher, wie ich weitermachen soll. Instinktiv würde ich sagen, ich soll nach diesem Knochen schnappen wie ein gieriger Hund und dem Angebot auf jeden Fall zustimmen. Das ist das, was Anne möchte. Das ist das, was George Hotchkiss möchte. Das ist ...

Das ist das, was ich möchte.

»Sie werden zustimmen«, sagt Carney.

»Ach ja?«

»Ja, Ben. Aus mehreren Gründen. Zum einen wissen Sie, dass Sie den Ruf Ihrer Zeitung ruinieren, wenn Sie diesen Schwindel über mich veröffentlichen. Und ich werde Sie verklagen und gewinnen. Weil wir beide wissen, dass Diana und ich nie ein Verhältnis miteinander hatten. Und selbst wenn Sie weiterermitteln – und nehmen wir an, Sie finden etwas, das eine Veröffentlichung wert wäre –, werden Sie die Sicherheit dieses Landes gefährden, indem Sie taktische Vorteile verraten, die wir gegen unsere Feinde in der Hand haben. Und das unter der Annahme, dass Sie nicht ins Gefängnis wandern und nicht wegen zweifachen Mordes angeklagt werden. Und all das unter der Annahme, dass Sie es schaffen, am Leben zu bleiben, was, soweit ich verstanden habe, ein sehr vages Vorhaben ist.«

Wir gehen einen Moment schweigend weiter, während ich versuche, seine Worte zu entschlüsseln. Klar, es wäre nett gewesen, alles aufzuzeichnen, um es mir später noch einmal anzuhören.

Weswegen ich froh bin, dass ich dieses Gespräch aufzeichne, damit ich es mir später noch einmal anhören kann.

»Lebt Diana noch?«, frage ich.

Carney lächelt. »Das entspricht nicht unserer Abmachung. Unsere Abmachung lautet: keine weiteren Fragen.«

»Wer hat Jonathan Liu getötet?«

»Sie, Ben.«

»Was ist Operation Delano?«

Er lacht schnaubend. »Das reicht, Ben. Ich brauche Ihre Antwort. Hier und jetzt. Verbringen Sie Ihre restlichen verbleibenden Tage mit einem Kampf gegen Windmühlen, oder kehren Sie in Ihr altes Leben zurück?«

Ich entferne mich ein Stück von ihm, um nachzudenken. Lasse meinen Blick über die Westseite der National Mall gleiten. Am Lincoln Memorial hat Martin Luther King seine »Ich habe einen Traum«-Rede gehalten. Protestmärsche gegen die Kriege in Vietnam und Irak, für die Rechte von Frauen und Arbeitern – alles hat hier stattgefunden. Jedes Denkmal hier ist ein Zeichen für mutige Seelen, die gegen die bösen Kräfte, ob sichtbar und unsichtbar, gekämpft haben, um dieses Land und diese Welt besser zu machen.

Ich bin kein Held. Bin nie einer gewesen. Ich habe ein sicheres und vorsichtiges Leben geführt. Warum sollte ich jetzt den Kurs ändern? Vor allem, weil Carney recht hat – weiterzumachen würde nur dazu führen, dass ich ins Gefängnis wandere oder getötet werde.

»Ich brauche die Antwort jetzt«, drängt der stellvertretende CIA-Direktor Craig Carney. »Kommen Sie, Ben, Sie wissen, dass es nur eine Antwort gibt.«

»Sie können vierundzwanzig Stunden warten«, sage ich. »Rufen Sie mich nicht an. Ich werde Sie anrufen.«

64

Die milde Luft an diesem Abend scheint ein Geschenk von Mutter Natur zu sein, als wolle sie uns für diesen Anlass eine Pause von der drückenden Hitze gönnen. Die Idaho Avenue wurde zwischen der Macomb Street und der Newark Street abgesperrt. Die Sonne ist untergegangen, in der Dunkelheit flackern Hunderte von Kerzen, gehalten von uniformierten Polizisten, Bürgern und auch Kindern – Menschen, die sich hier zur Trauerfeier von Detective Ellis Montgomery Burk versammelt haben.

Die Beerdigung selbst wird ein paar Tage später in kleinem Kreis stattfinden. Dies war der Wunsch von Ellis' Witwe, Delores, und seinen Töchtern, Jody und Shannon. Dieser Abend ist für die Öffentlichkeit gedacht.

Vor der Zentrale der Polizei wurde ein Podium aufgebaut. Ein Geistlicher hat gesprochen. Der Leiter des Polizeibezirks II hat gesprochen. Ein Kirchenchor präsentiert eine rührende Interpretation von »Amazing Grace«.

Dann wird alles still, und wir hören die Stimme von Delores Burk.

»Ellis hat seine Arbeit geliebt«, beginnt sie. »Er liebte alles daran. Er liebte es, Probleme zu lösen. Er liebte es, Menschen zu helfen. Aber vor allem liebte er euch alle. Er sah euch als Teil seiner Familie, jeden Einzelnen von euch. Er wäre froh, euch heute Abend hier zu sehen. Genauso froh bin ich.

Mein Mann hat immer einfache Worte gebraucht. Er hat gesagt: ›Habe die Kraft, eine Sache richtig zu machen.‹ Das war Ellis, wie ihr ihn kanntet. Er hat eine Sache immer auf den Punkt gebracht. ›Mach es richtig.‹ Auf dieser Welt gibt es ein Richtig und ein Falsch, und Ellis wusste immer, wo die Grenze lag. Er hat sie nie überschritten. Er hielt dies für seine Pflicht als Mitglied des Metropolitan Police Department. Er hielt dies für seine Pflicht als Vater und Ehemann. Er hielt dies für seine Pflicht als Mensch.«

Ich stehe auf der anderen Seite der Absperrung. Es wäre keine gute Idee gewesen, mich unter die Menschen zu mischen. Nicht weil ich erkannt und verhaftet werden könnte – auch wenn die Möglichkeit bestünde –, sondern weil ich vom Eigentlichen ablenken könnte. Ellis hat diese Gedenkveranstaltung verdient.

Ich trage die Schuld an seinem Tod. Ich habe mich an ihn gewandt, als mir keine andere Möglichkeit blieb. Und er half mir, auch wenn der Fall nicht in seinen Zuständigkeitsbereich fiel. Er half mir, weil er es für das Richtige hielt.

Delores Burk hat recht. Es gibt so etwas wie Richtig und Falsch. Es gibt Schwarz und Weiß. Washington ist eine Stadt mitten im Grau. Das heißt aber nicht, dass ich mich dem anpassen muss.

Das schulde ich Ellis. Ich habe ihn in diesen Kampf reingezogen, und jetzt muss ich dafür sorgen, dass ich den Kampf durchschaue. Wenn er wegen einer ehrenwerten Sache gestorben ist, muss seine Familie es wissen. Wenn er in Zusammenhang mit einer bösen Enthüllungsgeschichte starb, muss sie auch das wissen.

Am Ende der Trauerfeier fahre ich mit meiner Triumph auf die 39th Street und von dort auf die Massachusetts Avenue Richtung Süden. Ich habe die nächste lange Nacht, das nächste fremde Hotel vor mir. Einen kurzen Moment dachte ich tatsächlich, meine Flucht sei vorüber.

Ich greife zu meinem Mobiltelefon. »Mr Carney, ich werde mich auf das Geschäft mit Ihnen nicht einlassen, sondern herausfinden, was hier vor sich geht, oder bei dem Versuch sterben. Also schnallen Sie sich an, Craig. Wir haben eine wilde Fahrt vor uns.«

65

Ich muss vor meiner nächsten Station noch etwas Zeit totschlagen, weswegen ich mir in einer Bar auf der 15th Street ein Bier genehmige und mir die Nachrichten auf dem Bildschirm über dem Barkeeper ansehe. Der Ton ist ausgeschaltet, doch die Nahaufnahmen verraten mir, dass die Russen eine Person festgenommen haben, die sie als Spion aus der Nachbarrepublik Georgien bezeichnen, und eine offizielle Protestnote herausgeben. Die Russen und Georgier führten 2008 einen bewaffneten Konflikt, und offenbar geht die Angst um, das Feuer könnte sich wieder entfachen.

Gewöhnlich ziehe ich den Frieden einem Krieg vor, doch wenn dort drüben wieder ein bewaffneter Konflikt ausbrechen sollte, rufen die Russen vielleicht die Jungs zurück, die mich mit Maschinengewehren jagen. Träumen darf man ja noch.

Um Mitternacht mache ich einen kurzen Spaziergang zur 15th Street Ecke Caroline Street. Anne Brennan wohnt dort im Erdgeschoss des zweistöckigen Backsteinhauses, und das Licht brennt noch, daher wird sie noch wach sein.

Zunächst blicke ich mich ausgiebig um. Ich glaube nicht, dass mich im Moment jemand verfolgt, aber Anne könnte unter Beobachtung stehen, weil sie hoffen, mich so zu kriegen. Ich könnte in ein Spinnennetz laufen.

Doch ich habe keine andere Wahl. Es ist nicht zu erkennen, ob jemand in den geparkten Fahrzeugen entlang der 15th Street sitzt, und die Leute, die hier zu Fuß unterwegs sind, scheinen ein anderes Ziel zu haben. Keiner von ihnen trägt ein Schild mit ÜBERWACHUNG oder BÖSER JUNGE, also lege ich die Sache zu meinen Gunsten aus, aber, wie gesagt, wenn Anne Brennans Haus im Moment überwacht wird, gibt es für mich keine Möglichkeit, dies herauszufinden. Und ich muss mit Anne persönlich sprechen. Also muss ich das Risiko eingehen.

Andererseits darf ich mich nicht allzu dumm anstellen. Ich kehre auf die Caroline Street zurück, entferne mich in einem großen Bogen von Annes Wohnung bis auf die Parallelstraße, wo ich durch eine kleine Gasse zur Rückseite von Annes Wohnhaus gehe. Die ganze Übung dauert zwanzig Minuten, doch die sind es mir um meines Seelenfriedens willen wert.

Ein drei Meter hoher Zaun schützt das Grundstück, auf dem Anne wohnt, von hinten. Den Zaun könnte ich locker überwinden, wenn ich wollte, doch ich will nicht. Deswegen wähle ich ihre Nummer auf einem meiner vielen Prepaid-Telefone.

»Ich bin hinter deinem Haus«, melde ich mich. »Darf ich kurz reinkommen? Schalte kein weiteres Licht ein. Wir dürfen keine Aufmerksamkeit erwecken.«

Keine fünf Minuten später öffnet sie die Hintertür und huscht zum Gatter, um mich hereinzulassen. Sie scheint nervöser zu sein, als ich es bin. Doch sie sieht auch viel hübscher aus. Sie trägt Sandalen und eine übergroße, geknöpfte Schlafanzugjacke, die ihr bis zu den Knien reicht.

Von hinten die Wohnung betretend, sehe ich zum ersten Mal ihr Schlafzimmer. Mein Herz macht einen kleinen Satz. Ihre Küche ist klein, aber makellos sauber und aufgeräumt. Sie führt mich ins Wohnzimmer, wo sie am Abend zuvor von den Eindringlingen angegriffen wurde.

Sie setzt sich aufs Sofa, ein Bein untergeschlagen, und blickt mich mit ihren schokoladenbraunen Augen an. Mit diesem zeltgroßen Oberteil sieht sie wie ein junges Ding aus, nicht wie eine fast dreißigjährige Frau. Sie sieht auch wie ein nervöses Wrack aus, was ich durchaus verstehen kann.

»Ich mach's kurz«, beginne ich und greife nach ihrer Hand, was sie bereitwillig zulässt. »Anne, ich möchte, dass du die Stadt verlässt. Ich möchte, dass du Urlaub machst. Den Flug und das Hotel übernehme ich. Ich kann's mir leisten, also widersprich nicht.«

»Warum willst du …«

»Weil ich nicht aufgeben werde, und ich möchte nicht, dass dir irgendwas passiert. Ich weiß immer noch nicht, was hier vor sich geht, aber ich weiß, es ist eine große Sache mit sehr viel Sprengstoff. Ich kann dich nicht beschützen, Anne.«

Sie denkt einen Moment lang nach, bevor sie ihre freie Hand auf meine legt. »Und wer beschützt dich?«, fragt sie.

»Ich werde schon zurechtkommen«, versichere ich ihr mit einem Selbstvertrauen, über das ich ganz und gar nicht verfüge. »Ein Reporter hat seine Mittel und Wege.«

Sie lächelt beinahe, während sie mich abschätzend anblickt. »Das klingt nicht sehr überzeugend, Ben. Du bist in Gefahr.«

»Ich bin auch in Gefahr, wenn ich still sitzen bleibe. Ich habe keine Wahl. Aber du hast sie, Anne. Du hast mit der Sache nichts zu tun. Dein einziges Verbrechen ist, mit Diana befreundet gewesen zu sein.«

Sie blickt zu unseren aufeinandergelegten Händen hinab. Was mag das für sie bedeuten? Was bedeutet es für mich? Der Duft nach Lavendel steigt mir in die Nase, und ich fühle mich entgegen aller Vernunft zu Anne hingezogen.

Dann zieht sie mich zu sich heran.

Wir rücken einander näher.

Die Sache läuft anders, als ich sie geplant habe.

66

»Es ist in Ordnung, wenn du sagst, es reicht, Ben.« Anne sieht zu mir auf. Wir sind uns so nahe, dass ich ihren Atem auf meinem Kinn spüre. »Auch wenn du das Gefühl hast, du schuldest Diana was, schuldest du ihr aber nicht dein Leben. Ich möchte schließlich auch nicht, dass *dir* was zustößt.«

Sie berührt meine Wange, was meinen Widerstand zunichtemacht. Nein, das ist keine gute Idee. Du gefährdest sie, Ben. Schon hier zu sein setzt sie einem Risiko aus.

Sie beugt sich zu mir vor. Ihre Lippen sind weich und feucht, sanft und zaghaft. Es ist der süßeste Kuss, den ich je bekommen habe.

»Gott, du zitterst ja«, flüstert sie.

Foul. Unerlaubter Kontakt. Wiederholung erste Spielzeit.

Okay, also eine Wiederholung. Meine Lippen öffnen sich, unsere Zungen finden gemeinsamen Boden. Meine Hand gleitet unter ihre Schlafanzugjacke, Anne schnappt kurz nach Luft, beginnt leise zu stöhnen.

Unerlaubtes Handspiel.

Elfmeter abgewendet. Aber Freistoß.

Sie hebt ihre Arme, sodass ich ihr das Hemd über den Kopf ziehen kann. Sie zerrt an meinem, die Hitze unserer Verzweiflung, unserer Angst und unseres Verlangens entzündet etwas Primitives zwischen uns. Wir sind keine zwei Menschen, deren Leben in Gefahr ist. Wir sind zwei Menschen, die nichts anderes als den Moment haben. Aggressiv, verzweifelt und gierig stößt ihre Zunge in meinen Mund, graben sich ihre Finger in mein Haar, schiebt sie sich meinen Zeigefinger in ihren Mund. Sie beugt sich nach hinten, hebt ihre Beine an und legt sich um mich herum, flüstert »fester, fester« in mein Ohr, knirscht mit den Zähnen, schreit »fester, fester« …

Das ist falsch, das ist falsch, doch ich kann und will nicht aufhören. Ich will mich daran erinnern, dass ich noch ein Leben habe und ich für jemanden noch etwas empfinden kann, auch wenn mir auf dieser Welt nur noch ein paar Stunden oder Tage bleiben. Ich möchte zumindest einen kleinen Teil davon mit etwas, mit jemandem verbringen, der gut ist, um zu wissen, dass es noch etwas Wertvolles auf der Welt gibt …

»Puh!« Ich liege auf dem Rücken und starre an die Decke. Ich weiß nicht, wie viel Zeit vergangen ist, doch ich vermute, mehr als eine Stunde. Keuchend sinken wir wieder in die Realität hinab, und ich denke an Sex als Flucht … an *Seinfeld,* als George sich mit dieser Gefangenen traf und ihm dieses Arrangement so gut gefiel, dass er ihre Bewährungsanhörung sabotierte … diese Szene kann man nur mögen.

»Vielleicht sollte unser Leben öfter in Gefahr sein«, sagt Anne, deren Kopf auf meiner Brust liegt.

»Warst du mal Turnerin oder so was?«

Das gefällt ihr. Ihr Haar kitzelt auf meinem Bauch. Meine Gliedmaßen fühlen sich wie nutzloses Gummi an, mein Kopf ist vernebelt. Noch nie habe ich mich besser gefühlt.

Wir unterbrechen dieses Programm für eine Überprüfung der Wirklichkeit. Die Sache mit der Gefahr für unser Leben.

»Das hier ändert nichts«, flüstere ich. »Du musst hier weg. Du bist hier nicht sicher.«

Sie legt ihr Kinn auf meine Brust und sieht mich an. »Ich werde nirgendwohin gehen. Wenn du hierbleibst, bleibe ich auch. Also, Schätzchen, vielleicht solltest du dich anschnallen.«

67

Ich verbringe die Nacht bei Anne, um ihr Sicherheit zu geben. Ganz streng nur zu ihrem Schutz. Aus keinem anderen Grund. Schließlich gibt es da draußen böse Menschen. Eigentlich müsste ich am Abend wiederkommen, um erneut für ihre Sicherheit zu sorgen.

Doch an diesem Morgen bin ich unterwegs. Meine Muskeln an Waden und Armen, an Bauch und Hals tun weh. Offenbar bin ich die körperliche Ertüchtigung nicht mehr gewohnt. Ich habe im Eifer des Gefechts des letzten Abends auch vergessen, wie sehr mir mein Bein nach dem Unfall mit meiner Triumph zu schaffen macht. Zum Glück habe ich diesen Vormittag, der mich daran erinnert.

In der Sporttasche, die ich in diesen Tagen überallhin mitschleppe, befinden sich nicht nur ein paar Klamotten, Toilettenartikel und mein Rechner, sondern auch eine Reihe von Baseball-Kappen, die mich davor schützen, dass mich jemand erkennt, der, sagen wir, die Straßen nach mir absucht.

Doch ich kenne die Wahrheit: Sie werden mich irgendwann finden. Wir sind in Washington, nicht in Manhattan. Sie könnten sich an verschiedenen Stellen postieren und warten, bis ich ihnen in die Arme laufe. Also versuche ich, den Kopf mitsamt einer Baseball-Kappe unten zu halten und zu hoffen, dass ich den Fall gelöst habe, bevor sie mich finden.

Vor allem muss ich herausfinden, was ich herausfinden soll.

Während ich die T Street entlanggehe, rufe ich meine vertrauenswürdige Kollegin Kendra Tierney an, die den *Capital Beat* während meiner Abwesenheit mehr oder weniger leitet.

»Glück gehabt mit Jonathan Lius Rechner?«, frage ich.

»Es entwickelt sich, Ben. Ich habe ihnen gesagt, die Sache

hat höchste Priorität, aber dieser Rechner war echt Schrott. Was hast du damit gemacht? Ihn auf den Boden geworfen?«

So was in der Art.

»Noch was anderes, Ben. Ein Typ hat nach dir gefragt. So ein eingebildeter Fatzke.«

»Mit Sonnenbrille und Trenchcoat? Und ist so vor sich hin geschlichen?«

»Nichts dergleichen. Er hieß … Moment … Sean Patrick Riley.«

»Sean Patrick Riley? Was ist er … Pakistani? Somalier?«

»Ich glaube, Venezolaner.«

»Okay, Sean Patrick Riley. Und was wollte dieser Ire?«

»Er sagt, er sei Privatermittler.«

»Und was ermittelt er privat?«

»Er war sehr, äh …«

»Privat?«

»Ja, diese Information hielt er für privat. He, Mann, du hast ja echt gute Laune. Hast du gestern Abend Sex gehabt oder so was?«

Sie hat recht, ich bin an diesem Morgen ein paar Schritte weiter. Vielleicht werden die Dinge langsam besser. Oder vielleicht hatte ich sehr lange vor dem gestrigen Abend keinen Sex.

»Hast du bei diesem Typen ein schlechtes Gefühl gehabt?«, frage ich. »Ich meine, scheint er irgendwie zwielichtig zu sein?«

»Ein Privatermittler? Zwielichtig?«

»Okay, zwielichtiger als normal. Hätte er mir zum Beispiel lieber eine Kugel in den Kopf gejagt, statt mir Fragen zu stellen?«

»Nein, *Mörder* stand nicht auf seiner Stirn geschrieben. Vielleicht Chauvinist. Ganz eindeutig Arschloch. Aber nicht Mörder. Ich glaube, er sucht eine vermisste Person.«

Eine vermisste Person.

Ich erreiche die Vermont Avenue, wo sich an der Kreuzung viele Menschen versammelt haben. Ich halte mich eher abseits, statt mich unter Leute zu mischen, die ich nicht kenne.

»Solange er mich nicht töten will, werde ich mit ihm sprechen. Gib mir seine Nummer«, bitte ich Kendra.

68

Ich sehe Sean Patrick Riley, der am Fenster des Cafés sitzt, noch bevor er mich sieht. Es ist nicht schwierig, einen Typen zu erkennen, der wie ein irischer Kobold aussieht und ein Glas Whiskey vor sich stehen hat.

Ja gut, er sieht eher aus wie ein Typ mittleren Alters mit vollem, rötlich blondem Haar, verwittertem Gesicht und Trinkernase, der ein Hemd aus derbem Stoff mit angeknöpftem Kragen und Jeans trägt. Aber nichts mit Whiskey. An diesem Nachmittag ist es eine Tasse Kaffee.

Ja, ich habe von dem Sex am gestrigen Abend noch immer gute Laune.

Wir reichen uns die Hand. »Hübsches Gefährt«, stellt er fest.

Das war's dann mit meiner guten Laune. Normalerweise würde ich das als Kompliment auffassen, weil meine Triumph tatsächlich ein hübsches Motorrad ist. Aber er meint nicht meine Triumph. Die steht nämlich in einem Parkhaus in Adams Morgan, einem der Szeneviertel von Washington. Jetzt bin ich mit einem anderen Zweirad unterwegs, das ich mir von City Bikes geliehen habe. Es ist eher für Geländefahrten als für Städtetouren geeignet, und eines Tages schaffe ich damit vielleicht ein paar akrobatische Kunststücke, doch im Moment dient es mir als robustes, wendiges Gefährt.

Jedenfalls hege ich nicht allzu viel Leidenschaft dafür. Ich vermisse mein Motorrad bereits. Doch die Triumph macht mich sichtbar. Mit dem Fahrrad samt Helm und fluoreszierender Windjacke sehe ich aus wie die Fahrradkuriere, die auf ihren wilden Fahrten durch die Stadt Leben und Gliedmaßen riskieren.

»Sie sind der Ben Casper, der das mit dieser Zeitung macht?«, fragt er.

»Der bin ich.« Wahrscheinlich denkt er, ich bin der Typ, der die Zeitung austrägt. »Und ich habe nicht viel Zeit.«

Doch darauf erwidert er nichts. Vermutlich war er mal Polizist und seinem Akzent nach zu schließen aus Chicago. Ich habe das mal nachgeprüft und herausgefunden, dass da oben ein paar Iren beschäftigt sind.

Er schickt einen von euch ins Krankenhaus, Sie schicken einen von denen ins Leichenschauhaus. Sean Connery ist ja vielleicht Schotte, aber als Polizist in *Die Unbestechlichen* hat er wie ein Ire getötet. Getötet.

»Ich wurde von der Familie Jacobs engagiert«, erklärt er. »Sie wohnt in einem Vorort von Chicago. Ihre Tochter Nina wird hier seit einer Woche vermisst.«

Nina … Jacobs. Ich weiß, dass …

»Dianas Freundin«, fällt mir plötzlich ein. Ich bin Nina einmal in einem Club begegnet. Sie war so groß wie Diana, hatte dieselbe geschmeidige, wohlgeformte Figur, war aber nicht blond wie Diana. Nina war brün…

Oh Mist. Nina war brünett.

Und ich wette, sie hatte keinen tätowierten Schmetterling auf ihrem linken Knöchel.

»Sie meinen Diana … Hotchkiss«, sagt Riley, der seinen Block umblättert.

Ich lasse mir Ninas Bild durch den Kopf gehen. Eine Schönheit auf ihre eigene Art – nicht mit den perfekten Gesichtszügen Dianas, doch ziemlich attraktiv. Ein bisschen jünger als Diana. Aus der Nähe betrachtet, würde man die beiden nicht verwechseln, doch aus der Ferne durchaus. Besonders wenn Nina die Kleider von Diana trüge.

Und besonders, wenn Diana ihr Haar in derselben Farbe gefärbt hätte wie Nina, was sie vor einem Monat tat.

Ich erinnere mich an den Abend im Club, als ich dachte, dass Nina zu Diana aufsieht, sie nachahmt. Wie ironisch, im Nachhinein betrachtet.

Sean Patrick Riley sucht nach einer toten Frau.

»Ich konzentriere mich im Moment auf entfernte Bekannte«, erklärt er. »Ich habe mit allen aus ihrem engeren Bekanntenkreis gesprochen, bin jetzt aber am Ende angelangt. Jedenfalls hatte sie Ihre Visitenkarte in ihrer Rollkartei. Deswegen würde ich gerne wissen, ob Ihnen irgendwas einfällt, das mir helfen könnte. Ob Sie vielleicht eine Ahnung haben, was ihr zugestoßen sein könnte.«

Ihre Eltern schieben im Moment wahrscheinlich die reinste Panik. Ich will ihnen helfen, Gewissheit über ihre Tochter zu erlangen. Ich werde nicht aufgeben. Ich werde ihnen alles erzählen, was ihrer Tochter zugestoßen ist.

Aber jetzt noch nicht.

»Erzählen Sie mir doch einfach, was Sie bisher herausgefunden haben«, fordere ich ihn auf. »Vielleicht löst das bei mir einen Gedanken aus.«

69

»Eine Woche bevor Nina Jacobs verschwand, erteilte sie der Post für sieben Tage einen Lagerauftrag«, beginnt er. »Und sie unterbrach die Lieferung der *Washington Post* für sieben Tage. Außerdem hatte sie ihr Licht zu Hause per Zeitschaltuhr geregelt. Warum? So etwas tut man, wenn man eine Woche lang in Urlaub fährt«, beantwortet er seine eigene Frage. »Sie wollte nicht, dass sich ihre Post und ihre Zeitung vor der Haustür stapeln. Und mit der Zeitschaltuhr fürs Licht wollte sie es so aussehen lassen, als wäre sie zu Hause, nicht im Urlaub – um Einbrecher abzuhalten.

Aber Nina war nicht im Urlaub. Sie ging jeden Tag zur Arbeit. Sie arbeitet bei Public Face, einer PR-Agentur auf der Seventeenth Street. Sie fehlte keinen einzigen Tag in der Arbeit.« Riley öffnet seine Hände. »Sie war also in der Stadt, wohnte aber woanders.«

»Vielleicht hat sie die Wohnung einer Freundin gehütet«, überlege ich.

»Richtig. Mehr fällt mir allerdings auch nicht ein. Sie hat einen Kreis von drei oder vier Freundinnen, mit denen sie eine Menge Zeit verbringt. Ich habe mit allen gesprochen. Sie waren alle in der Stadt, und deren Wohnungen hat Nina nicht gehütet. Ich habe mit allen gesprochen, außer mit Diana Hotchkiss. Ich weiß nicht, ob Sie es gehört haben, aber sie ist tot.«

»Habe ich gehört«, bestätige ich. »Arbeiten Sie mit der örtlichen Polizei zusammen?«

Er stöhnt auf. »Die CIA. Die hat sich den Fall unter den Nagel gerissen. Was hinsichtlich einer Kooperation bedeutet, dass ich keine Infos bekomme.«

Ich weiß nicht, welchen Reim ich mir auf all das machen soll.

Nina Jacobs tappte in eine Falle, weil sie die Rolle von Diana Hotchkiss spielen sollte – in ihrer Wohnung leben, ihre Kleider anziehen und sich in letzter Konsequenz vom Balkon stoßen lassen. Aber wer stellte ihr diese Falle?

Diana? Wäre Diana zu so etwas fähig?

»Mit wem aus Ninas Freundeskreis haben Sie gesprochen?«, frage ich.

»Schauen wir mal.« Er blättert seinen kleinen Notizblock um. »Lucy Arangold, Heather Bilandic und Anne Brennan.«

»Was hat Anne gesagt?«

Er zuckt mit den Schultern. »Dasselbe wie alle anderen. Sie wissen nicht, ob Nina eine Wohnung gehütet hat. Ich glaube, sie dachten, sie wäre einfach irgendwohin gefahren. Sie sagten, Nina sei … impulsiv. Ja, ich glaube, das war das Wort, das sie benutzt haben.«

Ich bin noch immer etwas neben der Spur wegen dem, was ich hier höre. Ich kann nicht glauben, dass Diana ihre Freundin Nina an ihrer Stelle vom Balkon stoßen lassen würde. Vielleicht die CIA, vielleicht ein verbeamteter Schurke – aber nicht Diana.

»Ich brauche Ihre Hilfe«, sagt Riley. »Ich weiß nicht mehr weiter, und Sie betreiben eine Zeitung. Können Sie die Sache nicht groß rausbringen? Vielleicht liest jemand die Geschichte und hilft mir.«

»Eine winzige Internetzeitung wie der *Capital Beat?*«

Er ist ehrlich zu mir. »Bei der *Post* oder *Times* könnte ich kein Interesse wecken. Ich glaube, die CIA hat den Fall ihnen gegenüber als lächerlich abgetan, aber das kann ich nicht beweisen. Aber da Sie die Dame kennen, dachte ich, Sie könnten dazu bereit sein.«

»Könnte sein«, räume ich ein.

Er sieht mir in die Augen. »Was heißt das?«

»Das heißt, ich brauche alles, was Sie herausgefunden haben. Und das heißt, Mr Riley, wir zwei sind ab jetzt ein Team.«

70

Ich komme die Massachusetts Avenue langsamer voran als sonst, weil ich auf einem Fahrrad sitze, aber es fühlt sich gut an, die Milchsäure aus meinen Muskeln zu treiben, die mir noch vom gestrigen Sport mit Anne zu schaffen macht. Die Mittagssonne bringt mich zum Kochen, doch alles in allem hatte ich schon schlechtere Tage.

»Also … Nina Jacobs«, sagt Kendra Tierney in den Ohrstöpsel, der mit meinem Prepaid-Telefon verbunden ist, das vierte, das ich mir dank meiner wohlbegründeten Paranoia gekauft habe. Ist das eigentlich ein Widerspruch in sich? Kann Paranoia tatsächlich eine Paranoia sein, wenn sie wohlbegründet ist?

Jedenfalls ist es gut, dass ich Geld für all diese Mobiltelefone und Hotelzimmer habe. Was mich daran erinnert, dass mir das Bargeld ausgeht. Ich muss einen Geldautomaten finden, was für mich keine leichte Aufgabe ist.

Ich seufze laut auf. Geld aus einem Automaten zu ziehen heißt, dass ich von einer Kamera aufgenommen werde, was heißt, ich kann meine Radfahrerkleidung nicht tragen, damit sie nicht wissen, dass sie mir als Verkleidung dient. Ich werde meine normale Kleidung anziehen, Geld abheben und mich so schnell wie möglich wieder aus dem Staub machen müssen, bevor die schwarzen Hubschrauber vom Himmel fallen oder wer weiß was passiert, und anschließend wieder meine Fahrradkleidung anziehen.

Das ist ja so was von vorhersagbar. Sie machen mich mürbe. Ich weiß nicht, wie Harrison Ford das in *Auf der Flucht* schaffte. Natürlich war die Technik anders; damals war es wahrscheinlich viel einfacher, sich zu verstecken und versteckt zu bleiben. Außerdem war es nur ein Film, ich aber lebe in der nackten Wirklichkeit.

Tommy Lee Jones war in diesem Film einfach nur gut. Den Oscar hat er sich wahrlich verdient, aber im selben Jahr hätten sie zwei Preise für die besten Nebendarsteller verleihen sollen, weil John Malkovich als Mörder in *In the Line of Fire* auch absolut brillant war. (Ja, stimmt, Ralph Fiennes war in *Schindlers Liste* ganz toll, doch John Malkovich hat in all seinen Szenen den anderen die Schau gestohlen.)

(Warum setze ich meine Gedanken in Klammern? Was kommt als Nächstes – Fußnoten? Verliere ich langsam den Verstand?)

»Du willst diese Geschichte also auf der ersten Seite bringen?«, vergewissert sich Kendra Tierney. »Und du möchtest ein schönes großes Foto von Nina Jacobs, und ich soll Sean Patrick Rileys Namen mehrmals erwähnen?«

»Mit einem Foto von ihm«, sage ich.

»Und warum das? Mir hat der Kerl überhaupt nicht gefallen, als er hier war.«

»Es gibt ihm Sicherheit«, erkläre ich. »Wenn man ihn beim Schnüffeln erwischt und ihn loswerden will, wird es schwieriger sein, ihn zu töten, wenn ihn die Öffentlichkeit kennt. Damit ist er nicht mehr zu übersehen.«

»Und du glaubst, Leuten, die mitten am Tag an einer belebten Straßenkreuzung ihr Maschinengewehr benutzen, ist es wichtig, ob jemand der Öffentlichkeit bekannt ist oder nicht?«

»Ich tue, was ich kann, mein Kind.« Ich bleibe an der Ecke stehen, wo die Idaho und die Massachusetts Avenue auf die 39th Street treffen, und nehme einen Schluck aus meiner Flasche. »Wenn Ninas Verschwinden an die große Glocke gehängt wird, wird es für die Verantwortlichen schwerer, Leute zu töten oder dergleichen, um die Sache zu vertuschen.«

»Warum wendest du dann diese Logik nicht auch auf dich

selbst an?«, fragt sie. »Du hast diesen Artikel über Diana Hotchkiss geschrieben. Warum veröffentlichen wir den nicht aus demselben Grund? Zu deiner Sicherheit?«

Das ist eine gute Frage. Ich habe Craig Carney bereits damit gedroht, die ganze Sache auf die erste Seite meiner Internetzeitung zu klatschen – Dianas Verbindung mit Carney, den Mord an Jonathan Liu, Operation Delano usw. Es gibt zwei Gründe, warum ich den Knopf noch nicht gedrückt habe. Einen davon kennt Kendra bereits.

»Du und deine journalistischen Skrupel«, stöhnt sie.

Das kommt der Sache schon nahe. Ich habe weder Frau noch Kinder und werde wahrscheinlich auch in Zukunft keine haben. Der *Capital Beat* ist meine Familie. Er ist das Einzige, was ich jemals erschaffen habe. Wenn ich etwas veröffentliche, das ich nicht beweisen kann, entwerte ich etwas, das ich liebe. Und ich riskiere eine lähmende Klage und das Ansehen der Zeitung. Wir sind vielleicht nicht die *Washington Post,* aber wir sind energisch, ehrlich und furchtlos, was mehr ist, als die meisten Nachrichtenmedien heutzutage von sich sagen können. Wenn ich also in den Flammen untergehe, dann in dem Bewusstein, dass ich dieser Welt zumindest eine gute Sache hinterlassen habe. Und nach meinem Tod kann die Geschichte immer noch veröffentlicht werden.

Doch es gibt noch einen anderen Grund.

»Ich wurde noch nicht angeklagt«, sage ich. »Gegen mich wurde noch kein Haftbefehl erlassen.«

»Okay. Und?«

»Also, Carney hat damit gedroht, das zu tun, ja? Der stellvertretende Direktor der CIA hat mehr oder weniger versprochen, dass die Polizei in null Komma nichts mit einem Haftbefehl vor meiner Tür steht, wenn ich nicht mit ihm Ball spiele. Aber bis jetzt ist es noch nicht so weit. Sie halten den Ball flach. Deswegen werde ich im Moment dasselbe tun.«

»Ich kann dieser Logik nicht ganz folgen«, wehrt Kendra ab.

»Ich glaube, sie haben vor mir genauso Angst wie ich vor ihnen«, erkläre ich. »Keiner von uns will den Abzug betätigen. Wenn das einer von uns tut, wird der andere es ihm gleichtun.«

»Wie im Kalten Krieg zwischen uns und den Russen«, sagt sie. »Sie haben keine Atombombe auf uns geworfen, weil sie wussten, wir würden auch eine auf sie abwerfen. Gegenseitig zugesicherte Zerstörung.«

Malkovich war in *Gefährliche Liebschaften* faszinierend, und in *Burn After Reading – Wer verbrennt sich hier die Finger?* als unflätiger ehemaliger CIA-Agent überaus lustig. Jedes Mal, wenn er fluchte, musste ich laut lachen.

Die Ampel schaltet von Rot auf Grün, der Verkehr fließt weiter Richtung Norden. Ich trete wieder in die Pedale und überquere die Kreuzung.

»Du musst ganz nah an etwas dran sein«, überlegt sie.

Ich lege noch einen Zahn zu. Mein Ziel ist nur noch zehn Minuten entfernt.

»Und wenn ich recht habe, werde ich gleich noch näher dran sein«, sage ich.

71

Ich sitze auf einer Bank vor der Bender Library mit Blick auf den Quad, wo ich vier Jahre lang in den Pausen zu Mittag aß oder Frisbee oder Hacky-Sack spielte. Der Quad ist irgendwie das Herz des Hauptcampus der American University, ein quadratischer Rasen, der an einer Seite von der Bibliothek, an der anderen vom Kay Spiritual Life Center gesäumt wird. Er wird von Gehwegen durchkreuzt, in der Mitte befindet sich der Sitzbereich mit Betonbänken. Einige der Hauptgebäude der Uni befinden sich um diesen Rasen herum. Ich war hier nicht mehr seit … oh, ich glaube, es war 2008, als ich über eine Studentendemonstration gegen den Völkermord in Darfur schrieb. Ein nachgeahmtes Flüchtlingslager war aufgebaut worden, und in einem »Die-in« lagen die Studenten auf der ganzen Wiese verteilt, um ein Massensterben zu simulieren.

Nachdem ich Professor Bogomolow, der neben mir sitzt, ausführlich Bericht erstattet habe – die Geschichte von Benjamin Casper der vergangenen zwei Wochen –, legt er seine zerbrechliche Hand auf meine Schulter. »Eine sehr beunruhigende Geschichte«, sagt er.

Er müsste sich mit beunruhigenden Geschichten auskennen. Andrei Bogomolow wurde im heutigen Sankt Petersburg geboren, zu einer Zeit, als die sowjetische Stadt, in der er Psychiatrie und Geschichte studierte, noch Leningrad hieß. Doch er wollte in der freien Welt im Westen leben. Daher sprang er 1974 vor der Elfenbeinküste von dem sowjetischen Schiff, auf dem er als Psychiater diente, und schwamm an Land. Der KGB jagte ihn durch Ghana, wo er angeblich von Freiwilligen des Friedenskorps versteckt wurde, und schlich anschließend in die

US-Botschaft in Accra, wo man ihm politisches Asyl gewährte. Die Angelegenheit verkam in der Hitze des Kalten Kriegs zu einer internationalen Schlammschlacht. Äh, kann es während eines kalten Kriegs Hitze geben?

Jedenfalls kam Andrei an die American University, um dort seinen Doktor in russischer Geschichte zu machen, und ist seitdem Teil der Historischen Fakultät. Er gehört zu den Professoren, die gerne draußen auf dem Quad sitzen und mit den Studenten zu Mittag essen. Dort genießt er nicht nur die warme Sonne auf seinem Gesicht, sondern vermutlich auch das Gefühl von Freiheit.

Ich besuchte am Anfang meines Studiums bei ihm einen Kurs, doch eigentlich kenne ich Andrei schon seit meiner Kindheit. Er und mein Vater waren jahrzehntelang Kollegen an der Historischen Fakultät. Andrei kam öfter zum Abendessen zu uns nach Hause und brachte immer ein Geschenk mit, gewöhnlich eine russische Münze und eine dazu passende Geschichte.

Nach Mutters Tod war er besonders nett zu mir. Ich erinnere mich an seine Erzählungen über die harten Winter in Russland, den quälenden Hunger, das Gefühl, keine Kontrolle über sein eigenes Schicksal zu haben, und seinen Glauben, der ihn immer wieder stärkte. *Du kannst alles aushalten, Benjamin, wenn du an dich und an Gott glaubst,* sagte er immer.

Ich habe seit Jahren nicht mehr mit Andrei gesprochen, wahrscheinlich seit Vaters Beerdigung nicht mehr, doch ich erinnere mich an ihn als Mann der Untertreibung. Im Vergleich zu den Erfahrungen, die er machte, verblasst wohl das meiste andere.

»Eine sehr beunruhigende Geschichte«, wiederholt er.

»Operation Delano, Andrei«, sage ich.

Er nickt. Er wusste, dass ich ihn danach fragen würde, und seine Reaktion verrät mir, dass ich bei ihm an der richtigen

Adresse bin. Seit ich den Ausdruck gehört und danach einiges über Alexander Kutuzow erfahren habe, denke ich über die Russen nach. Wenn sich jemand mit Russen auskennt, dann Andrei.

»Sehr gut«, sagt er schließlich. »Operation Delano.«

72

»Gehen wir ein Stück«, schlägt Andrei vor. »Es heißt, gehen sei gut für mich.«

Ich verstehe den Zusammenhang nicht und würde ihn gerne danach fragen, aber nicht jetzt. Andrei war immer ein Mann weniger Worte, eine Form der Zurückhaltung, die sich Menschen angewöhnen, die schon als Kinder vorhatten, in den Westen zu flüchten, aber bis zum geeigneten Moment im sowjetischen System mitspielen mussten. Wenn er mir von seinem Gebrechen erzählen will, wird er es tun.

Andrei drückt seinen kleinen, verwitterten Körper von der Bank hoch, schiebt seine Hände in die Taschen seiner Stoffhose, die ihn zusammen mit seinem Tweed-Sakko sehr professoral aussehen lassen, und nickt in Richtung der Holzfigur eines Adlers neben uns. »Ich liebe diesen Vogel. Weißt du, warum, Benjamin?«

Der Adler wurde aus dem Holz eines hundert Jahre alten Baums geschnitzt, der vom Quad entfernt werden musste. Die Teilnehmer eines Kurses schnitzten diesen wunderschönen Vogel als Geschenk an die Universität.

»Weil er unser Nationalsymbol ist?«, rate ich.

Er bringt ein Lächeln zustande. Andrei hat mich hier auf dieser Bank erwartet, und jetzt mit anzusehen, wie mühsam er sich erhebt, schockiert mich – zu sehen, wie krank er zu sein scheint.

»Weil etwas Schönes mit etwas Sterbendem verbunden wurde«, erklärt er.

Ich lasse mir den Weg weisen. Wir gehen am Rand des Quad entlang, vorbei am Mary Graydon Center. Hier traf ich mich einmal die Woche mit den Jungen Demokraten von Amerika.

Nicht dass ich Demokrat war, oder Republikaner. Ich schloss mich ihnen aus demselben Grund an, aus dem die meisten Collegestudenten einem Verein beitreten: weil es in der Gruppe eine scharfe Braut gab. Ich verfolgte Cassandra Richley zwei Jahre lang. Das Warten hat sich gelohnt.

»Jalta war eine Zeit der großen Unsicherheit«, beginnt Andrei. Er meint die Jalta-Konferenz, bei der Stalin, Roosevelt und Churchill nach dem Untergang des Nazireichs die Beute aufteilten. »Selbstverständlich hast du das alles in deinem Studium gelernt.«

»Selbstverständlich.«

»Stalin handelte aus einer Position der Stärke heraus. Er hatte bereits viele derjenigen Länder besetzt, die er in seinen Sowjetblock aufnehmen wollte, und er hatte doppelt so viele Soldaten wie die anderen Alliierten. Doch er wusste nicht, ob er Roosevelts Vertrauen besaß, und ging davon aus, dass Churchill ihm misstraute. Er setzte in den Verhandlungen auf die Hebelwirkung.«

Ich bleibe stehen, was Andrei zunächst nicht bemerkt, bis er schließlich auch stehen bleibt und sich zu mir umdreht.

»Was erzählst du mir da, Andrei? Operation Delano diente als Versuch, bei Roosevelt einen Hebel anzusetzen?«

Andrei blickt mit seinen müden Augen zu mir auf. »Die Operation wurde nicht bestätigt. Es gab nur Gerüchte.«

»Dann erzähl mir von den Gerüchten, Andrei.«

Andrei richtet seinen Blick in die Ferne, wie er es in meiner Erinnerung oft getan hat. Damals vermittelte er Ruhe und Kraft – Schultern nach hinten, breiter Brustkorb, trotziges Kinn. Und jetzt?

Nach vorne geneigte Schultern, krumme Haltung, schwere, schlaffe, verwitterte Haut, dünnes weißes Haar. Doch die Augen, dieser glasklare Blick, haben sich nicht verändert. Wahrscheinlich wird nie jemand erfahren, was sich in diesem Blick verbirgt. Erinnerungen, vermute ich. Erinnerungen an Dinge, die man am besten vergisst.

»Es ging das Gerücht um, dass Operation Delano der Versuch der Sowjets war, den Präsidenten der Vereinigten Staaten zu erpressen«, sagt er.

73

»Es gab immer Gerüchte über Roosevelt«, fährt Andrei fort. »Einige davon gingen als Fakten durch, doch meiner Meinung nach bleiben sie Gerüchte. Roosevelt war natürlich ein privilegierter Mensch. Einige dieser Menschen … hielten das Ehegelöbnis nicht ganz so streng ein, wie sie sollten.«

Ich habe davon gelesen. Mein Vater hatte über Roosevelt geschrieben und glaubte, er habe über Jahre hinweg eine Affäre mit der Ehefrau des Sozialministers gehabt. Eleanor entdeckte angeblich die Affäre und bot ihrem Mann die Scheidung an. Die Affäre endete, flammte aber in Roosevelts zweiter Amtszeit wieder auf. Und es gab noch eine weitere Frau, wird erzählt, Roosevelts eigene Sekretärin.

Andrei hat recht – ob wahr oder nicht, über das meiste wurde bereits berichtet.

Aber nicht damals, als der Zweite Weltkrieg endete.

»Stalin wollte Roosevelt wegen dessen außerehelichen Affären erpressen?«, hakte ich nach.

Wir gehen weiter, vorbei am Battelle-Tompkins Building, wo ich in meinen ersten Semestern viele Kurse besuchte. Wir kommen nur langsam voran. Andrei hat sichtlich Schwierigkeiten zu gehen.

Er wedelt kurz mit der Hand. »Operation Delano kann reine Fiktion sein. Weibertratsch. Ich kann nur eines mit Sicherheit sagen: Wenn Stalin aus den Verhandlungen in Jalta so viel herausholen konnte, weil er Roosevelt erpresst hat, dann hat das bisher niemand so gesagt. Und über Jalta wurde viel gesagt und geschrieben.«

Das sind die Worte eines wahren Professors – der jede Aussage auf die Goldwaage legt, bevor er sie von sich gibt. Bisher hat er nur unter Vorbehalt geredet, denn nichts von all dem wurde als Tatsache bewiesen – was aber nicht heißt, dass er nicht daran glaubt.

»Ich muss mich setzen.« Er geht zu einer Bank in der Mitte des Platzes. »Du musst dem müden alten Mann verzeihen.«

Ich setze mich neben ihn. »Ich verzeihe dir, mein alter Freund. Aber heißt das, die Russen versuchen, Präsident Francis zu erpressen?«

Andrei nimmt sich kurz Zeit, um Luft zu holen, hustet wie unter Schmerzen und entschuldigt sich. Ihm geht es eindeutig nicht gut.

»Über eine solche Angelegenheit werde ich wahrscheinlich nie etwas mit Gewissheit behaupten können. Gewiss ist jedoch, dass ich über den jetzigen Präsidenten nichts weiß.«

Ich auch nicht, aber wahrscheinlich kenne ich mich mit dem Präsidenten weit besser aus, als Andrei es tut. Blake und Libby Rose Francis scheinen so kompatibel zu sein wie Jerry Falwell und Paris Hilton. Meinem Gefühl nach führen sie eine Zweckehe. Der Präsident, der seine Ehefrau betrügt? Das zu glauben ist nicht schwierig.

»Aber du kennst die Russen«, fahre ich fort. »Warum sollten sie Blake Francis erpressen?«

Andrei kichert, was ich zunächst als Husten deute.

»Warum nicht?«, überlegt er. »Um den Führer der freien Welt unter Kontrolle zu bekommen?«

Na gut, damit hat er wahrscheinlich recht.

»Aber du hast recht, Benjamin, dass eine solche Sache nicht von Dauer sein kann. Mit Sicherheit könnte auch ein Präsident, dessen Ruf auf dem Spiel steht, keinem anderen mächtigen Land freie Hand lassen, damit es tut, was es will. Es wird Grenzen geben müssen.«

»Du meinst, es könnte da also etwas geben.«

Er neigt den Kopf zur Seite. Als würde ich der Sache näher kommen.

»Und was wäre das?«, frage ich. »Was versuchen die Russen zu tun?«

74

Mein ehemaliger Professor sieht mich an, als wären wir in unsere alten Rollen geschlüpft – ich wieder in die des Erstsemesters, er in die meines Lehrers.

»Ich habe keine Ahnung, ob die Russen unseren Präsidenten erpressen oder es zumindest versuchen«, erklärt er. »Aber ich glaube, ich kann die heutige russische Führung gut einschätzen. Wenn wir also annehmen, dass die Russen den Präsidenten erpressen ...« Er spreizt die Hände. »... worauf werden sie es abgesehen haben?«

Ich zucke mit den Schultern. »Öl? Macht?«

Andrei starrt mich ausdruckslos an. Ich komme mir vor wie in der Szene des alten *Kung-Fu*-Films, in dem Andrei der blinde Meister Po und ich David Carradine bin. *Du enttäuschst mich, Grashüpfer. Doch nicht ich bin es, dem gegenüber du gescheitert bist, sondern dir gegenüber. Suche im Innern, Grashüpfer.*

»Land«, sage ich.

»Land«, wiederholt er zustimmend.

Gut gemacht, Grashüpfer.

»Und wenn die Russen Land wollten, Benjamin, wohin würden sie gehen?« Andrei droht mir mit dem Finger. »Geschichte, Benjamin, ist der beste Lehrer.«

»Afghanistan«, rate ich weiter, doch mir wird im gleichen Moment bewusst, dass ich damit verkehrt liege. Was in den 70er- und 80er-Jahren galt, gilt heute nicht mehr. Seit der Auflösung der Sowjetunion liegen heute eine Reihe unabhängiger Länder zwischen Russland und Afghanistan – Kasachstan, Usbekistan, Turkmenistan, glaube ich, und wahrscheinlich noch weitere schwer auszusprechende Länder.

»Versuch's mit der neueren Geschichte, Benjamin.«

Ach, stimmt. Natürlich. »Georgien«, sage ich. Seit Jahren befürwortet Russland die Unabhängigkeitsbewegungen in verschiedenen georgischen Republiken. 2008 gab es einen bewaffneten Konflikt zwischen Georgien und zwei seiner abtrünnigen Republiken in Südossetien, den die meisten Beobachter eher als Krieg zwischen Georgien und Russland werteten.

Und wie konnte mir so schnell entfallen, was ich erst gestern auf CNN gesehen habe, bevor ich zu Anna ging und bewusstseinsveränderten Sex hatte. »Die Russen haben gerade einen georgischen Spion in Moskau verhaftet.«

Andrei nickt. »Angeblich. Praktischerweise. Als Nächstes kannst du einen Terrorakt in einer größeren russischen Stadt erwarten, für den die Georgier verantwortlich gemacht werden.«

Aha. Dann bereiten die Russen also den Tisch für einen Krieg mit Georgien vor.

»Wäre es schwierig für die Russen, Georgien einzunehmen, wenn sie es tatsächlich wollten, Benjamin?«

»Militärisch? Nein.«

»Aber diplomatisch, Benjamin.«

»Diplomatisch, ja. Georgien pflegt eine Beziehung zur NATO.«

»Ein Problem«, erkennt er an. »Jetzt sag mir eins, Benjamin: Wie sehr würde sich die amerikanische Öffentlichkeit darum scheren, wenn Russland in Georgien eindringt und das Land übernimmt?«

Ich stoße einen Seufzer aus. »Also bei einigen von uns, die schon älteren Semesters sind, würde es Bilder der alten Sowjetunion heraufbeschwören. Aber unser heutiges Militär ist ausgedünnt …«

»Haargenau.«

»… und es gibt wahrscheinlich wichtigere Dinge, um die wir uns Sorgen machen müssen.«

»Wahrscheinlich.« Andrei nickt langsam. »Aber mit Sicherheit? Könnten sich die Russen sicher sein, wie wir reagieren? Denk dran, Benjamin, die NATO hat in dieser Angelegenheit ein Mitspracherecht. Der amerikanische Präsident könnte gedrängt werden, dem Aggressor etwas entgegenzustellen. Wenn nicht Gewalt, dann zumindest Sanktionen.«

»Dann bräuchten die Russen ein paar überzeugende Mittel.«

»Haargenau«, stimmt Andrei zu. »Wenn die Vereinigten Staaten den Vorstoß Russlands hinnehmen, wer wird den Russen dann den Kampf ansagen?«

»Niemand«, antworte ich.

»Auf jeden Fall niemand von Bedeutung. Wenn die Russen den Ruf des Präsidenten der Vereinigten Staaten gefährden können, könnte ihr Plan aufgehen.«

Die Russen finden also heraus, dass Präsident Francis eine außereheliche Beziehung pflegt. Irgendwie dokumentieren sie dieses Fehlverhalten und führen mit dem Präsidenten ein privates Gespräch. Sie schlagen ihm einen Handel vor. Halte still, während wir Georgien einnehmen, dann schweigen wir zu den Fotos. Aber wenn du Widerstand leistest, wirst du von einem Skandal überrollt, der dich deine zweite Amtszeit kosten könnte.

Wow. Das ist verwegen. Aber so sind die Russen.

Ich denke einen Moment darüber nach. »Du glaubst, die Russen würden so etwas tun, nur um einen winzigen Nachbarn zu übernehmen?«

Wieder starrt mich Andrei ausdruckslos an, bevor er loskichert. »Natürlich nicht. Geschichte, Benjamin, Geschichte.«

Ich werfe die Hände nach oben. »Dann hilf mir doch, Andrei. Ich habe eine schwere Woche hinter mir.«

»Dir sei verziehen, mein Freund.« Andrei tätschelt mein Knie. »Georgien wäre nur ein Testgebiet dafür, wie die Welt reagiert. Und die Reaktion der Vereinigten Staaten richtungsweisend. Das wäre mit Sicherheit nur der Anfang, nicht das Ende.«

Mein Kopf sinkt nach hinten. Der Himmel zieht sich zu und droht mit Regen. »Sag mir, dass du nicht meinst, was ich denke zu verstehen, Andrei.«

»Bedauerlicherweise meine ich genau das. Ach Benjamin, ich habe wenig Zweifel, dass die Russen planen, den alten Sowjetblock Land um Land wieder aufzubauen.«

75

Ich verlasse, von Adrenalin angetrieben, im Eiltempo den Campus der American University. Ich brauche einen Geldautomaten, halte aber nicht Ausschau danach. Meine Gedanken rasen im gleichen Tempo wie ich auf dem Fahrrad in zahllose Richtungen. So viele Fragen werfen sich auf, so viele Abzweigungen und Kehrtwenden …

Doch zumindest habe ich das Hauptbild. Endlich. Die Russen haben das Drehbuch aus der Stalin-Ära abgestaubt, ihrer Operation sogar denselben Namen gegeben, diese sentimentalen Weicheier. Operation Delano ist der Plan der Russen, Präsident Blake Francis zu erpressen, damit er stillhält, wenn die Russen anfangen, bei ihren Nachbarn einzumarschieren. Und sie haben bereits mit dem ersten Akt begonnen und sich auf eine Invasion der Republik Georgien vorbereitet. Also … haben sie den Präsidenten bereits erpresst? Hat ihr Plan funktioniert? Oder sind sie noch in der Durchführungsphase? Natürlich weiß unsere Regierung davon. Aber was passiert genau in diesem Moment? Lässt der Präsident die ganze Sache einfach geschehen?

Und wie passt Diana in den Plan? Ich hatte sie als CIA-Agentin eingeschätzt. Also? Hat sie versucht, die Russen aufzuhalten, und … aber warum sollte jemand ihren Tod vortäuschen …

Oh. Oh Scheiße …

Ich lege mit meinem Fahrrad eine Vollbremsung hin, überschlage mich beinahe.

Nein. Nein, das kann nicht sein.

All die Abende, die Diana im Weißen Haus als Mitarbeiterin von Craig Carney verbrachte, dem engen Verbündeten des Präsidenten. Eine Erpressung. Und jetzt tut die US-Regierung alles, um der Welt einzureden, dass Diana tot ist. Was heißt, sie hat ihre Hände im Spiel.

Könnte das stimmen?

Ist Diana die Mätresse des Präsidenten?

76

Es gibt viel, worüber ich nachdenken muss, aber zuerst gibt es Wichtigeres zu erledigen. Ich brauche Geld.

Nachdem ich mich in ausreichenden Abstand zum Unicampus begeben habe, entdecke ich an der Kreuzung Columbia Road und Euclid Street einen Geldautomaten. Für mein weiteres Vorgehen muss ich den üblichen Trott durchlaufen. Ich betrete ein Schnellrestaurant, ziehe mir dort auf der Toilette meine normalen Sachen an – ein Hemd und eine Jeans – und gehe zum Automaten. Mein Fahrrad lasse ich ein gutes Stück entfernt stehen, damit es nicht von der Kamera erfasst wird. Die Russen oder die CIA suchen nach mir als Motorradfahrer in Zivilkleidung. Sie brauchen nicht zu wissen, dass ich in Radfahrerkluft durch die Gegend rase.

Wenn Diana die Mätresse des Präsidenten ist, was ist dann neulich Abend auf ihrem Balkon passiert? Hat die US-Regierung ihren Tod in dem Versuch vorgetäuscht, die Erpressung zu durchkreuzen? Heißt das, unsere Regierung hat Nina Jacobs töten lassen? Es gibt so viele Möglichkeiten und Kombinationen. Aber zumindest nähere ich mich dem Ziel. Pass auf, Mr Carney, ich komme!

Am Geldautomaten vermeide ich den Augenkontakt mit der kleinen Kamera, die mich beobachtet, schiebe rasch meine Karte ein und bringe den Vorgang hinter mich: Passwort, *Auszahlung* antippen, Kontoprüfung, tausend Dollar eintippen. Bei einem Blick nach hinten kräuseln sich mir nicht die Nackenhaare.

Doch das schafft ein Blick zurück auf den Geldautomaten.

Keine ausreichende Deckung, steht auf dem Bildschirm.

»Quatsch«, schimpfe ich. Ich habe vor ein paar Tagen mehr

als zehntausend Dollar auf dieses Konto überwiesen, um flüssig zu bleiben.

Ich starte den Vorgang von vorne … Passwort, Auszahlungsüberprüfung … doch diesmal begnüge ich mich mit fünfhundert Dollar. Ich bin mir der tickenden Uhr bewusst. Wer mein Konto überwacht, kennt bereits meinen genauen Aufenthaltsort.

Unzureichende Deckung, wiederholt das Gerät.

»Nein, nein, nein.« Ich entscheide mich für eine neue Transaktion, überweise vom Spar- aufs Girokonto. Das ergibt keinen Sinn, aber was soll's, ich habe genug auf dem Sparkonto …

Diese Transaktion ist nicht erlaubt.

»Nicht erlaubt?« schreie ich das Gerät an. »Nicht erlaubt?« Ich muss von hier verschwinden. Ich präge mir die Nummer ein, die ich anrufen soll, renne zu meinem Fahrrad zurück und rase die Columbia entlang, fort vom Geldautomaten. Schließlich wähle ich auf meinem Prepaid-Telefon die Nummer der Bank, doch es meldet sich nur eine automatische Stimme.

Ich beende das Telefonat und konzentriere mich darauf, Abstand zu gewinnen. Ich biege nach links auf die Quarry Road, dann nach rechts auf den Lanier Place. In der Mitte eines ruhigen Wohnbereichs steige ich vom Fahrrad, stelle mich auf den Bürgersteig und nehme mir den Anruf noch einmal vor.

Keuchend navigiere ich durch die automatisierten Befehle, bis sich endlich eine menschliche Stimme meldet. Der Mann dankt mir für meinen Anruf, nennt mir mit unverständlicher Geschwindigkeit seinen Namen und bittet mich um meinen Namen und die Kontonummer. Die Kontonummer fällt mir nicht ein, deswegen will er den Mädchennamen meiner Mutter wissen – Mapes –, bevor wir endlich miteinander reden können. »Warum, zum Teufel, wird am Automaten angegeben, mein Konto sei nicht gedeckt? Und warum kann ich nichts vom Spar- aufs Girokonto überweisen?«

Der Mann wird still, bevor er mir sagt, dass er mich zur Abteilung »Sonderdienstleistungen« weitervermitteln muss, was auch immer das bedeuten soll. Dann höre ich Musik, »Train in Vain« von den Clash, was das Ganze noch schlimmer macht, weil die Clash eine der besten Bands aller Zeiten sind und »London Calling« mein absoluter Lieblingshit ist, aber in dieser Warteschleife spielen sie nur das kitschige »Train in Vain« und »Rock the Casbah« und Himmel, Arsch …, warum dauert das so lange …

»Mr Casper, hier spricht Jay Rowe von der Sonderabteilung. Wie geht's Ihnen?«

»Mir geht es ziemlich beschissen, Jay, wenn Sie die Wahrheit wissen wollen.«

»Sir, Ihr Konto ist deaktiviert.«

»Deaktiviert? Dann entdeaktivieren Sie es wieder. Aktivieren Sie es. Egal, wie man das nennt, aber tun Sie's!«

»Das können wir nicht, Sir.«

»Es ist mein Geld! Sie können es nicht einfach einbehalten!«

»Wir können und wir müssen, Sir«, erwidert er, aber mir ist längst alles klar. Er folgt einer Anweisung, einer Entscheidung, die nicht die Bank getroffen hat.

»Sir, Ihr Konto wurde auf Befehl des Ministeriums für Heimatschutz eingefroren.«

77

Ich drücke die Austaste, zertrümmere das Telefon in ungefähr fünfundzwanzig Stücke, verteile sie wild um mich tretend mit dem Fuß über den Bürgersteig und stoße eine Salve von Obszönitäten aus, die einen Lkw-Fahrer erröten ließe. Schließlich beruhige ich mich wieder. Ich fühle mich wie Keanu Reeves in *Speed,* nachdem er erfuhr, dass sein Partner, Harry, von Dennis Hopper enttarnt wurde. Ich fühle mich wie Dennis Hopper in ... Mist, ich weiß nicht, er ist in vielen Filmen total sauer, also sucht euch einen aus.

Craig Carney hat seinen Trumpf nicht ausspielen wollen – mich wegen Mordes verhaften und anklagen zu lassen –, doch er übt den Druck in anderer Weise aus. Er hat den Vorteil vom Tisch gewischt, den ich hatte: freier Zugang zu Geld. Ich habe noch zweiundsechzig Dollar und ein paar Zerquetschte in meiner Tasche.

Mit einem meiner anderen Prepaid-Telefone rufe ich Kendra Tierney im *Beat* an. Ich versuche zwar, locker zu bleiben, doch meine Panik steigt. Jetzt geh schon ran, Kendra. Los, geh ans ...

»Hallo?«, meldet sich Kendra mit hastiger Stimme.

»Kendra, ich brauche deine ...«

»Ben, Gott sei Dank bist ...«

»... Hilfe. Ich stecke echt in der Sch...«

»... du das. Hier geht alles drunter ...

Mist! Ich schweige, damit auch sie es tut und wir ein normales Gespräch führen können. Es scheint ein lustiges zu werden.

»Ben, hier im Verlag herrscht das reinste Chaos. Die Gehaltsabteilung hat gesagt, unser Bankkonto wurde eingefroren. Die CIA war gerade hier und hat mich alle möglichen Sachen gefragt. Sie sagen, du bist Teil einer Spionageermittlung, und wer dir hilft, gilt als Mittäter. Alle hier drehen schier durch ...«

»Immer mit der Ruhe, Kendra. Wir können ...«

»Sie haben unsere Rechner mitgenommen, Ben. Sie haben alles mitgenommen. Sie haben ... sie haben ...«

»Kendra ...«

»Ben, sie haben unsere Website abgeschaltet!« Mit diesen Worten verliert Kendra ihre Fassung, bricht in Tränen aus und schluchzt laut ins Telefon.

Nein, das darf doch nicht wahr sein.

»Hast du Eddie Volker angerufen?«, frage ich.

Zwischen ihren Schluchzern glaube ich, ein *Ja* zu hören.

Vielleicht fällt Eddie etwas ein. Aber wenn die CIA von Spionage spricht, spricht sie von nationaler Sicherheit. Sie spricht vom Anti-Terror-Gesetz.

Sie kann so ziemlich alles mit mir machen, was sie will.

Heute sind es fast fünfunddreißig Grad, aber mir war nie kälter als jetzt. Sie tun alles in ihrer Macht Stehende, um mich zu zerstören, und jetzt tun sie sogar etwas noch viel Schlimmeres. Sie zerstören meine Zeitung und schaden meinen Mitarbeitern. Menschen, die auf mein Geld angewiesen sind, damit sie etwas zu essen auf den Tisch bekommen.

Ich muss etwas tun. Ich muss meine Zeitung und die Menschen retten, die sie so großartig gemacht haben. Aber was kann ich tun? Wie und wo kann ich den Verdacht, den ich habe, beweisen? Ich kann nicht einmal die Guten von den Bösen unterscheiden, weswegen ich niemanden um Hilfe bitten kann. Und meine Freunde riskieren, ins Gefängnis zu wandern, wenn sie mir auch nur fünf Dollar leihen oder eine Frage beantworten. Diesem Risiko kann ich keinen von ihnen aussetzen. Aber wenn ich mich nicht mehr an sie wenden kann, wer bleibt mir dann noch? Ich habe nicht einmal mehr meine Zeitung.

Ich habe kein Geld, keine Ressourcen, keine Freunde mehr.

Und wahrscheinlich auch keine Zeit.

Mir fällt nur eine Sache ein. Ich hole tief Luft und klammere mich an eine vage Hoffnung.

»Was ist mit Jonathan Lius Rechner?«, frage ich. Wenn es einen Ort gibt, an dem ich herausfinden kann, was hier vor sich geht – nicht Vermutungen, sondern Beweise –, dann auf diesem Rechner.

Kendra schweigt einen langen Moment.

»Haben sie mitgenommen«, antwortet sie.

78

Eddie Volker parkt seinen Mercedes in der Tiefgarage unter seiner Anwaltskanzlei. Hier ist es heiß und stickig, aber auch dunkel und abgeschieden, sodass dieser Ort nicht schlecht ist, um auf Eddie zu warten, wenn er am Ende seines Arbeitstags nach sieben Uhr aus dem Fahrstuhl tritt.

Ich zeige meine leeren Hände, als ich zwischen zwei Autos heraustrete. Wie jeder es tun würde, bleibt auch er stehen, weicht zurück und schätzt mich ein, aber als er mich erkennt, entspannt er sich wieder.

»Wegen dir kriege ich noch einen Herzinfarkt, Ben.« Er lockert den Kragen an seinem Hemd und atmet ein paarmal tief durch.

»Können wir uns in deinem Wagen unterhalten?«, frage ich.

Eddie setzt sich neben mich in seinen Mercedes. Die Beifahrerseite ist zugemüllt mit Servietten, Fastfoodverpackungen und unbezahlten Rechnungen. Sieht aus wie das Innenleben meines eigenen Wagens, den ich kaum benutze.

»Du musst alles wissen, Eddie«, beginne ich. »Bevor wir beschließen, was zu tun ist, brauchst du ein vollständiges Bild.«

Dieses habe ich ihm eine Viertelstunde später geliefert. Es ist eine ganze Menge, fängt an, als jemand von Dianas Balkon fällt, und endet hier und jetzt. Doch er weiß bereits einiges, und man kann über Eddies Verhalten und seine Klientel sagen, was man will, er hat einen scharfen Verstand.

Er kichert nervös. »Ich habe schon alle möglichen Mandanten gehabt«, sagt er. »Aber ich kann nur sagen: Keiner hat je so in der Scheiße gesteckt wie du.«

»Also, was, verdammt noch mal, soll ich tun, Ed…«

»Eins nach dem anderen, Ben. Im Moment heißt es, wenn man den *Beat* aufruft, die Website werde gewartet und bald wieder online sein. Diese Vereinbarung habe ich mit dem Justizministerium ausgehandelt. Ja gut, ideal ist das nicht. Du verlierst Werbeeinnahmen und Leser, klar. Aber es ist kein Todesstoß. Nichts darüber, dass die Seite vom Justizministerium abgeschaltet wurde, nichts über Spionage oder so was in der Art. Der Ruf der Zeitung wird nicht geschädigt.«

»Im Moment nicht«, wende ich ein.

»Im Moment nicht«, stimmt er zu. »Ich an deiner Stelle würde mich darauf konzentrieren, zuerst deine persönlichen Probleme zu lösen. Die ganz beträchtlich sind, kann ich dir versichern.« Er trommelt mit den Fingern aufs Lenkrad. »So … der Präsident hat eine Affäre, von denen die Russen wissen. Sie erpressen ihn, damit er schweigt, während sie mit ihren Panzern durch die alten Sowjetblockrepubliken rollen?«

»Mehr oder weniger, ja.«

»Und Diana Hotchkiss ist die Mätresse des Präsidenten.«

»Das vermute ich. Es ergibt Sinn.«

»Und die US-Regierung legt Wert darauf, der Welt mitzuteilen, dass Diana tot ist und nicht irgendeine Doppelgängerin.«

»Ja. Das hat der Präsident in einer Pressekonferenz gesagt. Die Polizei sagt das. Sogar Dianas Familie wurde gezwungen, das zu sagen. Die Russen sollen glauben, Diana wäre tot. Vermutlich geht die CIA davon aus, die Erpressung der Russen durchkreuzen zu können. Wenn es keine ›sie‹ in dem *er sagte, sie sagte* gibt, kann der Präsident die Affäre leugnen, und niemand kann ihm widersprechen.«

Eddie lässt meine Worte auf sich wirken, bevor er sich zu mir dreht und mich ansieht.

»Wenn sich unsere Regierung des Problems angenommen hat, indem sie Dianas Tod vorgetäuscht hat, warum hat sie dann immer noch Angst vor dir, Ben?«

»Weil ich nicht akzeptiere, dass Diana tot ist.«

Er zuckt mit den Schultern. »Und? Du bist nur ein Reporter, der keine Beweise hat. Der Präsident wird es leugnen, Dianas Eltern werden es leugnen. Ende der Diskussion.«

Ich denke darüber nach.

»Ich frage dich also noch einmal, Ben: Warum sieht dich die US-Regierung als Bedrohung?«

Das ist eine gute Frage. Die richtige Frage. Würde ich versuchen, eine Affäre zu vertuschen, würde ich als Erstes die Mätresse verschwinden lassen. Das haben sie getan. Sie lassen die Welt glauben, Diana wäre tot. Was sonst könnte also …

Ach so. Natürlich.

Heiliger Strohsack, ich glaube, ich hab's.

Aber in Anbetracht aller Umstände halte ich es für besser, den Gedanken im Moment noch für mich zu behalten.

»Eddie, ich muss weiter. Ich frage ungern … aber ich bräuchte etwas Geld.«

»Geld?« Eddie denkt darüber nach. »Ich bin … mir nicht sicher, ob ich dir helfen kann, Ben.«

»Klar, ich verstehe … du kannst mir nicht in jeder Weise behilflich sein. Ich will nicht, dass du ins Gefängnis wanderst. Ich dachte nur, wenn du ein bisschen Geld dabeihast, so was in der Art. Ich will ja nicht, dass du mir einen Scheck ausstellst oder so.«

Eddie schweigt einen Moment. »Wenn ich meinen Wagenschlüssel herausziehe, um den Motor zu starten, könnte etwas Geld aus meiner Tasche fallen, ohne dass ich es bemerke.«

»Klar, so was könnte passieren.«

»Es wären aber nicht mehr als zweihundert Piepen.«

»Es könnten zweihundert Piepen mehr sein, als ich habe.«

Eddie steigt aus dem Wagen. So dämlich die Sache auch sein mag, aber er nimmt zwei Scheine aus seiner Geldklammer und lässt sie auf den Betonboden fallen. »Hups«, sagt er.

Ich hebe das Geld nicht gleich auf. Ich werde warten, bis er die Tiefgarage verlassen hat. Ich kann die Scharade genauso gut mitspielen. Er könnte wahrheitsgemäß behaupten, mir kein Geld gegeben zu haben.

Aber er hat mich auf eine Idee gebracht. Ich glaube, ich weiß, wovor die US-Regierung Angst hat. Und ich habe eine Idee, wie ich das beweisen kann.

79

Dem plötzlichen Sparzwang ausgesetzt, steige ich im billigsten Hotel ab, das ich finden kann. Man weiß, dass es ein billiges Hotel ist, wenn sich die Toilette am Ende des Gangs befindet. Wenn die »Klimaanlage« aus der eigenen, vor dem Gesicht wedelnden Hand besteht. Wenn man durch die Wand hört, wie sich der Kerl im Nachbarzimmer im Bett umdreht. Wenn der »Zimmerservice« darin besteht, dass sie einem eine Fliegenklatsche leihen. Wenn sich das Telefon in der Eingangshalle statt auf dem Nachttisch befindet. Wenn es gar keinen Nachttisch gibt.

Doch ich habe wieder einen Tag die Sonne aufgehen sehen. Das für sich genommen ist schon ein großer Sieg.

Mit den wenigen verbliebenen Minuten auf einem meiner drei verbliebenen Prepaid-Telefone erledige ich den Anruf und treffe eine Verabredung. Man sagt mir, ich müsse bis nach dem Mittagessen warten, weswegen ich etwas Zeit totschlagen muss. Vielleicht sollte ich mich eher im Hotelzimmer verstecken, doch ich gehe lieber das Risiko auf offener Straße ein.

Oder zumindest in einem Café, wo ich mir die Baseball-Kappe tief in die Stirn ziehe und mich mit einem kleinen Kaffee und einem Blaubeer-Muffin vergnüge. In einer *Post,* die jemand am Nachbartisch vergessen hat, gehe ich die Überschriften durch. Ich vermisse meinen Beruf als Reporter und würde ihn um alles in der Welt dem Leben eines Flüchtigen vorziehen. Die Bezahlung ist besser, und niemand versucht, einen zu töten.

»Scheiße!«, rufe ich, als ich die Headline lese. Kugel eines Attentäters verfehlt NUR KNAPP russisches Staatsoberhaupt.

Ich verschlinge den Artikel. Der russische Ministerpräsident Juri Merejedew entkam gestern Abend nur knapp einem

Mordanschlag, als ein Mann das Feuer auf ihn eröffnete, während der Präsident außerhalb Moskaus auf einer Kundgebung sprach. Die russische Polizei fasste einen Mann, der angeblich – Überraschung! – Verbindungen zur georgischen Geheimpolizei unterhält. Das US-Außenministerium, heißt es, verfolge die Situation aufmerksam.

Ich werfe die Zeitung auf den Tisch. Andrei Bogomolow hat alles vorhergesehen. Ein Terrorakt, für den die Republik Georgien verantwortlich gemacht werden würde. Das kommt dem sehr nahe. Zumindest was die Provokation betrifft.

Russland steuert direkt auf eine Invasion seines südlichen Nachbarn zu. Der Plan, das alte sowjetische Reich wieder auferstehen zu lassen, nimmt bereits Formen an.

80

Ich schließe mein Fahrrad an einer Parkuhr an, gehe auf die Toilette eines Schnellrestaurants, um mir vorzeigbare Kleider anzuziehen, und betrete einen Straßenblock entfernt das Gebäude. Dort zeige ich am Empfang meinen Presseausweis und stehe in null Komma nichts in einem feudalen Warteraum. Er erinnert mich an Jonathan Lius Büro. Für Jonathan hat sich das Büro nicht rentiert. Schauen wir mal, ob es für Edgar Griffin anders läuft.

»Mr Griffin erwartet Sie«, kündigt eine ältere Dame an, die nicht viel von meinem Auftreten zu halten scheint. Offenbar sind es die Chefs der Kanzlei Griffin und Weaver nicht gewohnt, dass so einer wie ich hier hereinschleicht.

»Ja, Senator, da stimme ich Ihnen zu.« Edgar Griffin spricht in ein Headset, während er mich in sein verschwenderisch eingerichtetes Büro winkt. Das hier ist Unternehmensschick der schicksten Art, wenn man so sagen kann. Sein Büro ist so groß wie ein Tennisplatz, eine Wand steht voll mit hochtrabenden Büchern, an einer anderen hängen Diplome und gerahmte Fotos von Mr Griffin, auf denen er sich mit wichtigen Leuten zeigt, und ein vom Boden bis zur Decke reichendes Fenster bietet einen Ausblick auf die K Street. Die Inneneinrichtung ist in Walnuss und Messing gehalten. Geld und Macht. Und Menschen mit Geld und Macht zu helfen bringt noch mehr Geld und noch mehr Macht.

Mr Griffin trägt ein gestreiftes Hemd, eine machtvolle rote Krawatte mit Nadel, silberfarbene Hosenträger und goldene Manschettenknöpfe. Sein volles Haar hat er gegelt, die Augenbrauen über seinem schmalen Gesicht ordentlich gestutzt.

»Senator, ich hätte es nicht besser ausdrücken können«, spricht er lachend in sein Mikrofon.

Ich wette, am anderen Ende seiner Leitung ist niemand. Er will mir nur zeigen, wie wichtig er ist. Deswegen bin ich schließlich hier – zumindest glaubt er das. Ich habe heute Vormittag hier angerufen und gesagt, ich schriebe einen Artikel über die zehn wichtigsten Macher in der Hauptstadt, er werde die Nummer eins sein und seine Fresse auf der ersten Seite unserer bescheidenen Website erscheinen.

Ganz plötzlich war ihm bewusst geworden, dass er in seinem vollen Terminkalender eine halbe Stunde freischaufeln konnte.

»Edgar Griffin«, stellt er sich vor, während er sich das Headset abnimmt.

»Ben Casper.« Wir reichen uns die Hände. Ich sorge dafür, dass mein Presseausweis aus der Tasche meines Sakkos ragt. Ich hoffe, er wird von den unzähligen Falten des besagten Sakkos ablenken, nachdem dieses mehrere Tage zusammengeknüllt in meiner Sporttasche verbringen musste.

»Sollte nicht ein Fotograf dabei sein?«, fragt er.

»Sollte, ja. Es wird noch einer kommen«, verspreche ich. »Wir werden versuchen, einen Termin für morgen zu arrangieren.«

»Prima. Sprechen Sie das einfach mit Cheryl ab.«

Ich sehe mich im Büro um. »Wow, Sie lassen es sich aber gut gehen. Ich habe meine Hausaufgaben gemacht, Ed, und ich muss sagen, wenn ich mich über die Mächtigen in dieser Stadt umhöre, wird Ihr Name oft erwähnt.«

»Edgar«, korrigiert er mich.

Machen wir jetzt eine erneute Vorstellungsrunde?

»Ben«, sage ich.

»Nein. Ich meine … Sie haben mich Ed genannt. Ich heiße Edgar.«

»Tut mir leid. Mein Anwalt heißt Ed. Eigentlich Eddie. Eddie Volker. Kennen Sie ihn?«

Er rümpft die Nase. Offenbar kennt Mr Edgar Griffin von Griffin und Weaver Mr Eddie Volker nicht, einen Anwalt, den er auf seiner Elitismusleiter ein paar Sprossen unter sich ansiedelt und der Kriminelle verteidigt und Journalisten hilft.

»Ich kannte einen Edward Vance in Cambridge. Vogel kommt mir unbekannt vor.«

Uh. Er hat weniger als fünf Minuten gebraucht, um mir zu erzählen, dass er in Harvard studiert hat.

»Ich nehme an, der Name Edgar hat Familientradition?«, frage ich ihn.

»Ja.«

Ich nicke. »Und dieser Juraabschluss in Harvard? Ich wette, Sie waren nicht der Erste aus Ihrer Familie.«

Edgar wirkt leicht beleidigt. »Mein Vater hat Harvard ebenfalls besucht.«

Okay, er *war* nicht in Harvard, er hat Harvard *besucht.*

»Großpapa auch?«, wage ich zu fragen.

Jetzt ist er tatsächlich beleidigt. »Mein Großvater auch, ja.«

Dann brauchte er im Grunde genommen nur dafür zu sorgen, dass er sich beim Zulassungsgespräch nicht die Hose nass machte. Er war schon zugelassen, noch bevor er sich beworben hatte. Aber das sage ich lieber nicht. Noch nicht. Vielleicht wenn ich gehe.

Ich hebe die Hand als Zeichen des Friedens. »Hier kommt nur meine Verbitterung durch. Ich hab's in Harvard probiert, wurde aber nicht genommen.«

Das stimmt nicht. Ich habe mich nicht für Harvard beworben. Eigentlich habe ich mich nicht einmal für die American University of Washington beworben. Mein Papa hat mich eines Tages nur darüber informiert, dass meine Tage mit einem Privatlehrer gezählt wären und ich im nächsten Herbst anfangen müsste zu studieren. Aber damit habe ich Edgar die Möglichkeit gegeben, sich noch überlegener zu fühlen, als er es bereits tut. Sofern das möglich ist.

»Also, Edgar, Sie haben sich eine ziemlich umfangreiche Mandantenkartei erarbeitet.« Ich blicke auf ein Blatt Papier, auf dem sich überhaupt keine Namen befinden. Eigentlich ist es schneeweiß. »Ah, Alexander Kutuzow, sehe ich hier. Der Milliardär.«

Jetzt befinden wir uns wieder in Edgars Komfortzone. »Mit Alex konnte ich wunderbar zusammenarbeiten.«

Dies ist einer der Versuche von überlegenen Menschen, noch überlegener zu wirken – den Spitznamen berühmter Leute zu verwenden, um Vertrautheit zu demonstrieren. *Ja, ich war vorgestern mit Jenny Lopez zum Mittagessen, und wer saß am Tisch neben uns? Bobby de Niro und Marty Scorsese.*

»Hier in den Staaten«, erklärt er und bezieht sich mit »die Staaten« – wie alle, die sich welterfahren geben wollen – auf die Vereinigten Staaten von Amerika, »haben wir Alex bei seinen Genehmigungen und einigen damit zusammenhängenden Streitigkeiten zu seinem Fußball-Franchising geholfen.«

Ich deute wieder auf mein Blatt Papier, auf dem sich nichts befindet. Wäre der Abstand zwischen Kopf und Arsch bei diesem Kerl größer, könnte er es bemerken.

»Ich sehe, Sie haben Mr Kutuzow auch bei den Verhandlungen zu der Ölpipeline in Russland geholfen. Die Pipeline, mit denen die russischen Nachbarn mit Öl versorgt werden.«

Eigentlich hatte sich das Londoner Büro von Griffin und Weaver darum gekümmert, doch ich verwette all mein eingefrorenes Vermögen, dass Edgar das Verdienst für sich in Anspruch nimmt.

Ich hoffe inständig, dass er dies tut.

»Könnten wir uns kurz darüber unterhalten?«, frage ich.

81

Mr Edgar Griffin formt mit seinen Händen einen Tempel vor seinem Bauch. »Eine delikate Angelegenheit, kann ich Ihnen sagen, die Verhandlungen wegen der Pipeline. Die russische Regierung kann schwierig sein. Aber wir haben es geschafft, eine für beide Seiten sehr lukrative Vereinbarung zu treffen. Wir denken, das Verhältnis mit der russischen Regierung wird für Alex profitabel sein.«

»Wir sprechen über ein Milliardengeschäft?«, frage ich, als wäre ich beeindruckt.

»Locker. Letzten Endes mehrere zehn Milliarden Dollar.«

»Wow, ich kann mir gar nicht vorstellen, welchem Druck man bei solchen Verhandlungen ausgesetzt ist. Sie sind ein schrecklich beeindruckender Mann, Mr Griffin.«

Er scheint zuzustimmen. Wir gönnen uns beide einen Moment, um ihn zu bewundern.

»Nur aus reiner Neugier.« Ich beuge mich vor. »Ich meine, die Sache geht weit über meinen Verstand, aber … ich überlege nur, diese Entwicklung in der letzten Zeit zwischen Georgien und Russland, ihr wieder aufkeimender Zank. Was passiert in einem solchen Fall? Also, wenn zum Beispiel Krieg ausbricht und Russland die Ölversorgung für Georgien unterbricht?«

Er nickt und winkt ab. »Es gibt standardisierte *Force Majeure*-Klauseln.«

»Wow«, staune ich. »Latein.«

Jetzt, da wir darin übereinstimmen, wie beeindruckend Edgar ist, wird er um einiges lockerer. »Eigentlich«, gluckst er, »ist das hier nicht für die Öffentlichkeit bestimmt. Nennen wir's Hintergrundrecherche, einverstanden?«

»Einverstanden.« *Nicht für die Öffentlichkeit bestimmt* bedeutet, ich werde seine Aussagen weder drucken noch ihm zuschreiben. Aber Kutuzows Vertrag mit den Russen ist ohnehin öffentlich. Ich habe ihn im Internet gefunden, wenn auch auf Russisch. Jedenfalls ist das Ego dieses Typen zu groß, um ihn daran zu hindern, mir Infos zu geben.

»Alex' Verpflichtung zur Öllieferung endet im Kriegsfall nicht nur, er erhält für die Unterbrechung auch eine ansehnliche Entschädigung«, erklärt Edgar.

»Er würde dafür bezahlt werden, dass er *kein* Öl liefert?«

»Genau.« Edgar strahlt. »Ihm wird dieselbe Summe an Gewinn garantiert, aber ihm entstehen keine Kosten, um das Öl hochzupumpen.«

»Oder er könnte es hochpumpen und an jemand anderen verkaufen«, fällt mir ein. »Und den Gewinn verdoppeln.«

»Genau.«

»Wow«, sage ich zum dritten Mal. »Sie haben Ihrem Mandanten gute Dienste erwiesen. Sie sind echt ein Spitzenanwalt. Ich hoffe, Mr Kutuzow hat Sie gut bezahlt.«

Edgar neigt den Kopf zur Seite, dann blinzelt er mir zu. »Das hat er.«

»Und ich vermute, wenn Russland eine Marionettenregierung in Georgien eingesetzt hat, könnte diese Regierung sogar zustimmen, Alex einen noch höheren Preis zu bezahlen. Ich meine, hypothetisch.«

Er denkt darüber nach. »Hm … darüber habe ich noch gar nicht nachgedacht.«

Aber mit Sicherheit dein Mandant Alex.

»Das erklärt also, warum Kutuzow den Nebenabsprachen zugestimmt hat«, sage ich.

Mr Edgar Griffin rutscht ganz leicht auf seinem Stuhl hin und her. »Bitte?«

»Bitte?«

»Nebenabsprachen, sagten Sie? Ich bin mir keiner Nebenabsprachen bewusst.«

Das kann schon sein. Es gibt keinen Grund für den lebhaften Milliardär, solche Informationen seinem Anwalt in *den Staaten* mitzuteilen.

»Ach, klar«, sage ich. »Seine Nebenabsprachen, um Russland bei der Erpressung der US-Regierung zu helfen, während Russland die Republik Georgien überfällt. Kein Wunder, dass Kutuzow gern dabei hilft. Er wird daran ein Vermögen verdienen.«

Mr Edgar Griffin, Rechtsanwalt, lehnt sich zurück und denkt nach. Die Temperatur in seinem Büro ist gesunken.

»Wissen Sie, Eduardo«, sage ich, »ich bin froh, dass wir diesen Termin doch noch hinbekommen haben. Sie wissen ja nicht, dass ich vorhatte, bei Ihrem Treffen mit Detective Ellis Burk vor ein paar Tagen dabei zu sein. Aus irgendeinem Grund mussten wir das Treffen absagen … ach, jetzt erinnere ich mich.« Ich schnalze mit den Fingern. »Jemand hat uns auf dem Weg hierher mit Maschinengewehren aufgehalten. So was ist doch einfach ärgerlich. Mein Freund, Detective Burk, wurde übrigens dabei getötet.«

Ich zucke mit den Schultern. »Rekrut, eigentlich wollte ich nur, dass Sie Ihrem guten Freund Alex eine Nachricht überbringen. Meinen Sie, Sie schaffen das, Sportsfreund?«

Edgar fehlen noch immer die Worte. Er ist Anwalt, daher kann er sich stoisch geben, doch unter seinem Kragen kocht er.

Ich hatte eine Weile gebraucht, es aber schließlich kapiert. Mein eigener Anwalt, Eddie-nicht-Edgar Volker, stellte mir eine einfache Frage: Wenn Diana von der Bühne abgetreten ist, warum hat die US-Regierung noch immer Angst vor mir? In dem Moment wurde mir alles klar. Ich weiß, warum sich die CIA von mir bedroht fühlt. Vermutlich aus demselben Grund, aus dem die Russen mich töten wollen.

Ich schnappe mir eine von Edgars Visitenkarten vom Schreibtisch und notiere Ort, Zeit und ein paar weitere Anweisungen auf die Rückseite. »Sagen Sie Ihrem werten Mandanten, Mr Kutuzow, er soll mich heute Abend hier treffen. Und ich möchte wissen, wie ich ihn erreichen kann. Lassen Sie sich also eine Mobilnummer von Kutuzow geben, und wenn ich Sie heute Abend um fünf anrufe, geben Sie sie mir durch.«

Edgar sieht noch immer aus, als hätte er einen Käfer verschluckt. »Warum … sollte er Sie treffen wollen?«, bringt er heraus.

Ich beuge mich über den Walnussholztisch und werfe unabsichtlich – oder vielleicht doch nicht ganz unabsichtlich – seinen Kaffeebecher um. Edgar weicht meinem Blick nicht aus. »Weil ich eine Kopie von dem Video habe«, antworte ich. »Und das werde ich an den Meistbietenden verkaufen.«

82

Ich gehe die Half Street entlang. Es ist Punkt 18:45 Uhr, wie ein Blick auf meine Armbanduhr verrät. An der Kreuzung zur N Street sehe ich zur roten Markise hinüber, die sich östlich vom Haupteingang des Baseball-Stadions der Washington Nationals befindet. Über dem Abholschalter wirbt eine elektronische Werbetafel für den GRAND SLAM PLAN – KAUFE KARTEN FÜR 4 SPIELE, UND DU ERHÄLTST EIN SPIEL KOSTENLOS! Okay, Jungs, immerhin habt ihr jetzt eine bescheidene Mannschaft zusammenbekommen. Oh Mann, und das hat nur sensationelle acht Saisons nach dem Franchiseverkauf von Montreal an Washington gedauert.

Ich mache Witze, weil mir die Sache wichtig ist. Mir gefallen die Nationals, und mir gefällt die Entwicklung des Capitol-Riverfront-Viertels neben dem Navy Yard seit ihrer Ankunft. Ja, mir gefällt es, eine Heimatmannschaft zu haben, mit der ich mitfiebern kann. Ich will nur sagen: Wir sollten den beginnenden Wechsel und die links geführten Schläge von der Ersatzbank nutzen, um für mehr Konstanz zu sorgen.

Und jetzt kommen wir zu dem Grund, weswegen ich hier bin.

Da ist er, unter der elektronischen Anzeigetafel gleich neben dem Abholschalter, und trägt, wie von mir verlangt, eine orangefarbene Windjacke. Vielleicht ein bisschen übertrieben, aber ich habe Alexander Kutuzow nie persönlich gesehen, und ich wollte, dass er sich von den anderen Fans abhebt, die zum 19:05-Start der Nationals gegen die Braves hierherströmen.

Er ist groß und athletisch gebaut, hat gepflegte Hände. Er scheint sich an diesem Abend wohlzufühlen, wahrscheinlich weil er ein irrsinnig reicher Mann ist oder wegen der verschiedenen Schläger, die er hier postiert hat. Schauen wir mal … zwei neben dem Fanladen, zwei, die vom ersten Stock des Parkhauses auf ihn herabblicken, und weitere, die sich offenbar besser in die Menge einfügen. Wahrscheinlich hat er eine ganze Armee hier antanzen lassen. Wenn sie alle eine Eintrittskarte gekauft haben, könnten sich die Besucherzahlen der Nationals verdoppelt haben.

Und ich? Ich bin verkleidet. Ich trage ein rotes T-Shirt der Nationals, unter das ich mir einen Fettgürtel aus einem Kostümladen geschnallt habe. Damit sehe ich fünfzehn Kilo schwerer aus. Ach, und ich habe mir auch eine Perücke mit einer Glatze oben und buschigem Haar an der Seite gekauft. Und eine Brille.

Vielleicht hält meine Verkleidung einer genauen Prüfung nicht ganz stand, aber ich erwarte nicht, genau überprüft zu werden. Eigentlich ist meine Arbeit bereits erledigt. Ich setze mich in ein Taxi, aus dem gerade ein paar betrunkene Collegestudenten ausgestiegen sind. Der Geruch nach schalem Bier hängt noch im Wagen, aber das stört mich nicht. Ich lehne mich zurück und lausche dem Taxifahrer, der in einer mir unverständlichen Sprache telefoniert.

Erstaunlich, wie eine so einfache Aufgabe den Schweiß durch mein T-Shirt gedrückt hat. Aber so weit, so gut. Alex Kutuzow hat innerhalb von sechs Stunden alles stehen und liegen lassen, um hierherzufliegen und mich zu treffen. Also muss ich etwas richtig gemacht haben.

Ich ziehe mein Prepaid-Telefon aus der Tasche und wähle die Nummer von Alex Kutuzow, die mir Edgar Griffin gegeben hat. Ich habe Alex bereits vor einer Stunde angerufen. Es war ein kurzer Anruf. Dieser hier könnte länger dauern.

Ich hoffe, ich kann es vermeiden, ihn zu vermasseln.

83

»Hallo?«, meldet sich Alexander Kutuzow nach dem zweiten Klingeln.

»Alex, ich sehe, Sie haben es geschafft. Willkommen im Nationals Park.« Er schweigt kurz. »Danke, Mr Casper.« Sein Englisch klingt trotz seines schweren russischen Akzents perfekt. »Wo sind Sie?«

»Sind Sie allein gekommen, so wie ich Sie gebeten habe, Alex?«

»Selbstverständlich.«

Selbstverständlich nicht. Aber das ist egal. Ich bin mit meinem Taxi bereits fast zwei Kilometer entfernt. »Haben Sie mitgebracht, worum ich Sie gebeten habe, Alex?«

»Ja.« Er verhält sich wie erwartet vorsichtig am Telefon. Er wird nicht sagen, was es ist, doch ich habe ihn gebeten, einen Baseball-Handschuh mitzubringen, in dessen Finger er zehntausend Dollar stecken sollte. Und meinen Namen auf den Handschuh zu schreiben.

»Geben Sie den Handschuh im Fundbüro ab, das sich gleich neben Ihnen am Haupteingang befindet.«

Nach einer Pause fragt er: »Dann werde ich Sie heute Abend nicht sehen?«

»Wir müssen erst Vertrauen aufbauen«, antworte ich. »Wenn der Handschuh im Fundbüro abgegeben wurde, werden wir Vertrauen hergestellt haben.«

Und ich werde über etwas Kleingeld verfügen.

»Dieses Arrangement ist nicht akzeptabel«, wehrt er sich.

»Gut, Alex, wenn Sie es so haben möchten. Ich habe noch einen anderen Käufer.«

Und wieder eine Pause. Von Angesicht zu Angesicht kommt

Kutuzow wahrscheinlich mit stechenden Blicken und langem Schweigen ziemlich weit, aber am Telefon ist diese Taktik nicht sehr effektiv, auch wenn sie, wie ich leider zugeben muss, bei ihm irgendwie funktioniert.

»Und welche Sicherheit habe ich, dass ich die einzige Kopie erhalte, Mr Casper? Woher weiß ich, dass Sie nicht eine Kopie an Ihre Vorgesetzten geben, sobald Sie von mir das Geld erhalten haben?«

Meine Vorgesetzten? Wer sollen denn, bitte schön, meine »Vorgesetzten« sein?

»Sie haben nur mein Wort«, antworte ich. »Aber das haben Sie.«

Wieder eine Pause, aber diesmal so lange, dass ich schon glaube, er hat das Gespräch beendet. Ich überlege, ihn zu fragen, was er mit meinen »Vorgesetzten« meint, aber es ist besser, wenn ich mich ihm gegenüber so geheimnisvoll gebe wie möglich.

»Mr Casper, Sie … leben in Angst, wie ich das sehe.«

So ziemlich, ja, aber langsam bekomme ich das Gefühl, als hätte ich die Oberhand. Dieser Kerl mit seinem Selbstvertrauen ist ziemlich gut durchschaubar.

»Klinge ich verängstigt, Alex?«, frage ich ihn.

»Ja, sehr. Sie klingen wie ein Mann, der alles tut, um nicht so zu wirken. Aber ich höre es an Ihrer Stimme. Ich bin … es gewohnt, solche Dinge zu erkennen.«

Und ob er das gewohnt ist. »Ich denke, Sie sind derjenige, der Angst hat, Alex.«

»Klinge ich verängstigt, Mr Casper?«

Ich wünsche, er täte es, tut es aber nicht. Nicht im Geringsten.

»Sie haben viele Unannehmlichkeiten auf sich genommen, um so kurzfristig hierherzukommen, Alex.«

»Oh, ich leugne nicht, dass ich den Gegenstand haben möchte, den Sie haben. Und ich werde Sie angemessen dafür bezahlen. Aber verwechseln Sie das nicht mit Angst, Mr Casper. Und wichtig ist, dass wir beide uns in einem Punkt verstehen.«

»Bitte, Alex, ich bin ganz Ohr.« Ich bemühe mich, dass meine gespielte Tapferkeit keine Risse bekommt, doch Alex ist ein schwieriger Weggefährte. Ich bin nur ein trotteliger Reporter.

»Solange Sie mir nicht geben, was ich haben möchte, sollten Sie in Angst leben. Es hat sich nichts geändert.«

»Ihre Schläger werden weiterhin nach mir suchen? Ist es das, was Sie mir sagen wollen?«

Er antwortet nicht. Am Telefon will er eine solche Sache nicht zugeben, vermute ich. Aber es ist das, was er meint. Bis er meine Kopie des Videos in seinen Händen hält, klebt immer noch eine Zielscheibe auf meinem Rücken.

Oh Mann, hätte ich doch tatsächlich eine Kopie dieses Videos.

»Und wenn ich mitbekomme, dass eine weitere Kopie in die Hände Ihrer Vorgesetzten gefallen ist und Sie mich an der Nase herumgeführt haben, können Sie mir glauben, wenn ich sage, dass ich nicht erfreut sein werde.«

»In Ordnung, Alex. Wir verstehen uns.«

»Sie können sich den Handschuh im Fundbüro abholen«, sagt er schließlich. »Und ich freue mich, bald wieder von Ihnen zu hören, Mr Casper.«

»Klingt nach einem Plan, Alex.«

»Aber stellen Sie meine Geduld nicht auf die Probe«, warnt er mich.

Ich habe gehofft, dieses Gespräch würde so enden, dass ich mich gut fühle und er sich Sorgen macht. Aber er klingt überhaupt nicht besorgt. Und ich fühle mich nicht gut.

»Und solange Sie mir den Gegenstand nicht übergeben, sollten Sie mit offenen Augen schlafen«, fügt er hinzu.

84

Wieder eine ruhelose Nacht auf einer Matratze, die ungefähr so dick wie ein Stück Pappe und nur leicht unbequemer als Sandpapier ist. Ich brauchte nur eine Stunde zu warten, bis das Bad am Ende des Flurs frei war. Mir machte es nichts aus, mit Handtuch und Zahnbürste vor einem heruntergekommenen Typen in der Schlange zu stehen, der mich fragte, ob ich Hämorrhoidensalbe hätte (hatte ich nicht), ein Abführmittel (nö), Zahnseide (tut mir leid) oder Hämorrhoidensalbe (immer noch nicht). Ich war nur froh, dass ich das Bad noch vor ihm benutzen konnte.

Jetzt bin ich wieder an der National Mall – vielleicht nicht die geistreichste Wahl, aber der Ort gefällt mir, weil hier so viele Menschen sind und die U-Bahn nicht weit weg ist. Mit dieser kann ich problemlos in mehrere Richtungen flüchten. Selbst wenn mein Standort ermittelt wird, bin ich längst weg, bevor die anderen hier sind.

Ich wähle die Nummer und vermute – hoffe –, dass er rangeht, weil er meinen Anruf erwartet.

»Hallo, hier ist Craig Carney«, meldet er sich.

Ich drehe mich einmal um meine Achse, sehe aber niemanden, der mit einer Waffe im Anschlag in meine Richtung herumwirbelt.

»Der stellvertretende Direktor!«, sage ich. »Hier ist Ihr alter Freund. Wie geht's heute so?«

Der Ausdruck *im Anschlag* wird nur in Verbindung mit Waffen benutzt. Warum kann man nur ein Schwert oder einen Revolver in Anschlag bringen, aber nicht, sagen wir, einen Schlüssel, den man zückt, um ihn in ein Schloss zu schieben? Ich würde einen Schlüssel im Anschlag haben.

»Ich könnte Sie dasselbe fragen, Benjamin. Klingt, als würden Sie eine schlechte Zeit durchmachen. Sind Sie zur Vernunft gekommen?«

Wieder lasse ich meinen Blick über die National Mall gleiten. Nichts, das meine Spinnensinne erzittern lässt. Es gefiele mir nicht, wenn Netze aus meinen Handgelenken schössen, aber über Spinnensinne zu verfügen, mit denen man Gefahren erkennt, wäre toll.

»Ich habe meinen Verstand nicht verloren, Mr Carney. Vielleicht mein Geld, aber nicht meinen Verstand.« Er kichert. »Ich habe Ihnen eine Chance gegeben, Ben. Vergessen Sie das nicht. Und ich werde Ihnen noch eine geben, doch Ihre Möglichkeiten werden begrenzter. Ich bin nicht sicher, ob ich Sie noch vor dem Gefängnis retten kann. Aber Sie können der Todesstrafe entkommen und Ihr Hab und Gut zurückerhalten.«

Ich schüttle den Kopf in dem Versuch, mir von ihm keine Angst einjagen zu lassen. Erst seit gestern habe ich wieder gute Laune. Alex Kutuzow hat mich vielleicht leicht erschreckt, aber immerhin ist er um die halbe Welt geflogen, um mich am Nationals Park zu treffen, und laut meinem Freund, der dort für die Sicherheit arbeitet, ist gestern Abend tatsächlich ein Handschuh mit meinem Namen im Fundbüro abgegeben worden. Damit habe ich zumindest die Bestätigung, dass das Video existiert.

Ich räuspere mich, bevor ich Craig Carney die Nachricht überbringe. »Mr Carney, ich habe das Video.«

In einem persönlichen Gespräch würde ich das Video zücken, würde es einfach aus meiner Tasche ziehen – ich meine, wenn ich das Video tatsächlich hätte.

Carney schweigt kurz. Er ist zu gebildet, um *Scheiße* zu rufen oder zu stöhnen und zu schreien, aber selbst ein Gauner wie der stellvertretende Direktor braucht einen Moment für diese Wendung der Ereignisse.

»Video?«, fragt er.

»Ja, Sir, das Video. Das Video, das unsere Regierung in die Knie zwingt? Klingelt's da bei Ihnen?«

Mir gefällt das, muss ich zugeben. Aber ich muss die Zeit im Auge behalten. Das hier ist wie in den Filmen, wenn ein Flüchtiger anruft und die Ermittler alles tun, um den Anruf zurückzuverfolgen, und einer der Typen die Hände in der Luft auseinanderzieht, um zu sagen, der Anruf muss gestrrrrreckt werden, und dann flüstert ein anderer: *Er ist irgendwo in der Stadt,* und schließlich erhalten sie die korrekte Position, jemand malt einen Kreis auf einem Stadtplan, und alle springen von ihren Sitzen auf.

In *Mission: Impossible* hätten sie dreißig Sekunden gebraucht, um Tom Cruise zu orten, aber das wusste er und legte nach neunundzwanzig Sekunden auf. Das kam mir immer unrealistisch vor. Eine völlig echt aussehende Maske mit dem Gesicht eines anderen Menschen, klar, aber innerhalb von dreißig Sekunden einen Anruf verfolgen? Keine Chance.

Doch zurück in die Realität, wo sich der stellvertretende CIA-Direktor dummstellt.

»Ich weiß nichts von einem Video, Benjamin. Sie müssen konkreter werden.«

Überraschung! Mein Herz legt noch einen Zahn zu, während ich auf das World War II Memorial zugehe. »Erzählen Sie keinen Quatsch, Mr Carney. Wir wissen beide, dass es ein Video des Präsidenten und seiner Mätresse gibt. Und ich habe eine Kopie davon.«

Er antwortet nicht gleich, aber jetzt, nachdem ich konkreter wurde, macht er sich wahrscheinlich in die Hose.

»Mein Junge, ich weiß nicht, welches Spiel Sie hier zu spielen versuchen, aber wie gewöhnlich wächst Ihnen die Sache über den Kopf. Es gibt kein Video des Präsidenten mit irgendeiner ›Mätresse‹, weil es keine Mätresse gibt. Der Präsident ist seiner Frau treu.«

Er klingt nicht wie jemand, der sich in die Hose macht.

Ich schweige, doch das tut er ebenfalls. Er geht nicht in die Defensive. Ich bemerke nicht das leiseste Zittern in seiner Stimme, keinen Hinweis darauf, dass er die Oberhand verliert. Wenn, dann zeigt er mir seine *Rückhand.*

»Sie sind gut, Mr Carney. Aber ich kaufe Ihnen das nicht ab.«

»Dann veröffentlichen Sie das Video, Ben. Lassen Sie es in den Abendnachrichten laufen. Geben Sie es einem Ihrer Reporterfreunde. Tun Sie sich keinen Zwang an.«

Jetzt bin ich derjenige, der sich in die Hose macht.

Ich starre auf mein Handy. Was hat der Kerl vor? Ich habe nicht erwartet, dass er die Existenz des Videos zugibt, besonders nicht am Telefon, aber er versucht nicht einmal, mich versöhnlich zu stimmen. Er fragt nicht, was ich will oder wo wir uns treffen können.

Er sagt, ich soll mir das Video in den Arsch schieben.

Ich beende das Gespräch und renne zur U-Bahn. Dieses Gespräch verlief, gelinde gesagt, nicht wie geplant.

Gibt es ein Erpresservideo oder nicht?

85

Ich übersehe etwas … ich übersehe etwas …

Ich steige an der U-Bahn-Haltestelle Van Ness aus der Roten Linie, ziehe mir auf der Toilette eines Schnellrestaurants meine Fahrradkleidung an und befreie mein Fahrrad aus einem der Ständer. All das tue ich wie ein Roboter, während mein Hirn versucht, das Chaos zu sichten.

Ich dachte, ich hätte die Lösung gefunden. Ich dachte, es gäbe ein Video. Als ich es Alex Kutuzow gegenüber erwähnte, wurde er hellwach. Aber Carney gähnte nur. Er forderte mich sogar auf, das Video zu veröffentlichen. Ich würde ihm keinen Meter über den Weg trauen, und mit Sicherheit ist er ein hervorragender Schauspieler, aber gäbe es ein Video … hätte er nicht so reagiert. Ich muss hier etwas übersehen.

Ich wähle die Nummer von Sean Patrick Riley, meinem irischen Freund, um ihn nach dem aktuellen Stand der Dinge zu fragen. Vielleicht hat er seine Hausaufgaben gemacht, die zu tun ich ihn dringend gebeten habe. Hoffen wir, er hat was erreicht.

»Ich habe was«, sagt er. »Du hattest recht, Ben. Ich hatte gleich als Erstes Ninas E-Mail-Konto überprüft, aber ohne eine forensische Untersuchung durchzuführen. Ein paar E-Mails wurden von einem Hacker gelöscht.«

»E-Mails, die sonst niemand lesen sollte.«

»E-Mails, die sonst niemand lesen sollte.«

»Und diese E-Mails sind gut?«, will ich wissen.

»Diese E-Mails sind gut.«

Dieser Kerl wiederholt alles, was ich sage. Hat Aaron Sorkin das Drehbuch geschrieben?

»Wann können wir uns treffen?«, fragt er.

Hm, schauen wir mal. Später muss ich noch zur Maniküre, dann wollte ich eine Theatervorstellung besuchen; morgen gehe ich zum Pilates, dann treffe ich mich mit ein paar Freunden zum Brunch, und ich hatte schon lange vor, meine Sockenschublade aufzuräumen …

»Wann wir uns treffen können?«, frage ich wütend zurück. »Wie wär's mit genau jetzt, Sean!«

Wir verabreden uns. Ich verrate lieber nicht, wie und wo. Darin bin ich abergläubisch. Wenn in Filmen die Schauspieler sagen, wie der Plan aussieht, weiß man, dass der Plan in die Hose geht oder einem zumindest dicke Steine in den Weg gelegt werden. Wenn sie nur sagen: *Okay, der Plan sieht so aus,* weiß man, dass er Erfolg haben wird. Könnt ihr gerne überprüfen. Ich kenne nur eine Ausnahme von dieser Regel: In *Eine Frage der Ehre* verrät Tom Cruise, dass er Jack Nicholson dazu bringen will zuzugeben, Alarmstufe rot angewiesen zu haben, und der Plan geht auf – und zufällig stammt das Drehbuch von Aaron Sorkin.

Tut mir leid, ich schweife schon wieder ab. Meine Nerven machen mir zu schaffen. Gerade als ich dachte, ich hätte mit dem Erpresservideo einen Fortschritt gemacht und einen Ausweg aufgetan, stehe ich wieder auf Los und muss mich von Craig Carney auslachen lassen.

Ich springe auf mein Fahrrad und strample die Connecticut Avenue entlang. Das letzte Mal, als ich hier entlangfuhr, brachte ich mich beinahe selbst um und zertrümmerte Jonathan Lius Rechner.

Ich halte mich auf der rechten Seite, da die meisten Autos auf der Straße den Verkehrstunnel nehmen. Am Dupont Circle, an dem es in der Mitte des Kreisverkehrs einen Parkplatz mit mehreren Ausgängen gibt, sitzen Leute auf den Bänken oder nehmen ein spätes Mittagessen zu sich. Einmal war ich in Rom und saß mit einem Baguette und einem Stück Käse einfach so da und beobachtete die Kamikazefahrer auf einer vierspurigen Straße, die in eine einspurige mündete. Die Fahrer hupten und entgingen oft nur knapp dem Tod. Es war besser als ein Autorennen im Fernsehen.

Ein Typ, der im Park sitzt, beobachtet den Verkehr, bis er mich entdeckt, sich erhebt und mir mit seinem Blick folgt. *Was denn, Kumpel, hast du noch nie jemanden auf einem Fahrrad gesehen?*

Ein hupendes Auto erschreckt mich. Irgendein Arschloch denkt, er könne auf der Massachusetts Avenue nach rechts abbiegen, ohne mir, dem Radfahrer, Bescheid zu geben. Ich drücke die Bremsen durch, bis ich stehen bleibe. Bevor er vollständig abgebogen ist, dreht er das Beifahrerfenster nach unten, verflucht mich und droht mir, mich wie einen Käfer zu zerquetschen.

Stell dich in die Reihe, Junge. Vor dir sind noch ganze Regierungen dran, die mich umbringen wollen.

Ich blicke wieder nach links, zum Parkbereich. Der Typ, der den Verkehr beobachtet hat, steht nicht mehr neben der Bank. Er ist in meine Richtung zum Weg gegangen.

Und er blickt mich direkt an, späht zu mir herüber. Als würde er jemanden anstarren, der ihm bekannt vorkommt, er aber nicht weiß, woher.

Er reißt die Augen weit auf. Ja gut, jetzt hat er mich erkannt.

Er hebt ein Funkgerät an den Mund und ruft etwas hinein. Ich verstehe die Sprache nicht.

Aber sie klingt eindeutig nach Russisch.

86

Ich weiß nicht, was *Ich hab ihn! Ich hab ihn!* auf Russisch heißt, bin mir aber ziemlich sicher, dass es das ist, was der Typ in sein Funkgerät brüllt.

Ich starte aus dem Stand, fahre den Dupont Circle entlang wie Matt Damon in einem seiner *Bourne*-Filme. Allerdings hatte der ein Motorrad. Der Typ verfolgt mich, bleibt zwar im Park, läuft aber am äußeren Rand entlang, damit er sehen kann, wo ich abbiegen werde. Ich drücke mit jedem Quäntchen meiner Kraft, das ich aufbringen kann, die Beine in die Pedale, mäandere zwischen Autos hindurch, was mir einige Beschwerden einbringt, wie die wütenden Hupen verraten. Am Kreisverkehr an der 19th Street biege ich nach rechts ab und sehe hinter mich. Der Typ verfolgt mich mit dem Blick, ruft in sein Funkgerät und zeigt zudem in meine Richtung.

Mit gesenktem Kopf lenke ich um einen riesigen Getränkewagen und schreie einem Paar, das die Straße überquert, entgegen, sie sollen mir aus dem Weg gehen. Dann höre ich hinter mir Rufe und einen mit Vollgas laufenden Motor. Ich blicke mich um – ein schwarzer Geländewagen nähert sich rasch. Ich habe zwar einen Vorsprung, doch ich fahre vielleicht mit fünfunddreißig Sachen, der Geländewagen aber mit achtzig, und er beschleunigt noch. Das ist kein fairer Kampf. Die haben einen Wagen und Automatikwaffen. Ich habe ein Fahrrad und ein gewinnendes Wesen.

In höchstens zehn Sekunden werden sie mich eingeholt haben, dann werden sie mich mit ihren Kugeln durchsieben.

Matt Damon würde sich was ausdenken. Er würde mit dem Fahrrad rückwärtsfahren oder zu den bösen Jungs ins Auto springen.

Aber ich habe auch ein oder zwei Tricks auf Lager. Der erste: Ich kenne die Stadt besser als sie.

Schlitternd biege ich scharf nach rechts und brettere den Sunderland Place hinunter, eine schmale Straße mit auf beiden Seiten parkenden Autos und – wie hilfreich – einem Lieferwagen, der in der Nähe der Kreuzung zur 19th Street seine Pakete auslädt. Ein entgegenkommender Mercedes drückt auf die Hupe, ich weiche nach rechts aus und springe auf den Bürgersteig, während der schwarze Geländewagen hinter mir mit quietschenden Reifen an der Kreuzung 19th Street und Sunderland Place bremst. Ich strample wie ein Idiot, keuche und lausche, lausche, während der Geländewagen wieder vorwärtsdrängt, aber von dem drohend hupenden Mercedesfahrer aufgehalten wird, der sich weigert, dem in der Einbahnstraße falsch fahrenden Geländewagen auszuweichen.

Und mein zweiter Vorteil: Mit dem Fahrrad kann ich andere Wege fahren als mit einem Auto.

Das anhaltende Hupen sagt mir, dass der Mercedesfahrer nicht vorhat, den Rückwärtsgang einzulegen. Nicht, solange er in die richtige Richtung der Einbahnstraße fährt, und der Geländewagen hat nicht genügend Platz auszuweichen. Ich halte mich geduckt, doch ich bezweifle, dass sie aus dieser Entfernung das Feuer auf mich eröffnen werden. Ich wage einen Blick nach hinten: Der Geländewagen schnellt rückwärts auf die 19th Street und verschwindet Richtung Süden.

Jetzt bin ich in Sicherheit, oder? Wie in den Messerstecherfilmen, wenn die Frau von oben Lärm hört und in jedem Zimmer nachsieht, aber niemanden findet, dann erleichtert denkt: *Da war vermutlich gar nichts!,* nur um festzustellen, dass der Mann mit der Hockeymaske und einem Eispickel in der Hand direkt hinter ihr steht.

Die Russen, die auf der 19th Street Richtung Süden fahren, werden mit Sicherheit nach rechts auf die N Street und dann auf der 20th Street nach rechts abbiegen, um sich mir von Norden aus zu nähern.

An der Ecke zur 20th Street, die ein Stück weiter nördlich von der New Hampshire Avenue diagonal durchschnitten wird, winde ich mich zwischen hupenden Autos hindurch und biege nach links auf die New Hampshire. Links von mir höre ich quietschende Reifen. Der Geländewagen der Russen schwenkt ganz in der Nähe der Kreuzung um andere Autos herum. Sie haben mich gesehen. Ich weiß, dass sie mich gesehen haben.

Wenn ich mich schnell entscheiden müsste, würde ich *Departed – Unter Feinden* dem Film *Good Will Hunting* vorziehen, aber beide gehören zu den besten fünf Matt-Damon-Filmen … *okay, stopp, Ben …*

Ich springe auf der New Hampshire auf den Bürgersteig und trete mit aller Kraft in die Pedale. Hinter mir an der Kreuzung herrscht das reinste Chaos, Autos hupen, Menschen schreien, Metall knirscht. Die New Hampshire ist ebenfalls eine Einbahnstraße, daher werden die Russen auch diesmal entgegengesetzt der Fahrtrichtung fahren müssen. Eine Menge Verkehr kommt mir entgegen – hoffentlich genügend Hindernisse für meine Verfolger, damit ich etwas Zeit gewinne.

Jetzt habe ich nämlich eine Idee. Matt Damon würde sie für geil halten.

Ich fahre am Firefly vorbei. Einmal war ich mit Diana dort, Datteln mit Blauschimmelkäse und Minischmorbraten. Diana überredete den Kellner, uns etwas in Bierteig gebackenes Gemüse auch ohne den Hamburger zu bringen, Diana konnte so was …

Konzentrier dich, Ben.

Nur mit Mühe kann ich das Prepaid-Telefon aus meiner Tasche ziehen. Der Kopfhörer ist noch eingestöpselt. Ich stecke ihn in mein Ohr und wähle hektisch eine Nummer, die mein Leben retten könnte …

Rattatata … sie schießen auf mich, das Gebäude hinter mir absorbiert die Kugeln und VERDAMMT, GEH SCHON RAN …

Ich höre sie hinter mir. Der Geländewagen brettert auf mich zu, ich kann ihnen nicht entkommen, doch wenn ich noch ein bisschen Zeit schinden kann, wenn ich es nur bis zum Ward Place schaffe …

In *Der Informant!* bewies Matt Damon schauspielerische Größe …

Am anderen Ende der Leitung wird abgehoben, ich rufe völlig außer Puste immer wieder dieselben Worte: »Twenty-Second, Richtung Süden …«

Und dann zwei magische Worte, die sie aus dem Schlaf reißen werden, zwei radioaktive Worte, die ich immer und immer wieder rufe …

Eine Frau, um die ich nur knapp herumfahren kann, flieht mit ihrem Kinderwagen aus der Schusslinie, doch meine Verfolger rücken mir immer mehr auf die Pelle. Ich höre, wie sie den entgegenkommenden Fahrzeugen ausweichen. Die Fußgänger haben sich flach auf den Bürgersteig gelegt, Kugeln durchsieben einen Paketwagen, *peng-peng-peng,* und dann flitze ich nach rechts auf den Ward Place, eine winzige, enge Straße …

Ward, warst du gestern Abend nicht etwas streng mit Beaver?

… und ich trete und trete und trete in die Pedale, wenige Augenblicke später tritt der Fahrer des Geländewagens auf die Bremse, kommt an der Abzweigung ins Schlittern, und das mit dem *Talentierten Mr Ripley* vergesse ich mal lieber …

Auch der Ward Place ist eine Einbahnstraße, was heißt, auch diesmal muss der Geländewagen gegen den Verkehr ankämpfen. Doch auf dem Ward Place gibt es keinen Verkehr.

Die Russen können völlig ungehindert die Verkehrsregeln brechen. Nichts hält sie auf, um den Abstand zu mir in wenigen Sekunden aufgeholt zu haben.

87

Der Ward Place ist eine kurze, enge Straße, die ich vielleicht zur Hälfte hinter mich gebracht habe, als der Geländewagen nach seinem Schlitterkurs wieder direkt auf mich zuprescht. Vom Bürgersteig auf der rechten Straßenseite hüpfe ich auf die Straße und wechsle auf den linken Bürgersteig. Der Typ mit der Automatikwaffe sitzt auf dem Beifahrersitz, sodass er mich aus seinem Winkel heraus nicht erwischen kann. Er wird die Seite wechseln müssen, jede Sekunde, die ich gewinne, ist wertvoll wie ein Schatz …

Sie haben uns den Schatz gestohlen! Garstige kleine Hobbits!

… komm schon, 22nd, komm schon. Splitter der Backsteinmauern über mir fliegen durch die Luft, der Schütze kann mich von seiner Position aus nicht erwischen, aber er wird sich nicht aufhalten lassen, jemand ruft etwas, und WO, VERDAMMT NOCH MAL, IST DER VERKEHR GEBLIEBEN, nichts hält diese Typen auf, mit jeder Sekunde kommen sie näher, rücken mir auf die Pelle, sind mir hautnah … *Hautnah* ist einer meiner Lieblingsfilme mit Natalie Portman mit pinkfarbener Perücke in einem Stripperclub …

… *Konzentrier dich, du Depp …*

… Jessica Alba in *Sin City …*

… und jetzt tobt das Maschinengewehrfeuer pausenlos, reißt Mauerfetzen aus Gebäuden, lässt Autoscheiben zersplittern und trommelt auf Metall …

… *Näher, bitte* – Hannibal Lecter zu Clarice …

Näher!

Als ich am Ende des Ward Place links abbiege, prallen die Kugeln vom Eckgebäude ab. Der Geländewagen kann sich nicht rasch genug in die Kurve legen und rammt ein geparktes

Fahrzeug, was ihn ein paar Sekunden kostet. Ich nutze jede Sekunde, die ich bekommen kann, weil sich die 22nd gleich vor mir befindet …

An der 22nd biege ich wieder nach links und fahre die Einbahnstraße in entgegengesetzter Richtung, rase unter einer Markise vor einem Hotel hindurch, was einen Portier und ein paar ankommende Gäste auf die Palme bringt. Hinter mir quietschen Reifen, dröhnen Hupen und knackt Metall. Ein Blick nach hinten, ja, der Geländewagen ist mit einem entgegenkommenden Fahrzeug zusammengestoßen, als er auf die 22nd abbog, doch er wird sich wieder berappeln wie dieser unheimliche Terminator, der in Stücke zerfetzt wird, sich aber von alleine wieder zusammensetzt …

Hast du diesen Jungen gesehen?

Chaos auf einer belebten Straße, weil dieses Arschloch in dem schwarzen Geländewagen in die falsche Richtung fährt und sich alle Autos mit ihren Hupen beschweren, aber schließlich will niemand hier Autoscooter spielen, deshalb weicht jeder lieber aus.

Zeit. Ich brauche Zeit. Wo sind sie, wo sind sie, ich bin auf der 22nd, aber wo, zum Teufel, sind sie …

Meine Beine brennen, Schweiß läuft in meine Augen, Hupen plärren und Reifen quietschen, während der Geländewagen stehen bleibt und weiterfährt, stehen bleibt und weiterfährt, um die entgegenkommenden Autos herumlaviert, doch ich höre sie, ich höre sie, und jetzt scheinen es alle Fahrer zu kapieren und weichen diesem bescheuerten Geländewagen aus, als würde sich das Tote Meer teilen, sodass mir Charlton Heston als Moses im Kopf herumspukt, aber das soll nicht mein letztes Bild im Hirn sein, bevor ich sterbe …

Sie haben ungehinderte Sicht auf mich, haben ihre Waffen auf mich gerichtet, während sie näher kommen, nur noch wenige Sekunden entfernt sind. Kugeln übersäen die Gebäude und

Fahrzeuge und Fenster, die Menschen ducken sich … wo sind sie, wo sind sie, wo, Himmel, Arsch …, sind sie …

An der Kreuzung zur M Street nähern sich auf der 22nd Militärfahrzeuge von beiden Seiten und blockieren die Kreuzung, gefolgt von schwarzen Limousinen und einigen Streifenwagen. Ein Hubschrauber taucht am Himmel auf wie aus dem Nichts.

Endlich.

Ich schlittere nach links, aus der Ziellinie heraus, auf die M Street, und höre hinter der Ecke Reifen quietschen – die des Geländewagens, der sich der Kreuzung nähert. Rasch kann ich mich hinter den Barrikaden in Sicherheit bringen.

Der Geländewagen ist fünfzehn bis zwanzig Meter vor der Absperrung auf der M Street stehen geblieben. Hinter ihm rasen weitere Fahrzeuge mit heulenden Sirenen die 22nd entlang und versperren ihm den Weg für eine eventuelle Flucht.

Keuchend, aber erleichtert, stehe ich über mein Fahrrad gebeugt. Die Russen sind umzingelt.

Die Menschen auf der Straße huschen in Deckung. Soldaten in voller Montur springen aus Transportern und halten ihre Waffen auf den schwarzen Geländewagen gerichtet. Polizisten ziehen ihre Waffen und tun dasselbe. Alle rufen den Russen etwas zu.

Schalten Sie den Motor ab! Lassen Sie die Waffen fallen! Legen Sie Ihre Hände auf den Kopf und steigen Sie aus!

(Und seid ab jetzt nett zu Ben Casper!)

Niemand nähert sich dem Fahrzeug. Noch nicht. Alle halten ihre Stellung. Über uns, vielleicht in fünfzehn Meter Höhe, schwebt der Hubschrauber.

Die Polizei weist die Neugierigen an, sich zurückzuziehen, lässt die Autos südlich der Absperrung umkehren. Auch ich werde aus dem Weg geschoben, aber einen Straßenblock weiter steige ich aufs Dach eines Autos, um alles beobachten zu können. Dieses Recht habe ich mir doch verdient, oder?

Mehrere Polizisten in Zivil haben sich hinzugesellt, sprechen in Funkgeräte und zielen wie alle anderen auch auf die bösen Jungs. Diese Typen sind vom Geheimdienst. Sie sind hier dank der beiden magischen Worte, die ich während meines Notrufs verwendet habe.

Weißes Haus. Ich habe der Vermittlung gesagt, der Wagen habe das Weiße Haus als Ziel. Damit schafft man es, die Aufmerksamkeit der Behörden auf sich zu ziehen.

Der Geländewagen bleibt in der Mitte der 22nd Street stehen, CIA-Beamte rufen den Russen weiterhin Befehle zu, die bisher allerdings keine Wirkung zeigen.

Eine Sackgasse.

In jeder Minute, die vergeht, treffen weitere Polizeifahrzeuge am Tatort ein. Mittlerweile müssen es zwanzig sein.

»Die Party ist vorbei, Jungs«, sage ich vor mich hin. »Ergebt euch.«

Doch plötzlich geht der schwarze Geländewagen in einem Feuerball auf, ein Brand im Innern des Fahrzeugs, der die Türen und das Dach aufsprengt und alle Teile durch die Luft fliegen lässt. Das Letzte, das ich sehe, bevor mich die Druckwelle zu Boden fegt, sind grüne Militärfahrzeuge, die rückwärtsfliegen, Leichen, die durch die Luft purzeln, Glassplitter, die sich in alle Richtungen verteilen.

Dann lande ich auf dem Asphalt mit dem Gesicht nach unten, gleich darauf knallt ein Stück Metall auf den Boden, und schließlich höre ich den unvergesslich dumpfen Aufprall, wenn Leichen auf der Straße landen.

88

Ich öffne meine Augen, weiß nicht, wie lange ich ohnmächtig war. Als ich den Kopf hebe, denke ich: *So sieht Massenchaos aus.*

Die Menschenmenge hat sich zerstreut, von überallher wird laut gerufen, Sirenen heulen. Mittlerweile schweben mehrere Hubschrauber über uns, Düsenflieger patrouillieren am Himmel, Feuerwehr- und Krankenwagen treffen ein.

Überall liegen Menschen herum. Ich bin zu weit vom Epizentrum entfernt, um die Anzahl der Opfer abschätzen zu können, aber einige der Herumliegenden bewegen sich zum Glück, andere leider nicht.

In der Luft hängt der Geruch von Feuer, Benzin und Rauch. Und von Tod. Ich stelle mich auf meine wackligen Beine. Ich bin noch in einem Stück, schüttle den Kopf. Aus meinem Haar fallen Glasscherben. Die Straße ist damit übersät.

Ich gehe auf das Wrack zu, um, soweit es mir möglich ist, Hilfe anzubieten, doch die Polizei schiebt bereits die Menschen vom Ort des Geschehens fort und errichtet Absperrungen.

Es gibt für mich nichts zu tun. Jedenfalls hier nicht.

Ich blicke hinauf zum Himmel, zu der schwarzen Rauchwolke, die über der Stelle schwebt, wo der Geländewagen der Russen stand. Die Schlägertypen, die darin saßen, wurden – da besteht kein Zweifel – in tausend Stücke zerfetzt. Und das war nicht nur einfach ein Selbstmord, eine zerbissene Zyankalikapsel, um einem Verhör durch die Feinde zu entgehen. Nein, diese Mörder wollten nicht nur einer Festnahme entgehen.

Sie wollten nicht identifiziert werden.

Die Russen und Alexander Kutuzow haben ihre Spuren deutlich verwischt.

89

Zwei Stunden vergehen. Hilflos blicke ich zur Polizeiabsperrung, wo Sanitäter fieberhaft Patienten behandeln, während sie andere in aller Stille und mit weniger Dringlichkeit forttragen. An den Gebäuden in der Nähe der Explosion sind die Scheiben geplatzt und Ladenfronten geborsten.

Es gibt keinen Grund für mich zu bleiben. Ich kann keine Hilfe anbieten. Ich löse hier keine Probleme. Aber vielleicht wird es Zeit, dass ich das tue.

Ich steige auf mein Fahrrad und lasse das Chaos hinter mir. Rettungswagen fahren in beide Richtungen an mir vorbei. Ich bete, dass sie ihre Mission erfüllen. Doch entgegen meiner Hoffnung, die mein Herz zuschnürt und sich durch meine Brust brennt, weiß ich, dass hinter mir unschuldige Menschen starben.

Weitere Tote, die ich zu verantworten habe. Ich habe die Russen zu dieser Absperrung geführt. Ich habe die Absperrungen veranlasst.

Das Haus hat sich in meine Erinnerung gebrannt, daher habe ich keine Probleme, es zu finden. Es gab in den letzten Jahren viele Besuche, und besonders einer, weniger als einen Monat nach Mutters Tod, ist mir bewusst. Es war ein schlichtes Mittagessen auf Andreis Terrasse mit Würstchen und Kebab auf dem Grill. Außer an Mutters Beerdigung war es seit ihrem Tod das erste Mal gewesen, dass ich an die frische Luft kam.

Ich erinnere mich, wie ich im Garten stand und die Blütenblätter an diesen wunderschönen Blumen in einem Meer aus Farben zählte, mich wunderte, wie etwas so Kraftvolles und Schönes in einer so kalten, dunklen Welt existieren konnte.

Ich erinnere mich, wie er hinter mich trat und eine Hand auf meine Schulter legte. Zuerst dachte ich, es wäre Vater, aber natürlich hätte mich Vater nie so liebevoll berührt. Vater mochte keinen Körperkontakt.

Jedenfalls stand ich im Garten, und er kam lächelnd zu mir und blickte hinter sich, um sicherzugehen, dass Vater weit genug entfernt war. *Wenn du je das Gefühl hast, dass du in Gefahr bist, kannst du mich anrufen, Benjamin,* sagte er. *Ich werde dir helfen.*

Aber was weiß ein achtjähriges Kind schon von Gefahr? Deine Eltern erzählen dir was, und du akzeptierst es. Dein Vater erzählt dir, deine Mutter hätte sich selbst getötet, und du sagst: *Ja, Vater.* Er sagt, du sollst nicht mit der Polizei reden, und du sagst: *Ja, Vater.* Du hörst nicht auf das, was in dir tobt, auf diese tückische, unverständliche Angst. Du sagst dir nicht, dass dein Vater deine Mutter getötet hat und obendrein dich, nur für den Fall der Fälle, als Sündenbock hinstellt.

Ich trage mein Fahrrad die Stufen hinauf und klingle. Ich weiß nicht, ob er zu Hause ist, und wenn, wird er eine Weile brauchen, um die Tür zu öffnen.

Doch schließlich tut er es. »Benjamin«, begrüßt er mich. Er nennt mich immer bei meinem vollen Namen.

»Andrei, ich glaube, es ist Zeit, dass wir endlich Tacheles reden.«

90

Professor Andrei Bogomolow führt mich durch sein Haus in den Garten. Vor dem Fernseher im Wohnzimmer bleibe ich stehen. Dort wird über die Ereignisse berichtet, die ich aus erster Hand miterlebt habe. Eine Luftaufnahme vom Tatort zeigt einen schwarzen Krater, wo der russische Geländewagen gestanden hat. Rettungsfahrzeuge beherrschen das Bild, Menschen werden auf Rolltragen gehoben. Für eine Schätzung der Opferzahlen ist es noch zu früh. Die Tatsache, dass sich dieser Vorfall etwa acht Straßenblocks von der 1600 Pennsylvania Avenue ereignete, nachdem ein anonymer Anrufer die Polizei vor einem Angriff auf das Weiße Haus gewarnt hatte, scheint die Reporter und Kommentatoren mehr als alles andere zu beschäftigen.

»Komm«, drängt Andrei mich. »Diese Geschichte führt zu nichts. Setzen wir uns nach draußen.«

Wir gehen durch die Küche, wo auf dem Schrank Fläschchen mit Tabletten aufgereiht sind. In der Ecke steht ein Transfusionsständer. Ich würde auf Krebs tippen, aber es liegt bei Andrei, es mir zu erzählen. Ich brauche im Moment eine Menge Informationen von ihm – seine Krankheitsgeschichte gehört nicht dazu.

»Gehe ich richtig in der Annahme, dass das, was ich im Fernsehen gesehen habe, dich in irgendeiner Weise betrifft?«, fragt er, während er sich auf der Terrasse vorsichtig auf einen Stuhl setzt. Sein Hinterhof ist klein – als Kind kam er mir riesig vor –, die Blumen und Pflanzen stehen akkurat in Reih und Glied.

»Warum hören wir nicht auf, von Annahmen und Vorhersagen zu sprechen?«, beginne ich. »Fangen wir doch einfach mal damit an, was du weißt.«

Andrei sieht zu mir auf, wendet aber blinzelnd den Blick wieder ab.

»Erzähl mir noch einmal diese Geschichte«, verlange ich. »Diejenige darüber, wie du als Psychiater vor der Elfenbeinküste von einem sowjetischen Schiff gesprungen und an Land geschwommen bist. Und wie dich das Friedenskorps vor dem KGB versteckt und dich heimlich in die amerikanische Botschaft in Ghana gebracht hat. Erzähl mir diese Geschichte noch einmal, Andrei. Weil ich als Kind dachte, es gäbe keine wunderbarere Geschichte als diese.«

Seine Miene wird weich. »Und jetzt zweifelst du diese Geschichte an?«

»Hör mit dem Scheiß auf, Andrei. Okay? Du hast in bemerkenswert perfekter Weise vorhergesagt, was die Russen vorhaben. ›Du kannst von einem größeren Terrorakt ausgehen‹ und ›Die Russen planen, den Sowjetblock wieder aufzubauen‹. Du hast den Nagel auf den Kopf getroffen. In allen Punkten. Also tun wir nicht so, als hättest du einfach nur gut geraten.«

Er antwortet nicht. Zumindest nicht verbal. Nur seine Augen tanzen, während er überlegt, was er antworten soll.

»Du gehörst zur CIA«, sage ich. »Du bist ein Spion.«

Ein sanftes Lächeln umspielt seine Lippen. *Ich war dir ein guter Lehrer, Grashüpfer.*

»Ich bin Patriot«, erwidert er. »Ich war schon amerikanischer Patriot, noch bevor ich hierherkam.«

Wenn ich mir die ganze Sache als Erwachsener noch einmal durch den Kopf gehen lasse, ergibt alles einen Sinn. Ein Soldat und Psychiater des sowjetischen Militärs hat wahrscheinlich eine Menge Mist mitbekommen. Eine Menge Geheimnisse. Und dann muss etwas passiert sein. Vielleicht wurden die Sowjets misstrauisch. Oder vielleicht hatte er die Bedingungen seiner Vereinbarung mit uns erfüllt und wollte die Belohnung – Freiheit. Die CIA arrangierte alles, damit er fliehen konnte.

Vielleicht sprang er vor der Elfenbeinküste tatsächlich von einem Schiff, aber die Sache war abgekartet. Die CIA ließ ihn von jemandem, der bereits in den Startlöchern stand, in die Vereinigten Staaten verschwinden.

»Schön für dich, Professor. Aber wenn wir zur Gegenwart vorspulen, klingt es so, als lägest du immer noch mit einem Ohr auf dem Boden. Du hörst immer noch Dinge. Du weißt viel mehr über das, was hier passiert, als du rauslässt. Und es wird Zeit, dass du mit mir darüber sprichst.«

Andrei war immer ein verschwiegener Mensch und wird es in seiner noch verbleibenden Zeit auch bleiben. Er wird nur einen Bruchteil dessen preisgeben, was er fühlt und denkt. Aber ich glaube, er hat meinen Besuch erwartet. Ich glaube, er wollte, dass ich ihn besuche.

Er deutet auf den Gartenstuhl neben sich. »Setz dich, Benjamin.«

Ich schnappe mir den Stuhl, schleudere ihn in den Garten und baue mich direkt vor Andrei auf. »Was ist auf dem Video, Andrei?«, frage ich.

91

Professor Bogomolow blickt mit müden Augen zu mir auf. »Ich weiß ehrlich nicht, was auf diesem Video gezeigt wird«, sagt er. »Diese Information wird streng geheim gehalten, auch vor mir. Du kannst wahrscheinlich die Anzahl der Mitglieder unserer Regierung, die den Inhalt kennen, an einer Hand abzählen.«

»Aber es gibt ein Video.«

Er nickt. »Ja, es gibt ein Video.«

»Und die Russen haben es.«

»Ja.«

»Und sie erpressen unseren Präsidenten.«

Er seufzt. »So sieht es aus.«

»Aber es sind keine Sexaufnahmen vom Präsidenten mit Diana?«

Andrei schüttelt den Kopf. »Das wurde mir so gesagt. Die Aufnahmen seien viel schlimmer. Mir wurde gesagt, der Inhalt des Videos sei höchst sensibel.«

Schlimmer? Schlimmer als ein Sexvideo des Präsidenten und seiner Freundin?

»Wie kommt's, dass du all diese Sachen über die Russen vorhergesagt hast, Andrei? Warum hast du mir von ihren Plänen erzählt?«

Wieder hebt Andrei den Kopf, wenn auch mit einigen Schwierigkeiten. Er scheint überrascht zu sein, dass ich die Antwort nicht kenne, so als wäre sie offensichtlich. »Das habe ich dir erzählt, weil ich Patriot bin, Benjamin. Ich bin mit jeder Faser meines Seins ein Patriot. Ein Patriot tut, was das Beste für sein Land, nicht, was das Beste für seinen Führer ist.«

Das stimmt. Er spricht wie jemand, der in einem totalitären Regime aufwuchs.

»Dann glaubst du also, dass es um eine persönliche Angelegenheit des Präsidenten geht. Nicht um geheime Informationen wie Autorisierungscodes oder Fotos von Spionen, sondern etwas Persönliches.«

Andrei zuckt mit seinen knochigen Schultern. »Das ist meine Vermutung. Und wenn ich wüsste, dass das der Wahrheit entspricht, wenn ich wüsste, was es ist, und wenn es für den Präsidenten einfach nur peinlich wäre, würde ich es dir erzählen. Eigentlich würde ich es in diesem Fall jeder Zeitung der Welt erzählen. Ich würde alles tun, um diese Information öffentlich zu machen und unserem Land den Druck der Erpressung zu nehmen. Auch wenn ich dafür selbst im Gefängnis landen würde.

Aber ich weiß nichts, Benjamin. Ich könnte den Zeitungen also nichts Konkretes sagen. Ich wäre unglaubwürdig. Du kannst dir die Reaktion der Regierung vorstellen – ein kranker, alter, seniler Mann, der halluziniert. So was in der Art.«

Damit hat er recht. Unsere Regierung ist gut darin, Dinge in plausibler Weise zu bestreiten. Und jeden zu verleumden, der ihr in die Quere kommt.

»Das Beste, was ich tun konnte, war, dich mit Informationen zu versorgen und zu hoffen, dass du mehr herausfinden würdest, als ich es getan habe, Benjamin.«

»Ich? Warum ich?«

Mit schwacher Hand packt Andrei mein Handgelenk. »Du bist viel talentierter, als du dir selbst eingestehst, Benjamin. Du musstest Herausforderungen meistern, an denen die meisten Menschen zerbrochen wären. Du steckst voller Ressourcen und bist entschlossen und meiner Meinung nach ein brillanter Geist. Du hast eine Möglichkeit gefunden, um die Dämonen deiner Kindheit zu begraben und ein gewisses Maß an … ich weiß nicht, ob es Glückseligkeit ist, zu finden. Aber auf jeden Fall ein Gleichgewicht. Du hast es geschafft, den Mordanschlägen der Russen zu entkommen, die Existenz des Videos zu beweisen und das Weiße Haus in Angst und Schrecken zu versetzen.«

Ich gehe in die Hocke, damit mein Gesicht auf gleicher Höhe mit dem von Andrei ist.

»Warum wurde Jonathan Liu umgebracht?«, frage ich.

Andrei tätschelt spielerisch meine Wange. »Mein Freund, mit Sicherheit brauchst du mich nicht dazu, um dieses Rätsel zu lösen.«

Ich denke kurz darüber nach. »Die Chinesen«, sage ich. »Die Chinesen. Sie möchten nicht, dass die Russen das sowjetische Imperium wieder errichten. Wenn die Russen die ehemaligen Satellitenstaaten wieder übernehmen, vor allem Kasachstan, sind sie für China eine Bedrohung.« Ich sehe Andrei an. »Die Chinesen wissen, was die Russen vorhaben, oder?«

»Das vermute ich«, antwortet er.

»Klar. Auch sie wollen eine Kopie vom Video. Aber nicht, um die USA zu erpressen. Sie möchten es öffentlich machen. Sie wollen die Russen davon abhalten, uns zu erpressen, damit wir uns im Namen der NATO gegen die Aggression der Russen stellen.«

Und das erklärt, warum die Russen Jonathan Liu umgebracht haben.

Sie können nicht zulassen, dass die Chinesen das Video in die Finger bekommen. Ihre Erpressung funktioniert nicht, wenn das Video an die Öffentlichkeit gelangt.

»Und warum ich?«, wiederhole ich. »Warum haben sie versucht, mich umzubringen, seit Diana verschwunden ist? Warum glauben sie, dass ausgerechnet ich eine Kopie von diesem Video habe?«

Andrei, in Gedanken verloren, wendet den Blick ab. Er

scheint sich Sorgen zu machen, scheint die Antwort nicht zu kennen. Aber seinen Blick zu deuten ist wie der Versuch, die Lösung für den Zauberwürfel zu finden.

Gestern habe ich Alexander Kutuzow erzählt, ich hätte eine Kopie des Videos. Aber schon die Woche davor haben sie versucht, mich zu töten. Sie waren bereits davon ausgegangen, dass ich eine Kopie besitze. Ich habe ihnen nur etwas erzählt, das sie bereits glaubten.

»Entweder die Russen glauben, du hast schon eine Kopie«, erklärt Andrei, »oder sie glauben, du versuchst, an eine ranzukommen.«

Das ergibt Sinn. In jedem Fall stelle ich für die Russen eine Bedrohung dar.

Was heißt, es gibt nur eine Möglichkeit, die Sache zu beenden.

»Ich muss herausfinden, was auf dem Video ist, und es öffentlich machen«, sage ich. »Das ist die einzige Möglichkeit, die Russen aufzuhalten.«

»Und die einzige Möglichkeit, um dich zu retten«, fügt er hinzu.

Ja, das wäre auch ganz nett.

Ich lasse mich aus der Hocke auf meinen Hintern fallen. Die Sonne geht unter, und mit ihr sinkt auch die Temperatur. In ein paar Wochen werden sich die Farben ändern, und es wird kalt werden.

»Also, was ist schlimmer als ein Sexvideo mit dem Präsidenten?«, frage ich.

92

Völlig verwirrt verlasse ich Andreis Haus. Ich habe jetzt die Bestätigung, dass es ein Video gibt, was entscheidend ist. Aber mir wurde auch bestätigt, dass es sich nicht um ein Sexvideo mit dem Präsidenten und seiner Mätresse handelt, was genauso von Bedeutung ist. Das heißt nämlich, dass ich am Morgen Mist gebaut habe, als ich versuchte, Craig Carney hinters Licht zu führen. Dafür werde ich bezahlen müssen.

Carney ist schlau, sehr schlau. Als ich ihm erzählte, ich hätte eine Kopie des Videos, forderte er mich heraus. Er fragte, was auf dem Video zu sehen sei. Ich gab ihm die falsche Antwort. Also weiß er, dass ich ihn täuschen wollte.

Das Video war, wie ich die Sache jetzt sehe, die ganze Zeit über mein Trumpf. Carney übte in jeder erdenklichen Weise Druck auf mich aus – Drohungen, mich zu verklagen oder gegen Anne vorzugehen, die Stilllegung meiner Website, das Einfrieren meiner Konten –, doch so weit, mich von der örtlichen Polizei verhaften zu lassen, ging er noch nicht. Natürlich nicht. Weil er Angst hatte, dass ich über eine Kopie des Videos verfüge und damit an die Öffentlichkeit gehe. Er konnte sich nicht sicher sein, ob ich tatsächlich eine habe.

Aber jetzt weiß er, dass ich keine habe.

Ich habe Dame gespielt, die CIA hat Schach gespielt. Und jetzt bin ich schachmatt gesetzt. Craig Carney hat keine Angst mehr vor mir.

Ich rufe Eddie Volker an, meinen Anwalt. Vermutlich versucht er, mich zu erreichen, weiß aber nicht, wie.

»Ben, ich habe versucht, dich zu erreichen«, sagt er, als er sich meldet. »Ich habe schlechte Nachrichten.«

Ich hole tief Luft und wende den Blick zum Himmel. »Das Metropolitan Police Department hat einen Haftbefehl gegen mich erlassen«, sage ich.

»Stimmt. Woher weißt du das?«

»Lass mich raten«, erwidere ich. »Er wurde so gegen, sagen wir, heute Morgen um halb elf ausgestellt.«

»Stimmt. Woher weißt du das?«

Weil ich am Vormittag gegen Viertel nach zehn mein Telefonat mit Carney beendete. Er hat also keine Zeit verloren. Sobald ihm klar war, dass ich kein Video habe, zog er die Strippen. Er hat Detective Liz Larkin von der Leine gelassen.

»Du musst dich stellen«, rät mir Eddie. »Alle Polizisten in dieser Stadt sind hinter dir her. Für sie bist du ein Polizistenmörder, Ben. Du hast keine Chance.«

93

Nachdem ich mein geplantes Treffen mit Sean Patrick Riley verpasst habe, rufe ich ihn wegen eines neuen Termins an. Wir vereinbaren, uns in einem Imbiss an der Rhode Island Avenue zu treffen. Das klappt diesmal hoffentlich, weil mir die Zeit davonrennt. Es ist eine Sache, sich vor einer Handvoll Russen zu verstecken, die sich über die Hauptstadt verteilen, um nach mir zu suchen. Es ist aber etwas anderes, wenn jeder Polizist der Stadt, egal, ob zu Fuß oder im Auto, die Augen nach einem aufhält.

Riley sitzt bereits an einem Tisch und kaut auf einem Hähnchenflügel herum, als ich eintrete. Gott, sieht das toll aus – in der Öffentlichkeit zu essen und ein paar Bier zu trinken, als hätte man sonst keine Sorgen auf der Welt. Wie in den meisten Restaurants scheinen auch hier die Gäste in relativer Feierlaune zu sein, wenngleich ihre Stimmung durch die Ereignisse dieses Nachmittags gedämpft ist. Die Fernsehsender berichten ununterbrochen über die Explosion auf der 22nd Street, und die meisten gehen von einem misslungenen Angriff auf das Weiße Haus aus.

»Meinst du, es waren die Muslime?«, fragt Sean, als ich mich setze. Das ist die große Frage, die sich jeder stellt – wer waren diese Typen in dem Geländewagen? Spontan geht die Allgemeinheit davon aus, dass es sich um islamische Terroristen aus Asien oder Afrika handelt, doch Augenzeugenberichten zufolge waren es Weiße, was der Idee von islamischen Radikalen widerspricht, sie allerdings nicht ganz ausschließt.

Niemand wird die Antwort auf diese Frage je erfahren, weil die Leichen der Russen angesichts der Menge des Sprengstoffs in tausend Teile zerfetzt wurden.

»Dann mal los, Sean«, fordere ich ihn auf.

Riley zückt ein Blatt Papier. Ich bin nicht in der Stimmung zu streiten. Ich sage, man kann ein Blatt Papier zücken. »Eine E-Mail an Nina Jacobs vom vierten August. Das ist die Woche, bevor Nina ihre Post und ihre Zeitungen abbestellt hat.«

Ich sehe mir das Blatt an, das Riley mir reicht.

Von: »Diana M. Hotchkiss« <ladydiana@intercast.com>
An: »Nina Jacobs« <jacobsnina@metoo.com>
Nur mal so!

Hey, Mädel … wollte mich nur mal melden. Alles klar für nächste Woche? Du tust mir echt einen großen Gefallen, und ich stehe tief in deiner Schuld! Nimm dir aus dem Kühlschrank, was du magst, telefoniere übers Festnetz, trag EGAL welche von meinen Schuhen, und vergiss natürlich nicht, Cinnamon zu füttern!
Ein Schmatzer
Di

PS: Ich weiß, das kommt dir sicher alles komisch vor, aber ich erklär's dir später!

»Echt krass«, sagt Riley. »Ich meine, Diana Hotchkiss ist diejenige, die sich von ihrem Balkon gestürzt hat. Aber nach dieser E-Mail sieht es so aus, als hätte Nina ihre Wohnung gehütet.«

Ja, das stimmt. Irgendwie dachte ich mir schon, dass jemand Nina in Dianas Wohnung gelockt und dazu gebracht hat, sich Dianas Kleidung anzuziehen. Aber ich wusste nicht, wer dahintersteckte. Wer hat Nina in die Falle gelockt? Wer, der vermutet – oder vielleicht sogar gewusst – hat, dass Nina getötet werden würde, hat sie dazu überredet?

Und jetzt weiß ich es. Diana selbst hat ihre Freundin Nina in die Falle gelockt.

Also kannte ich Diana vermutlich überhaupt nicht. Die ganze Zeit, die ich mit ihr verbracht habe – und jetzt stellt sich heraus, dass sie eine Schwindlerin ist. Und ich hatte keine Ahnung!

»Ich habe eine Theorie«, versucht Riley mich aus meinen Gedanken zu reißen. »Willst du sie hören?«

94

Ich versuche, mich aufrecht zu halten, nicht die Fassung zu verlieren, als mir klar wird, was ich gerade über Diana erfahren habe. Es ist mir beinahe unbegreiflich, dass sie ihre Freundin in die Falle gelockt hat.

Vielleicht hat sie es doch nicht getan. Vielleicht hat jemand anderes diese Nachricht von ihrem E-Mail-Konto verschickt. Ich weiß es nicht. Aber das kann nicht sein. Lag ich denn mit Diana so verkehrt?

»Also, willst du jetzt meine Theorie hören oder nicht?«, drängt Sean Patrick Riley.

Diana hatte mir an jenem Tag am Telefon gesagt, ich solle ihre Wohnung kurz vor zehn verlassen. Diese Frist schaffte ich gerade noch pünktlich, nachdem ich mich von ihrer Unterwäsche und ihren Sexspielzeugen hatte ablenken lassen. Nina Jacobs muss aus dem Fahrstuhl gestiegen sein und nur Minuten, wenn nicht Sekunden später Dianas Wohnung betreten haben, nachdem ich über die Feuerleiter entwischt war.

Und jemand – unsere Regierung, die Russen, die Chinesen … Zutreffendes bitte ankreuzen – schubste Nina wenige Minuten später vom Balkon.

»Sean«, sage ich.

»Es ist eine verrückte Theorie«, sagt er.

»Nein, ich …«

»Vielleicht ist überhaupt nicht Diana Hotchkiss vom Balkon gestürzt. Vielleicht war es in Wirklichkeit Nina. Vielleicht hat Diana Hotchkiss sie dorthin gelockt, damit …«

»Sean, hör mir zu. Hör mir gut zu. Fahr nach Hause.«

Er zuckt zurück. »Bitte?«

»Fahr nach Chicago zurück. Du hast deinen Teil erledigt.

Das war wahnsinnig hilfreich. Es beweist, was ich mir schon die ganze Zeit über dachte.«

»Und das wäre?«, will er wissen. »Um was geht's hier überhaupt, verdammt noch mal?«

Ich seufze. »Es geht um einen Geländewagen, der heute in die Luft geflogen ist. Es geht um eine Verschwörung und eine Vertuschung, die bis ins Weiße Haus reicht.«

Sean Patrick Riley sieht mich lange an, bevor er sagt: »So ein Quatsch.«

»Ich mache keine Witze, Sean. Diana hat bei irgendeiner Sache kräftig mitgemischt. So kräftig, dass ein Geländewagen mitten in der Stadt explodiert ist. Die arme Nina wurde als einfacher Bauer in einem hochkarätigen Schachspiel geopfert. Ich denke, Nina liegt in einem Leichenschauhaus mit einem Zettel am Zeh, auf dem ›Diana Hotchkiss‹ steht. Und auch wenn ich es eigentlich nicht glauben will: Die Beweise, die du mir gerade geliefert hast, lügen nicht. Nina trug Dianas Kleidung und hielt sich in Dianas Wohnung auf. Sie gab vor, Diana zu sein. Sie wurde in die Falle gelockt. Du hast mir gerade geholfen, das zu beweisen.«

Er braucht eine Weile, doch auch ein skeptischer Expolizist wie er kann nicht die E-Mails leugnen, die er selbst gefunden hat. E-Mails, die sorgfältig aus dem Papierkorb des E-Mail-Programms gelöscht worden waren und nur von einem spezialisierten Kollegen gefunden wurden, den Sean engagiert hatte, um Ninas Rechner kriminaltechnisch untersuchen zu lassen.

»Deswegen wolltest du, dass ich ihren Rechner untersuchen lasse«, murmelt er. »Du dachtest dir schon, dass sich so was darauf befinden könnte.«

Hurra! Ein Lob für mich. »Wegen dieses Wissens könntest du getötet werden«, erkläre ich. »Also fahr zurück nach Chicago. In ein paar Tagen ist die ganze Sache so oder so vorbei. Wenn ich das hier nicht überlebe, hau mit dem ab, was du weißt. Kannst du es so lange aushalten? Toter als tot wird Nina auch nicht.«

Er kaut den Gedanken durch. Ich weiß nicht, ob ich ihn überzeugt habe oder nicht. Ich weiß nur, dass ich hier rausmuss, mich von ihm fernhalten und in Bewegung bleiben muss.

95

Ich lasse Sean allein am Tisch sitzen und gehe Richtung Ausgang. An der Theke werfe ich einen Blick auf den Fernseher mit den aktuellen Nachrichten. Es wird über nichts anderes berichtet.

Es wird von mindestens sechs Toten und Dutzenden Verletzten durch die Explosion gesprochen. Vier Polizisten und zwei Geheimdienstler, die in Erfüllung ihrer Dienstpflicht starben und deren Gesichter nebeneinander den Bildschirm ausfüllen. Damit sind es einschließlich Ellis Burk sieben Polizisten. Wenn man Jonathan Liu, Dianas Bruder Randy und Nina Jacobs hinzunimmt, kommen wir auf glatte zehn Opfer.

Wann wird das aufhören?

Ich krame in meiner Sporttasche nach einem meiner Prepaid-Telefone und wähle gerade eine Nummer, als mein Blick wieder zum Fernseher hinaufwandert.

»Eilmeldung« steht dort. Ich mache mich schon auf weitere Todesopfer gefasst.

Doch es geht nicht um den Geländewagen. Es geht nicht um das, was heute in der Hauptstadt passiert ist. Es geht um eine Eilmeldung auf internationaler Ebene.

Na, ratet mal.

Die Russen sind aufgrund der Entdeckung eines georgischen Spions in ihrem Land und des späteren Attentatsversuchs auf den russischen Ministerpräsidenten durch einen georgischen Mitarbeiter dabei, Tausende von Soldaten und Panzer an die Grenze zu Georgien zu schicken.

Der UN-Sicherheitsrat kam in aller Eile zu einer Sondersitzung zusammen. Chinas UN-Botschafter fordert multilaterale Gespräche und drängt die NATO zum Eingreifen.

Dann erscheint Präsident Blake Francis auf dem Bildschirm, neben ihm seine Frau, die hölzerne Prinzessin Libby Rose. Der Beitrag sieht aus, als wäre er bereits früher an diesem Tag im Rosengarten aufgezeichnet worden. Der Ton ist ausgeschaltet, doch der Beitrag ist mit Untertiteln versehen.

Unser Präsident spricht über Russlands Recht der Selbstverteidigung und darüber, dass die NATO angesichts der Provokation seitens Georgien vorsichtig vorgehen muss. Man dürfe Russland genauso wenig wie jedes andere Land auch zum Stillhalten auffordern, wenn es angegriffen wird.

»Scheiße«, sage ich zu niemand Besonderem. Jetzt geht's los. Die Russen rücken vor, und wir halten uns zurück und lassen es zu. Sobald wir das erste Land im Stich lassen, wird es immer schwerer werden, einen Grund zu finden, um die fortwährende Aggression der Russen zu stoppen.

Mir rennt die Zeit davon.

Ich verlasse das Lokal und wähle Anne Brennans Nummer. Die nächsten vierundzwanzig Stunden sind für die Russen entscheidend. Sobald sie das erste Land besetzen, wird es für die Vereinigten Staaten kein Zurück mehr geben. Und das wissen die Russen. Sie werden alles daransetzen, mich aufzuhalten. Einen Geländewagen in die Luft zu jagen ist nach dem heutigen Tag nicht mehr drin. Aber einen Menschen zu suchen, der mir am Herzen liegt, und ihn zu bedrohen? Das ist sehr wohl noch drin. Ich glaube nicht, dass sie über Anne Bescheid wissen, aber auf das, was ich glaube, kann ich mich nicht verlassen.

Ich muss zugeben, eigentlich will ich nur ihre Stimme hören. Ich könnte im Moment etwas Trost gebrauchen. Ich kann mit jedem Atemzug ihr Haar riechen. Unter anderen Umständen könnte ich noch eine Nacht mit ihr verbringen …

Am anderen Ende wird bereits abgehoben, noch bevor der erste Klingelton beendet ist. Komisch.

»Hallo, ja, hallo?«, meldet sich Anne mit hastiger, überraschter Stimme.

»Anne, hier ist Ben.«

»Oh, ach Ben. Du bist … du bist nicht hier, oder?«

Mein Bauch geht in Habachtstellung. Irgendwas an ihrer Stimme, an ihrer Reaktion, als sie meine Stimme hört, ist seltsam. Und dass sie so schnell geantwortet hat. Sie hat jemand anderen erwartet. Und sie hat Angst, dass ich bei ihr zu Hause aufkreuzen könnte.

Ich beschließe, auf Nummer sicher zu gehen. »Nein, ich bleibe heute Nacht in Maryland«, antworte ich.

»Ach so, gut.« Sie holt tief Luft. Weil sie erleichtert ist? Was ist da los? Warum will sie nicht, dass ich zu ihr nach Hause komme?

»Geht's dir gut, Anne?«

»Äh, ja. Mir … mir geht's gut. Ich bin nur … bin nur weggenickt. Ich bin müde. Muss ins Bett.«

Sie war am Einschlafen, hat aber das Gespräch noch vor dem Ende des ersten Klingeltons angenommen? Sie klingt nicht schläfrig. Kein bisschen. Sie klingt nervös. Ist jemand bei ihr?

»Na ja, kein Problem«, erwidere ich. »Schlaf dich aus. Ich melde mich morgen wieder.«

»Okay. Gut. Morgen wäre toll, danke.«

Ich drücke die Austaste, gleichzeitig durchfährt mich eine Welle der Angst. Sie wollte nicht, dass ich zu ihr komme. Und sie wollte nicht sagen, warum.

Anne ist in Gefahr.

Ich eile ins Restaurant zurück. Sean Patrick Riley hat sich gerade noch ein Bier bestellt. Er blickt auf, taxiert mich, als wolle ich ihn küssen.

»Bist du sicher, dass du noch mitmachen willst?«, frage ich.

Er wischt sich mit einer Serviette über den Mund. »Nach zwanzig Jahren Polizeidienst renne ich jetzt im Süden von Chicago rum, um treulose Ehemänner zu jagen. Ein bisschen Aufregung könnte nicht schaden.«

»Ich brauche deine Hilfe, Sean. Es könnte gefährlich werden. Das ist kein Witz. Hast du eine Waffe?«

»Natürlich.«

»Und Kameras? Zoom-Linsen und so'n Kram?«

»In meinem Wagen.«

»Wo steht dein Wagen?«

Er wirft seine Serviette auf den Tisch. »Gleich vor der Tür.«

»Dann sattel dein Pferd, Cowboy. Wir hätten schon längst hier weg sein müssen.«

96

Anne wohnt die 15th Street geradeaus nur etwa achthundert Meter entfernt. Wir erreichen die Kreuzung mit der T Street in derselben Zeit, die ich brauchen würde, um die Kette von meinem Fahrrad aufzuschließen.

Sean hält auf der Westseite der Straße in einer reinen Wohngegend, weswegen wir Glück mit dem Parkplatz haben.

Er reicht mir einen Ohrstöpsel. »Steck dir das ins Ohr.«

Sieh an! Wie Jennifer Garner in dieser alten Serie, *Alias – Die Agentin.*

»Jetzt leg dir das um den Hals.«

»Was ist das?«

»Eine Bluetooth-Schleife. Hast du dein Mobiltelefon noch nie mit Bluetooth verbunden? Ist genau dasselbe, nur musst du dir die Schleife um den Hals legen und das Kabel unterm Hemd verstecken.«

Ich befolge Seans Anweisungen. Auch er legt sich so ein Ding um. Er ist ganz aufgeregt. Hat seinen Spaß an der Sache. Der fehlt mir leider.

»Jetzt steck das Kabel in dein Handy. Ich tue bei meinem dasselbe. Dann können wir miteinander sprechen.«

Ich wende den Blick zu Sean. »Erinnere mich daran, dass ich dir nie auf den Wecker gehe.«

Er überprüft seinen Revolver. »Tut mir leid, aber ich habe keine zweite Waffe.«

Ich würde sie sowieso nicht benutzen. Wahrscheinlich würde ich mir den Pimmel abschießen.

»Ich werde die Wohnung erst einmal überprüfen«, sage ich.

»Ich bin derjenige mit der Waffe, Sportsfreund. Ich gehe.«

Aber ich bin derjenige mit dem schlechten Gewissen. Es sind

schon genügend Menschen für etwas gestorben, das mein Problem ist. Wenn ich es vermeiden kann, werde ich mich vor ihm in die Schusslinie werfen.

»Ich gehe.« Ich öffne die Tür und steige aus. Sean ruft mich auf meinem Mobiltelefon an, um die Verbindung zu testen. Test erfolgreich.

»Hey«, hält er mich auf, bevor ich die Tür schließe. »Als ich noch Polizist war, haben wir immer gesagt: ›Lass dich nicht totmachen.‹«

Ich blicke ihn an, warte auf die Fortsetzung. »Mehr nicht? ›Lass dich nicht totmachen‹?«

»Mehr nicht.«

»Guter Ratschlag, Sean.« Und schon bin ich auf dem Weg zum Haus, in dem Anne wohnt. Gehe um den Block herum zur Rückseite.

In *Alias – Die Agentin* gefällt mir Jennifer Garner am besten, obwohl sie auch in *Juno* hervorragend spielte. In *Daredevil* gefiel sie mir nicht, dafür aber das Motorrad, und als Elektra war sie wieder umwerfend.

Auf halbem Weg zur Rückseite des Hauses höre ich Sean durch den Kopfhörer. »Du hast gesagt, sie hat sich richtig schnell gemeldet? Und sie klang, als hätte sie jemand anderes erwartet?«

»Genau«, antworte ich, während ich weitergehe.

Vorsichtig nähere ich mich der Rückseite. Mein Herz pocht bis zum Hals, so leise wie möglich schleiche ich auf Zehenspitzen weiter, bleibe bei jedem Schritt stehen, um zu lauschen.

Jetzt kann ich ihre Wohnung sehen …

Sieht irgendjemand mich?

Ich springe in Deckung, als ich eine Bewegung in Annes Küche bemerke. Die Gestalt kann ich nicht erkennen, nur, dass jemand an den geschlossenen Vorhängen vorbeihuscht. Anne vielleicht? Doch wenn sie da drin von jemandem festgehalten wird, kann sie nicht frei herumlaufen.

Ich gehe ein paar Schritte weiter, verstecke mich hinter einer Garage. Es ist das letzte Gebäude zwischen mir und dem Zaun hinter Annes Haus, etwa zehn Meter entfernt.

Jennifer Garner spielte in dieser *Arthur*-Neuverfilmung eine ziemliche Schlampe. Es gefällt mir, wenn Schauspielerinnen aus dem Gewohnten ausbrechen und eine Schlampe spielen. Siehe Jennifer Aniston in *Horrible Bosses. Konzentrier dich, du Depp.* Sobald ich an der Garage vorbei bin, habe ich keine Deckung mehr. Das Licht hier hinten ist nicht besonders gut, aber gut genug. Wenn jemand aus dem Fenster sieht, entdeckt er mich.

Hier passiert nichts.

Auf Zehenspitzen schleiche ich von der Garage Richtung Zaun. Ich habe das Gefühl, so sichtbar zu sein wie ein Neonschild. Wenn jemand nach draußen sieht, bin ich erledigt, also hoffe ich inständig, dass niemand in Habachtstellung ist. Schließlich werde ich nicht erwartet. Ich habe Anne am Telefon gesagt, ich sei meilenweit entfernt in Maryland.

Ich gehe seitlich am Haus die Backsteinmauer entlang. Anne hat ein Schlafzimmer mit Fenster. Die Vorhänge sind zugezogen, aber dahinter ist es dunkel.

Leise schleiche ich vorwärts. Vorne im Haus brennt Licht. Hier ist der Vorhang nicht zugezogen. Wenn ich mich auf Zehenspitzen stelle, kann ich vielleicht hineinsehen. Aber würde man mich von drinnen nicht auch sehen?

Es gibt nur eine Möglichkeit, das herauszufinden. Langsam richte ich mich auf.

»Anscheinend erwartet sie einen Anruf von jemandem.«

Ich erschrecke zu Tode, als ich Seans Stimme in meinem Ohr höre. An diesen Spionagekram bin ich nicht gewöhnt.

»Ich hab beinahe einen Herzinfarkt bekommen!«, flüstere ich.

»Ich habe gesagt, anscheinend wartet sie auf jemanden, entweder dass jemand anruft …«

»Oder persönlich vorbeikommt. Gut beobachtet. Halte nach Autos Ausschau, ja? Alle Autos, die an dir Richtung Norden vorbeifahren. Hast du deine Kamera bereit?«

»Ja, klar.«

Ich hole noch einmal tief Luft, erhebe mich langsam bis auf die Zehenspitzen …

»Sie steht am Fenster.«

Ich sacke in mich zusammen. »Jesses, Sean. Was ist?«

»Sie steht vorne am Fenster und guckt zur Straße raus. Ich bin ausgestiegen und sehe sie durch mein Zoom. Die Dame sieht aus dem Fenster. Sie wartet auf jemanden, Ben. Glaub mir. Sie schaut die Straße hinunter. Sie erwartet einen Wagen.«

Dann werde ich das auch tun. Aber nicht hier in der Gasse. Das ist viel zu verdächtig.

Im Krebsgang husche ich ein paar Schritte Richtung Vorderseite, bis ich den Vorgarten des Nachbarhauses sehen kann. Zwischen den Vorgärten befinden sich, wie ich mich erinnere, ein paar Büsche entlang der winzigen Rasenfläche. Die meisten Häuser hier in der Gegend haben so was wie ein Stück Rasen, und auf den meisten stehen ein paar Büsche oder Blumen. Es gibt nicht viele weitläufige Grundstücke hier, weswegen jedes Fleckchen Grün, egal, wie klein es ist, gewöhnlich aufgemotzt wird.

Die Büsche geben nicht viel her, sind aber etwa einen Meter hoch, was reichen müsste. Wenn jemand gezielt nach mir sucht, könnte er mich sehen. Aber was soll's, das mit dem Risiko habe ich bereits vor einiger Zeit zu den Akten gelegt. Schon seit Tagen befinde ich mich auf einer Gratwanderung.

»Sag mir, wenn sie nicht mehr am Fenster steht«, flüstere ich. »Ich will einen anderen Beobachtungsposten einnehmen, aber vom Fenster aus würde sie mich auf dem Weg dorthin sehen.«

Eine Pause, aber keine sehr lange.

»Los. Schnell. Sie geht hin und her, und gleich ist sie wieder am Fenster.«

Ich schieße los und lande beinahe mit einem Kopfsprung hinter den Büschen des Nachbargrundstücks. Ich muss dabei ziemlich lächerlich ausgesehen haben. Und tue es wahrscheinlich jetzt immer noch.

»Netter Hechtsprung«, kommentiert Sean.

Aber ich hab's geschafft.

So, dann schauen wir mal, wer bei Anne Brennan aufkreuzt.

97

Mehrere Autos fahren auf der 15th Street vorbei. Jedes Mal gibt Sean mir ein Signal. Jedes Mal schnellt mein Puls in die Höhe. Jedes Mal falscher Alarm, weil das Auto weiterfährt.

Die Gewinnerin des Überraschend-gut-als-Schlampe-Wettbewerbs ist Glenn Close – nicht auf der Liste der Supermodels, aber *Gefährliche Liebschaften* und *Eine verhängnisvolle Affäre?* Ehrlich, ich glaube, es liegt an ihren Wangenknochen.

»Vielleicht wartet sie nur auf ihre Freundinnen, die sie abholen wollen, um auszugehen«, sagt Sean in meinem Ohrhörer.

»Nein, dafür war sie viel zu nervös«, antworte ich ins Gras hinein. Ich liege noch immer flach auf dem Boden, habe Angst, mich zu bewegen, um nicht Annes Aufmerksamkeit auf mich zu ziehen. Allerdings hoffe ich, dass mir das Gebüsch ausreichend Deckung bietet, und, was noch wichtiger ist, ich befinde mich nördlich von ihrer Haustür mit Blick nach Süden, der Richtung, aus der sich uns das entscheidende Fahrzeug die Einbahnstraße entlang nähern kann.

Anne Hathaway sollte mal versuchen, eine Schlampe zu spielen. Sie hat einen auf sexy gemacht, aber nicht auf Schlampe …

»Ein schwarzer Pkw. Kommt in deine Richtung, Ein schwarzer Pkw. Fährt ganz langsam.«

Also gut, Ben, konzentrier dich. Ein schwarzer Pkw. Vielleicht ein Regierungsfahrzeug.

Vielleicht das Fahrzeug eines Milliardärs.

»Sie sieht das Auto ebenfalls. Schnappt sich ihre Handtasche. Geht zur Tür.«

Langsam erhebe ich mich auf die Knie und teile die Büsche

vor mir, um die Straße sehen zu können. »Sag mir, wenn mein Kopf über den Büschen auftaucht.«

»Alles in Ordnung, bist immer noch nicht zu sehen.«

»Nimm deine Kamera, Sean. Mach möglichst von allem ein Bild. Ich bin mir nicht sicher, ob ich was erkennen kann.«

»Mach ich.«

Das Gute ist, dass dieser Rasenabschnitt, auf dem ich mich verstecke, etwas erhöht liegt, sodass ich über den Wagen vor Annes Gebäude hinwegsehen kann.

Der schwarze Pkw hält vor Annes Haus. Der Motor surrt vor sich hin. Es gibt absolut keinen Grund, warum jemand in diesem Wagen in meine Richtung blicken sollte, und laut Sean dürfte man mich sowieso nicht sehen, doch kein Grund der Welt sorgt dafür, dass mein Herz aufhört, volle Pulle zu schlagen.

Ich höre, wie die Haustür geöffnet wird, dann das Klackern von Annes Schuhen auf den Stufen.

Die hintere Tür des Wagens wird geöffnet, und, wie gehofft, schaltet sich das Innenlicht ein. Ein Mann in dunklem Anzug steigt aus und filzt Anne, bevor sie einsteigt, bevor sie beinahe in den Rücksitz taucht und die Person, die dort sitzt, mit einem leidenschaftlichen Kuss begrüßt.

Anne Brennan küsst jemanden, und dieser Jemand bin nicht ich.

»Heiliger Strohsack, ist das die Person, von der ich glaube, dass sie es ist?«, schreit Sean.

Der Typ im dunklen Anzug schließt die hintere Tür und setzt sich vorne auf den Beifahrersitz. Einen Augenblick später erlischt die Innenbeleuchtung, und im Wagen ist es wieder dunkel.

»Soll ich dem Wagen folgen?«, fragt Sean.

Ich befreie den Atem aus meiner brennenden Brust. »Nein«, sage ich.

Der Wagen fährt rasant los. Ich befreie die Büsche von meinem Klammergriff.

Und mein Hirn lässt einen Wirbel aus Gedanken frei.

Operation Delano … schlimmer als ein Sexvideo mit dem Präsidenten … Delano …

Mist. Natürlich. Gott, war ich dumm.

»Ben, hast du was erkennen können? Ist das die Person, von der ich denke …«

»Ja«, antworte ich und sinke nach hinten auf meine Fersen. »Du hast ins Schwarze getroffen.«

98

Sean Patrick Riley und ich sitzen in seinem Mietwagen vor meiner Absteige. Vor drei Stunden sind wir von Anne Brennans Haus weggefahren. Drei Stunden, in denen ich verarbeiten konnte, was ich auf dem Rücksitz des Pkw gesehen habe.

Und drei Stunden, um zu überlegen, was ich als Nächstes tun werde.

»Bist du dir bei diesem Plan sicher?«, fragt Sean.

Ich seufze. »Nein, aber mir fällt kein anderer ein. Ich muss was unternehmen.«

»Nein, musst du nicht«, widerspricht Sean. »Wer hat dich beauftragt, die Welt zu retten? Ich an deiner Stelle würde aus diesem russischen Milliardär so viel Geld rauspressen wie möglich, mit der Regierung eine entsprechende Vereinbarung treffen und auf irgendeine Insel ziehen. Aber so denke eben nur ich.«

Der Kerl hat gar nicht so unrecht.

»Und dein Plan hängt allein von dem Video ab«, fährt Sean fort.

»Stimmt. Da ich jetzt weiß, was sich darauf befindet, kann ich dafür sorgen, dass der Plan funktioniert.«

Er brummt missbilligend. »Du meinst, da du jetzt *vermutest,* was sich auf dem Video befindet, *vermutest* du, du könntest dafür sorgen, dass der Plan funktioniert.«

Das ist etwas genauer ausgedrückt, ja.

»Du stellst zwar Vermutungen auf hohem Niveau an, Ben, aber wenn du falschliegst, bist du am Arsch.«

»Du kümmerst dich nur um deinen Anruf«, wechsle ich das Thema. »Du hast die Telefonnummer ganz sicher?«

Er stöhnt. »Klar. Ich habe sie dir doch schon vorgelesen.«

Er ist es nicht gewohnt, Anweisungen zu erhalten. Deswegen hat er wahrscheinlich seinen Beruf als Polizist an den Nagel gehängt und wurde sein eigener Chef als Privatermittler.

»Und du verwendest ein nicht zurückverfolgbares Telefon«, nerve ich ihn weiter.

Er winkt ab. »Ja, ja, ja. Keine Sorge, Ben. Ich bin schon in der Lage, einen dämlichen Anruf zu erledigen.«

Ich nicke. Wir schweigen einen Moment. Zumindest scheint Sean seinen Spaß an der Aufregung zu haben. Bei mir brennt sich gerade die Säure durch meinen Magen.

»Wenn dein Plan nicht funktioniert, bist du erledigt«, informiert mich Sean. »Man wird dich verhaften und in einem Loch vergraben. Du kannst alle möglichen Anschuldigungen von dir geben, wirst aber nicht in der Lage sein, sie zu beweisen.«

Mit alldem hat er natürlich recht.

»Vorausgesetzt, du überlebst. Die Chancen dazu stehen, wie ich die Sache sehe, höchstens fünfzig zu fünfzig.«

Erzähl mir nichts über Chancen, sagte Han Solo in *Star Wars,* als er um die Asteroiden herumnavigierte.

»Dann wäre es besser, dass mein Plan aufgeht«, sage ich.

99

Ich strecke meine Arme, um etwas von meiner Nervosität loszuwerden. Ich stehe in Unterhose in meinem schmuddeligen Hotelzimmer, in einer Hand ein Telefon, das mir Sean Patrick Riley gestern Abend gegeben hat, und will einen Anruf erledigen, der alles ändern könnte.

Die Ruhe vor dem Sturm. Rocky, der in den Spiegel schaut, bevor er gegen Apollo Reed in den Ring steigt. Tom Cruise, bevor er Jack Nicholson vor dem Kriegsgericht ins Kreuzverhör nimmt. Mikey in *Swingers,* bevor er den Mut aufbringt, Nikki, das Mädchen aus der Bar, anzurufen, und ihr schließlich sieben- oder achtmal hintereinander auf den Anrufbeantworter spricht, jedes Mal chaotischer als das vorherige Mal, bevor sie sich endlich meldet und ihm sagt, er solle tot umfallen.

Gut, vielleicht passt das letzte Beispiel nicht so ganz. Aber wer aufgepasst hat, hat gemerkt, dass die Aufzählung keine Präsidenten enthält. Nicht seit Detective Liz Larkin sagte, ich hätte all die Belanglosigkeiten über die Präsidenten nur auswendig gelernt, um eine Verbindung zu meinem Vater aufzubauen. Das stimmt nicht. Ich hielt die Informationen nur für interessant. Ich habe keine Verbindung zu meinem Vater aufgebaut. Scheiß auf ihn. Ich brauche ihn nicht. Ich komme auch ohne ihn ganz gut zurecht. Solange ich lebe, werde ich nichts mehr über die Lebensgeschichte eines Präsidenten sagen. Keine Gedichte mehr erwähnen, die sie mochten, oder Schuhe, die sie trugen, oder Hunde, die sie hatten.

Nie wieder. Schreibt euch das auf. Der einzige Präsident, um den ich mich kümmern werde, ist der, der gerade im Weißen Haus sitzt, seinen Amtseid gebrochen hat und meine Welt zerstört.

Ich habe nicht geschlafen, falls das noch niemand bemerkt haben sollte. Ich habe den Versuch ungefähr um vier Uhr morgens aufgegeben, und da ich das Hotel angesichts der Polizei, die mich kreuz und quer durch die Stadt jagt, nicht verlassen kann, bin ich in diesem winzigen, schmutzigen Zimmer vier Stunden lang ununterbrochen hin- und hergegangen. Das ist vielleicht eine gute Übung für ein Bundesgefängnis, was, wenn die Sache nicht gut läuft, die harmloseste Variante sein könnte, die mich erwartet. Die schlimmste wäre die mit dem Sarg.

Und los geht's, Ben. Vermassle die Sache nicht.

Ich greife zum Prepaid-Telefon, wähle die Nummer und halte das Telefon ans Ohr.

Einmal klingeln. Zweimal. Der Adrenalinrausch lässt meinen leeren Magen wie eine Waschmaschine drehen. Kaum kann ich das Telefon halten.

Vermassle die Sache nicht … mach's besser als Mikey …

»Hallo.« Flache, eisige Stimme mit schwerem Akzent, die natürlich am Ende abfällt.

Ich hole tief Luft. »Mr Kutuzow, hier ist Ben Casper.«

»Ah, Mr Casper.« *Meester Kahsper.*

»Wir müssen was Geschäftliches besprechen«, beginne ich.

»Müssen wir das? Jetzt? Ich muss Ihnen sagen, Mr Casper, dass ich meine Zweifel habe, was Sie betrifft. Bei unserem ersten Gespräch nahm ich an, Sie wären im Besitz eines sehr wichtigen Gegenstands. Jetzt bin ich mir dessen nicht mehr so sicher.«

»Nun, Sie sollten sich aber sicher sein, Alex. Ich habe das Video. Und ich habe eine Datei erstellt, die ich an alle Nachrichtenmedien von Nordamerika schicken kann, wenn mir was passiert.«

»Ich verstehe.« Seine Stimme klingt leicht vergnügt. Als glaube er mir nicht.

»Ich möchte, dass zwanzig Millionen Dollar auf ein bestimmtes Konto überwiesen werden, Alex. Und wenn ich es erhalte, gebe ich Ihnen die Garantie, dass das Video vertraulich bleibt.«

Kutuzow schnalzt mit der Zunge. »Nein, nein, Mr Casper. Das glaube ich nicht. Mein Freund, ich weiß, dass Sie versuchen, dieses Video aufzutreiben. Aber ich glaube mittlerweile, dass Sie es nicht finden werden. Ich glaube, Sie haben ... geblufft. Sagt ihr Amerikaner nicht so? Sie haben geblufft.«

Das stimmt. Das habe ich getan. Und tue es jetzt auch.

»Ich bluffe nicht«, widerspreche ich.

»Dann sagen Sie mir, was auf dem Video zu sehen ist«, verlangt er. »Beweisen Sie, dass Sie eine Kopie haben.«

Das ist mehr oder weniger dasselbe, was Craig Carney gestern von mir verlangte. Gestern verlor ich den Test. Ich hoffe, ihn diesmal zu bestehen. Wenn nicht, gibt es nämlich keinen Ausweg.

»Es ist ein Sexvideo mit Diana Hotchkiss und der First Lady, Libby Rose Francis«, sage ich.

Und halte den Atem an. Dies ist der entscheidende Moment. Richtig oder falsch. Leben oder sterben. Natürlich wäre es nett, würde ich dieses dämliche Video auch wirklich in meinen Händen halten.

Kutuzow stößt einen Seufzer aus.

»Geben Sie mir Ihre Kontonummer.« Seine Stimme klingt, als hätte er ein kleines bisschen seines Selbstvertrauens verloren.

100

Auch die nächste halbe Stunde marschiere ich im Zimmer auf und ab. Meine Beine werden wackelig, und meine Arme kribbeln vor Erschöpfung.

Geben Sie mir Ihre Kontonummer, hat Kutuzow gesagt.

Diesmal hatte ich mit dem Video also recht. Die Hinweise lagen schon seit Langem offen auf dem Tisch. Operation Delano. Ich hatte recht damit, dass die ursprüngliche Operation Delano der Plan war, Präsident Franklin Delano Roosevelt zu erpressen. Aber mit dem Grund lag ich falsch.

Ich hatte seine Frau Eleanor vergessen. Die Gerüchte sind bis zum heutigen Tag unbewiesen, doch in vielen Kreisen gilt es als Tatsache, dass Eleanor Roosevelt lesbisch war. Auch Stalin musste von diesen Gerüchten gehört haben. Er suchte nach Beweisen, um diese auf dem Jalta-Gipfel als Druckmittel einsetzen zu können – um die USA zu erpressen.

In den 1940er-Jahren wäre diese Information wahrscheinlich vernichtend gewesen. Ach ja, nur für das Protokoll: Diese Hinweise stehen nicht im Widerspruch zu meinem Versprechen, nichts mehr über die Belanglosigkeiten aus dem Leben von Präsidenten von mir zu geben.

Wenn wir jedenfalls fast siebzig Jahre im Schnelllauf vorwärtsspulen, sind wir bei Operation Delano 2.0 angekommen. Die Russen erhalten den Beweis, dass Libby Rose Francis eine Freundin namens Diana Hotchkiss hat. Wäre es heute ein vernichtender politischer Skandal für den Präsidenten, wenn er zugäbe, dass seine Frau eine Lesbe ist? Haben wir als Nation keine Fortschritte gemacht?

Offenbar möchte Präsident Francis nicht die Probe aufs Exempel machen.

Wer weiß denn schon, was auf dem Video zu sehen ist? Wenn es drastischer Sex ist – ich halte kurz inne, um mich an die Sexspielzeuge in Dianas Schlafzimmerschrank zu erinnern –, wäre dies aus der Sicht des Präsidenten der Tropfen, der das Fass zum Überlaufen brächte. Er könnte nicht mit einem Video überleben, das seinen Weg durchs Internet geht und seine Frau zeigt, die perverse Sachen mit einer anderen Frau treibt.

Ich zucke zusammen, als jemand laut an meine Tür klopft. Mein Puls rast auf Hochtouren. Wer weiß denn überhaupt, dass ich hier wohne? Ich sehe mich nach einem Fluchtweg um …

Hört' ich plötzlich leise klopfen, leise, doch vernehmlich klopfen …

In diesem Zimmer gibt es kein Fenster, keinen Platz, um mich zu verstecken …

Und fuhr auf, erschrocken stammelnd: »Einer von den Kameraden, einer von den Kameraden.«

»Ich bin's, Sean!«, ruft er. »Ich bin's.« Ich stütze mich mit den Händen auf den Knien ab und versuche, meine Atmung unter Kontrolle zu bekommen. Tief einatmen, Ben. Und langsam wieder ausatmen.

»Hey«, grüßt er mich, als ich die Tür öffne. Er sieht mich einen Moment abschätzend an. »Was hast du da gerade gesagt?«

»Ich habe nichts gesagt.«

»Doch. Klang wie das Gedicht von Edgar Allen Poe. ›Der Rabe‹.«

Ich atme tief ein. »Das habe ich laut aufgesagt?«

»Genau.« Er legt eine Hand auf meine Schulter. »Hast du heute Nacht geschlafen?«

»Kein bisschen.« Ich verriegle die Tür hinter ihm. »Hast du ein anonymes Handy dabei, um den Anruf zu erledigen?«

»Ja. Wie oft fragst du mich das denn noch?«

»Du bist mir eine große Hilfe, Sean. Ehrlich.«

»Nicht der Rede wert.« Sean sieht sich in meiner Absteige um und, nun ja, hält wohl nichts von ihr.

»Und? Hast du mit dem Video richtiggelegen?«, fragt er.

»Ja.«

»Jesses. Ein Sexvideo mit Diana Hotchkiss und der First Lady?«

Ich nicke.

»Und das hast du allein aus dem, was du gestern Abend in dem Auto gesehen hast, geschlussfolgert?«

»Darauf hätte ich schon längst kommen sollen«, erwidere ich. »Aber das gestern Abend war ausschlaggebend. Und deine Fotos mit dem Zoom sind noch besser als das, was ich mit bloßen Augen gesehen habe.«

Er nickt voller Stolz. »Ja, diesen Kuss habe ich richtig gut erwischt. Und er war nicht nur rein freundschaftlich.«

Er zeigt mir einen Ausdruck des Fotos, das ich gestern Abend bereits auf seiner Digitalkamera gesehen habe.

Eine Nahaufnahme von Anne Brennan in dem schwarzen Pkw, während sie Diana Hotchkiss leidenschaftlich küsst.

Er hat recht – das ist kein freundschaftlicher Kuss, sondern ein Kuss zwischen zwei Frauen, die sich verzweifelt vermissen. Ein Kuss zweier sich liebender Frauen.

Oh Diana, ich vermute, du wirst nie aufhören, mich zu überraschen.

Auf der Nahaufnahme ist nicht viel mehr zu sehen als die beiden Gesichter, doch als ich gestern Abend ins Auto spähen konnte, sah ich etwas Orangefarbenes aufblitzen, von dem auch auf dem Foto ein Stück zu sehen ist: Dianas Kleidung. Und was die Sache eindeutig macht, ist der Stahl, der an ihrem Handgelenk glänzt, während sie mit ihrer Hand zärtlich über Annes Gesicht streicht.

Diana war mit Handschellen gefesselt und trug einen orangen Gefängnisoverall.

Diana arbeitete nicht als Spionin für die Vereinigten Staaten. Diana war eine Verräterin. Sie zeichnete heimlich eine sexuelle Begegnung mit der First Lady auf und wollte das Video an den Meistbietenden verkaufen. Ich vermute, sie arbeitete anfangs mit den Russen zusammen, wurde dann aber gierig und lud auch die Chinesen zum Mitmachen ein. Oder vielleicht hatte sie gleich von Anfang an mit beiden Kontakt aufgenommen, ohne dem jeweils anderen davon zu erzählen. Wer weiß?

Die Einzelheiten sind eher egal. Nicht egal ist, dass ich jetzt mit der Sache zurechtkommen muss, und wenn ich es falsch anstelle, lande ich entweder lebenslänglich im Knast oder werde für den Sarg zurechtgemacht.

»Was brauchst du jetzt von mir?«, reißt mich Sean aus meinen Gedanken.

»Ich möchte nur, dass du diesen Anruf erledigst.«

»Sonst nichts?«

»Nur das. Sonst nichts«, antworte ich.

Er weiß nicht, ob er lachen oder sich wundern soll. »Du bist dir sicher, dass mit dir alles in Ordnung ist?«

»Ich möchte nicht, dass du dich heute in der Nähe der National Mall herumtreibst, Sean. Wenn die Sache schiefgeht, bin ich entweder tot oder lande im Knast. Und dich kriegt man wegen Beihilfe dran.«

Er verzieht sein Gesicht. Ihm zu sagen, er solle sich von einem spannenden Ereignis fernhalten, ist, als sagte man Kim Kardashian, sie dürfe sich nicht mehr fotografieren lassen.

»Bisher hast du im Fall der vermissten Nina Jacobs ermittelt«, erkläre ich. »Dafür kann dich niemand drankriegen. Wenn du mir jetzt hilfst, könntest du den Rest deines Lebens im Gefängnis verbringen. Oder im Kreuzfeuer getötet werden.«

Ich gehe zur Tür und öffne sie. Es sind genug Menschen gestorben. Sollte ich der nächste sein, bitte. Aber nicht Sean.

»Geh«, sage ich.

Schließlich gibt er nach. Als er an mir vorbeigeht, versetzt er meinem Bauch einen Klaps mit seiner Rückhand. »Hey«, sagt er.

»Ich weiß«, komme ich ihm zuvor. »Lass dich nicht totmachen.«

101

Und hier endet alles.

Schon immer wollte ich so was Theatralisches sagen. Aber wisst ihr was? Wenn es tatsächlich passiert, ist es gar nicht mehr lustig.

Der Himmel an diesem Nachmittag sieht aus, als wäre er mit blauem Puder bestäubt, so hell leuchtet er. Ich trage eine Stoffhose und ein Hemd, das ich mir am Vormittag gekauft habe. Meine Stirn ist glitschig vom Schweiß, und mein Hemd klebt an meiner Brust.

Heute tummeln sich auf der National Mall besonders viele Menschen. Könnte sein, dass sie wegen des nahenden Sommerendes und des bevorstehenden Schulbeginns im September noch schnell Urlaub genommen haben.

Oder vielleicht sind mehr »Touristen« als sonst unterwegs, weil einige von ihnen gar keine Touristen sind. Ich nehme das nicht auf die leichte Schulter. Wahrscheinlich sind mehrere Dutzend über die ganze Mall verteilt, stehen vor den verschiedenen Statuen, beobachten jede meiner Bewegungen, kommunizieren miteinander und warten nur darauf, den Abzug zu betätigen, sobald sie ein einfaches Handzeichen oder ein über ihre Kopfhörer weitergegebenes Signal erhalten. Wahrscheinlich sind mehr als zwanzig Mündungen auf meine Brust gerichtet.

Allerdings mache ich es ihnen besonders leicht. Ich bin etwa zwanzig Meter vom Lincoln Memorial entfernt stehen geblieben und blicke die Mall entlang. Dies hier ist mein Lieblingsplatz in Washington – er ist eine Inspiration, ein Tribut an den Mut, den so viele Menschen bei der Verteidigung dieses Landes und der Freiheit des Einzelnen aufgebracht haben. Vielleicht sehe ich ihn heute zum letzten Mal.

Ich trete vor die Statue, doch der gute Abraham ist heute

nicht zu sehen. Eine blaue Plane wurde über ihn gezogen, daran hängt ein Schild mit einer Entschuldigung wegen der notwendigen Reparaturmaßnahmen und dem Versprechen, das Denkmal sei bald fertig. Die Touristen werden enttäuscht sein, doch es gibt hier noch eine Menge andere Sachen zu sehen.

Also sitze ich alleine auf halber Höhe der Treppe zum Denkmal und blicke über das Reflexionsbecken und das Washington Monument hinweg, während Eltern ihre Kinder zusammentreiben und Fotos machen und andere Touristen von einem Denkmal für heldenhafte Menschen zum nächsten wandeln.

Der Mann, auf den ich warte und über den ich mir den Kopf zerbrochen habe, hat lange überlegt, wie er mich an die Pforte zum Reich des Todes bringen kann. Nach sorgfältiger Vorbereitung und Einschätzung der Situation bete ich darum, dass meine kleine Vorstellung Frieden bringt und keinen Krieg.

»Hallo, Mr Kutuzow«, begrüße ich den elegant gekleideten Mann, der die Stufen heraufkommt.

Und wenn ich falschliege, dann war's das.

102

»Hallo, Mr Casper«, begrüßt mich Alexander Kutuzow mit seinem starken Ostakzent. Er wirkt kantiger, als ich erwartet hätte, ist in lässigem Milliardärsstil gekleidet – maßgeschneidertes gelbes Seidenhemd mit hochgekrempelten Ärmeln, passende Hose und ein Tausend-Dollar-Haarschnitt. Doch seine Haut ist pockennarbig und ledrig, seine Nase sieht aus, als hätte sie einige Schläge abbekommen, seine Arme sind mit Narben überzogen. Er hat ein Vermögen von mehr als zwanzig Milliarden Dollar angehäuft, doch um die zusammenzubekommen, hat er einige Kämpfe ausfechten müssen.

»Sie kommen pünktlich«, stelle ich fest. »Sie sind sehr zuverlässig.« Ein Pärchen tritt vor die Statue, die Blicke über uns hinweggerichtet. Ihre Gesten zeigen Enttäuschung. Auf der National Mall gibt es einige tolle Dinge zu sehen, doch eine der Hauptattraktionen ist die Statue von Abraham Lincoln, die sich derzeit unter der blauen Plane versteckt.

»Diesen Ort haben Sie gut ausgewählt«, merkt er an. »Öffentlich genug, um Ihnen ein Gefühl der Sicherheit zu geben, aber wegen der Sanierungsarbeiten an Mr Lincoln immer noch so abgeschieden, dass niemand hier ist, um unser Gespräch zu belauschen.«

Eigentlich habe ich nur nach einem Ort gesucht, an dem es keine unschuldigen Zaungäste gibt.

Das und weil sich der Ort in der Nähe meiner nächsten Verabredung befindet, falls ich lebend von hier wegkomme.

»Aber vielleicht auch nicht«, fährt er fort.

Ich zucke zusammen. »Das verstehe ich nicht.«

Er dreht sich zu mir.

»Zeichnen Sie diese Unterhaltung auf, Mr Casper?«, fragt er.

Ich versuche, belustigt zu kichern, doch es hört sich eher an, als räusperte ich mich. »Warum sollte ich das hier aufzeichnen? Ich breche das Gesetz, indem ich mit Ihnen dieses Geschäft abschließe. Dafür könnte ich ins Gefängnis wandern.«

»Stimmt. Seien Sie dennoch nachsichtig mit mir – ich würde Sie gerne nach einem Abhörgerät untersuchen.«

»Als Zeichen des guten Glaubens?«, frage ich. »Der Kooperation?«

»So könnten Sie es sehen.«

»Vielleicht habe ich keine Lust, kooperativ zu sein«, wehre ich mich.

Kutuzow wirft mir ein eisiges Lächeln zu. »Victor«, sagt er.

Bevor ich ihn fragen kann, was er meint oder wer auch immer Victor ist, höre ich ein Zischen, und im gleichen Moment explodiert die Stufe unter mir. Ich mache einen Satz und falle auf die Seite. Kutuzow lacht auf meine Kosten.

Ich sehe auf die Stelle, wo die Kugel eingeschlagen ist. Etwa fünf Zentimeter nach rechts oder links, und einer meiner Füße wäre abgeschossen worden. Etwa fünf Zentimeter höher, und ich hätte Mitglied bei den Wiener Sängerknaben werden können.

Ich sehe mich auf der Mall um, habe keine Ahnung, aus welcher Richtung die Kugel kam. Doch dass der Scharfschütze schießen kann, steht außer Zweifel. Ein Punkt für Kutuzow.

Kutuzow, der sich während der ganzen Aktion nicht gerührt hat, dreht sich zu mir und zwinkert mit dem Auge. »Vielleicht haben Sie jetzt Lust, kooperativ zu sein?«

Ich nicke und erhebe mich. Mit pochendem Herzen frage ich mich, ob ich von dem Kuchen nicht ein größeres Stück abgebissen habe, als ich schlucken kann. Die Antwort lautet eindeutig: natürlich.

Ich hebe meine zitternden Hände. »Sie haben gewonnen. Untersuchen Sie mich.«

Er nickt in die Richtung des Reflexionsbeckens, wo sich ein großer Mann plötzlich auf uns zubewegt.

»Das wird mein Mitarbeiter erledigen«, sagt Kutuzow und geht fort.

Mein Puls dröhnt bis in den Kopf. »Hey, wo wollen Sie hin?«, frage ich.

Er antwortet nicht, sondern zwinkert mir wieder zu, während er die Stufen nach unten geht.

Und während sein »Mitarbeiter« die Stufen heraufkommt.

Ich liebe dich, Mutter, flüstere ich, falls dies die letzten Worte sind, die ich sprechen sollte. Aber er wird mich nicht töten, oder? Kutuzow wäre nicht persönlich hergekommen, wenn er mich töten wollte. Oder etwa doch?

Dann hätte er nur Victor, seinen Scharfschützen, beauftragt, mich zu töten.

Stimmt doch, oder?

Der Mann tritt auf mich zu und greift in seine Tasche. Mir stockt der Atem. Auch wenn ich mittlerweile wieder Lust am Atmen bekommen habe und es gerne weiterhin tun würde.

Er nimmt einen langen Stab aus seiner Tasche. »Bitte heben Sie Ihre Arme«, fordert er mich mit starkem Akzent auf. Er erinnert mich an Drago aus *Rocky IV,* nur dass er nicht so gut aussieht. Doch er verfügt über einen ähnlichen Sinn für Humor. Ich erwarte schon, dass er sagt: *Ich muss dich vernichten.*

Ich tue, was er sagt. Er fährt mit dem Stab über mich, ohne dass ein Ton erklingt. Kein Treffer. Kein Signal, das von mir ausgeht. Dann tastet er mich nach einem Mikrofon ab. Ich komme mir vor, als ginge ich durch die Sicherheitskontrolle am Flughafen von Leningrad. Er lässt keinen Winkel meines Körpers unkontrolliert. Er kontrolliert sogar mein Prepaid-Handy, das ich ausgeschaltet habe. Er kann alles durchsuchen und befummeln, was er will. Er wird nichts finden.

Weil ich das Gespräch mit Kutuzow nicht aufzeichnen werde.

Er geht an mir vorbei die Stufen hinauf. Dort hebt er die blaue Plane über dem Denkmal an und wirft einen Blick dahinter.

Anschließend kommt er die Stufen wieder herunter, geht kommentarlos an mir vorbei und nickt Alex Kutuzow zu, woraufhin Kutuzow zu mir heraufkommt.

»Danke«, sagt er. »Sie haben recht. Sie haben keinen Grund, das hier aufzuzeichnen. Aber Sie verstehen sicher meine Sorge. Ich muss … Diskretion wahren.«

»Selbstverständlich«, erwidere ich scheinbar abgebrüht. Das bin ich aber nicht. Ich hätte nicht herkommen sollen.

»So«, sagt Kutuzow. »Dann wollen wir mal übers Geschäft reden.«

103

»Sie sind nervös«, stellt Alexander Kutuzow fest. »Sie zittern.«

Ich wünschte, ich hätte ein gutes Comeback. Das würde Bruce Willis gelingen. Er würde die Augen zusammenkneifen und seine Augenbrauen nach oben ziehen und etwas eisig scharfes sagen. »Eisig scharf« wäre ein guter Werbespruch für Pfefferminzkaugummi. Jetzt hätte ich gerne einen, weil er mich beruhigen würde. Mit einem Kaugummi im Mund scheint man immer etwas lockerer zu sein.

»Ich habe erfahren, dass die örtliche Polizei Sie dringend sucht«, fährt Kutuzow fort.

»Ja, mir sind die Freunde so ziemlich ausgegangen.«

»Nun, einen haben Sie ja jetzt.« Kutuzow dreht sich zu mir. »Miss Diana hat mich gewarnt, dass sie das Video für ihren Reporterfreund zu ihrer Rückversicherung versteckt hat. Wir haben danach gesucht, können es aber nicht finden. Wir wussten, dass auch Sie danach suchen. Und deswegen waren Sie, Benjamin, mein Gegner. Und ich habe Maßnahmen ergriffen, um … Sie daran zu hindern, an das Video zu gelangen.«

»Maßnahmen«, wiederhole ich in seinem Tonfall. »Sie meinen, so was wie mit Maschinengewehren auf mich schießen? Sind das die ›Maßnahmen‹, die Sie meinen? Solche, die meinen Freund Ellis Burk und sechs weitere Mitarbeiter der Polizei getötet haben?«

Er tätschelt mein Bein. »Sie sind erregt. Das verstehe ich. Und wenn es Ihnen hilft, entschuldige ich mich. Aber diese Dinge müssen wir hinter uns lassen. Sie haben gewonnen, Benjamin. Sie haben das Video trotz meiner Bemühungen, Sie daran zu hindern, gefunden. Dafür gratuliere ich Ihnen.«

Irgendwie habe ich den Eindruck, als meine er seine Wertschätzung nicht ernst.

»Und jetzt, Benjamin, bewegen wir uns auf bessere Zeiten zu. Ich möchte, dass Sie glücklich sind, mein Freund. Glücklich und reich. Ich gehe davon aus, Sie haben die Überweisung auf Ihr angegebenes Konto überprüft. Zwanzig Millionen Dollar.«

»Ja. Das wird meinem Bedürfnis nach Glück mit Sicherheit entgegenkommen.«

»Mit Sicherheit. Sie wurden gut dafür belohnt, dass Sie dieses Video vertraulich behandeln.«

Ich reibe die Hände aneinander und versuche, gebieterisch zu klingen. Wenn ich nervös werde, neigt meine Stimme dazu, eine Oktave nach oben zu gehen, was so ungefähr das Gegenteil von »abgebrüht« ist. »Ihnen ist klar, was ich bereits gesagt habe, Alex. Wenn mir irgendwas passiert, wenn zufällig eine Kugel ihren Weg in meinen Schädel findet, geht dieses Video an die Öffentlichkeit. Es wird an alle Medien in Nordamerika verschickt.«

»Das ist mir klar«, bestätigt er. »Das haben Sie heute Morgen am Telefon bereits deutlich gemacht. Sie haben sich wirklich sehr deutlich ausgedrückt: Wenn ich Sie töte, geht das Video an die Öffentlichkeit.«

Richtig, aber ich wollte es noch einmal sagen. Das ist das, was mich am Leben erhalten wird.

»Aber *Ihnen* ist auch klar, dass Sie einen schmerzlichen Tod sterben werden, wenn Sie Ihrerseits beschließen, das Video der Öffentlichkeit zugänglich zu machen«, sagt Kutuzow.

Ich zucke mit den Schultern. »Vielleicht. Vielleicht auch nicht.« Hätte ich einen Kaugummi, würde ich jetzt eine Blase platzen lassen. Das sähe geil aus.

Ich wende mich Kutuzow zu, der mich mit einer Hand am Hemd packt und zu sich zieht. Offenbar habe ich einen wunden Punkt getroffen.

»Hören Sie mir gut zu, mein kleiner Freund. Verwechseln Sie nicht die Ereignisse in der Vergangenheit mit denen in der Zukunft. Sie haben sich versteckt, und wir hatten keine Zeit, um uns vorzubereiten, trotzdem sind Sie uns nur knapp entwischt. Diese Kugeln, die Ihren befreundeten Detective töteten, trafen ihn nur wenige Zentimeter von Ihnen entfernt. Und Sie werden nie wieder die Gelegenheit haben, durch eine Straßensperre der Polizei und den Geheimdienst gerettet zu werden. Wäre die Polizei gestern nicht rechtzeitig an Ort und Stelle gewesen, wären Sie innerhalb weniger Sekunden tot gewesen. Missverstehen Sie nicht, was zu tun ich in der Lage bin.«

Kutuzow lässt mein Hemd mit einem leichten Stoß los. Aus diesem und keinem anderen Grund führen wir hier dieses persönliche Gespräch. Kutuzow hätte mein Geld mit einem Tastendruck überweisen und zurück nach Russland fliegen können. Doch er wollte mir die Botschaft persönlich überbringen. Er will mir tödliche Angst einjagen.

»Das ist eine verdammt nette Art, mit einem Freund zu reden«, schaffe ich anzumerken.

Kutuzow sieht mich von oben bis unten an. »Brauchen Sie noch eine Erinnerungsstütze von Victor?«

Ich hebe die Hände. »Nein, nein. Sie haben sich klar ausgedrückt.«

Nach einem kurzen Moment verzieht Kutuzow sein Gesicht zu einem kalten Lächeln. »Sehr gut, Benjamin. Wenn ich Sie töte, veröffentlichen Sie das Video. Wenn Sie das Video veröffentlichen, töte ich Sie. Ein Gleichgewicht des Schreckens.«

Ein Ausdruck aus dem Kalten Krieg. Wie passend.

Kutuzow klatscht in die Hände. »Sie haben meine Warnung gehört, und ich denke, Ihnen ist klar, wie ernst ich sie meine. War es das?«

Kutuzow reicht mir seine Hand. Mir ist egal, was Victor mit

seiner nächsten Kugel tut, aber ich werde diesem Arschloch nicht die Hand schütteln.

»Nein«, sage ich.

Eine Sache habe ich ihm noch zu sagen. Nämlich das, was Robert De Niro zu Dennis Farina am Ende von *Midnight Run – Fünf Tage bis Mitternacht* sagte. Sollte ich jetzt meine letzten Worte sprechen, kann ich dazu genauso gut mein Lieblingszitat verwenden.

»Eine Sache wollte ich Ihnen schon immer sagen: Sie sind verhaftet.«

104

Alex Kutuzows Lächeln erstirbt. Er springt auf. Seine Gedanken rasen. Er kann seinen Zweifel nicht mit meinem Selbstvertrauen in Einklang bringen.

»Das meine ich ernst«, fahre ich fort. »Sie sollten etwas sagen.«

Jay Mohrs Worte zu Tom Cruise in *Jerry Maguire – Spiel des Lebens,* als er ihm beim Mittagessen kündigte. Jetzt geht's mir besser.

»Sie haben gerade zugegeben, hinter den Polizistenmorden zu stehen«, erkläre ich. »Ich bin kein Anwalt, aber ich bin mir ziemlich sicher, dass das in Amerika ein Verbrechen ist.«

Kutuzow lässt seinen Blick hektisch über mich gleiten. »Sie haben dieses Gespräch nicht aufgezeichnet. Wir haben das überprüft. Wir haben alle Vorsichtsmaßnahmen ergriffen.«

»Das stimmt«, gebe ich zu. »Ich habe das nicht aufgezeichnet.«

»Dann steht Ihr Wort gegen meins.«

»Es ist nur Ihr Wort, Alex.«

Kutuzow zieht eine kleine Waffe aus seiner Hosentasche. Ich wusste nicht, dass er eine dabeihat. Er zielt auf mich und beginnt wild auf Russisch zu reden.

»Tut mir leid, ich spreche kein Russisch«, sage ich, doch er spricht nicht mit mir.

»Erklären Sie das!«, schreit er mich an. »Oder ich töte Sie.«

»Wenn Sie mich erschießen, könnte Ihnen der Ehrenoscar für humanitäre Verdienste aberkannt werden.« Chevy Chase zu Joe Don Baker in *Fletch – Der Troublemaker.* Ich komme mir vor wie in einem Selbstbedienungsladen.

»Njet!«, ruft er, aber wieder nicht an mich gerichtet. Doch

ein bisschen Russisch kann ich. Von einem Mann namens Andrei Bogomolow.

»Sagen Sie, was Sie damit meinen«, verlangt Kutuzow. Er schwitzt, hält mit zitternder Hand seine Waffe auf meinen Kopf gerichtet, während er auf mich zugeht.

»Ich habe das Gespräch nicht aufgezeichnet«, wiederhole ich. »Aber Sie haben das getan, Alex.«

Er reißt die Augen weit auf. Er weiß, dass ich recht habe. Er ist verdrahtet, damit seine gesamte Mannschaft, einschließlich Victor, sein Scharfschütze, zuhören kann. Deswegen musste er sich entfernen, als sein Schläger mich nach Wanzen absuchte. Der Detektor hätte gepiepst, weil Alex verdrahtet ist. Wahrscheinlich ist das Gerät unter seinem Hemd befestigt.

»Sie haben an Ihre Leute, die hier auf der National Mall verteilt sind, elektronische Signale gesendet«, erkläre ich. »Das Metropolitan Police Department hat das Signal abgefangen, Alex. Alles, was Sie gesagt haben, wurde aufgezeichnet. Toll, über welche Technik die Polizei heutzutage verfügt.«

»Sie bluffen«, blafft er, um mir seine Missachtung zu zeigen, doch er kann seine wachsende Wut nicht verbergen. »Das ist alles gelogen!«

Er spricht zwar mit mir, meint aber eigentlich seine Leute, die ihm zuhören. Sie sind nicht ihm, sondern der russischen Regierung gegenüber loyal. Und er muss sie davon überzeugen, dass er nicht gerade zu einer riesigen Belastung geworden ist – zu einem Mann, der von der Washingtoner Polizei verhaftet werden würde, ein verzweifelter Mann, der die Operation Delano zugeben würde, um der Todesstrafe wegen Polizistenmordes zu entgehen.

Und dann höre ich den lieblichsten Klang der Welt, das melodiöse Lied, auf das ich dringend gewartet habe.

Polizeisirenen. Polizeiwagen der Metropolitan Police, die auf die National Mall zurasen.

»Da kommen sie«, sage ich. »Sie haben alles aufgezeichnet, und jetzt sind sie hier, um Sie zu verhaften. Am besten lassen Sie sich schon mal die Verhandlungen durch den Kopf gehen, die Sie mit der Polizei führen werden.« Die letzten Worte habe ich besonders laut gesprochen, damit auch seine Leute sie hören.

»Sie lügen!«, schreit Kutuzow. »Die Polizei ist hinter Ihnen her, nicht hinter mir.«

»Also gut, Alex. Bleiben wir hier sitzen und schauen, wer von uns beiden verhaftet wird.«

Er blickt mich an. Ich blicke ihn an. Einen ruhmreichen Moment lang scheint die Zeit stillzustehen.

Aber das tut sie nicht, denn mit jeder vergehenden Sekunde werden die Sirenen lauter.

»Sie stecken echt in der Klemme«, stelle ich fest. »Sie glauben, die Polizei wird von der Todesstrafe wegen Polizistenmordes absehen, wenn Sie ihnen von Operation Delano erzählen?«

Und dann ... dann hebt Kutuzow die linke Hand an den Ohrstöpsel und ruft *»Njet!«,* als der Schlägertyp am Reflexionsbecken Richtung Süden losrennt. Einige andere Leute auf der National Mall – der Rest von Kutuzows Kollegen – stieben in alle Richtungen davon. Jemand befiehlt von irgendwoher ihren Abzug.

Kutuzow wedelt voller Panik mit seiner Pistole und gibt ein Chaos aus Befehlen auf Russisch von sich. Vermutlich sagt er seinen Leuten, dass ich lüge, dass ich bluffe. Und damit hätte er recht. Die Polizei arbeitet nicht mit mir zusammen. Sie haben überhaupt nichts mitgehört. Der einzige Grund, warum sie auf dem Weg zu uns sind, ist der anonyme Anruf, den Detective Liz Larkin gerade von einem nicht zurückverfolgbaren Telefon erhalten hat. Der kantige Ire und ehemalige Polizist aus Chicago hat ihr nämlich mitgeteilt, dass sich der flüchtige Benjamin

Casper am Lincoln Memorial aufhält. Die Polizei kommt, um mich zu verhaften.

Doch das weiß Kutuzow nicht. Ebenso wenig wie seine Mannschaft. Seine Leute müssen eine Entscheidung treffen, und zwar schnell, weil die Sirenen immer lauter werden.

»Ich werde ihn töten!«, schreit Kutuzow über die Mall hinweg. Vermutlich meint er mich, doch bevor er sich zu mir umdrehen kann, pfeift ein anderes trockenes Geräusch durch die Luft. Kutuzows Hinterkopf explodiert, und seine Augen spucken Blut. Seine Knie sacken ein, sein Körper wankt vor und zurück, bevor er vornüber auf die Stufen des Lincoln Memorial kippt, zwei oder drei Stufen nach unten hoppelt und liegen bleibt.

Das Sirenengeheul hat uns erreicht, die Reifen der Polizeifahrzeuge knirschen über das Gras. Ich gehe neben Alex Kutuzows Leiche in die Hocke.

»Das ist für Ellis Burk«, sage ich zu ihm. Dann drehe ich mich um und renne los.

105

Mit letzter Kraft renne ich Richtung Independence Avenue, wo ich mein Motorrad abgestellt habe. Hinter mir höre ich die Jungs von der Polizei, doch ich weiß nicht, was sie tun. Sie haben auf den Stufen des Lincoln Memorial einen Toten gefunden, und bisher gehen sie davon aus, dass es sich um denjenigen handelt, den zu verhaften sie gekommen sind – mich. Ich hoffe, das wird sie zumindest eine oder zwei Minuten lang aufhalten.

Ich nutze meinen Vorsprung, so gut ich kann. Ich springe auf mein Motorrad, sehe nach rechts, wo zwei Polizisten auf mich deuten und etwas rufen. Die Polizeifahrzeuge werden nicht weit weg sein. Ich starte mein Motorrad und brettere unter dem Dach aus überhängenden Bäumen die Independence Richtung Osten entlang, kaum beachtet von den Joggern an diesem wunderschönen Sommernachmittag. Gerne würde ich auf meine Uhr sehen, doch das geht im Moment nicht. Ich habe versucht, die Zeit so gut wie möglich zu nutzen, und wenn mir das nicht geglückt ist, ist es ohnehin zu spät.

Hinter mir plärren die Sirenen, während ich auf der Kutz Bridge über das Tidal Basin rase. Wahrscheinlich fragt sich die Polizei, welches Ziel ich ansteure, um rechtzeitig Straßensperren errichten zu können. Mir stehen viele Möglichkeiten offen, doch an der Gabelung zur Maine Avenue halte ich mich auf der Independence links.

Der Abstand verringert sich, doch an der Kreuzung vor mir schlittere ich nach links auf die 15th Street – zu unvorhersehbar für sie, auch wenn ich dies seit Langem geplant hatte. Ein paar Autos hupen, aber ich hoffe, hinter mir genügend Chaos zurückgelassen zu haben.

Jede Verzögerung währt nicht lange. Die mir entgegenkommenden Fahrzeuge auf der Gegenspur der 15th Street weichen mir aus. Eins der Polizeiautos holt mich ein und fährt neben mir, wie in *Fletch,* als Chevy Chase fragt: *Hey, Fred, was ist mit dem Herpes?* Aber ich glaube nicht, dass die Polizisten diesen Humor zu schätzen wissen, und ich habe sowieso keine Lust auf eine Unterhaltung, deswegen …

… hüpfe ich über den Bordstein, rase den Bürgersteig entlang, der zum Glück leer ist, und nehme die Abkürzung über die Wiese auf den Madison Drive. Hier kann mir die Polizei nicht folgen, und die Madison führt als Einbahnstraße Richtung Westen, sodass meine Verfolger mit ihren Fahrzeugen gegen den Verkehr ankämpfen müssen – genauso wie zuvor, als ich mit dem Fahrrad unterwegs war, nur dass ich jetzt von ein paar Pferdestärken mehr angetrieben werde.

Der Ausflug auf die Madison ist nur kurz. Die Fahrer der mir entgegenkommenden Fahrzeuge machen ein unglückliches Gesicht, bevor ich die 14th Street erreiche, doch diese Kreuzung lasse ich sprichwörtlich links liegen und hüpfe wieder auf den Bürgersteig Richtung Norden. Vor mir taucht das Smithsonian auf. Dort wird eine neue Ausstellung mit Fotos von Union-Generälen aus dem Bürgerkrieg gezeigt, die ich mir eigentlich ansehen wollte. Vielleicht ist dazu jetzt nicht der richtige Zeitpunkt.

Hinter mir höre ich wieder Sirenen und quietschende Reifen. Ich drehe mich um – ein Streifenwagen brettert hinter mir den Bürgersteig entlang. Mein Vorsprung reicht gerade, damit ich es bis zur nächsten Kreuzung schaffe. Mehr brauche ich nicht.

Ich nutze eine Lücke im Verkehr, um die Straßenseite zu wechseln, und hüpfe auch dort auf den Bürgersteig. An der Kreuzung bleibe ich schlitternd stehen, springe von meinem Motorrad und renne los.

Renne zu meiner eigenen Beerdigung, fürchte ich. Aber was anderes bleibt mir nicht übrig. Und wenn dies hier das Ende sein sollte, dann zu meinen Bedingungen.

106

Das Mellon Auditorium, Teil des Federal Triangle auf der Constitution Avenue, ist ein prächtiges neoklassisches Gebäude aus den 1930er-Jahren, das Franklin D. Roosevelt für die Wiedereinrichtung der Wehrpflicht nutzte. Hier wurden der NATO-Vertrag in den 1940er-Jahren und der NAFTA-Vertrag Mitte der Neunziger unterzeichnet. An diesem Nachmittag findet hier eine Preisverleihung der Pfadfinder von Amerika statt.

Ich überquere die Constitution Avenue zu Fuß, renne die Treppe hinauf und zücke – ja, zücke – meinen Presseausweis, um ihn am Eingang dem Mann in dunklem Anzug zu zeigen. Er winkt mich durch, ich schaffe es unversehrt durch den Metalldetektor und renne durch die Eingangshalle zum Auditorium. Hinter mir ertönen Rufe, es entsteht ein Chaos. Polizisten, vermute ich, die mich beim Betreten des Gebäudes erkannt haben. Der Mann, der mich gerade durchgelassen hat, ein Angehöriger des Geheimdienstes, fängt wahrscheinlich gerade an zu begreifen, dass die Polizisten von mir sprechen.

Ich drossle mein Tempo, als ich mich den beiden Geheimdienstlern an der Tür nähere, und halte meinen Presseausweis vor mich.

»Hallo, Ben Casper vom *Capital Beat.* Ich bin spät dran.«

Die beiden Beamten überfliegen ihre Liste. Meinen Namen werden sie darauf nicht finden.

Ich drehe mich nach hinten, wo die Polizisten den Eingang erreicht haben.

»Oh mein Gott, hat der Kerl da hinten eine Waffe?«, frage ich die beiden Geheimdienstler und deute zum Eingang.

Der Geheimdienstler, der die Tür zum Auditorium blockiert,

greift in seine Jackentasche und tritt einen Schritt vor. Ich husche an ihm vorbei und presche durch die Tür in den riesigen, vergoldeten Saal.

»Alabama! Alabama!«, schreit der Agent hinter mir, was das aktuelle Codewort für »Notfall« sein muss.

Im Innern ist alles rot und blau – die amerikanische Flagge, das Wappen der Pfadfinder, die Tischreihen mit den Tausenden von Gästen und der Präsident und andere Würdenträger auf der Bühne am anderen Ende. Die gebieterische Stimme des Präsidenten hallt bis zu mir herüber.

Ich renne volle Pulle Richtung Bühne, Geheimdienstler eilen mir aus allen Richtungen entgegen. Der Präsident unterbricht seine Rede, er wird von Agenten gepackt und nach unten gezogen. Ich renne den Mittelgang so weit entlang, wie ich kann.

»Herr Präsident!«, rufe ich. »Die russische Regierung erpresst Sie, damit sie in Georgien einfallen kann! Die Russen erpressen Sie, und das muss das amerikanische Volk wissen!« Der erste Agent versucht, mich niederzuwalzen, doch ich kann seinem Schlag gerade noch ausweichen. Ich stürze zu Boden, kann aber den Kopf noch oben halten und rufe: »Ich bin Ben Casper vom *Capital Beat!* Ich habe Beweise, dass die Russen den Präsidenten erpressen! Ich habe Beweise, und das weiß die Regierung!«

Dann werde ich unter Männern in schwarzen Anzügen begraben. Einer nach dem anderen stürzt sich wie beim Rugby auf mich. Chaos bricht im Saal aus, Gäste springen von ihren Stühlen, jemand von der Regierung greift zum Mikrofon und bittet die Gäste, Ruhe zu bewahren. Ich kann die Bühne nicht mehr sehen, aber ich gehe davon aus, dass der Präsident nicht mehr dort steht. Wahrscheinlich wurde er bereits aus dem Saal gebracht.

»Ich habe Beweise!«, rufe ich. »Ich habe Beweise, und das weiß der Präsident!«

Und bevor man *Mein Name ist Ben Casper, und mein Leben ist vorbei* sagen kann, werde ich von den Agenten hochgehoben und horizontal aus dem Saal getragen. Immer wieder rufe ich dieselben Sätze, »Ich bin Ben Casper« und »Ich habe Beweise«, weniger wegen der Pfadfinder im Saal als vielmehr wegen der Reporter, von denen die meisten mich kennen und wahrscheinlich einigen Respekt vor mir haben – zumindest so viel, dass sie mir die Überschriften in ihren Zeitungen gönnen. Zumindest so viel, dass sie sich ein paar Fragen stellen. Zumindest so viel, dass es für die US-Regierung schwierig wird, die Sache unter den Teppich zu kehren.

Und das ist schließlich das Beste, was ich tun kann. Ich habe das Video nicht, aber ich kann die Regierung öffentlich anklagen und hoffen, damit die Vorgänge aufhalten zu können. Um aufhalten zu können, was mit mir passieren wird, ist es zu spät.

Mein Name ist Ben Casper, und mein Leben ist vorbei.

107

Der Raum: graue Wände, ein Tisch, zwei Stühle. Nur das. Sonst nichts. Ich wurde von zwei Mitarbeitern des Geheimdienstes hierhergebracht. Sie sagten kein Wort zu mir, sondern schoben mich nur hinein, bevor sie die Tür verriegelten.

Es ist kalt hier drin, doch ansonsten geht es mir gut. Ich bin in einer Weise entspannt, die mich an mein Gefühl am Ende meiner Abschlussprüfungen erinnert – wobei ich mich an keine Abschlussprüfungen erinnere, während der Menschen auf mich schossen. Jetzt kann ich nichts mehr ändern. Rennen, mich verstecken, nachforschen und mir Strategien ausdenken – all das ist vorbei. Ich habe es geschafft. Ich kann nichts von dem zurücknehmen, was ich gesagt habe. Ich habe alle Vorteile, die ich gegenüber Craig Carney in der Hand hatte, aufgegeben. Ihm steht es frei, mich mit dem vollen Gewicht der Bundesregierung zu erschlagen.

Doch ich habe dafür auch was bekommen. Ich habe Rache an einem russischen Milliardär geübt und Ellis Burk gerächt. Ich habe zwanzig Millionen Dollar, die besagtem Milliardär nicht zuzuordnen sind, auf ein Konto für die Familien von Polizisten überweisen lassen, die in Erfüllung ihres Dienstes getötet wurden. Und ich habe dafür gesorgt, dass die Russen keinen Einfluss mehr auf unsere Außenpolitik ausüben.

Ich sitze seit drei Stunden hier. Während dieser Zeit habe ich einige schwere Entscheidungen getroffen. Erstens, Ben Affleck hat sich nach seinem J.Lo-*Gigli*-Desaster völlig rehabilitiert, vor allem durch *The Town – Stadt ohne Gnade,* einen meiner Lieblingsfilme. Zweitens, Andrew Dice Clay mag noch so ein Kotzbrocken sein, ein schlechter Schauspieler ist er deswegen aber nicht.

Drittens, ich würde es wirklich vorziehen, nicht ins Gefängnis zu wandern, aber dagegen kann ich wohl kaum etwas tun.

Ein großer Afroamerikaner betritt den Raum und schließt die Tür hinter sich. Es ist Ronald Hamilton, der oberste Geheimdienstagent, der den Präsidenten beschützt.

Er neigt den Kopf zur Seite und sieht mich finster an. »Haben Sie völlig den Verstand verloren?«

»Hallo, Ham«, begrüße ich ihn. »Ja, tut mir leid deswegen. Wenn es Ihnen ein Trost ist, Ihre Agenten haben professionell und entschlossen gehandelt.«

»Das ist kein Trost. Sie stecken bis zum Hals in Schwierigkeiten, mein Sohn.«

»Und dabei kennen Sie nicht einmal die Hälfte davon!«

Hätte ich doch auch nur so einen Spitznamen wie Ham. Das Einzige, was sich je aus Ben ergab, war Benji, wie der dämliche Hund. Mit T-Bone wäre ich zurechtgekommen, dem Namen, den auch George Costanza in *Seinfeld* haben wollte. CoCo wäre gar nicht gegangen. Den hat er stattdessen verpasst bekommen.

»Macht es Ihnen was aus, mir zu erklären, welchen Sinn das hatte, was Sie da drin gerufen haben?«, fragt er.

Eigentlich macht es mir was aus. Ham ist ein Pfundskerl – daraus lässt sich sicher ein Wortspiel kreieren –, und es gibt keinen Grund, ihn in dieses Chaos reinzuziehen.

»Ham, seit wann kennen wir uns schon?«

Wieder neigt er den Kopf zur Seite. »Vielleicht seit vier Jahren?«

»Haben Sie je erlebt, dass ich durchdrehe? Ausraste?«

Wenn ich darüber nachdenke, bin ich mir nicht sicher, ob ich seine Antwort hören möchte.

»Worauf wollen Sie hinaus?«, stellt er die Gegenfrage.

»Darauf, dass ich einen guten Grund hatte, das zu tun, was ich getan habe. Ich möchte mit dem Präsidenten sprechen, Ham.«

»Nein«, schnauzt er. »So funktioniert das nicht.«

»Gut, dann funktioniert es eben so: Sie überbringen dem Präsidenten folgende Nachricht: Ich habe im Saal nur von ›Erpressung‹ gesprochen, ohne zu sagen, worum es dabei geht. Sagen Sie also dem Präsidenten: Sofern er nicht will, dass ich mit der Presse spreche, sobald ich die erstbeste Gelegenheit dazu bekomme, und preisgebe, weswegen er erpresst wird, müssen er und ich uns unterhalten.«

Hamilton schüttelt den Kopf. »Ben …«

»Das war's, Ham. Überbringen Sie ihm diese Nachricht. Das Gespräch bleibt inoffiziell, wenn Ihnen das hilft. Aber ich spreche nur mit dem Präsidenten oder mit den Reportern, sobald ich die Gelegenheit dazu habe.«

Ich erhebe mich und stelle mich, den Rücken ihm zugewandt, in eine Ecke. Ham wartet einen Moment, steht schließlich auf und verlässt den Raum.

Eine weitere Stunde vergeht. Irgendwie ist es beängstigend, wie langsam die Zeit in diesem öden Raum verrinnt, doch in Anbetracht dessen, womit ich es in den vergangenen zehn Tagen zu tun hatte, ist das hier wie ein Strandspaziergang. Ich brauche keine weiteren Entscheidungen mehr zu treffen.

Wieder wird die Tür geöffnet, ich drehe mich um.

Es ist der stellvertretende CIA-Direktor Craig Carney. Er sieht überhaupt nicht glücklich aus. Aber so richtig wütend auch nicht.

»Verängstigt« ist das bessere Wort.

Er kommt so weit auf mich zu, dass er mich beinahe küssen könnte. Wie Richter Reinhold, der in dieser einen *Seinfeld*-Episode den Leuten auch immer ganz dicht auf die Pelle rückt.

»Es gibt immer noch eine Möglichkeit, den Karren aus dem Dreck zu ziehen«, beginnt er. »Diese Möglichkeit erhalten Sie von mir. Sie haben ziemlich viel Stress. Sie werden wegen Mordes gesucht. Menschen, die Ihnen nahestanden, sind gestorben.

Sie stehen unter beträchtlichem Stress. Jeder würde das verstehen. Ihnen tun Ihre verantwortungslosen Kommentare leid, und Sie müssen dringend zur Kur in eine Reha-Einrichtung. Sie werden sich von dem, was Sie gesagt haben, distanzieren.«

»Nein«, sage ich.

»Und wenn Sie das nicht tun, werde ich Sie zerstören. Ich hänge Ihnen die ganze Sache an, Casper. Wir werden Sie wegen Landesverrats anklagen und Sie in die Bucht von Guantanamo verfrachten. Ich werde Sie in eine Zelle mit einem Turbanträger stecken, dessen einziges Lebensziel es ist, Sie zu kastrieren. Und dabei habe ich noch nicht von den Mordanklagen gesprochen. Sie werden ein Jahrzehnt in Todesangst verbringen. Sie werden betteln, der Tag möge kommen, an dem wir Sie auf eine Trage schnallen und Ihnen eine Nadel in den Arm jagen.«

Ich wende mich ab und versuche, seine Worte auszublenden, doch auch wenn mein Hirn über die Fähigkeit verfügt, an die abstrusesten Orte zu wandern, ist es nicht einfach. All das hat er mir schon die ganze Zeit über angedroht.

»Ach, und das ist nur der Anfang«, fährt Carney beinahe flüsternd fort. »Ich werde alles zerstören, was Ihnen am Herzen liegt. Kendra Tierney? Tot. Dianas Freundin Anne Brennan? Tot. Ich werde es tun. Mir stehen Mittel und Wege zur Verfügung, von denen Sie nur träumen können. Sie haben die Wahl. Machen Sie jetzt eine Kehrtwende. Hier und jetzt.«

Sein Blick durchbohrt mich. Seine Wangen sind rot vor Leidenschaft.

Ich räuspere mich. »Wenn Sie es so ausdrücken«, sage ich.

»Dann sind wir uns einig?«

Ein Geräusch an der Tür. Der Türknauf dreht sich. Craig Carneys Blick sucht den meinen.

Und hinter ihm betritt der Präsident der Vereinigten Staaten den Raum.

108

»Herr Präsident«, sagt Craig Carney. »Sir, ich denke, wir haben alles geklärt.«

Der Präsident, gekleidet in Anzug mit Krawatte, sieht mich mit zusammengekniffenen Augen an. »Hallo, Ben«, begrüßt er mich.

»Hallo, Herr Präsident.«

Der Präsident sieht sich im Raum um, ohne beeindruckt zu sein. »Offenbar wollten Sie meine Aufmerksamkeit. Jetzt haben Sie sie.«

»Herr Präsident«, meldet sich Carney wieder zu Wort. »Ich glaube, Ben wird Ihnen erzählen, dass er unter starkem Stress steht und ein paar Aussagen gemacht hat, die er bedauert. Er ist bereit, öffentlich Abstand von diesen Aussagen zu nehmen.«

Präsident Francis sieht mich an, er will wissen, ob ich Carneys Worte bestätige.

»Das kommt darauf an«, sage ich.

»Herr Präsident, ich habe die Situation unter Kontrolle«, fährt Carney fort. »Sie brauchen sich die Sache nicht anzuhören. Ich kümmere mich darum.«

Und dann kommt mir die Erleuchtung, wie die Teilung des Meeres … nein, Moment, das war Moses, das war weniger eine Erleuchtung als vielmehr ein Wunder Gottes. Also noch mal von vorne.

Und dann kommt mir die Erleuchtung, wie ein Sonnenstrahl, der durch eine dunkle Wolke scheint – ja, das funktioniert –, ein Funken Hoffnung. Diesen Gedanken hatte ich nicht ernsthaft in Erwägung gezogen. Vielleicht hat er sich im Randbereich meines Hirns herumgetrieben, es aber nie bis ins Zentrum geschafft. Wie dumm ich doch war. Wie naiv ich die ganze Zeit gewesen war.

»Ihre Frau«, sage ich zum Präsidenten.

»Das reicht!«, schreit mich Carney an. »Herr Präsident, ehrlich …«

»Was ist mit meiner Frau?«, unterbricht ihn der Präsident, der sich mir mit funkelndem Blick nähert.

Carney hebt die Hände wie ein Schiedsrichter, der zwei Boxer voneinander trennen will. »Dieser Mann ist ein Verräter und ein Mörder, Herr Präsident. Ich verspreche, ich habe das hier unter …«

»Was ist mit meiner Frau?«, wiederholt der Präsident.

»Herr Präsident …«

»Verdammt noch mal, Craig, das reicht. Ich will hören, was dieser Mann zu sagen hat.«

Carney schweigt, dreht sich aber mit puterrotem Gesicht zu mir um. Mit seinem Blick versucht er, mir etwas zu sagen. Er sagt, ich solle den Mund halten.

»Ihre Frau hatte eine Affäre mit Diana Hotchkiss«, platze ich heraus. »Diana hat ein Video von der sexuellen Begegnung mit der First Lady gemacht und es an die Russen verkauft. Sie lassen es wie ein Damoklesschwert über Ihnen schweben, während die Russen Georgien und dann alle anderen ehemaligen Satellitenstaaten, einen nach dem anderen, besetzen, bis sie das sowjetische Imperium wieder errichtet haben.«

Dem Präsidenten klappt der Kiefer nach unten, und er weicht mit blassem Gesicht und leerem Blick zurück.

Das war mein Funke der Hoffnung. Ich kann nicht glauben, dass er mir nicht schon vorher gekommen ist.

Der Präsident hat von all dem keine Ahnung gehabt. Er wusste nichts von dem Video. Er wusste nicht, dass die Russen die Regierung der Vereinigten Staaten erpressten.

»Craig, wovon spricht er?«

»Das ist Quatsch«, antwortet Carney. »Völlig absurd.«

»Wenn es absurd ist, warum hat Carney Sie angelogen und behauptet, Diana Hotchkiss wäre tot?«, halte ich dagegen. »Sie lebt, Herr Präsident. Sie haben während der Pressekonferenz des Weißen Hauses ihrer gedacht. Ich war da. Aber sie ist nicht tot.«

»Diana?« Der Präsident sieht zuerst mich, dann den stellvertretenden CIA-Direktor an, seinen alten, treuen Freund. »Diana … lebt?«

»Das ist lächerlich, Herr Präsident«, beharrt Carney.

»Ich wette, Carney war derjenige, der Ihnen erzählt hat, sie wäre tot«, fahre ich fort. »Ich wette, er war derjenige, der Sie gebeten hat, sie bei der Pressekonferenz zu erwähnen. Er wollte den Russen weismachen, dass sie mit dem Mord an Diana Erfolg hatten.« Der Präsident bekommt einen trüben Blick. Er denkt an jenen Tag. Und erinnert sich genau an das, was ich sage. Das spüre ich.

»Herr Präsident, ich kann es beweisen. Ich habe mit Zeitstempel versehene Fotos, die gestern Abend von Diana gemacht wurden, während sie mit Handschellen in einem Regierungsfahrzeug saß. Und was noch besser ist: Sie können einen Test von der DNS der Leiche im Leichenschauhaus anfordern. Diese Frau ist nicht Diana Hotchkiss, sondern Nina Jacobs aus Downers Grove in Illinois. Ein DNS-Test wird das beweisen. Und ich habe E-Mails, die beweisen, dass Diana dafür sorgte, dass diese arme Frau zum Zeitpunkt des Mordes bei ihr zu Hause war und vom Balkon gestoßen wurde.«

»Dieser Mann ist ein Mörder und Verräter, Sir«, mischt sich Carney wieder ein. »Sie haben keinen Grund, weiter zuzuhören. Dieser Mann hat versucht, uns zu erpressen. Jetzt versucht er, den Spieß umzudrehen …«

»Stimmt das, Craig?«, fragt der Präsident. »Lebt Diana noch?«

»Herr Präsident …«

»Lebt … sie … noch?« Das Gesicht des Präsidenten ändert erneut die Farbe.

Carney ringt um Worte, findet aber keine. Schweigend neigt er den Kopf.

»Es ist eine … komplizierte Situation«, sagt er schließlich.

»Allmächtiger Gott«, flüstert der Präsident und fährt mit einer Hand über sein Gesicht. »Allmächtiger Gott. Was haben Sie getan, Craig?«

»Und ich wette, es war Craig Carney, der Sie gedrängt hat, sich aus dem Russland-Georgien-Konflikt rauszuhalten«, fahre ich rasch fort, um die Gelegenheit zu nutzen. »Er hat hinter Ihrem Rücken mit den Russen verhandelt, Herr Präsident. Die Russen denken, sie würden Sie, Herr Präsident, erpressen, und Sie wissen gar nichts davon.«

»Herr Präsident«, fleht Carney.

Der Präsident presst die Zähne aufeinander. »Mr Carney, ich möchte, dass Sie sofort diesen Raum verlassen. Sie warten draußen im Flur und sprechen mit niemandem, bis ich rauskomme. Ist das klar?«

So schlau Craig Carney auch sein mag, er scheint Mühe zu haben, dem zu folgen, was ich für einen klaren Befehl halte.

»Gehen Sie«, wiederholt der Präsident. »Ich möchte mir anhören, was Ben zu sagen hat.«

109

»Die Russen sind an Carney herangetreten, weil er für sie die perfekte Wahl war«, erkläre ich. »Er ist Mitarbeiter der CIA und einer Ihrer besten Freunde. Er war die perfekte Person, um Ihnen die Botschaft verdeckt zu überbringen. Doch Carney hat Ihnen diese Botschaft nicht überbracht. Er hat sie für sich behalten und nur mit einer kleinen Gruppe aus Gaunern von der CIA geteilt, die wahrscheinlich die Einzelheiten nicht genau kannten. Er hat Ihnen, Herr Präsident, davon nichts erzählt, weil er wusste, dass Sie unser Land nicht verkaufen würden, egal, wie peinlich oder politisch schädlich dieses Video sein würde.«

Der Präsident, üblicherweise ein dominierendes Wesen von der Art des Jägers und Sammlers, ist erschlafft. Aschfahl im Gesicht, unsicher, eine Hand an der Wand abgestützt. Das ist zu viel für ihn. Er wägt den Schaden für seine Regierung und seine Kampagne zur Wiederwahl ab. Er denkt an seine Frau. Und er denkt, dass er von einem seiner engsten und vertrautesten Freunde verraten wurde. Allerdings weiß ich nicht, welchen Stellenwert diese einzelnen Gedanken bei ihm einnehmen.

»Carney wusste, dass das Video Sie politisch zerstören würde, sollte es an die Öffentlichkeit gelangen. Was auch ihn politisch zerstören würde. Er will stellvertretender CIA-Direktor bleiben. Also hat er die Entscheidung allein getroffen.«

Der Präsident drückt seine Nasenwurzel zusammen. Offenbar hat er starke Kopfschmerzen. »Die Explosion vorgestern in der Nähe des Weißen Hauses?«, fragt er.

»Das waren die Russen, die mich gejagt haben«, antworte ich. »Sie haben versucht, mich zu töten, um mich daran zu hindern, eine Kopie des Videos aufzutreiben.« Ich beobachte ihn einen Moment. »Lassen Sie mich raten: Carney hat die Ermittlungen an sich gerissen. Wahrscheinlich hat er gesagt, El Kaida oder jemand Ähnliches stecke dahinter.«

Der Präsident erwidert nichts. Das ist auch nicht nötig.

»Und haben Sie dieses … Video?« Das letzte Wort spricht er aus, als hätte er eine bittere Pille geschluckt.

»Nein.« Es könnte sein, dass dies nicht auf der Liste der zehn besten Dinge stehen wird, die ich je in meinem Leben getan habe. Das einzige Druckmittel, das mir in dieser schäbigen Angelegenheit zur Verfügung stand, war dieses Video. Und jetzt bin ich bereit, es aufzugeben. Weil ich nicht bereit bin, den Führer der freien Welt zu belügen. Ab jetzt werde ich mich eine Zeit lang an die Wahrheit halten und sehen, wohin mich das führt. »Herr Präsident. Mir geht es nicht um Ihr persönliches Leben. Und um das der First Lady ebenso wenig. Andernfalls hätte ich heute vor der nationalen Presse mehr gesagt. Ich habe nur von ›Erpressung‹ gesprochen und nicht erwähnt, worin die Erpressung besteht.«

Er wendet sich mir zu. »Sie hätten direkt zu mir kommen können. Sie hätten mich nicht öffentlich damit konfrontieren müssen.«

»Doch, das musste ich. Weil ich bis eben nicht wusste, dass Carney die Operation allein durchführte, sondern dachte, Sie wären daran beteiligt. Und ich musste die Geschehnisse aufhalten.«

Der Präsident richtet sich auf und streicht sein Jackett glatt. Dieser Tag wird nicht als einer seiner besseren enden.

»Sie sind Reporter«, sagt er. »Und Sie sagen mir, Sie werden der Öffentlichkeit nichts über meine Frau erzählen?«

»Genau das sage ich Ihnen. Die Öffentlichkeit braucht nichts über Ihr Privatleben zu wissen. Nicht, solange es nicht die Strategie Ihrer Außenpolitik betrifft.«

Der Präsident wendet den Blick wieder ab und nickt. »Und

wenn sich die Strategie ändert und wir uns der russischen Invasion entgegenstellen?«

Ich winke ab. »Nein, nein. Das hier ist keine Verhandlung, Herr Präsident. Sagen Sie mir nur, dass Sie das tun, was Sie für unser Land für das Beste halten. Mehr will ich gar nicht.«

Der Präsident holt tief Luft und wirft mir einen abschätzenden Blick zu. »Was Sie hier tun, ist für Ihre Verhandlungsposition eher nicht hilfreich.«

»Weil ich nicht verhandle. Ich habe getan, was ich tun musste. Jetzt muss ich mit den Folgen zurechtkommen.«

Der Präsident will noch etwas sagen, besinnt sich aber eines anderen. Ich denke, irgendwie will er mir mit diesem Blick, mit dem er mich ansieht, danken. Schließlich schüttelt er aufgebracht den Kopf und verlässt den Raum.

110

Mitten in seiner Pressekonferenz macht Präsident Francis eine kurze Pause, in der er seine Aufzeichnungen zu überfliegen scheint. Doch ich glaube nicht, dass er das tatsächlich tut. Er bedauert den Verlust eines Freundes, der ihn verraten hat.

»Ich sollte betonen, dass der Grund, warum ich den heutigen Rücktritt des stellvertretenden CIA-Direktors Carney akzeptiere, darin liegt, dass er versäumt hat, sowohl den CIA-Direktor als auch mich über die gesamte Angelegenheit zu informieren. Dieser Bruch des Protokolls stand nicht im Interesse unserer Nation. Doch ich muss auch betonen, dass ich nicht glaube, dass Mr Carney das Gesetz gebrochen hat. Er hätte mir berichten müssen, was hier vor sich ging, ja, aber andererseits tat Mr Carney alles, um die Erpressung zu vereiteln und im Sinne der nationalen Sicherheit geheime Informationen vor der Öffentlichkeit geheim zu halten. Und diese Herausforderung scheint er gemeistert zu haben.«

Der Präsident, der anders als sonst unsicher wirkt, räuspert sich. »Ich habe mit Ministerpräsident Merejedew gesprochen. Er hat mir erneut versichert, dass Mr Kutuzow mit seinem Versuch, die US-Politik hinsichtlich des russisch-georgischen Streits zu beeinflussen, nur den Gewinn seines Ölkonzerns in die Höhe treiben wollte. Er hat mir versichert, dass sich Russland zu keinem Zeitpunkt bewusst war, was Mr Kutuzow tat, und dass Russland seine Aktionen verurteilt.«

Ja, stimmt. Aber das ist das Lied, das beide Länder singen. Gerne wäre ich bei dem Gespräch zwischen Präsident Francis und dem russischen Ministerpräsidenten dabei gewesen. Sobald ich die Erpressung öffentlich gemacht hatte, wurde es für die Russen schwierig, dieses Video zu verwenden. Es richtete den Scheinwerfer auf alles, was dort drüben passierte, und auf die Reaktion unseres Landes.

Und man kann sich sicher sein, dass Präsident Francis nach allem, was durchgesickert war, klargestellt hat, dass die Regierung der Vereinigten Staaten bei einer Invasion der Russen in ihr winziges Nachbarland Georgien nicht freundlich zusehen würde. Ich denke da an Sanktionen und mögliche Militäraktionen, die in dem Gespräch erwähnt wurden.

Übrigens habe ich die Theorie, dass Alex Kutuzow mehr als nur Geld aus der Sache ziehen wollte. Ich würde um eine Flasche Stolichnaja wetten, dass ihm etwas Großes versprochen wurde, vielleicht der Posten als nächster Ministerpräsident des sowjetischen Imperiums, das zu errichten er half. Aber vermutlich werden wir auch das nie erfahren.

»Meine Damen und Herren, dieser Vorfall ereignete sich während meiner Amtszeit, und ich übernehme die volle Verantwortung«, fährt der Präsident fort. »Mir ist die Angelegenheit äußerst unangenehm. Aber ich versichere Ihnen, dass ich das Problem korrigiert und abgestellt habe. Und schließlich möchte ich persönlich einem Reporter danken, der heute hier anwesend ist, Benjamin Casper, für seine umsichtigen Ermittlungen. Ohne Ben hätte diese Angelegenheit einen völlig anderen Ausgang genommen.«

Äh … jetzt werde ich aber rot. Ich bin glimpflich aus der Situation herausgekommen. Craig Carney hat für die Akten ausgesagt, Alexander Kutuzow sei für den Angriff auf mich, der zum Tod von Polizisten und Geheimdienstagenten führte, verantwortlich. Außerdem habe Kutuzow den Mord an Jonathan Liu und Nina Jacobs zu verantworten – auch wenn die russischen Schläger eigentlich Diana hätten töten sollen. Ich bin mir nicht ganz sicher, wie sich die Sache ereignete, aber ich denke, Carney bekam irgendwie Wind davon, dass die Russen Diana töten wollten, und veranlasste Diana, Nina als unwissendes Double einzusetzen.

Wie mir gesagt wurde, verlangte der Präsident von Carney eine vollständige Aussage. Dies tat er vor allem meinetwegen, um mir die Unannehmlichkeiten mit der örtlichen Polizei zu ersparen. Vielleicht tat er es auch der Gerechtigkeit wegen, aber ich vermute, er will mich bei Laune halten. Obwohl ich ihm oft genug versichert habe, das Geheimnis über seine Frau zu wahren, scheint er nicht ganz davon überzeugt zu sein.

»Jetzt wäre ich bereit, Ihre Fragen zu beantworten. Ja, Jane?«

»Herr Präsident, welche Auswirkung hat das Schuldeingeständnis? Wird die Geheiminformation weiterhin als vertraulich behandelt?«

»Ja«, antwortet der Präsident. »Ms Hotchkiss wird für ihr Schuldeingeständnis und ihre Zusicherung, die Informationen nicht preiszugeben, die Todesstrafe und eine Anklage wegen Verrats erlassen. Ja, Don?«

»Herr Präsident, wir wissen, dass Diana Hotchkiss als Verbindungsfrau zur CIA einige Zeit im Weißen Haus verbrachte, besonders mit der First Lady. Wie hat die First Lady auf diese Entwicklungen reagiert?«

Der Präsident hält einen winzigen Moment inne. Ich schwöre, dass er seinen Blick für eine Nanosekunde in meine Richtung lenkt. »Meine Frau ist am Boden zerstört. Es stimmt, sie war mit Ms Hotchkiss persönlich befreundet. Sie war sehr entsetzt, als sie von Ms Hotchkiss' Verhalten erfuhr. Ja, Dean?«

»Herr Präsident, Berichten zufolge werden Sie Craig Carney begnadigen, wenn der Sonderstaatsanwalt ihn anklagt. Besteht diese Möglichkeit, und haben Sie mit Mr Carney eine solche Vereinbarung getroffen?«

Das habe ich mich auch schon gefragt. Der Generalstaatsanwalt hat einen Sonderermittler ernannt, der Carneys Verhalten unter die Lupe nehmen soll. Hat Carney den Präsidenten unter

Druck gesetzt? Droht er damit, er werde den Inhalt des Videos enthüllen, wenn er gezwungen sein sollte, sich einem Strafprozess zu stellen? Möglich. Aber das werden wir nie genau erfahren. Oder wir müssen noch zwanzig oder dreißig Jahre warten, bis die Menschen am Ende ihrer Karriere für teures Geld ihre Memoiren an den Mann bringen.

Nixon feuerte den Sonderermittler im Watergate-Skandal nach …

Nein. Stopp. Keine Lebensgeschichten von Präsidenten mehr!

Der Präsident wedelt mit dem Zeigefinger. »Ich werde nichts zu den laufenden Ermittlungen des Sonderstaatsanwalts sagen. Was ich Ihnen aber sagen kann, ist, dass ich keine Abmachung mit Mr Carney oder sonst jemandem getroffen habe.« Der Präsident winkt mit der Hand. »Ich danke Ihnen.«

Er verlässt das Podium. Erst jetzt bemerke ich die First Lady, Libby Rose Francis, in der Ecke. Sie lässt ihren Blick über das Pressekorps gleiten, während sich der Präsident entfernt. Schließlich treffen sich unsere Blicke. Sie wirkt weniger eisig als sonst, wahrscheinlich in Anbetracht der jüngsten Ereignisse etwas demütig. Sie winkt mir nicht zu und formt mit ihren Lippen keine Worte, doch ihr Ausdruck wird weicher, und sie nickt anerkennend.

Ich weiß nicht, wie ihr Leben aussieht. Sie ist schließlich die First Lady und scheint nach außen hin gut zurechtzukommen. Aber sie lebt eine Lüge und tut das wahrscheinlich schon ihr ganzes Leben lang. Ich kann mir nicht vorstellen, was das mit einem Menschen macht.

Vielleicht werden diese Ereignisse etwas in ihr auslösen, werden sie dazu bringen, sich öffentlich zu bekennen. Oder vielleicht wird das Video auf irgendeine Weise im wilden, wilden Westen, dem Internet, auftauchen. Ich weiß es nicht. Und mir ist es auch wirklich egal.

Ich will nur nach Hause.

111

Anne Brennan steigt die Stufen vor ihrem Wohngebäude nach unten und blickt zum Himmel hinauf, der voller Regenwolken hängt. Sie geht Richtung Norden, als sie mich erkennt. Unsicher, wie sie reagieren soll, bleibt sie stehen und sieht mich an. Ein beiläufiges Winken wäre der Situation nicht angemessen.

Ich überquere die Straße und bleibe kurz vor ihr stehen.

»Ich wurde dazu gezwungen«, sagt sie.

»Ich weiß.« Ich seufze. »Du hast Diana geliebt.«

Sie nickt, ihre Augen füllen sich mit Tränen. »Sie haben gesagt, wenn ich ihnen helfe, dich im Auge zu behalten, würden sie mit Diana schonender umgehen. Und ich durfte sie sehen.«

So ungefähr hatte ich mir das gedacht.

»Als ich das erste Mal zu dir kam, habe ich das nicht für sie getan«, erklärt sie weiter. »Ich wusste ja noch gar nicht, dass Diana noch lebt. Ich wollte einfach nur deine Hilfe. Aber sie haben mich mit dir zusammen gesehen, deswegen haben sie ihre Klauen in mich versenkt. Sie haben gesagt, Diana sei verhaftet worden und es hänge von meiner Hilfe ab, wie sie behandelt werden würde.«

Nichts davon überrascht mich. Ich höre mir alles kommentarlos an. Es gibt wirklich nichts, was ich ihr sagen könnte – was mich zu der Überlegung verleitet, warum ich überhaupt hierhergekommen bin. Vermutlich wollte ich sie nur noch einmal sehen.

Sie sucht in meinem Gesicht etwas anderes als Bitterkeit. Ich bin mir nicht sicher, was sie findet.

»Unsere gemeinsame Nacht gehörte nicht zu dem Plan«, fährt sie fort. »Es ist einfach passiert. Ich war … zu dem Zeitpunkt am Boden zerstört. Und du bist echt ein guter Mensch. Jedenfalls bereue ich es nicht. Ich hoffe, du auch nicht.«

Doch alles andere war gelogen. Der Abend, als sie anrief und mir erzählte, sie sei angegriffen und bedroht worden. Ihre Angst, vor Gericht gestellt zu werden. All das war gelogen, inszeniert vom Geheimdienst, um mich zur Zurückhaltung zu zwingen.

»Sie wird nie wieder aus dem Gefängnis entlassen werden«, sagt sie, als hoffe sie, die Worte wären nicht wahr.

Doch sie sind wahr. Diana wird den Rest ihres Lebens hinter Gittern verbringen.

Anne hat Glück, dass man sie nicht auch drangekriegt hat. Schließlich war sie Dianas Geliebte. Hatte sie nicht gewusst, dass Diana die Regierung erpresste? Offenbar nicht – oder zumindest glaubt das die Polizei.

Ich vermute auch, dass sie es nicht wusste. Aber wer bin ich schon, dass ich darüber ein Urteil fällen kann? Schließlich hat mich die Gute um ein Zwanzigfaches an der Nase herumgeführt.

»Du bist da in eine schwierige Situation geraten«, sage ich. »Nimm's nicht so schwer. Leb dein Leben weiter, Anne.« Ich überlege, sie in den Arm zu nehmen oder ihr die Hand zu reichen, doch ich sehe keinen Sinn darin. Wahrscheinlich wird es lange dauern, bis ich auch nur ansatzweise einen Sinn in der ganzen Sache erkenne.

Also gehe ich einfach weiter, während warmer Regen auf meine Schultern fällt.

112

Ich dachte, ich wäre darauf vorbereitet, was ich hinter der nächsten Ecke sehen würde, als die Wärterin auf den Stuhl deutete und sagte, ich hätte dreißig Minuten und mein Gespräch werde aufgezeichnet. Ich war es nicht.

Wie erwartet, trägt Diana Hotchkiss einen weiten orangen Overall. Ihr sonst seidiges Haar hängt strähnig herunter. Sie ist blass im Gesicht, ohne Sonnenbräune und Schminke. All das habe ich erwartet.

Was ich nicht erwartet habe, sind ihre Augen, die mich durch die Stahlstäbe hindurch anblicken – verschleiert, dunkel, glasig. Ohne etwas nach außen zu lassen. Auf mich wirkt sie weder glücklich noch traurig. Ihr Ausdruck verrät weder Hoffnung noch Lebendigkeit. Alle Gefühle wurden weggespült. Diana ist ein gebrochener Mensch. Das lässt sich nicht wieder rückgängig machen.

Ich zucke mit den Schultern, unsicher, wo ich anfangen soll.

»Waren wir überhaupt Freunde?«, frage ich. »War irgendwas davon echt?«

Ich hasse mich für diese Frage. Die Antwort sollte mir egal sein. Ist sie aber nicht.

Diana steht, lehnt in ihrer Einzelzelle mit dem Rücken an der Wand, sodass ich sie im Profil sehe. Sie kaut auf einem Fingernagel, der, wie es aussieht, nur noch ein Stumpf ist.

»Jeder spielt gegen jeden«, antwortet sie. »Jeder belügt sich und die anderen. Alle benutzen sich gegenseitig.«

Das muss sie sich selbst einreden. Dass das, was sie getan hat, zwar verkehrt war, aber nur eine Variante dessen, was alle anderen auch tun. Allerdings war es eine sehr extreme Variante. Sie half einem anderen Land, die Vereinigten Staaten von Amerika zu erpressen.

»Warum bin ich also hier, Diana? Warum hast du mich gebeten herzukommen?«

Sie lässt sich mit der Antwort einen Moment Zeit. »Ich wollte mich entschuldigen. Es tut mir leid, dass du in die Sache hineingezogen wurdest. Ich hatte es nicht auf dich abgesehen, oder auf Nina oder auf Randy …«

Ihr Gesichtsausdruck fällt in sich zusammen, und sie schluchzt in ihre vorgehaltene Hand. In den letzten Wochen sind auf ihren Wangen wahrscheinlich unzählige Tränen getrocknet, während ihr Leben vor ihren Augen zusammenbrach. Ich weiß nicht, was sie erwartet hat. Glaubte sie wirklich, die Sache würde gut ausgehen?

Wahrscheinlich nicht. Wahrscheinlich wird man in Quantico einen Kurs über sie veranstalten, eine Fallstudie über selbstzerstörerisches Verhalten.

Zunächst spüre ich Mitleid für sie, das sich aber plötzlich in Wut wandelt. »Was du Nina Jacobs angetan hast, ist gewissenlos«, erwidere ich. »Unverzeihlich.«

Dianas Schluchzen eskaliert zu einem unkontrollierten Heulanfall, als sie von der Wucht ihrer Schande, ihrer Scham, ihrer traurigen Zukunft – Zutreffendes bitte ankreuzen – überwältigt wird. Sie rutscht auf den Boden und weint fast zehn Minuten lang.

Als ihr Weinen schließlich nachlässt, sagt sie durch ihre Hand: »Die Woche, in der Nina in meiner Wohnung war … war die Woche … in der alles passierte.«

»Die Woche, in der du das Video von dir und der First Lady den Russen gabst. Und die Woche, in der sie es Craig Carney zeigten.«

»Ja.« Sie holt tief Luft. »Ich wollte neu anfangen. Ich wusste,

Kutuzows Leute hatten mich im Visier. Ich wollte sie in dem Glauben lassen, ich wäre in meiner Wohnung.«

»Sie beobachteten deine Wohnung aus der Ferne und sahen eine Frau, die wie du aussah, die deine Kleider trug und in deiner Wohnung ein und aus ging, die dort schlief und die Katze fütterte – und sie glaubten, du wärst noch in der Stadt, während du aber das Land verlassen hattest. Dich irgendwo aufhieltst, wo es warm war. In einem Land, das kein Auslieferungsabkommen mit den USA unterzeichnet hat.«

Wieder nickt sie. Wahrscheinlich wurde sie dank der beträchtlichen Ressourcen der CIA aufgespürt, und man beschloss, sich einen Dreck um irgendwelche Auslieferungsabkommen zu scheren. Ich stelle mir vor, wie schwarz gekleidete Männer aus einem schwarzen Hubschrauber an einem Seil nach unten rutschten, sie an einem Strand oder einem anderen netten Ort verhafteten und sie nach Quantico brachten.

»Und warum hast du mich angerufen, um die Überwachungskamera zu installieren?«, frage ich. »Hattest du einfach nur Lust, mich in eine internationale Verschwörung hineinzuziehen? Nach dem Motto: Geteiltes Leid ist halbes Leid?«

»Du warst der einzige Mensch, dem ich vertrauen konnte.«

Darauf erwidere ich nichts. Im Innern wehre ich mich gegen den Versuch, ihren Worten zu glauben. Ihre Verarschung reicht für ein ganzes Leben.

»Mir wurde klar, dass die Russen mich töten könnten, sobald sie das Video hätten und ich für sie nicht mehr von Nutzen wäre«, erklärt sie. »Und sollten sie versuchen, mich zu töten, wollte ich es in meiner Wohnung auf Video haben.« Diana sieht zu mir auf. »Ben, ich schwöre dir, ich wusste nicht, dass sie so schnell handeln würden. Nina sollte am nächsten Tag die Wohnung verlassen. Ich wusste nicht, dass sie an diesem Abend kommen würden. Ich … ich wollte nicht, dass Nina stirbt. Das wollte ich nicht. Das schwöre ich.«

Ich weiß nicht, ob ich ihr glauben soll oder nicht. Aber so oder so ist sie mit dem Leben anderer Menschen rücksichtslos umgegangen.

»Und wer hat Ninas Tod gedeckt? Die CIA?«

Sie sieht mich an, als wäre die Antwort klar. »Natürlich. Zu dem Zeitpunkt wussten sie Bescheid. Vielleicht wussten sie bereits, dass die Russen es auf mich abgesehen hatten. Sie haben entschieden, alle glauben zu lassen, ich wäre tot.«

Und es funktionierte. Zumindest eine Zeit lang. Bis ich neugierig wurde.

Doch jetzt ist es vorbei. Diana gab ihre Moral an der Garderobe ab, gab sich der zugegebenermaßen verwegenen, verlockenden Versuchung hin, am Zahltag groß abzukassieren, verlor aber so viel, wie jemand nur verlieren kann. Jetzt wird sie den Rest ihres Lebens in einer Zelle verbringen.

Ich habe diese Frau geliebt. Ein solches Gefühl kann man nicht einfach abschalten. Aber ich liebte einen Menschen, den es nicht gab. Jemanden, der zu sein Diana vorgab. Vielleicht waren die Anzeichen da, doch ich konnte sie nicht sehen. Vielleicht wollte ich sie nicht sehen.

Die Wärterin kommt und sagt, die Zeit sei um. Ich hole tief Luft und hebe den Kopf.

Sanft lege ich meine Hand an die Gitterstäbe und sehe Diana ein letztes Mal an. »Dein Leben hat noch immer etwas Gutes. Es wird nur schwieriger sein, es zu finden. Aber es ist da, Diana. Hör nicht auf, es zu suchen.«

Im Weggehen frage ich mich, ob ich mich nicht selbst an meinen Rat halten sollte.

113

Professor Andrei Bogomolow empfängt mich nicht an der Tür, als ich klingle. Stattdessen führt mich eine Krankenschwester in sein Arbeitszimmer, wo er in einem Pflegebett liegt. Er sieht zwanzigmal schlimmer aus als noch bei meinem letzten Besuch eine Woche zuvor. Seine grässliche Krankheit gewinnt rasch die Oberhand über ihn. Die Haarbüschel auf seinem Kopf stehen in alle Richtungen ab. Seine Augen sind dunkel, sein Blick ist leer.

Das Pflegebett war das letzte Mal noch nicht hier. Oder er ließ es mich nicht sehen. Es bedeutet, dass sein Ende naht und er zu Hause sterben will, nicht im Krankenhaus. Er versucht zu lächeln, doch selbst dies scheint ihm Schmerzen zu bereiten. Ich nehme seine Hand in meine und drücke sie sanft.

»Hallo, mein alter Freund«, begrüße ich ihn.

»Du bist … ein Held«, schafft er zu erwidern. *Gut gemacht, Grashüpfer.*

»Und das alles innerhalb von einer Woche.« Ich versuche, ihn aufzumuntern, was mir aber nicht gelingt.

Ich blicke aus dem Fenster in den Garten, erinnere mich an den Grillabend wenige Wochen nach Mutters Tod. *Wenn du je das Gefühl hast, dass du in Gefahr bist, kannst du mich anrufen, Benjamin,* hatte Andrei gesagt. *Ich werde dir helfen.*

»Du bist aus … einem bestimmten Grund hergekommen«, flüstert er.

Ich lächle ihn an. »Ich bin gekommen, um meinen alten Freund zu besuchen.«

Andrei zuckt zusammen und wird von einem Hustenanfall geschüttelt. Als er ihn überstanden hat, wische ich ihm mit einem Waschlappen den Mund ab.

»Du brauchst nichts zu sagen, was du nicht sagen willst«, bitte ich ihn.

»Doch, das werde ich. Es ist … schon längst … Zeit dafür. Ein Thema, mit dem … ich oft …gerungen habe. Viele …«

Er schließt die Augen, dämmert vor sich hin. Wahrscheinlich wegen des intravenös verabreichten Schmerzmittels oder wegen seiner allgemeinen Schwäche. Nach ein paar Minuten schreckt er aus dem Schlaf hoch, sein Blick geht ins Leere, und er braucht einen Moment, um sich zu orientieren, bevor er mich wieder ansieht.

»Warum hat mein Vater meine Mutter umgebracht?«, frage ich.

Die Frage und möglicherweise die Erinnerungen, die sie bewirkt, bereiten ihm Schmerzen, sodass er kurz den Mund verzieht. »Das ist … eine Sache, die … wir damals nicht … bestätigen konnten. Aber jetzt … jetzt glauben wir … die Antwort … zu kennen.«

»Warum hat mein Vater meine Mutter umgebracht, Andrei?«

Andrei holt tief Luft.

»Das hat er nicht«, antwortet er.

Ich zucke zurück wie bei einem Stromschlag.

»Das war … sein Arbeitgeber«, antwortet Andrei. »Dein Vater … versuchte … es zu verhindern.«

Sein *Arbeitgeber.* Vaters Arbeitgeber? Er meint offenbar nicht die American University.

»Es gab also einen Grund, warum dich die CIA an die Uni versetzt hat«, schlussfolgere ich. »Du hast meinen Vater ausspioniert.«

Andrei schließt die Augen und nickt. »Das … stimmt.«

»Für wen hat Vater spioniert?«, will ich wissen. »Die Russen?«

Wieder öffnet Andrei die Augen. »China. Wir glauben … deine Mutter … hat es herausgefunden … und sie … die Chinesen …«

Jetzt wird mir alles glasklar. »Die Chinesen töteten meine Mutter, weil sie dachten, sie würde Vaters Deckung platzen lassen.«

»Genau so«, flüstert er. »Genau so.«

Ich lasse seine Hand los und weiche von seinem Bett zurück. »Und … warum … warum zum Teufel hat mir Vater die Schuld zugeschoben für …«

Plötzlich schnürt sich mir die Kehle zu, und ich verliere die Fassung. Die Tränen stürzen an meinen Wangen hinunter, und mein Oberkörper bebt. Dieser Zustand hält weiß Gott wie lange an, ich wimmere wie ein Kind, kann mich nicht erinnern, jemals so heftig geweint zu haben, schnappe nach Luft, zittere und schreie mit abgeschnürter Kehle alles nach draußen, was bisher tief in mir vergraben war.

Vater war ein Spion? Und deswegen war Mutter ständig so verzweifelt? Sie fand heraus, dass ihr Mann ein Verräter war. Sie wusste nicht, was sie tun sollte.

Als es vorbei ist und ich mir über Gesicht und Nase wische und wieder gleichmäßig atmen kann, sehe ich zu Andrei. Er öffnet eine Hand in meine Richtung. Ich kehre ans Bett zurück und ergreife sie.

»Mein guter … Benjamin«, flüstert er. »Wäre … die Wahrheit … herausgekommen … hätten sie dich … als Nächstes getötet … haben sie … gesagt.«

»Vater hat mich also beschützt?« Ich sage das Wort, als wäre es Gift in meinem Mund.

»Dein Vater … kam nach Hause … und fand deine tote … Mutter. Die Chinesen sagten … sie dürften damit nicht … in Verbindung gebracht werden … genauso wenig wie er. Du warst … die einzige Möglichkeit. Benjamin … dein Vater … hat alles getan, um … deinen Freispruch … zu erwirken.«

Egal, wie sich meine Gedanken im Moment drehen, egal, welche Flut an Erinnerungen mich heimsucht, diesen Punkt muss ich ihm zugestehen. Ich hatte die besten Anwälte, und die Anklage konnte schließlich abgewiesen werden.

»Bin ich deswegen nie zur Schule gegangen? Hatte ich deswegen nur Privatlehrer und habe bis zum College kaum das Haus verlassen?«

Andrei nickt. »Er hatte … Angst … um deine Sicherheit.«

Alles steht auf dem Kopf. Alles, was ich je von ihm geglaubt habe – falsch.

»Jahre später …«, fährt Andrei fort, »erwischten wir … schließlich deinen Vater. Es war … zu peinlich für eine … öffentliche … Enthüllung. Er kooperierte und … wurde unter …«

»… unter Hausarrest gestellt«, vervollständige ich seinen Satz. Hausarrest in seiner Hütte am See. Deswegen blieb er dort und wollte mich die ganzen Jahre über nicht bei sich haben, bis er starb. Er wollte nicht, dass ich davon erfuhr.

»Ein Verräter, ja«, sagt Andrei. »Aber ein Verräter, der … seinen Sohn liebte.«

Nein. Nein. Das ist zu viel. Überlastung. Systemfehler.

Ich höre mich sprechen, doch ich weiß nicht, was ich sage, und dann gehe ich in Andreis Arbeitszimmer auf und ab, dann ist die Luft draußen irgendwie kalt, sticht in meine Haut, oben ist unten, unten ist oben, jemand anderes bewohnt diesen Körper, nicht ich, ich bin nicht Ben, Autohupen ertönen und Reifen quietschen und jemand flucht meinetwegen, dann renne ich, renne, so schnell ich kann, und das fühlt sich gut an, fühlt sich richtig an, und ich lache und weine, und das fühlt sich befreiend an, es fühlt sich *normal* an …

Jimmy Carter gilt als erster Präsident, der regelmäßig joggen ging. Das tat er vor allem zum Stressabbau. Aber nach ihm joggte fast jeder Präsident, außer Reagan, der wohl zu alt war, um es regelmäßig zu tun, und George W. Bush, der es wegen seiner Knieschmerzen aufgeben musste. Reagan war Rettungsschwimmer gewesen, er ging also lieber schwimmen, wie auch Kennedy, der damit Erleichterung von seinen Rückenschmerzen suchte, und John Quincy Adams begann seinen Tag regelmäßig damit, dass er nackt im Potomac schwamm, was eine lustige Geschichte ist …

James Patterson

geboren 1949, war Kreativdirektor bei einer amerikanischen Werbeagentur. Schon für seinen Debütroman wurde er mit dem Edgar Allen Poe Award, Amerikas wichtigsten Krimipreis, ausgezeichnet. Inzwischen ist er mit weltweit über 260 Millionen verkaufter Romane einer der erfolgreichsten Bestsellerautoren überhaupt. James Patterson lebt mit seiner Familie in Palm Beach, Florida und Westchester, New York. Mehr zum Autor und seinen Büchern unter www.jamespatterson.com.

Mehr von James Patterson:

Thriller

Honeymoon (auch als E-Book erhältlich) · Im Affekt (auch als E-Book erhältlich) · Sündenpakt (nur als E-Book erhältlich) · Totenmesse (auch als E-Book erhältlich) · Todesahnung (auch als E-Book erhältlich) · Todesbote (auch als E-Book erhältlich) · Höllentrip (auch als E-Book erhältlich) · Blutstrafe (auch als E-Book erhältlich) · Sühnetag (auch als E-Book erhältlich) · Die Palm-Beach-Verschwörung (nur als E-Book erhältlich) · Todesschwur (auch als E-Book erhältlich) · Rachedurst (auch als E-Book erhältlich) · Todesstunde (auch als E-Book erhältlich) · Lügennetz (auch als E-Book erhältlich) · Zoo (auch als E-Book erhältlich)

PRIVATE – die neue Erfolgsserie
um eine internationale Ermittlungsagentur

Der Countdown des Todes. Private Games
Die Spur der Schuld. Private L.A.
Der Tag der Rache. Private Berlin
Der letzte Verdacht. Private Suspect
Falsche Schuld. Private London

(alle auch als E-Book erhältlich)

Romane

Sonntags bei Tiffany
Sams Briefe an Jennifer (auch als E-Book erhältlich)